외치는 소리

외치는 소리

■ 이 도서의 국립중앙도서관 출판시도서목록(CIP)은
e-CIP 홈페이지(http://www.nl.go.kr/ecip)에서 이용하실 수 있습니다.
(CIP제어번호: CIP2013011996)

외치는 소리

제임스 앨런 맥퍼슨

안정효 옮김

마음산책

외치는 소리

1판 1쇄 인쇄 2013년 7월 25일
1판 1쇄 발행 2013년 7월 30일

지은이 | 제임스 앨런 맥퍼슨
옮긴이 | 안정효
펴낸이 | 정은숙
펴낸곳 | 마음산책

편집 | 심재경·이승학·신영희·정인혜   디자인 | 이수연·이혜진
마케팅 | 권혁준·곽민혜   경영지원 | 이현경

등록 | 2000년 7월 28일(제13-653호)
주소 | 서울시 마포구 서교동 395-114 (우 121-840)
전화 | 대표 362-1452 편집 362-1451   팩스 | 362-1455
홈페이지 | http://www.maumsan.com
블로그 | maumsanchaek.blog.me
트위터 | http://twitter.com/maumsanchaek
페이스북 | http://www.facebook.com/maumsanchaek
전자우편 | maum@maumsan.com

ISBN 978-89-6090-165-0 03840

* 책값은 뒤표지에 있습니다.

내 조카 우디 밀러와 데보라에게,

그리고

59쪽에 등장하는 애니에게

동물처럼 인생을 살아가려는 자들에게는
삶이 정말로 단순하다.
인간의 숲에는
쫓는 자와 쫓기는 자가 있을 따름이다.

중대한 범죄가 발생하면 고함hue and cry, 라틴어로는 hutesium et clamor을 질러 사람들에게 알려야 한다. 예를 들어 어떤 사람이 우연히 피살자를 발견하고도 소리를 질러 알리지 않는다면, 그는 벌금을 물어야 하는 위반 행위를 범하는 정도에서 그치지 않고 난처한 의심의 대상이 된다. 외치는 소리로는 아마도 "나와보시오! 나와보시오!"가 가장 적절하겠다.

— 폴록과 메이틀랜드, 『영법사英法史History of English Law』

■ 일러두기

1. 외국 인명, 지명, 작품명 및 독음은 '외래어 표기법'을 따르되, 관용적인 표기와 동떨어진 경우 절충하여 실용적 표기를 따랐다.
2. 옮긴이 주는 글줄 상단에 맞추어 표기했다.
3. 국내에 소개된 소설, 영화 등은 번역된 제목을 따랐고, 국내에 소개되지 않은 작품은 원어 제목을 독음대로 적거나 필요한 경우 우리말로 번역해 적었다.
4. 영화명, 곡명, 잡지와 신문 등의 매체명은 〈 〉로 묶었고, 책 제목은 『 』로 묶었다.

어휘의 문제

어휘의 문제

1

토머스 브라운은 열두 살 되던 해 어느 일요일 아침에 목사의 연단 뒤에서 장난을 치다가 아래층 일요 학교에서 다른 아이들로부터 거둔 돈을 세어보려고 일찍 방으로 올라온 엄격한 집사 몇 사람에게 들킨 다음부터는 교회에 나가지를 않았다. 토머스는 그들이 잔돈을 호주머니에 좀 집어넣는 현장을 목격했고, 그들은 설교에 한참 열이 오르는 대목에서 목사가 물을 마시는 유리잔과 얼음물을 담은 물통과 까만 성경 몇 권을 놓아두는 커다란 갈색 연단 뒤로 몸을 숨기려던 그를 보았다. 남부의 침례교회에서 있었던 일이다.

"거기서 내려와요, 어린 형제 브라운." 검은 양복을 입은 뚱뚱한 집사 한 사람이 그에게 말했다. "숨고 싶어 하는 줄은 알겠어요. 하지만 하나님의 집에서는 아무리 숨으려고 해도 소용이 없어요."

토머스는 몸을 일으키고 그들을 살펴보았다. 세 사람 다 배가 잔뜩 나오고 엄격한 인상에, 종교적인 품위를 갖추었다.

"난 숨을 생각은 없었어요." 그가 나지막한 목소리로 말했다.

"그렇다면 스톤 목사님의 연단 뒤에서 뭘 하고 있었나요?"

"기도를 드리던 중이었죠." 토머스가 태연하게 말했다.

그런 이후로 그는 교회에 가기가 싫어졌다. 하지만 어머니는 일요일 아침마다 그를 교회에 보내려고 했으며, 겨우 열세 살에 말을 잘 듣던 그는 집을 나서지 않을 만한 구실을 찾을 길이 없었다. 그러나 동생 에드워드와 함께 집을 나서기는 해도 교회까지는 가려고 하지 않았다. 그는 교회에서 몇 골목 못 미친 곳에 이르면 한 살 아래인 에드워드더러 혼자 가라고 떼어 버리고는 했는데, 그곳 길모퉁이에서는 토요일 밤에 술을 마신 주정뱅이들이 길바닥에서 잠을 자거나 월요일 아침이 되어 술집이 다시 문을 열기를 처량하게 기다렸다. 그의 아버지도 그런 주정뱅이였기 때문에, 토머스는 술집이 문을 열 때까지 기다리기가 그들에게 얼마나 고달픈 일인지를 잘 알았다. 자신도 그들과 거의 비슷한 처지라고 생각했던 까닭에 그는 이런 사람들에게서 친근감을 느꼈고, 그들이 남부 조지아 주의 뜨거운 태양 아래서 서로 욕하고 위협하는 소리를 들으면 흐뭇해졌다. 그는 그들의 얼굴을 눈여겨 살펴보았고, 그들의 머릿속에서는 어떤 생각이 오가기에 월요일 아침에 술집이 어서 문을 열었으면 하는 일 말고는 다른 관심이 전혀 없는지 궁금하게 여겼다. 그는 그들의 손과 팔과 얼굴의 검은 빛깔이 얼마나 짙고 연한지 서로 비교해보기도 했다. 그는 그들의 몸에서 나는 냄새가 좋았다. 무엇보다도 자기에게 그들이 말을 걸어준다는 사실이 좋았고, 두 골목만 더 내려가면 되는 침례교회에 가지 않아도 된다는 핑계를 제공했기 때문에 그들을 좋아했다.

"얘, 너 죽어도 결혼은 하지 마라." 한쪽 눈이 없고 버릇이 훨씬 고약한 주정뱅이들에 속했던 아서가 그에게 몇 번이나 얘기했다.

처음 그 얘기를 들었을 때 소년이 물었다. "왜요?"

"계집년들이란 똥만도 못하니까 그렇지. 결혼을 안 하도록 이제부터라도 마음을 다져 먹어야 해, 알았지? 계집이란 돈을 다 빨아먹고는 길거리로 남자를 쫓아내는 존재니까 말이야!"

"정말 옳은 말씀이야!" 아서보다 훨씬 피부 빛깔이 검은 부두 노동자 리로이가 말했다. "사내 돈이나 빼앗고 제멋대로 놀아나는 게 고작이지."

토머스는 무더운 일요일 아침이면 어느 낡은 폐가의 앞문 계단 꼭대기에 앉아서, 저 아래 오줌에 찌든 흙에서 날아드는 파리들을 쫓을 생각조차도 하지 않고 여기저기 널브러진 게으른 남자들에 둘러싸여서는, 그들을 찬찬히 둘러보고, 그들이 하는 얘기에 귀를 기울이고, 깊은 생각에 잠겼다. 그렇게 몇 주일이 지난 다음에 그는 여자들을 무척 무서워하게 되었다.

토머스 브라운은 귀를 기울이고 침묵을 지킴으로써 인생만사를 터득했다. 그는 흑인이라는 신분이 무엇을 의미하며, 다른 사람들은 어째서 흑인이 아닌지를 깨닫게 된 과정을 생생하게 기억했다. 그런 차이 때문에 세상이 얼마나 달라지는지도 깨달았다. 같은 흑인이었기 때문에 거기서 기다리는 주정뱅이들을 보면 마음이 편안했고, 교회를 그만두기 몇 달 전부터 이곳을 지나다닐 때마다 그가 먼저 인사를 했기 때문에 그들이 자기를 좋아했으며 또 기꺼이 인사를 받아주었음을 알았다. 어머니는 인사를 나눌 이웃이 없다면 남부 흑인들의 인생은 너무나 힘들다고 믿었기 때문에 그에게 길거리 사람들과 대화를 주고받도록 항상 가르쳤다. 그러나 그는 아홉 살이 되었을 때, 세상에는 그의 인사를 받아주지 않는 사람들도 존재한다는 사실을 깨달았다. 처음에는 자신의 나지막한 목소리가 잘 들리지 않아서 그들이 대답을 하지 않는다고 생각했다. 그가 3년을 다닌 천주교 학교에서는 검정 두건을 쓴 수녀들이 목소리가 조용한 아이들에게 점수를 더 주고는 했다. 아예 완전히 침묵을 지키면 뺨을 맞거나 나무 자로 손바닥을 맞는 처벌을 받을까 봐 걱정하지 않아도 된다는 사실을 배웠다. 그는 모범적인 학생이었다. 그러나 길거리에서 일부러 목청을 높여 얘기를 해도 어떤 사람들은 여전히 대답이 없었다. 그러자 그는 진짜 사람이라고는 전혀 생각되지 않던 수녀들처럼 말을 안 하는 사람들은 얼굴의 생김새가 다르고, 그가 아는 사람들과는 옷이나 피부 빛깔 또한 완전히 다르다는 사실을 알게 되었다. 하지만 그들이 어째서 말을 안 하는지는 도저히 알 길이 없었다.

수녀들과 3년 동안 가까이 지낸 이후로 말을 많이 하기를 싫어하게 된 그는 어머니나 어느 다른 사람에게도 이런 의문에 대해서 절대로 묻지를 않았다. 이렇게 자신을 무시하는 태도는 아마도 자신의 사람 됨됨이가 어딘가 잘못되었기 때문이라는 생각이 들기 시작했다. 그는 화장실로 가는 일이 왜 필요한지를 따져보기 시작했다. 자기 같은 사람들만이 변소를 가고, 자신의 피부 빛깔이 변소를 가기 때문에 검어졌는지도 모른다는 생각이 들기 시작했고, 다른 사람들은 자신의 얼굴만 보고도 변소에 대해서 눈치를 챘으며, 화장실을 드나드는 이유를 알기 때문에 말대꾸를 하지 않는다는 생각도 들었다. 이것이 무척 마음에 걸리기는 했지만, 그는 누구에게도 그것이 정말인지를 물어보지 않았다. 같은 침대를 쓰기 때문에 밤마다 어둠 속에서 가까이 함께 있으므로 비밀이란 서로 없었음직한 동생 에드워드에게까지도 그는 물어보지를 않았다. 그리고 사람들이 앉아서 시간을 보내는 폐가 뒤쪽의 흙바닥에다 창피한 표정조차 짓지 않고 오줌을 누고, 길거리 아래쪽으로 두 구간 떨어진 침례교회를 향해 그것을 털어대고, 말도 가장 많은 주정뱅이 리로이에게도 그 얘기만큼은 하지를 않았다.

"넌 교회에 꼭 다녀야 해." 교회를 빼먹다가 마침내 발각된 다음에 어머니가 그에게 말했다. "그러지 않으면 넌 틀림없이 지옥으로 간다고."

"난 가고 싶지 않아요." 그가 말했다.

"교회에 가지 않으면 넌 죄를 짓는 거야." 무척 근엄하게 그

를 손가락으로 가리키면서 그녀가 말했다. "넌 틀림없이 지옥
으로 간다고."

　토머스는 벌써 지옥에 간 기분이었다. 그는 가장 나쁜 장소
에서 가장 나쁜 거짓말을 했으므로 아무리 다시 교회에 나간
다고 해도 이제는 구원을 받지 못하리라고 생각했다. 그는 수
녀들에게서 그런 얘기를 들었기 때문에 지옥이 존재한다고 믿
었으며, 그곳의 어느 방에서 틀림없이 끝장을 맞으리라는 사
실도 잘 알았다. 그러면서도 연옥에서 시간을 좀 벌어서 죽기
전에 얼마 동안 아주 착하게 처신하여 나중에 보다 좋은 방으
로 자리를 옮기게 되기를 바랐다. 그는 아주 훌륭한 사람이 되
고 싶었으며, 그래서 화장실에 가지 않으려고 무척 애를 썼다.
그러나 어머니에게서 지옥 얘기를 들은 다음에는 죽고 나면
어차피 어머니가 말하던 거대하고 뜨겁게 불타오르는 방에서
영원히 살아야 할지도 모른다는 생각을 또다시 했다. 그녀는
남부 침례교회에서 자랐고, 같은 목사의 설교를 줄곧 들으며
평생 교회를 다녔다. 그런 생활은 나중에 일요일에도 직장에
나가야만 할 처지가 될 때까지 계속되었다. 교회에 다니지 못
할 처지가 된 다음에도 그녀는 신앙심에 변함이 없었다. 지옥
에 가면 죄인이 어떻게 되리라는 개념이 확고하기는 하면서도,
어떤 사람들을 위해 따로 마련된 방들에 관한 얘기는 전혀 입
에 올린 적이 없었다. 땀을 뻘뻘 흘리며 저녁 요리를 하는 어
머니가 부엌에서 지옥에 대한 얘기를 들려주는 동안 토머스
는, 불타오르는 커다란 방 하나와 최후의 심판의 날에 대해서

머리가 벗어진 스톤 목사를 포함하여 교회에 다니는 너무나 많은 사람들이 어머니와 똑같이 믿었으므로, 지옥에 대해서라면 수녀들보다 어머니가 훨씬 잘 아는지도 모르겠다고 생각했다.

"나팔이 울리는 시간이 찾아온단다." 난로의 뜨거운 열기를 얼굴에 느끼며 겁이 나서 뒤쪽 구석에 웅크리고 앉은 그에게 어머니가 얘기를 계속했다. "거룩한 아침이 오면 온 세상 방방곡곡에서 나팔 소리가 울리고, 그러면 무덤 속의 모든 사람이 그 소리를 듣고 깨어난단다."

"아빠도요?"

어머니는 난로 위에 올려놓은 냄비 속에서 숟가락을 젓던 손을 멈추고 잠깐 말을 중단했다. "산 자의 죽은 자들, 생명이 있는 모든 것이 말이다." 그녀가 말했다. "그러면 별들이 쏟아져 내리고, 모든 죄인은 울면서 지붕 밑이나 구석마다 숨으려고 하겠지. 하지만 숨어봤자 아무 소용도 없단다. 하나님을 피해서 숨을 곳은 없으니까. 그런 다음에는 모든 사람의 이름이 적힌 명단으로 호명을 하고, 양들과 염소들을 따로 갈라 선한 자들은 오른쪽에, 그리고 악한 자들은 왼쪽에 세우지. 그러면 땅이 갈라지고 왼쪽에 섰던 사람들은 모두 불과 유황이 타오르는 구덩이로 떨어져서 용서를 빌면서 울고불고하지만, 이제는 너무 늦었기 때문에 별 도리가 없어. 특히 회개를 하지 않고 교회에 다니지 않는 사람들이라면 말이야."

그런 다음에 어머니는 감정이 북받쳐 충혈이라도 된 듯 붉어진 눈으로, 나로 때문에 땀이 나고 까맣게 반짝이는 얼굴에 당장 울음이라도 터뜨릴 것 같은 표정을 지으며 그를 굽어보았다.

토머스는 빗자루 옆에 앉아서 난로의 열기를 느꼈다. 그는 무서웠다. 리로이와 아서, 그리고 침례교회에서 두 구간 떨어진 길모퉁이에 앉아서 기다리던 모든 사람과 함께 왼쪽에 선 자신의 모습을 상상했다. 그는 그것이 전혀 공정하지가 않다고 생각했다.

"다른 사람들을 위한 방은 따로 없나요?" 그는 어머니에게 물었다.

"어떤 방 말이냐?" 어머니가 말했다.

"나쁜 짓을 별로 많이 하지 않은 사람들을 위한 방요."

"왼쪽에 선 죄인들에게는 따로 들어갈 방이 하나도 없어! 왼쪽 사람들은 모두 똑같이 불구덩이로 곧장 떨어지고, 오른쪽 사람들은 영광을 차지하게 된단다."

구석에 앉은 토머스는 무척 덥다고 느꼈다.

"넌 어느 쪽으로 가고 싶니, 토미야?" 어머니가 물었다.

그는 할 말이 생각나지를 않았다.

"넌 오른쪽에 서고 싶으냐, 아니면 왼쪽에 서고 싶으냐?"

"모르겠어요."

"그게 무슨 소리지?" 그녀가 말했다. "넌 아직 시간이 많단다, 애야."

"난 절대로 오른쪽에 가지 못하리라는 생각이 들어요." 토머스가 말했다.

어머니가 그를 내려다보았다. 그녀는 무척 상냥한 성격이어서, 그가 전혀 예상도 하지 못한 순간에 그를 껴안거나 어루만져주고는 했다. 그러나 가끔 그녀는 무척 엄격했다.

"넌 교회를 나가기만 한다면 아직은 오른쪽으로 가게 될지도 몰라, 토미."

"그건 어려울 것 같은데요." 그가 다시 말했다.

"애야, 다시 교회에 나가거라." 어머니가 말했다.

"그러겠어요." 토미가 말했다. 그러나 그는 연단 바로 뒤에서 그런 짓을 하고 난 다음이어서, 과연 다시 교회로 돌아가도 괜찮은지 자신이 없었다. 그러나 어머니의 비위도 맞추고, 아들이 정말로 미안한 마음에 꼭 교회로 돌아길 것이며 최후의 심판의 날에 어떻게 해서든지 오른쪽 자리를 차지하기를 진심으로 바라고 있다는 걸 어머니가 믿게 하려고, 그는 저녁밥 짓는 일을 거들어주었고, 나중에 설거지도 했다.

2

그들은 장의사 옆의 회색 목조 건물 꼭대기 층에서 살았다. 부엌 창문에서 토머스와 에드워드는 항상 열어두는 장의사의 뒷문을 통해 염사殮師 빌리 허브스가 시체들을 손질하는 모습을 구경하고는 했다. 창으로 몸을 내밀고 구경하는 그들에게로 가끔 시체 방부액 냄새가 열린 문을 통해 떠올라 흘러왔

23

다. 그것은 좋은 냄새가 아니었다. 가끔 빌리 허브스는 하얀 저고리를 걸치고 뒷문으로 나와 그들을 올려다보고는 웃으면서 내려오라고 손을 흔들기도 했다. 그들은 절대로 내려가지 않았다. 신선한 바람을 잠시 쐰 다음에 빌리 허브스는 그들을 다시 쳐다보고는 일을 하러 되돌아갔다.

길거리 아래쪽 길모퉁이 근처에는 경찰서가 자리를 잡았다. 그곳 작은 방에 앉아서 지내는 경찰관 두 명은 뚱뚱하고, 얼굴이 하얗고, 코가 빨갛고, 푸른 제복을 걸쳤는데, 다른 곳으로는 전혀 나다니지를 않는 듯싶었다. 이들 두 남자는 최후의 심판의 날에 오른쪽에 서고 싶다는 생각을 토머스가 매우 진지하게 했던 때 말고는 토머스와 얘기를 나눈 적이 없었다.

오후에 학교가 파한 다음 집으로 가던 중이었다. 때는 가을이었고, 그는 낙엽을 발로 툭툭 차며 걸어갔다. 경찰서에서 몇 발자국밖에 떨어지지 않은 곳의 검은 모래를 깐 보도에서 초록빛 5달러짜리 지폐가 눈에 띄었다. 그는 여태껏 돈을 땅바닥에서 주운 적이 한 번도 없었기 때문에 처음에는 어떻게 해야 할지를 몰랐다. 땅바닥에서 돈을 발견하니까 기분은 썩 좋았다. 그는 돈을 집어서 집으로 가져갔고, 언제나 돈이 아쉬웠던 어머니에게 드렸다. 잃어버린 사람에게는 대단한 액수가 아니었을지 모르겠지만, 그들은 무척 가난한 동네에서 살았고, 그래서 큰돈이라 생각한 어머니는 조금도 주저하지 않고 아들더러 주운 5달러를 당장 경찰서에 갖다 주라고 일렀다. 그는 어머니가 시킨 대로 직접 경찰서로 찾아가서 겁에 질린 목소리로 경찰관들에게 어떻게 돈을 발견했고, 어디에서 주웠으며, 잃어버린 사람이 찾으러 올지도 모르니 어서 경찰서에 갖다 주라고 어머니가 그러더라는 얘기를 했다. 그들은 토머스의 얘기를 귀담아듣고, 그에게 미소를 짓고는 서로 쳐다보며 웃더니, 코가 길고 빨간 경찰관이 계속 미소를 지으면서 만일 주인이 한 주일 동안 찾으러 오지를 않으면 돈을 집으로 가져다줄 테니 네가 가져도 된다고 말했다. 그러나 돈은 그의 집으로 돌아오지를 않았고, 한 주일이 훨씬 지난 다음 경찰서에서 나오는 코가 빨간 경찰관을 우연히 만났을 때, 그는 토머스를 보고 아는 체도 하지를 않았다. 그래서 그는 돈이 어떻게 되었는지 물어보지 않는 편이 좋으리라고 판단했다. 대신에 그는 마음속으로, 최후의 심판을 받아야 하는 날을 맞아서 그가 오른쪽에 서게 될지 아니면 리로이와 아서와 다른 죄인들과 함께 왼쪽에 서서 울게 될지 혹시 불확실한 경우가 생긴다면 자신이 유리한 점수를 따놓았다고 생각하기로 했다.

그가 살던 동네에는 흥미로운 곳이 한 군데 더 있었다. 그것은 그의 집 건너편, 길모퉁이의 미켈롭 술집 옆에 위치했다.

낡고 거무스레한 이 집에는 퀵 부인이라는 늙은 여자가 살았다. 아침마다 학교로 가는 길에 토머스와 에드워드는 무쇠통에 담긴 물과 잿물, 그리고 작고 빳빳한 빗자루로 현관을 닦는 그녀를 보았다. 현관의 널빤지들은 하도 문질러 닦아서 무척 희었다. 그는 왜 아침마다 꼭 청소를 해야 하는지 이유를 알 길이 없었다. 그곳을 밟아 발자국을 남길 만한 방문객이라고는 꽃게 장수 아줌마 한 사람뿐이었는데, 그 아줌마도 아침마다 동네를 한 바퀴 도는 김에 퀵 부인과 얘기를 나누려고 잠깐 들르기는 해도 현관으로 올라가는 일은 절대로 없었다. 꽃게 아줌마가 외치는 소리에 같은 침대를 쓰던 토머스와 동생은 가끔 잠이 깨고는 했다. 그녀가 커다랗고 시끄러운 새처럼 숨도 쉬지 않고 단숨에 노래를 부르듯 "꽃게요! 꽃게 사세요!"라고 외치면 "꽃게 요꽃 게사세요!"라는 소리처럼 들리기도 했다. 그들은 함께 속옷 바람에 창문으로 달려가서는, 새빨간 헝겊이 덮인 낡은 바구니를 이고 건너편 길거리를 따라 그녀가 걸음을 옮길 때마다 털럭거리는 바구니 안에서 오르락내리락 움직이는 게들을 구경했다. 그녀는 덩치가 크고 거무튀튀한 여자였으며, 드레스 위에다 얼룩무늬가 박힌 앞치마를 둘렀고, 항상 한 손을 들어 머리에 인 바구니를 잡은 채로 시커먼 흙이 깔린 보도를 씰룩거리며 걸었다. 시내로 나가면 꽃게가 워낙 많이 나돌았기 때문에 그녀는 동네에서 게를 별로 많이 팔지 못했다. 그래도 그녀는 아침마다 와서 노래를 불렀다. "꽃게 요꽃 게사세요!"

"왜 저 여자가 아침마다 오는지 모르겠어." 언젠가 토머스는 동생에게 말했다. "여기선 게를 사는 사람이 전혀 없는데."

"혹시 거리 저쪽에 가면 사주는 사람들이 있는지도 모르지." 에드워드가 대답했다.

"이렇게 이른 아침에 누가 게를 산다고 그래. 남자들이 미켈롭 술집으로 모여드는 저녁 시간이라면 혹시 몰라도."

"어쩌면 퀵 부인하고 얘기라도 나누려고 오는지도 모르지."
에드워드가 말했다.

그것은 상당히 그럴듯한 말이었다. 꽂게 부인이 아침마다
일부러 걸음을 멈추고는 현관을 닦아대는 퀵 부인과 얘기를
나누기 때문이었다. 그녀는 얘기를 나누는 동안 한 번도 바구
니를 머리에서 내려놓은 적이 없었다. 한 손으로는 펑퍼짐한
엉덩이를 짚고 다른 손으로는 머리 위에서 바구니의 균형을
잡으며 말을 했다. 퀵 부인은 계속해서 현관을 문질렀다. 토머
스와 동생은 어머니가 들어와서 세수를 하고 학교에 가라고
시킬 때까지 그들을 지켜보았다. 창가를 떠나며 토머스는 머
리를 하얗고 큰 비단 수건으로 덮고, 늙어서 허리가 굽은 몸
으로 현관을 문질러대며 꽂게 부인에게 얘기를 하는 퀵 부인
을 마지막으로 한 번 더 쳐다보고는 했다. 그는 아침마다 그들
이 무슨 얘기를 하는지가 궁금했다. 알 길이 없어서 마음에
걸리던 그는 그들의 아침 대화를 상상해보기 시작했다. 퀵 부
인은 서인도 출신이고, 온갖 식물의 뿌리와 부두교<sup>미국 남부와 서
인도제도의 흑인들 사이에서 행해지던 무술로, 마녀가 죽이고 싶은 사람이 있으면 그 사람
의 인형을 만들어 바늘 따위로 찔러 죽이기도 한다</sup>에 대해서 환히 알았기 때
문에 토머스는 그녀를 무척 두려워했다. 그는 그들이 부두 얘
기를 했으며, 이웃 사람 누군가 보복을 당할지도 모른다고 의
심했다. 뿌리들은 부두교나 마찬가지여서, 뿌리에 대해 잘 알
고 있다면 퀵 부인은 무서워해야 할 사람이었다. 언젠가 그와
에드워드와 길모퉁이의 생선 시장에서 일하던 뚱뚱한 소년 루

크가 조그마한 담배쌈지에다 약간의 소금과 후춧가루와 누런 모래를 담아서 그녀의 집에 있는 망을 친 문 옆의 하얀 나무 포치에다 집어 던진 일 때문에, 토머스는 그녀가 자신과 세상 사람들에 대해서 무엇이나 다 안다고 믿었다. 그들은 장난삼아 그런 짓을 했으며, 그의 집과 길 건너 장의사 사이의 뒷골목으로 도망을 쳐서, 나중에 그녀가 밖으로 나와 쌈지를 발견하기를 기다렸다. 거의 15분을 기다렸지만 여전히 그녀는 나오지 않았다. 그렇게 오랫동안 기다리고 나니 이제는 장난도 싱거워져서 그들은 고무총 놀이에 쓸 산딸기를 따러 공동묘지로 가버렸다. 그러나 이튿날 아침에 그가 학교로 가려니까 퀵 부인이 현관 청소를 하다가 머리를 들고는 흙길을 건너오라고 그를 불렀다.

"애야, 조심하는 게 좋겠어." 그녀가 말했다. "내 말 알겠지?"

무척 겁이 난 토머스는 눅눅한 봄날 아침에 아직 영문을 알지 못하고 속 편히 학교로 걸음을 서두르던 동생에게로 어서 달려가고 싶어 하며 물었다. "왜요?"

퀵 부인은 그를 뚫어지게 쳐다보았다. 그녀의 얼굴은 무척 까만 빛깔이었고 쪼글쪼글했으며, 하얗고 큰 비단 수건이 덮이지 않은 곳은 머리카락이 새하얬다. 그녀는 작은 입을 꼭 다물었으며, 단호했고, 눈동자는 검고 흰자위가 불그레했다. "넌 왼손잡이야, 안 그러냐?"

"그래요, 아주머니."

"그럼 조심해야 해. 보복을 당하지 않으려면 퍽 조심해야 되겠어."

"난 아무 짓도 하지 않았는데요." 그가 말했다. 하지만 그는 자기가 거짓말을 하고 있음을 그녀가 안다고 생각했다.

"넌 왼손잡이야, 안 그렇냐?"

그는 머리를 끄덕였다.

"그렇다면 넌 악마에게 하루의 일을 빚진 거야. 그러니까 보복을 당하고 싶지 않으면 몸조심하는 게 좋겠어." 마지막 한마디를 힘주어 하고 나서 그녀는 그의 눈을 빤히 쳐다보았는데, 그의 영혼을 꿰뚫어 들여다보는 것 같았다. 그가 살아서 아무리 좋은 일을 하더라도 '그날'에 그는 왼쪽에 서야 할 운명임을 그녀는 분명히 아는 듯싶었다. 그는 아무 얘기도 하지 않았지만, 그녀의 눈이 어찌나 깊이 꿰뚫고 들여다보는지 저절로 머리를 떨구고 말았다. 그는 시선을 돌렸고, 흙길을 따라 저만큼 멀리 몸을 씰룩거리며 길거리를 올라가는 꽃게 부인을 보았다. 그래서 그는 도망쳤다.

밤늦게 토머스는 침대에서 동생 옆에 누워 있다가 또 다른 어떤 소리를 들었다. 이 소리는 날마다 들리지는 않았지만 끊임없이 계속되었고, 그로 하여금 전율을 느끼게 했다. 그는 동생의 따스한 잔등에 바싹 달라붙어 누웠지만 잠은 멀리 달아났다.

"존스 선생님! 난 당신을 사랑해요, 존스 선생님!"

그것은 밤에 술이 취하기만 하면 찾아와 이웃집 쓰레기통에서 음식 찌꺼기를 뒤지다가, 허버트 엘 존스 장의사의 잠긴

문 앞에 서서 소리를 질러대어 사람들의 잠을 깨우던 맨발 부인의 무시무시한 소리였다.

"존스 선생님! 난 당신을 사랑해요, 존스 선생님!"

"에디, 일어나!" 그는 동생의 등을 밀치고는 말했다. "맨발 부인이 또 왔어."

그렇게 완전히 잠이 깨면 그들은 북쪽을 향해 읍내의 변두리를 돌아서 달려가는 야간열차의 까마득하고 나지막한 기적이나 한밤중의 외로운 개처럼 처량한 그녀의 신음에 귀를 기울이고는 했다.

"저 여자가 난 무서워." 그는 동생에게 말했다.

"나도 그래, 토미." 동생이 말했다.

낡은 집이 삐걱거리는 듯한 어떤 소리는 그녀가 비명을 지를 때만 들려왔다.

"저 여자는 왜 존스 씨를 사랑하는 걸까? 그 사람은 장의사인데." 그는 동생에게 물었다. 하지만 동생은 나이가 더 어렸고, 아직도 겁이 나면 무척 조용해지는 버릇이 있어서 아무런 대답을 하지 않았다.

"존스 선생님! 난 당신을 사랑해요, 존스 선생님!"

"이건 악몽 같아." 토머스는 혼잣말을 했다. "뒷방에다 시체를 잔뜩 보관하니까 저 여자도 겁을 내야 마땅하잖아. 하지만 시체 때문에 그러는 게 아닌지도 몰라. 아마 존스 씨가 오래전에 저 여자를 위해 어떤 사람의 시체를 공짜로 묻어주어서 그 사람을 좋아하게 되었는지도 모르지. 아마 낮에는 만날 기회가 없기 때문에 밤에 찾아오는 모양이야. 내 생각에 저 여자는 틀림없이 존스 씨가 자기를 위해 공짜로 매장을 해주었다는 걸 기억해서, 술이 취하면 밤에 고맙다는 말을 하려고 찾아오는 것 같아."

"제발 그만해, 토미." 에드워드가 어둠 속에서 말했다. "나 무서워."

토머스는 침대에서 동생에게로 더 가까이 가서 누워 아주 조용히 숨을 죽였다. 그러나 에드워드가 아직도 벌벌 떨어서 홑이불이 함께 떨렸다.

"존스 선생님! 난 당신을 사랑해요, 존스 선생님!"

토머스는 허버트 엘 존스 장의사의 뒷방과, 장의사 문 위에 걸린 파랗고 하얀 네온 간판과, 네온 불빛 아래 서서 소리치는 맨발 부인의 흙투성이 발과 길게 자라고 때가 낀 싯누런 발톱을 생각했다. 그는 꼭 한 번 그녀를 낮에 보았지만, 한 번만으로도 충분했다. 그녀는 누더기와 낡고 까만 모자 차림이었고, 코와 입술은 엄청나게 크고 불그레했으며, 머리카락은 길고 뻣뻣하며 어깨 훨씬 밑까지 늘어졌고, 콧물을 질질 흘렸다. 그는 음식 찌꺼기를 찾으려고 쓰레기를 파헤치던 그녀와 어느 날 아침에 우연히 마주쳤다. 자기와 동생과 어머니가 음식 찌꺼기를 거의 버리지 않았기 때문에 그녀에게 미안한 생각이 들었던 토머스는 그녀에게 줄 만한 먹을거리를 어머니에게 달라고 부탁하기 위해 층계를 다시 올라갔다. 어머니는 갓 구운 과자와 튀긴 베이컨을 내려보내주었다. 시커먼 손톱이 길게 자란 더러운 손으로 그것을 먹는 그녀를 보고 그는 속이 메스꺼워졌다. 지금, 침대에서도 그는 밀가루 조각들이 입가의 베이컨 기름에 달라붙은 채로 과자를 먹던 그녀의 모습이 여전히 눈에 선했다. 침대에 누워 천정의 그림자들 속에서 그려보기에는 좋지 않은 장면이었다. 눈을 감아도 소용이 없었다. 눈을 감으면 끔찍하게 더러운 누더기의 온갖 빛깔과 머릿속에서 더욱 선명해지는 얼굴과 발과 더불어 그녀의 모습이 더욱 생생하게 머리에 떠올랐다. 그는 밤마다 어머니가 시키는 대로 거실에서 커다란 갈색 라디오를 꺼버린 다음에 방송극 〈그림자〉와 〈전율〉과 〈악한들〉과 〈밀실〉에 등장하는 악한이나 괴물처럼 생생하게 눈앞에 어른거리는 그녀의 모습을 상상했다. 그는 불을 꺼버려 캄캄해진 거실의 벽에서 얼굴이 음흉하고 꼽추인 남자들과, 하나같이 까만 옷을 걸치고 머리카락이 치렁치렁한 노파들과, 눈이 노란 고양이들과, 거대한 쥐들 따위의 형체를 보았다. 잠자리에 들어 눈을 감으면 그런 것들이 진짜로 살아났는데, 지금은 과자와 베이컨을 더 내놓으라며 서른두 계단을 긴 발톱으로 긁어대고 올라오는 맨발 부인이 머릿속에서 공포를 불러일으켰다. 그는 어떻게 해야 좋을지 몰라서, 어느새 잠이 든 동생에게로 더 바싹 다가갔다. 토머스는 맨발 부인을 막아내도록 도와달라고 동생을 깨우고 싶었다. 불을 켜고 싶었지만, 그랬다가는 그가 있는 곳이 발각될까 봐 겁이 났다. 그는 땀을 흘리며 기다렸다. 밑에서는 장의사의 잠긴 문 위에 걸어놓은 파랗고 하얀 불을 켠 간판 아래서 그녀의 비명 소리가 다시 들려왔는데, 그것은 고통스럽고, 외롭고, 절망적이고, 위협적이고, 불안하고, 분노하고, 굶주린 소리여서 무슨 말로 표현을 해야 좋을지를 몰랐다.

"존스 선생님! 난 당신을 사랑해요, 존스 선생님!"

3

토머스 브라운은 열세 살 때 첫 일자리를 얻었다. 토머스와 동생은 둘 다 밀턴 파인버그와 그의 누이 새러 파인버그의 소유인 파인버그 슈퍼마켓에서 일했다. 둘이서 버는 돈을 합치면 어른 봉급의 3분의 1은 되었다. 토머스는 열심히 일을 해서 배달 소년에서 승진을 해 이제는 청과물부에 근무하게 되었지만, 아직 신참인 에드워드는 여전히 배달 소년이었다. 토머스는 다른 소년들보다 높은 지위를 누렸다. 그는 영업이 잘 안 되어 밀턴 파인버그가 돈을 절약하고 싶을 때마다 다른 소년들처럼 길거리로 쫓겨 나가 일을 하지 않아도 되어서 좋았다. 또 다른 소년들은 주말에 특별 판매가 열려 손님이 더 많아지기를 기다려야 하지만 자기는 학교만 끝나면 평일에도 날마다 근무를 할 처지여서 좋았다. 그는 정규 근무를 해서 특히 좋았는데, 정규 근무를 하면 일요일 아침마다 상점의 마룻바닥을 걸레질하고 왁스를 칠하는 일을 도와야 해서 교회에 갈 수 없었다. 그는 자신이 청소반에 동원되면 예배에 참석하지 못한다는 핑계가 생기기 때문에 어머니가 좋아하지 않는다는 걸 알았다. 그러나 청소반이 되면 3달러를 추가로 번다는 뜻이니 돈 때문에 어머니의 기분이 좋아지리라는 사실도 알았다. 그래도 그녀는 밤이면, 특히 일요일이면 그에게 기도를 시켰다.

그가 맡은 일은 감자를 봉지에 넣는 작업이었다. 그것은 무척 간단했다. 날마다 학교가 파한 다음, 그리고 일요일이면 온종일 그는 냉방 시설을 갖춘 청과물 방에서 파란 통옷을 걸치고, 높다랗게 쌓아올린 자루 더미에서 20킬로그램짜리 감자 자루를 내려서는 칼로 베어 찢고, 저울 옆에 놓인 작은 수레에다 감자를 쏟아 부은 다음에 2킬로그램이나 5킬로그램들이 비닐봉지에 다시 담았다. 그것은 아주 간단해서, 잠을 자면서도 할 만한 일이었다. 다음에는 봉지를 자루에다 담고, 청과물 방과 상점의 나머지 부분을 분리하고 있는 커다란 창문을 통해 손님들을 구경하며 남은 시간을 보냈다. 손님들은 대부분 백인이었는데, 그는 길거리에서 그들이 어째서 자기한테 말을 하지 않았는지를 드디어 깨닫게 되었다. 슈퍼마켓에 온 다음에야 알아낸 사실이지만, 집이라고 불리는 사적인 공간으로 가면 자기나 마찬가지로 누구나 다 그런다는 비밀을 알게 되었기 때문에 이제는 화장실에 가는 일을 거북해하지 않았다. 어느덧 그 백인들은 퍽 오랫동안 업무 차원에서 그와 대화를 나누게 되었고, 그는 이런 관계에 기반을 두고 몇 사람과 조금은 친한 사이가 되었다.

그는 전쟁터에서 등에 부상을 입어 걸음걸이가 이상해진 재향군인 버크와 친한 사이가 되었다. 버크는 정육점의 조수었는데, 손님들의 눈에 띄지 않는 청과물 방 뒤쪽에서 비계 조각과 쓸모없는 고기 찌꺼기와 빨간 가루로 햄버거를 만들었다. 그는 곱게 빻은 하얀 식재료에 빨간 가루를 섞어 넣고, 커다란 통에서 물렁물렁한 덩어리를 집어 들어 조금씩 방울 지어 떨어지게 한 다음 다시 통 속에다 두 손을 덥석 담그며 신이 나서 웃고는 했다. 가끔 그는 장난을 치느라고 한 덩어리를 토머스를 향해 집어 던졌는데, 그럴 때면 토머스는 재빨리 몸을 비켰다. 그러나 다 재미로 하는 장난이었으므로, 빨갛고 하얀 고깃덩어리가 창문에 더덕더덕 달라붙어서 감자를 봉지에 넣는 동안 바깥에서 오가는 손님들을 구경하는 데 방해가 되지 않도록 닦아내야 할 때를 제외하고는 토머스는 별로 개의치 않았다.

그는 이 창문을 상대방에게 들키지 않으면서 상점에 지주드나드는 사람들을 한쪽에서만 살펴보게 해주는 거울과 마찬가지라고 생각했다. 그는 정말로 남의 눈에 띄지 않는 모양이었다. 머리와 두 어깨만 유리 위로 드러낸 채 그가 어떤 사람은 손으로 물건을 어떻게 만지작거리고 어떤 사람은 발을 어떻게 움직이며, 어떤 얼굴은 어떻게 굳어 있는 반면에 어떤 얼굴은 즐거운 얘기라도 나누는 듯 열심히 입을 놀리며 웃어대는지를 지켜보았지만, 아무도 그를 마주 노려보는 일이 없었다. 하기야 그들 가운데 하던 행동을 멈추고 눈을 들거나, 심지어는 우연히나마 그가 있는 쪽을 쳐다보는 사람은 아무도 없었다. 마치 그들은 유리 이쪽을 보지 못하는 듯싶었다.

그의 시야에 청과물 통로 전체가 들어왔기 때문에 그는 손님들이 상점으로 들어와 통로를 따라 사람들 사이로 내려오거나, 수레를 밀고 다니다가 걸음을 멈추거나, 처음에는 청과물 진열대에, 다음에는 정육점 카운터에 들렀다가, 그다음에는 한쪽 옆으로 비켜나서 그의 눈에는 보이지 않는 오른쪽 통조림 식품과 냉동식품과 화장품을 사러 가는 모습을 훤히 내다볼 수가 있었다. 그는 매 주일 같은 시간에 찾아오는 단골손님 가운데 몇 사람에게 별명을 붙이기 시작했다. 배가 잔뜩 나오고, 튼튼한 목덜미는 불그레하며, 얼굴은 농부처럼 보이고, 덩치가 크고 뚱뚱한 남자 하나가 매장 수레를 하나는 앞쪽으로 밀고 또 하나는 뒤쪽으로 끌고 다녔는데, 토머스는 저렇게 뚱뚱한 사람은 다시없을 것이며, 올이 굵은 헝가리 무명천으로 만든 빛이 바랜 작업복을 매 주일 그대로 입고 다니는 꼴을 보니 몸에서 냄새깨나 나리라는 생각이 들어서 '땀내 나는 뚱보'라고 불렀다. 또 다른 한 얼굴은 다른 손님들이 아무도 지니지 못한 근엄함을 보이며 천천히 수레를 밀고 다니는 늙은 여자였는데, 그는 그녀를 '부잣집 할머니'라고 불렀다. 그녀는 항상 미나리를 샀는데, 언젠가 한번 토머스는 감자를 담은 봉지를 잔뜩 실은 커다란 수레를 진열대 쪽으로 밀고 나가다가 그녀 옆을 지나치며 잠깐 맡기에도 상쾌하고 무척 고상한 향수의 냄새를 맡았다. 그것은 그가 맡아본 다른 대부분의 향수들처럼 냄새가 한참 뒤에도 남는 그런 종류가 아니었다. 그는 그녀가 향수를 자기 혼자만 쓰도록 직접 주문해서 샀으며, 어찌나 비싼지 그 향기는 그녀의 몸에서 떨어지지 않아서 한곳을 지나가면 냄새만 뒤에 따로 남지는 않으리라는 생각이 들었다. 그는 그녀의 그런 면이 좋았다. 또한 그가 문간에서 일하는 소년들에게서 들은 바로는 그녀는 상점에서 반 구간밖에 되지 않는 집까지 식료품을 손수 가지고 가는 일이 없는데, 산 물건이 아무리 적더라도 소년을 시켜 배달을 받고는 심부름값으로 25센트를 꼭 준다고 했다. 토머스는 그녀가 계산을 할 때마다 배달 소년들 사이에서 경쟁이 심하게 벌어진다는 사실을 알았다. 그녀를 보면 그런 싸움이 일어날 만도 했다. 얼마 동안 그녀를 지켜보고 난 다음에 그는 향수 냄새를 맡기 위해서라도 꼭 새로 봉지에 담은 감자를 수레에 싣고 진열대로 나가는 버릇이 들었다. 그러나 그녀는 전혀 그를 눈여겨보지 않았다.

"너 저울눈이 넘어가지 않도록 조심해야 되겠어." 청과물 지배인 미스 헤스터는 그가 창밖을 너무 오래 내다보는 기미가 눈에 띄기만 하면 조심을 시켰다. "5킬로그램이 넘는 걸 발견하면 밀턴 씨가 화를 낼 거야."

토머스는 그녀가 언제 자기를 감시하는지, 언제 꾸중을 할지 잘 알았다. 그녀와 함께 지냈기 때문에 그런 육감이 발달하게 되었다. 그는 자기가 침묵을 지키면 무슨 생각을 하는지 몰라 그녀가 불안해한다는 사실을 알았다. 비록 나이가 어리기는 하지만 자신이 그녀보다 훨씬 똑똑하다는 비밀을 알았고, 자기가 파란 통옷을 입고 비닐봉지에 가득 찰 만큼 감자를 집어넣고는 그것을 회색 저울에 올려놓으면 빨간 화살이 5를 가리키는 것을 지켜보며 그녀가 불안해하는 기색을 눈치챘다. 그리고 자신이 눈치챘다는 사실을 그녀 역시 알리라고 생각했다. 떨리던 바늘은 웬일인지 거의 언제나 정확히 5킬로그램을 가리키며 멈추는 듯싶었다. 봉지를 채우는 일은 그들에게 조건반사처럼 자동적으로 이루어졌고, 그래서 그는 창문 밖에서 벌어지는 일들에 신경을 집중하면서도 상당히 쉽게 작업을 해냈다. 그는 이런 사실이 그녀를 불안하게 만든다는 것을 알았는데, 그래선지 그녀는 사실은 자기가 방 안에 있다는 걸 알리려고 그의 뒤쪽 조리대나 계산대 옆에 서서 쉴 새 없이 그에게 질문을 계속했다. 그가 한참 동안 아무 말도 하지를 않으면 그녀는 항상 초조해했고, 이런 점도 잘 알았던 그는 감자들이 봉지로 들어가며 털썩거리고 부스럭대는 율동적인 소리와, 저울에 봉지를 내려놓는 소리, 잠시 후에 봉지 꼭대기를 기계로 비틀고 봉하느라 비단처럼 바스락거리는 소리를 그녀가 잘 듣게 하려고 꼭 말을 해야 할 때까지도 가끔 침묵을 지키고는 했다. 그녀가 무언가 더 바란다는 사실을 알았기 때문에 토머스는 그런 소리를 내면 기분이 좋았다.

　미스 헤스터는 발톱이 훨씬 짧고 깨끗하며 백인이기는 했지만, 발가락은 맨발 부인과 비슷했다. 그녀는 항상 샌들을 신었고, 남자처럼 억세었으며, 겨드랑이에 털이 수북했다. 그녀가 미소를 지을 때면 얼굴이나 미소가 그에게는 여자답게 느껴지지가 않았다. 그 미소는 너무 딱딱했다. 웃음소리는 너무 요란하게 배 속 깊은 곳으로부터 울려 나왔다. 커다란 통에 담긴 상추나 참외나 셀러리를 아주 쉽게 집어 드는 모습을 보면 더욱 여자답지가 않았다. 그녀는 적갈색 머리카락을 짧게 잘랐는데, 그녀에게 아주 가까이 가면 부잣집 할머니와는 냄새가 너무나 달랐다.

"넌 항상 무슨 공상을 그렇게 많이 하니?" 언젠가 그녀는 그에게 물었다.

"그냥 허튼 생각을 좀 했을 뿐예요, 미스 헤스터."

"무엇에 대해서?"

"학교나 뭐 그런 생각요."

그는 그녀가 등 뒤 조리대 옆에 서서 칼로 셀러리를 다듬던 손을 멈추었다는 걸 의식했다.

"너 고등학교를 마칠 생각이니?"

"그럴까 해요."

"너 꽤 똑똑한가 보구나, 응, 토미?"

"아뇨. 난 별로 똑똑하지 못해요." 그가 말했다.

"하지만 넌 확실히 생각하는 게 많아."

"그저 공상에 지나지 않는지도 모르죠." 토머스가 그녀에게 말했다.

그녀의 칼은 다시 셀러리 줄기를 치기 시작했다. 그는 봉지에 담는 일을 계속했다.

"하기야 어쨌든 넌 훌륭한 종업원이지. 넌 착한 애야, 토미."

토머스는 아무 말도 하지 않았다.

"네 동생도 훌륭한 종업원이야. 하지만 너하고는 달라."

“알아요.” 그가 말했다.

“그 앤 문간에서 잡담을 많이 해. 출납계원들은 다들 그 애를 좋아하지.”

“에디는 말이 많아요.” 토머스가 말했다.

“그래.” 미스 헤스터가 말했다. “아마 말이 좀 지나치게 많은지도 몰라. 밀턴 씨하고 미스 마사가 그를 눈여겨보고 있어.”

“왜요?”

그녀는 셀러리를 자르던 일손을 다시 멈추었다. “난 모르겠어.” 그녀가 말했다. “아마 그 애가 말이 너무 많아서 그러나 봐.”

4

토요일 밤이면 토머스와 동생은 집에서 쓸 식료품을 파인버그 슈퍼마켓에서 사왔다. 어머니가 써준 명세서를 검토하면서 토머스는 책임감을 느꼈는데, 그는 그런 기분이 좋았다. 그는 명세서에 없는 물품들도 마음대로 사도 됐는데, 그것 역시 좋았다. 그들은 스스로 번 돈으로 식료품값을 치렀다. 직원들 몇 사람이 지켜보는 가운데서 돈을 치르면 특히 기분이 좋았다. 가끔 그들은 어머니에게 줄 아이스크림이나 파이나 무슨 특별한 물건을 샀다. 그러면 으쓱한 기분이 들었다. 다른 흑인 고용인들과 배달 소년들과 재고 담당 직원들과 포장을 하는 소년들은 토요일 밤에 진탕 먹어주거나, 미성년자들이었으니

밀주업자들로부터 위스키를 사거나, 쉬는 날이면 적어도 그날만은 다른 날들보다 신수가 훤하다는 사실을 모든 직원 앞에서 과시하기 위해 입을, 빛깔이 요란한 바지나 뾰족한 구두를 사는 것 이외에 당장 돈을 쓸 곳이 따로 없었다.

토머스와 동생은 쉬는 날이 없었다. 한 주일 내내 학교가 끝나기만 하면 곧장 일터로 나갔으며, 토요일에는 종일 근무를 했다. 에드워드는 일요일 아침에는 청소를 하지 않고 여전히 교회를 다녔다. 토머스는 동생이 교회에 가느라, 청소반의 다른 소년들이 일요일 아침이면 지배인 베니 빌스하고만 일하다가 지배인이 잠깐 한눈을 파는 사이에 고기 꾸러미와 소다수와 담배를 훔치는 일에 노출되지 않으니, 심판의 날 거의 틀림없이 오른쪽에 서리라는 사실에 마음이 놓였다. 토머스는 빌스 씨 자신도 일요일마다 걸레질과 왁스 칠을 마치고 12시가 넘자마자 청소반을 내보내고 문을 잠근 다음에 더 큰 물건들을 훔친다고 의심했다. 토머스는 또한 따로 맞춘 구두를 신고, 냄새가 무척 독한 푸른 여송연을 피우고, 뼈마디가 굵은 밀턴 파인버그가 모든 사람이 무엇을 훔치는지를 알면서도 어떤 사람들을 잡아낼 편리한 시기를 기다리고 있다는 의심도 했다. 그는 규모가 큰 도둑질을 하는 사람들에게 얘기를 할 때마다 입안에서 여송연을 굴리며 은근히 미소 짓는 태도를 보고 그런 사실을 눈치챘는데, 이것을 아는 토머스는 절대로 물건을 훔치지 않았다. 처음에 그는 퀵 부인처럼 남의 마음을 꿰뚫어 보는 밀턴 파인버그의 푸른 눈이 두려워서 자기가 훔치지 않는다고 생각했지만, 나중에는 자기가 만일 첫 번째 거짓말을 하지만 않았더라면 교회에 가 있어야 마땅할 일요일 아침에만 그런 기회가 생기기 때문에 그런 짓을 하지 못한다고 생각했다.

밀턴과 누이 새러 파인버그는 토머스를 좋아했다. 그는 새러 파인버그가 자주 그를 불러 사무실 청소를 시키는 이유가 그것이라고 믿었다. 그가 청소를 하는 동안 그녀는 책상 위에 동전 꾸러미들을 놓아두었고 마룻바닥에는 잔돈이 여기저기 흩어져 있었다. 그가 바닥을 쓸고, 걸레질을 하고, 왁스를 칠하고, 먼지를 털고, 쓰레기통을 비운 다음에 사무실로 돌아오면 새러 파인버그는 작은 안경 너머로 토머스에게 미소를 지으며 말했다. "넌 착한 애로구나, 토미."

밀턴 파인버그는 돈을 찾으러 은행을 다녀올 때마다 항상 토머스더러 자동차를 세워둔 바깥으로 나와 묵직하고 하얀 자루들을 상점 안으로 가지고 들어가거나, 때로는 사무실로 운반해 올라가게 했다. 그래서 토머스는 밀턴도 자기를 좋아한다는 사실을 알았다. 언젠가는 학교가 끝난 다음 출근 시간에 늦지 않으려고 토머스가 길거리를 뛰어가려니까 그가 차를 태워주기까지 했다. 밀턴 파인버그가 토머스에게 말했다. "넌 훌륭한 종업원이야."

토머스는 마땅히 할 말이 생각나지 않았다.

"학교를 그만둔다면 상점에서 네가 근무할 좋은 자리가 생길 거야."

"전 학교를 그만두지 않겠어요." 토머스가 말했다.

밀턴 파인버그는 미소를 짓고 푸른 여송연을 씹었다. "그럼 학교를 졸업한 다음에 정규 직원으로 근무를 해라. 넌 훌륭한 일꾼이라고 미스 헤스터가 그러더구나."

"감자를 봉지에 담는 일은 쉬워요." 토머스가 말했다.

밀턴 파인버그는 다시 미소를 지으며 차를 몰았다. "그래, 네가 감당할 수만 있다면 우린 널 창고 근무를 시키겠어. 해낼 자신이 있겠니?"

"예." 토머스가 말했다. 하지만 그는 창고와, 짐차에서 짐을 내리고 통조림 식품과 비누 상자들을 위층의 퀴퀴하고 커다란 창고에 쌓아올리는 일을 염두에 두지는 않았다. 그는 고등학교를 졸업하려면 얼마나 더 오랜 시간이 지나야 하는지를, 그리고 그렇게 긴 시간을 밀턴 파인버그가 얼마나 대수롭지 않게 여기는지를 생각했다.

5

어느 날 오후에 토머스가 창문을 통해 아주 못생긴 남자를 살펴보는 동안 상점 앞쪽에서 미스 헤스터가 청과물 방으로 들어왔다. 여느 때처럼 그녀는 뒤에 자리를 잡고 섰다. 토머스는 등 뒤에서 그녀의 시선을 의식했다. 그는 비닐봉지에 감자를 넣으며 그 시선을 어깨에서 느꼈다. 미스 헤스터는 말이 없었다. 토머스는 일을 하면서 아주 못생긴 남자를 계속해서 지

켜보았다. 남자는 머리가 벗어졌고, 빨갛고 가느다랗고 긴 코
는 부자연스럽게 거의 아랫입술에 닿을 정도로 휘어져 내려와
있었다. 남자는 턱이 없었으며, 대신 그 자리에 세 겹의 살이
빨간 헝겊으로 만든 목걸이처럼 축 늘어져 있었다. 사과나 바
나나를 훔치려고 가끔 청과물 방을 지나다니던 재고실 직원
해리 잭슨이 이 못생긴 남자에게도 '웃겨줘'라고 별명을 붙여
놓았는데, 열세 살에 취직이 되어 들어오자마자 토머스에게
'꼬마 동생'이라는 별명을 붙여놓은 사람 역시 잭슨이었다. '웃
겨줘'를 쳐다보면 토머스는 슬픈 마음이 들었고, 그 남자의 턱
이 어쩌다가 없어졌는지 궁금했다. 아마도 '웃겨줘'는 전쟁터에
서, 아니면 교통사고로 턱을 잃었으리라고 생각했다. 사고가
일어난 다음 턱이 영원히 없어졌음을 깨달았을 때 '웃겨줘'의
표정이 어떠했을까 머릿속에 그려보려고 애를 쓰는 동안 미스
헤스터가 뒤에서 말을 걸었다.

"네 동생이 문간에서 무척 난처한 꼴을 당하고 있어." 그녀
가 말했다.

토머스는 돌아서서 그녀를 쳐다보았다. "무슨 일이죠?"

"주문 받은 물건을 다른 차에다 실었나 봐."

"사람들이 그걸 반납했나요?"

"그래." 그녀가 말했다. "하지만 식료품을 아직 찾지 못한 사
람들이 몇 명 남아 있어. 그 사람들이 바깥에서 지금 핏대를
올리고 야단이야."

"에디가 그걸 잃어버렸나요?"

"그래. 미스 새러는 잔뜩 핏대가 올랐지. 그곳으로 사람들이 많이 몰렸어."

그는 유리 창문을 통해 청과물 통로 위쪽으로 눈을 돌려 상점 앞쪽에서 그에게로 오는 동생을 보았다. 동생은 파란 통 옷의 매듭을 풀면서 냉방이 된 청과물 방의 흔들이 문으로 들어왔다. 그는 별다른 얘기 없이 미스 헤스터 옆에 있는 조리대로 곧장 가더니 검은 호스에서 물을 빨아 마셨다. 무척 더워하는 것 같았지만 코에서만 땀이 났다. 토머스는 창가에서 몸을 돌려 동생을 마주 보고 섰다.

"문간에서 무슨 사고가 생기기라도 했니, 에디?" 그가 말했다.

"아무것도 아냐." 이를 악물고 동생이 대답했다

"얘기를 들어보니 네가 주문받은 물건을 다른 차에 실어서 손님들이 그걸 찾지 못했다던데." 미스 헤스터가 말했다.

"그래요." 에디가 말했다.

"왜 여기 와서 숨으려고 하지?" 그녀가 말했다.

"난 숨으려는 게 아네요." 에디가 말했다.

토머스는 아무 말도 없이 그들을 지켜보았다.

"넌 문간으로 나가보는 게 좋을 거야." 미스 헤스터가 말했다.

바로 그때 미스 새러 파인버그가 문을 열고 들어섰다. 그녀는 파란 스웨터의 호주머니에 손을 찌른 채로 작고 서늘한 방의 한가운데로 걸어오더니 에드워드 브라운을 노려보았다. 문이 계속해서 앞뒤로 흔들리며 딸그락거리는 동안에 그녀는 화가 나서 숨을 몰아쉬며 말없이 서서 기다렸다. 토머스는 반쯤 채운 감자 봉지를 손수레에 내려놓고 동생과 함께 기다렸다.

"너 왜 여기 와 있니?" 미스 새러 파인버그가 에드워드에게 물었다.

"물을 좀 마시려고요."

"너 저기서 네가 27달러어치의 식료품을 잃어버렸다는 건 알겠지?"

"그건 내 잘못이 아녜요." 에디가 말했다.

"하는 일에 신경만 제대로 썼다면 이런 사고는 없었을 거야. 하지만 그러지를 않았어! 넌 항상 말이 많고, 해롱거리기만 하고, 누구하고나 입만 놀리지."

"봉지를 잘못 가지고 간 사람들이 도로 가지고 올지도 몰라요." 에디가 말했다. 방 안은 서늘했지만 그의 콧등에서는 여전히 땀이 났다. "분명히 누가 내 손수레를 잘못 끌고 갔어요."

"'분명히'라고? '분명히'라니!" 미스 새러 파인버그가 말했다. "미스 헤스터, 저 얘기 좀 들어봐요! '분명히'라니. 학교 좀 다녔다 하면 잘난 체만 한단 말이야. '분명히'라고 그랬지?"

"그래요." 에디가 말했다. 토머스는 동생이 울음을 터뜨릴 지경임을 알았다.

미스 헤스터는 아직도 남자처럼 미소를 짓기만 했다.

미스 새러 파인버그는 스웨터 호주머니에 넣은 손으로 엉덩이를 짚고 서서 에디를 빤히 쳐다보았다. 에디는 눈을 떨구지 않았고, 토머스는 그런 행동이 정말로 기분이 좋으면서도 슬폈다.

"너 문간으로 다시 돌아가." 미스 새러 파인버그가 말했다. 그녀는 다시 문을 밀치고 서늘한 청과물 방에서 나갔다.

"'분명히', '분명히'라니, 너 말 한번 정말 잘했구나." 뚱뚱한 여자가 청과물 통로를 반쯤 내려간 다음에 미스 헤스터가 말했다. "진짜 화가 난 모양이야. 저 여자 저렇게 화내는 거 나 처음 봐."

토머스와 에드워드는 두 사람 다 아무 말도 하지 않았다.

그러더니 미스 헤스터가 미소를 멈추었다. "너 도로 문간으로 나가보는 게 좋겠어, 에디."

"싫어요." 에디가 말했다. "난 집으로 가겠어요."

"그만두겠다는 거냐?" 미스 헤스터가 말했다.

"그래요."

"뭣 때문에?"

"몰라요. 난 어쨌든 집으로 가겠어요."

"하지만 집에서는 돈이 필요하지 않겠니?"

"아녜요." 에디가 말했다.

그는 파란 통옷을 벗어 20킬로그램짜리 감자 자루들이 잔뜩 쌓인 무더기 위에 놓았다. "난 집으로 가겠어요." 그가 다시 말했다.

에디는 형을 쳐다보지 않았다. 그는 문으로 나갔고, 토머스는 그가 천천히 청과물 통로를 걸어 내려가서 아무것도 쳐다보지 않고 밖으로 나가는 모습을 지켜보았다.

토머스는 감자 자루를 쌓아놓은 곳으로 가서 꼭대기에 있는 파란 통옷을 밀어 마룻바닥의 바구니에 집어넣었다. 그러고는 20킬로그램짜리 자루를 하나 집어 손수레에 싣고는 손가락으로 찢어 열어서 안에 든 더럽고 갈색인 크고 작은 감자들을 손수레로 쏟아 부었다. 그는 미스 헤스터의 눈길이 그가 놀리는 팔과 어깨와 손을 지켜보고 있음을 의식했다. 그는 저울의 추를 바꾸고는 감자를 2킬로그램짜리 봉지에 담기 시작했다. 그는 일을 하면서 계속 잔등에서 미스 헤스터의 시선을 의식했다. 그는 무척 빨리 일을 하며 창밖을 내다보았다. 오늘 오후에는 '땀내 나는 뚱보'가 나타날 터였다. 토머스가 2킬로그램짜리 봉지 일곱 개를 채우고 난 다음에 미스 헤스터가 자리를 옮겼는데, 그는 그녀가 곧 얘기를 걸어오리라고 예상했다.

"너도 그만둘 거니, 토미?"

"아뇨." 그가 말했다.

"식구들은 돈이 필요할 거야, 그렇지?"

"아녜요." 그가 말했다. "우린 돈은 필요 없어요."

그녀는 더 이상 얘기를 하지 않았다. 토머스는 '땀내 나는 뚱보'를 생각했고, 만일 그가 오지 않는다면 어떻게 시간을 보낼까 하는 생각도 했다. 그는 동생이나 어머니나 돈이나 심지어는 토요일 밤에 식료품을 사는 그들을 밀턴 파인버그가 보았을 때 느꼈던 기분에 대해서도 생각하고 싶지 않았다. 만일 '땀내 나는 뚱보'가 오지 않는다면, 상점을 나가기 전에 혹시 '웃겨줘'라도 한 번 더 보게 될지도 모를 일이었다. '부잣집 할머니'는 다음 주일까지는 다시 오지 않으리라. 그는 커다란 유리창 저쪽에서 손수레를 끌고 물건을 고르며 돌아다니는 새로운 사람들의 얼굴과 몸을 기억해두면 좋으리라고 판단했다. 그는 지금 그들이 아무도 머리를 들어 창문을 통해 관찰하는 자신을 눈여겨보지 않아서 무척 좋았다. 그는 당황하거나 죄의식을 느낄 필요가 전혀 없었다. 그러니까 그는 머리를 끄덕이거나, 입을 놀리고 눈을 움직이거나, 인사를 하는 등의 어떤 표시도 할 필요가 없었다. 그러면 그는 그들이 말대답을 해주지 않아도 전혀 기분이 나빠지지 않았다.

6

그날 밤 침대에서 숨을 쉬느라고 들먹이는 동생의 잔등에 바싹 붙어 누워서 토머스는 최후의 심판의 날과 왼쪽 편에 대해서 다시 한 번 심각하게 생각을 해보았다. 이제 그에게는 심판의 날이 오면 왼쪽에 같이 서기를 원하는 사람들이 있었다. 그는 교회와 집사들이 그로 하여금 최초의 중대한 거짓말을 하도록 만든 장소 때문에 절대로 교회로 돌아갈 수 없게 된 사연을 생각해보았다. 그는 자신이 직장을 그만두지 않은 까닭이 일요일 아침마다 교회에 가기 싫기 때문이 아닐까 하는 생각을 해보았다. 자기가 동생과 함께 직장을 나가는 이유가 돈 때문인지, 아니면 교회에 가기 싫기 때문인지, 또는 창문 때문인지 알 수가 없었다. 그들 두 사람이 함께 때려치우고 당당하게 나란히 걸어 나왔더라면 정말 볼만했으리라. 그러나 그는 그러지를 않았고, 왜 안 그랬는지 그 까닭을 지금은 알 길이 없다. 갑자기 어둠 속에서 그는 파랗고 하얀 허버트 엘 존스 간판 밑에서 소리를 지르는 맨발 부인의 소리를 들었다.

"존스 선생님! 난 당신을 사랑해요, 존스 선생님!"

그러나 그는 이제 그런 소리가 겁이 나지 않았다. 그는 동생의 잔등을 쿡 찔렀다.

"에디? 에디."

"응?"

"왜 저러는지 알아?"

"몰라."

"왜 저러는지 궁금해." 그가 다시 말했다.

에디는 대답을 하지 않았다. 여자가 외치는 소리가 다시 들려온 다음에 동생은 침대에 누운 채로 몸을 돌리고는 토머스에게 말했다.

"형 그만둘 거야?"

"아니."

"왜? 우린 당장이라도 신문 배달을 하면 되잖아."

"모르겠어. 난 그저 그만두고 싶지 않을 뿐이야. 당장은."

"어쨌든 난 거기로 돌아가지는 않겠어. 언젠가 돈을 잔뜩 벌면 다시 찾아가야지. 난 그곳으로 들어가서는 햄버거만 빼놓고 모조리 다 사겠어."

"그래." 토머스가 말했다. 그러나 그는 동생의 말에 귀를 기울이지 않았다.

"존스 선생님! 난 당신을 사랑해요, 존스 선생님!"

"그리고 난 세상에서 최고로 훌륭하고 고상한 말을 배우겠어." 동생이 얘기를 계속했다. "그곳에 다시 돌아가게 되면 난 미스 새러가 이해하지 못할 만큼 고상한 말투로 얘기를 하겠어."

"그러면 좋겠지." 토머스가 말했다. 하지만 그는 이제 혼자만의 생각에 골똘히 잠겨 있었다.

"두고 봐." 에디가 말했다. "난 꼭 그러겠어."

그러나 토머스는 동생에게 대답하지 않았다. 그는 다시 얘기가 계속되기를 기다렸다.

"존스 선생님! 난 당신을 사랑해요, 존스 선생님!"

불현듯 그는 맨발 부인이 자기가 지르는 소리를 듣거나 꺼려할 사람이 건물 안에 아무도 없을 시간을 골라서 거의 밤마다 찾아오는 이유를 깨닫게 되었다. 그는 그녀가 틀림없이 느꼈을 기분을 느꼈다. 그는 이제 그녀의 외침 소리가 어째서 항상 그를 괴롭혔는지를, 앞으로도 계속해서 괴롭힐 것인지를 깨달았다. 이제 그의 머릿속에는 어떤 어휘가, 그녀의 외치는 소리와 그가 내면에 간직하고 느끼는 그 무엇을 제대로 설명할 만한 어떤 거창한 어휘가 떠올랐다. 그것은 아주 분명해졌고, 이제 그는 맨발 부인이 밤에 찾아온 이유는 정말로 존스 씨를 사랑했거나, 존스 씨가 그녀를 위해 어떤 사람을 공짜로 매장해주었거나, 심지어는 파랗고 하얗게 불을 켠 간판이 마음에 들었기 때문이 아님을 알게 되었다. 그녀가 밤마다 비명

을 지르러 찾아왔던 까닭은 토머스 자신이나 마찬가지로 비참
했으며, 달리 어떻게 해야 할지를 몰랐기 때문이다.

어휘의 문제

기차에서

기차에서

1

웨이터들의 말을 들어보면 그녀는 디어본 역에서 출발한 기차를 타고 와서는 시카고에서 환승했다고 한다. 그녀는 살이 찌고, 여장부답고, 피서를 하는 사람처럼 안경은 검정 빛깔이었지만, 기차에는 햇빛이나 신선한 공기도 없었으며, 그녀는 안에만 갇혀서 빛을 못 보고 몇 년을 지낸 사무원들처럼 얼굴이 아주 창백하고 주름살이 좀 많았다. 그녀는 슈퍼마켓이나 지하 할인 매점에서 물건마다 조심스럽고 철저하게 하나씩 모조리 만져보는 여자, 또는 준법정신이 그녀보다 못한 사람들이 모두 길을 건너더라도 혼자서만 번잡한 길모퉁이에 그냥 서서 신호등이 파란불로 바뀌기를 기다리는 여자, 그러니까 쉽게 상상이 가기는 하지만 실제로는 눈에 잘 띄지 않을 듯싶은 그런 유형의 사람이었다. 그녀는 기차에서 하루를 꼬박 보낸 다음에야 식당차로 왔는데, 그러고서도 1달러 85센트짜리인 싸구려 음식을 시켜 먹었다. 그녀는 버터밀크를 주문했고, 빵은 통째로가 아니라 조각으로 잘라서 달라고 했다. 흑인 웨이터들은 모두 알 만하다는 듯 서로 쳐다보며 히죽거렸다.

식사를 끝내자 그녀는 자리에 그냥 앉아서 책을 읽었으며, 여객전무가 다음 손님을 맞기 위해 자리를 치워야 하니 비켜 달라고 할 때까지는 줄곧 노랗고 초록빛인 노스다코타의 평원을 내다보며 일어날 줄을 몰랐다. 그녀는 말로써 불평을 하지는 않았지만, 신경질을 부리고 옷자락을 펄럭거리며 자리를 떴다. 침대칸으로 통하는 자동문이 그녀의 뒤에서 짜증스러운 쇳소리를 내면서 닫혔다. 여객전무는 이를 갈며 그녀를 잡년이라고 욕했고, 시중을 들던 웨이터는 여객전무 옆에서 쟁반을 겨드랑이에 끼고 서서 기다리다가 벌쭉 웃느라고 담뱃진으로 얼룩이 진 이를 드러냈다. 그러나 그녀가 팁을 남겨두지 않았음을 깨닫고는 큰 소리로 그녀를 걸레 같은 잡년이라고 욕설을 퍼부었고, 여객전무는 그에게 얼굴을 찌푸렸다.

마지막 손님들을 다 치르고 나자 침대차의 급사들은 빈 깡통을 들고 공짜 커피를 얻어먹으러 왔다. 이 사람들은 무척 욕심이 많았는데, 한 번만 커피를 공짜로 주면 그것이 계속해서 공짜로 얻어먹을 권리를 부여한다고 믿기라도 하는 듯, 여행이 끝날 때까지 자꾸만 더 달라고 하게 마련이었다. 웨이터들의 식탁에 앉아서 그들은 식사를 하는 웨이터들을 지켜보았다. 웨이터들도 역시 욕심이 많았다. 그들은 게걸스럽게 먹어댔다. 급사들은 얼마 동안 식사를 하는 웨이터들을 지켜보았는데,

그러다가 급사 한 사람이 눈을 감고 곧 졸기 시작했다. 눈이 부엉이처럼 맥이 빠지고 늙은 또 한 사람의 급사는 차창 밖 밀밭 너머로 공중에서 떠도는 황금빛 석양을 물끄러미 구경 했다. 그는 밀밭이 검정과 빛이 바랜 황금빛의 무늬를 이룰 때까지 지켜보았다. 그러더니 웨이터들이 있는 쪽으로 시선을 돌렸다.

"남부의 늙은 계집 하나가 저기 탔어." 그가 말했다.

"여기도 나타났었지." 웨이터 한 사람이 입에 고기를 잔뜩 물고 말했다. "봉사를 열심히 해주었지만 국물도 없더구먼."

"나더러 구두를 닦으라고 시켰어." 급사가 말했다. "하지만 내 릴 때 팁을 주진 않았지. 나도 공을 들여 닦진 않았지만." 그는 식탁 밑으로 야윈 두 다리를 뻗었다. 그 두 다리는 가을에 발 밑에 밟혀서 부러지는 죽은 나뭇가지와 똑같은 소리를 냈다.

바지를 입은 여자 하나가 기차 안을 지나갔다. 그녀는 머리 카락을 어린 계집아이처럼 약간 짧게 땋았으며, 한 가닥은 고 리를 만들어 뺨에 붙였다. 그녀는 입 귀퉁이로 머리카락을 불 어 넘기더니 식탁에 앉아 있던 사람들에게 아는 체하며 미소 를 지었다. "휴게실은 어느 쪽으로 가나요?" 그녀가 물었다. 그 녀는 립스틱을 입술 선보다 위에 그려서 콧수염이 있는 것처 럼 보였다. 그녀는 전혀 젊지 않았고, 전혀 예쁘지도 않았다.

"두 칸 앞쪽인데요." 어느 웨이터가 말했다.

그녀는 휴게실로 가려고 돌아서서 몇 걸음을 옮기더니 그 들을 돌아다보았다. 두 웨이터는 그녀 쪽을 쳐다보고 있었으며, 급사 한 사람은 아직도 꾸벅꾸벅 졸았고, 지친 다른 사람은 그녀를 의식하지 않는 것 같았다.

"언제까지 열죠?"

"12시요." 같은 웨이터가 말했다.

"시카고 시간으로 말입니다." 다른 웨이터가 설명을 덧붙였다.

그들은 문을 지나 나가는 그녀를 지켜보았다.

"저 여잔 내일 팁을 두둑하게 줄 거야." 그들 가운데 한 사람이 말했다.

"아무렴."

"저 늙은 촌닭은 휴게실이 어딘지 잘 알아. 종일 거기서 시간을 보냈으니까. 난 저 여자가 바에서 일하는 존 페리에게 은근히 추파를 던지는 걸 봤어."

"아마 그 친구가 오늘 밤 저 여자한테 끝장을 봐줄지도 모르지." 침대차 세 번째 칸의 짐꾼이 말했다. 그러나 그가 한 말에는 재치가 없었고, 그들은 모두 예의상 그냥 웃어주었을 따름이다.

"그렇게 되면 내일 그녀가 팁을 두둑하게 줄 거야." 웨이터 한 사람이 다시 말했다.

눈이 부엉이를 닮은 짐꾼이 꾸벅꾸벅 졸던 짐꾼을 흔들어 깨웠다. "침대들을 내릴 시간이야, 팀." 그가 말했다. 팀은 천천히 몸을 일으켰고 그들은 커피 깡통을 집어 들더니 침대차 칸을 향해 통로를 따라 터벅거리며 내려갔다. 그들이 문에 다다르자 문이 열리더니 디어본에서 갈아탄 여자가 들어왔다. 두

기차에서

급사는 통로의 양쪽에 서서 그녀가 가운데로 지나가도록 비켜주었다. 그들은 '풀만 회사'라고 새겨 넣은 은단추를 단 하얀 저고리를 걸친 차림이었다. '풀만 짐꾼'이라고 글자를 새긴 은판이 달린 모자와 검은 바지 차림인 그들은 어느 교외의 멋진 집 입구에 세운 까맣게 페인트로 칠한 두 개의 동상처럼 보였다. 그녀는 그들을 거들떠보지도 않고 곧장 찻간을 통과해 지나가면서 어떤 감미롭고 강렬한 향기를 뒤에 남겼다.

디어본 여자가 휴게실 찻간으로 들어섰을 때는 단발머리를 땋은 여자가 바에 자리를 잡고는, 반들반들하게 왁스를 바른 빨간 바에 팔을 괸 채 몸을 앞으로 내밀고 선 바텐더 존 페리와 얘기를 나누던 중이었다. 그들은 무척 가까이 붙어 앉았으며, 단발머리 여지는 야릇한 미소를 지었다. 찻간에는 다른 사람이 아무도 없었다. 디어본 여자는 찻간의 다른 쪽 끝 가까이 2인용 식탁에 자리를 잡고 앉아서는 존 페리를 노려보기 시작했고, 바텐더는 동글의자에 마주앉은, 화장을 더덕더덕 바른 여자의 미소를 자아낼 만한 무슨 얘기를 나지막하고 조용한 목소리로 계속했다. 디어본 여자가 목청을 가다듬었다. 존 페리는 시커멓고 두툼한 손을 바 위에 놓인 보드라운 다른 손으로 가까이 가져가면서 얼굴은 들지 않았다. 화장을 짙게 한 여자는 여름밤 개구리가 우는 연못가에 세워놓은 자동차 근처에 다가가면 들려옴 직한 야릇한 볼멘소리로 키득거렸다.

"주문 좀 받아요." 찻간의 끝에 앉은 여자가 마침내 입을 열었다. "난 10분째 여기 앉아 기다리는데 시중을 드는 사람이 아무도 없군요."

바텐더는 짜증스러운 표정을 지으며 그녀의 탁자로 갔다. "무얼 드시겠어요, 부인?" 그가 말했다. 그의 목소리는 굵고, 부드럽고, 화장을 한 여자의 입술만큼이나 번드르르했는데, 남들의 심부름을 하며 그런 일을 즐기는 하찮은 사람들이 지닌 독특한 비굴함도 담겨 있었다.

"베네딕틴하고 브랜디를 줘요."

"베네딕틴은 없는데요. 기차에선 안 팔아요, 부인."

그녀는 멈칫했다. "그렇다면 박하 술을 들죠."

"그것도 없는데요."

"물 탄 버번을 드시지 그래요." 바에 앉은 여자가 자기 술잔을 들어 보여주며 말했다. "그 사람은 이걸 아주 잘 만들어요. 나도 이걸로 한 잔 더 들려던 참이었죠." 그녀는 바텐더를 쳐다보면서 5달러짜리 지폐 한 장을 바 위로 내밀었다. "당신도 한잔 들어요." 여자가 그에게 말했다.

탁자에 앉은 여인이 화가 난 눈초리로 그녀를 쳐다보았다.

그녀는 결국 포도주를 주문하고 술값을 치른 다음 느긋하게 앉더니, 그녀 옆의 차창에 비친 바의 두 사람 모습과 그들의 영상 뒤로 스쳐 지나가는 시골 풍경의 어둠을 교대로 쳐다보았다. 기차는 우르릉거리며 치달렸고, 그 소음 이외에는 바에서 간혹 들려오는 킬킬거리는 소리와 목이 멘 숨죽인 웃음뿐이었다. 마침내 여자는 동글 의자에서 몸을 일으키더니 바텐더에게 "나중에 봐요"라고 말했다. 그녀는 짐짓 꾸며댄 부자연스럽고 유혹적인 목소리로 그렇게 말했고, 미적거리며 찻간에서 나갔다. 아직도 탁자에 앉아 창문을 마주보던 디어본 여자는 검은 안경을 통해 그들이 벌이는 짓거리를 계속 지켜보았다.

바텐더는 술잔을 씻으면서 휘파람을 불기 시작했다. 그는 건장한 사내였지만, 바 뒤에서 무용수처럼 무척 우아하게 돌아다녔다. 그러면서도 그는 마룻바닥에다 물을 무척 많이 흘렸다. 그는 그녀를 두어 번 힐끗거리며 쳐다보았고, 그녀는 그와 두꺼운 유리창 뒤쪽의 어둠을 교대로 쳐다보았다. 그러나 그녀는 눈만 움직였다. 그러자 남자가 바에서 앞으로 나와 그녀 쪽으로 갔다. 그녀는 몸이 뻣뻣해지더니 무척 빠른 동작으로 손지갑을 챙기고 일어섰다. 그가 탁자들을 닦고 휘파람을 부는 사이에 그녀는 서둘러 찻간을 나섰다.

2

침대차 칸에서는 급사가 아직도 침대를 정리하는 중이었다. 그는 단 한 발자국도 낭비를 하지 않으면서 작은 독실들을 차례로 정돈하고 돌아다녔다. 손님들이 방에서 나와 복도에서 기다리는 동안에 그는 이부자리를 펄럭거리고 여미었다. 그러다가 그는 디어본 여자의 독방 문을 두드렸다. "급사입니다!" 길거리의 음식 장수가 "핫도그요!"라고 소리를 지르듯이 고함을 질렀다. 대답이 없기에 그는 안으로 들어가 침대를 손질하기 시작했다. 그녀는 그의 뒤에 나타나서 작은 밀폐된 공간 속에서 움직이는 그의 잔등을 지켜보았다. 그녀는 무척 거칠게 숨을 몰아쉬었다.

"찻간으로 통하는 문은 언제 잠그나요?" 여자가 물었다.

"문들은 잠그는 일이 없는데요." 그녀를 쳐다보려고 몸을 돌리지도 않고 그가 말했다.

"어떻게 해야 사람들이 들어오지 못하도록 막을 수가 있죠?" 그녀는 잠깐 말을 멈추었다가 다시 말했다. "내 짐은 복도에 두었어요. 아주 귀한 것인데요."

"제가 잘 지켜보죠. 전 밤새도록 일어나 앉아 있으니까요."

"찻간 안에서요?"

"그렇습니다, 마님."

"하지만 난…… 우린 잠을 자야 해요. 우린 이 안에서 잠을 자야 해요." 그녀가 말했다. 그녀는 이제 무척 흥분한 상태였다.

"압니다, 마님." 그는 일을 하던 손을 멈추지 않았고 그녀를 쳐다보지도 않았지만, 그녀의 질문에는 꼬박꼬박 대답을 해주었고, 이지적인 사람들의 우둔함에 맞설 때 흔히 발휘하게 되는 차분한 초연함과 능숙한 솜씨를 보이며 침대를 정리했다. 그것은 그녀가 구입한 기차표값에 합의가 되어 지불이 끝난 셈이었으며, 어리석음을 드러내도 되는 그녀의 권리를 끈기 있고 점잖게 참아줌으로써 그는 응분의 대가를 치렀다. "전 침대찻간의 급사입니다." 그가 말했다. "전 43년 동안 침대찻간의 급사 노릇을 해왔습니다." 그는 침대를 다 정리하고 난 다음 빨간 담요의 주름을 폈다. 그의 두 손은 거칠고 쪼글쪼글하고,

손가락들은 위쪽이 무척 새까만 빛깔이었다. "43년 동안요." 그는 회상에 잠겨 반쯤은 자기 자신에게 말했다. 그녀는 그의 눈을 보지 못했다.

"아무튼 당신은 오늘 밤 이 안에서 지내면 안 돼요"라고 말한 다음 그녀는 자기가 들어가 자리를 차지함으로써 완전한 소유권을 확보하려는 듯 작은 독실로 들어갔다.

급사는 뒷걸음질을 쳐서 밖으로 나왔다. "그건 제가 맡은 일입니다." 그가 말했다.

그녀는 이제 극도로 신경이 곤두섰고, 두 손으로 드레스의 옆구리를 가볍게 문질러댔다. 그녀의 손바닥이 얇은 비단에 달라붙었다.

"가서 침대차 담당 차장을 데리고 와요." 그녀가 말했다. "그 사람하고라면 얘기가 통할지 모르니까요." 그녀는 독실의 비좁은 공간을 오락가락 서성거리기 시작했다.

급사는 몇 분 후에 침대찻간을 담당하는 차장과 함께 돌아왔다. 파란 양복을 입은 차장이 방으로 들어갔고 급사는 문밖에 서서 늙고 검은 눈을 이 얼굴에서 저 얼굴로 번득이며 그들을 지켜보았다.

"저 사람은 찻간 안으로 들어와 앉아서 자기 자리를 지켜야 합니다, 부인." 차장이 말했다. "그게 맡은 일이니까요. 밤에 누가 벨을 울릴 때에 대비하여 그는 꼭 이 자리에서 기다려야 합니다." 차장은 무척 화가 났다. 그는 잠자리에 들려고 벌써 옷을 벗던 참이었고, 넥타이가 아무렇게나 목에 걸려 있었다.

여자는 이제 땀까지 흘렸고, 머리 위에 매달린 하얀 전등의 눈부신 불빛에 관자놀이의 작은 땀방울들이 반짝였다.

"난 저…… 저 사람하고는 같은 찻간에서 잘 수가 없고, 자고 싶지도 않아요!"

"만일 주무시지 않겠다면 그건 댁의 사정이죠, 부인." 차장이 말했다, "그는 찻간 안에 들어와 있어야 합니다." 차장은 이제 대단히 화가 났다. 이마의 주름살들이 무척 붉어졌고, 작은 코는 호흡을 조절하느라고 점점 더 커지며 빨개졌다.

"이런 사람들이 들어와서 그러는 꼴을 보지 않고도 잠을 잘 권리가 우리한테는 있어요."

"이 사람이 당신한테 무슨 짓을 했나요, 부인?"

"저 사람은 흑인이에요! 흑인이라고요!" 그녀는 인내심이 쇠진했고, 미련한 아이의 머릿속에 올바른 답을 강제로 두드려 넣을 줄밖에 모르는 경험 부족한 선생처럼 분노와 철저한 패배감을 보여주는 목소리로 그 말을 했다.

"그는 급사입니다." 차장이 말했다.

줄곧 벌이 내리기만을 기다리는 어린아이처럼 제자리에 서서 기다리던 급사는 축 늘어지고, 쪼그라들고, 점점 더 작아지는 듯싶었으며, 조금 전만 해도 차장의 얼굴로부터 여자의 커다란 얼굴로 경쾌하게 번득이며 오가던 두 눈은 이제 둔감해졌고, 말없이 괴로움을 참아내는 삶에 익숙해진 사람들이 눈을 내면으로 돌리는 방법으로 시선을 내면으로 향했다. 그는 나이가 무척 많은 남자였는데, 실제보다 더 늙어 보여서,

가장 나이가 많고 가장 아첨을 잘하는 어느 침대찻간 급사보다도 늙어 보였다.

　사람들이 아까부터 그들의 방에서 내다보고 있다는 것을 알게 된 디어본 여자는 애원을 하듯 목청을 돋우었다. "저 사람이 여기서 잔답니다! 저 사람이 여기서 우리하고 같이 잔답니다!" 그녀는 그들에게 소리를 질렀다. 복도의 아래쪽에서 화장을 한 여자가 G호실 문을 열고는 얘기를 듣다가 미소를 지으며 머리를 설레설레 흔들고는 다시 문을 닫았다. 나머지 사람들은 얘기를 들어보고는 오래 살다 보니까 별 희한한 소리를 다 듣겠다는 듯한 표정을 지었다. 차장은 편의를 도모하기 위해서는 이것이 꼭 필요한 일이라고 설명했으며, 그들은 맞는 얘기라고 공감하면서 방으로 돌아갔다. 문밖에는 급사 혼자만 죄를 지은 듯한 표정으로 서 있었다.

　결국 디어본 부인이 특실을 하나 얻어 밤을 지내기로 결정이 났다. 그렇게 해달라고 그녀가 고집을 부렸기 때문이다. 급사는 항상 그랬듯이 커피 깡통을 옆에 놓고 찻간의 뒤쪽 작고 밝은 야간 전등 밑에 앉아, 눈을 감았어도 마음은 말짱하게 깨어서, 누가 부를지도 모를 일이라 초인종 옆에다 귀를 대고는 머리만 숙이고 잠을 잤다. 모두 그래야 편리하겠고, 그가 맡은 일이 그것이기 때문에 그렇게 해야 좋겠다고 동의를 했다.

　그날 밤 늦게, 술잔을 닦으면서 춤을 추고 물을 많이 흘리던 바텐더 존 페리는 몰래 컴컴한 침대찻간으로 들어가다가 급사의 자리에 앉은 노인을 잠깐 굽어보았다. 커피 깡통이 그

가 앉은 의자 위에 엎어졌기에 존 페리는 그것을 집어 노인의
발 옆 마룻바닥에 내려놓았다. 그런 다음에 그는 G호실의 문
을 무척 조심스럽게 두드렸다. 그리고 얼마 후에 문이 열렸다
가 그가 들어가고 난 다음에 재빨리 닫혔다.

닥터를 위한 독백

닥터를 위한 독백

1

젊은이, 이 일에 대해서 알고 싶다 이거야? 그러니까 자넨 노련한 웨이터가 되고 싶은 거지? 식품부에서 규칙을 모두 써 놓은 두툼한 책을 한 권 자네한테 주고, 그걸 몽땅 외우라고 할 거야. 자넨 그걸 읽고 나면 이젠 다 되었구나 하고 생각할지 몰라. 커다랗고 두툼하고 까만 책 말일세. 가엾은 젊은이 같으니라고.

날 봐. 내가 바로 노련한 웨이터니까. 난 그 큼직한 책이 절대로 자네한테 가르쳐주지 못할 모든 요령을, 기막히고 멋진 요령들을 다 알아. 이 몸은 요령으로 이 철도를 이룩했고, 비슬리 추장과 티 분 아저씨와 대니 잭슨도 마찬가지였고, 닥터 크래프트도 그랬어. 그들이 자네더러 외우라는 그 책은 우리가 알아낸 요령과 우리 머리에서 나온 거야. 거물급인 우리 여섯 사람이 작은 식료품실에서 서로 몸이 닿지도 않고 한꺼번에 뛰어 돌아다니고, 땀을 흘리는 주방 녀석들에게 소리를 지르며 명령을 내리던 시절이 있었다고. 우리의 땀과 요령이 그들에게 밥벌이를 시켜주었기 때문에 그들이 우리를 존경해야만 했던 시절이 있었다는 말이야. 우린 일을 잘했고 풋내기 접시닦이들까지 포함한 모든 일꾼이 우리 실력을 알아주었지. 자네한테처럼 우리에게 헛수작을 부리지는 않았어.

성미가 고약한 가난뱅이 백인에게 어떻게 바가지를 씌우는지 아나? 주문받은 걸 처리하려고 다른 다섯 사람과 식료품실 안에서 복작거리면서도 자네가 남들과 다름없는 인간으로서의 긍지를 어떻게 해야 간직할 수 있는지 아나? 일을 하면서 농땡이를 치고도 다른 녀석들은 제대로 일을 하게끔 만드는 방법을 아느냐고. 팁을 더 많이 긁어내기 위해서 늙은 여자의 등 뒤에서 겁을 줄 줄은 알고?

아냐. 자넨 여름 한철 뛰는 떠돌이야, 젊은이. 난 늙었고, 내 요령은 이제는 더 이상 쓸모가 없지만, 난 이 일을 환히 알아. 식품부에서는 나처럼 늙은 사람을 쓰고 싶지가 않으니까 자네를 여름 동안 고용한 거야. 난 예순세 살이지만, 조합에 들었으니까 멋대로 해고는 하지 못해. 내가 좆같은 짓을 해도 날 쫓아낼 수는 없어. 난 이 일을 너무나 잘 알거든. 그래서 관광객들이 오는 여름 동안 자넬 고용한 거고, 젊은이. 9월이 되면 자네는 팁을 벌어 계집을 사러 가버릴 테고, 그들은 겨울 내내 내가 죽기를 기다린다네. 난 머지않아 죽을 것이고, 젊은이, 이 사업도 마찬가지야. 우린 둘 다 함께 죽을 거야. 자네 같은 여름내기들은 항상 있게 마련이고, 거물들과 거대한 철도는 날마다 죽어가고, 그건 누구나 다 아는 일이라고. 그들과 함께 죽어가는 우리만이 걱정을 해.

찻간의 저쪽 끝에 걸린 커다란 사진을 보게, 젊은이. 이 철도를 세운 사람이라네. 자네가 배우는 역사책에 나오는 인물이지. 아마 자네가 읽었다는 큼직하고 검은 법전에도 등장하겠지. 그는 위대한 인간이었어. 그는 사람들을 증오했지. 그는 그들을 먹여 살리기를 원하지 않았지만 정부는 그에게 그러기를 강요했어. 그는 나를 고용하기가 싫었지만, 사람들을 먹여 살리기 위해서는 내가 필요했지. 나는 그걸 알아, 젊은이. 그래서 자네 같은 사람들을 위해 그 책이 생겨났고, 그렇기 때문에 난 그걸 읽어본 적이 없어. 그렇기 때문에 다음 정거장에서 검열관이 탄다는 사실만 알게 돼도 자넨 신경이 곤두서서, 벌떡 일어나 후추통과 소금통을 반짝거리게 윤을 내는 거야. 그렇기 때문에 자네가 65센트와 팁 10센트로 커피와 토스트와 훌륭한 봉사를 누리려는 모든 값싼 늙은 여자를 위해 토스트 껍질을 굽는 것이기도 하고. 그는 여름 동안만 자네를 필요로 하고, 시카고와 포틀랜드와 시애틀의 계집을 사기 위해 자네 같은 젊은이 수백 명이 이번 여름에 일자리를 찾아온다는 건 자네도 잘 알지. 그 사람은 자넬 이용할 뿐이고, 필요로 하지는 않아. 하지만 그는 자네가 없는 겨울 동안에 내가 필요하고, 그 커다랗고 검은 책으로는 이 일에 대해 절대로 알아내지 못하는 무언가를 자네한테 가르치기 위해서도 내가 필요해.

그는 내가 필요하고, 그 사실을 알고 있고, 나도 그걸 알아. 그렇기 때문에 식탁을 치워야 하고, 식탁보를 갈아야 하고, 식기를 씻고 윤을 내야 하는데도 난 여기 죽치고 앉아 있지. 그는 내가 죽기를 바라. 그래서 난 느긋하게 구는 거야. 난 알아. 그리고 추장이 그랬고, 퍼시 필즈가 그랬고, 닥터가 그랬듯이 난 죽을 때 내 봉사 솜씨도 함께 가지고 사라질 거야.

그들이 누구냐고? 내가 왜 자꾸만 그들에 대한 얘기를 할까? 어디 생각을 좀 해보세. 내 생각에 그건 나처럼 그들이 정통파 최후의 인물들이었기 때문인 것 같아. 우린 이 철도를 이룩했어. 우린 이 찻간들을 백만 킬로미터는 왕복했어. 닥터 크래프트는 나처럼 정통파 고참이었지. 그는 노련한 웨이터였어. 그는 이 통로들을 우리와 함께 돌아다녔지. 그렇게 여행을 많이 하는 동안에도 커피 한 잔 엎지르지 않고 기차가 흔들리는 데 맞춰 쟁반을 흔들며 돌아다녔어. 그는 두 손가락으로, 필요하다면 한 손가락 반으로 접시를 운반할 수도 있었고, 팁을 긁어내는 데 필요한 요령은 몽땅 다 알았다네. 그는 모든 사람을 마음대로 다룰 줄 알았어. 시카고의 노스랜드에 사는 여자들은 닥터가 누구인지를 알았고, 시애틀의 하버빌에 사는 여자들과 포틀랜드의 스텝인 여관에 머무는 여자들과 위니펙의 모든 여자는 닥터 크래프트가 누구인지를 알았다고.

하지만 잠깐 기다려. 이제 겨우 1시 반인데, 저녁 식사의 첫 주문은 5시나 되어야 들어온다니까. 자넨 시간을 좀 보내기를 원하고, 고참들의 시대에 대해서, 그리고 나의 전성기가 어떠했는지에 대해서 얘기를 듣고 싶겠지. 검은 책을 읽어보면 자네가 지금 식기를 닦아야 할 시간이라고 나와 있을 거야. 창밖을 내다보게. 여긴 제리가 판치는 노스다코타야. '신출귀몰하는 검열관' 제리 말일세. 자넨 흔들뿌리개를 닦거나, 식료품 저장실을 청소하거나, 오렌지를 짜거나, 아니면 혹시 식탁보를 바꿔야 할 시간이 아니냐고 꼬투리를 잡히지. 제리 이월드는 약삭빠른 사람이야. 이 밀밭 한가운데서 기차가 서고 불쑥 제리가 탈지도 몰라. 그는 그 책을 철저히 신봉해. 그는 먼지와 실수를 어디에서 찾아내야 하는지를 알아. 신출귀몰하는 검열관 제리 이월드 얘기야. 그는 어떻게 어디서 약점을 찾아낼지를 잘 안다고. 닥터가 그에게 당했지.

이제 자넨 그 사람과 고참들의 시대에 대해서 알고 싶겠지. 자넨 규칙이 적힌 책까지 덮어버렸구먼. 하지만 내가 하는 얘기보다 책이 훨씬 더 중요하다는 듯 책갈피에다 손가락을 끼우고 있어. 그건 요령이 모자라는 행동이어서, 자네 속마음을 그대로 드러내지. 자넨 웨이터가 될 거야. 하지만 절대로 노련한 웨이터는 될 수가 없어. 고참들의 시대는 닥터와 함께 사라졌고, 그 마지막 유물은 나와 함께 죽어 없어진다네. 닥터에게 무슨 일이 있었느냐고? 책갈피에서 손가락을 뺀다면 말이야, 젊은이, 이 철도에서 다시는 되찾을 수 없을 그런 삶에 대한 얘기를 자네한테 해주겠어.

자네 아버지가 헛간 뒤에서 혼자 노는 소년이었을 때, 닥터는 이미 어른이었고, 야심이 만만했다네. 하지만 그는 자네만큼 나이가 들기도 전에 야심을 추구하는 데 싫증을 느끼고는 그냥 차라리 돈을 벌기로 작정했지. 그는 기술이 하나도 없었어. 그는 흑인이었지. 그는 굶주리게 되었어. 사람들이 하는 얘기로는 1916년 성탄절에 그는 시카고 가축장소 떼를 기차로 수송하기 위해 일시로 수용하는 장소인데, 서부 개척기 때부터 가축 집산지 노릇을 했던 시카고 역의 축사는 지금까지도 규모가 크기로 특히 유명하다으로 우연히 들어갔다가 시카고에서 샌프란시스코로 가는 기차에 연결되기를 기다리는 식당차로 갔다더군. 그는 주방에서 쓸 식자재들을 정리하는 수석 요리사를 보고는 주방 출입문 밖에서 말했어. "나 배가 고파요."

"그래서 나더러 어쩌라는 거요?" 스웨덴 출신 요리사가 말했지.

"난 일을 하겠어요."

스웨덴 사람은 배에서 갓 내렸어도 재수가 좋아 벌써 일자리를 구한 칩스 마그누손이라는 사람이었어. 그는 배에서 갓 내린 다른 스웨덴 사람들을 위해 나머지 모든 일자리를 남겨두어야만 한다는 사실을 아직 알지 못했지. 그는 살아가면서 나중에야 그것을 깨닫게 되었어. 그러나 그때 그는 잠깐 생각을 해보더니 애플파이를 만들려고 쌓아놓은 신선한 사과 무더기에서 하나를 집어 깨물고는 한참 동안 씹어 씨를 뱉었고, 흑인더러 큰 기차에 타라고 손짓을 했어. "먹고 싶은 대로 얼마든지 먹어." 그는 닥터에게 말했어. "대신 내가 시키는 일은 다 해야 해."

닥터를 위한 독백

그는 닥터에게 애플파이에 쓸 밀가루 반죽을 이기도록 시켰고, 닥터를 태운 기차는 굴러가기 시작했어. 기차는 절대로 멈추지를 않았지. 그는 선로에서 덜커덩거리는 바퀴의 느낌을 발밑에 의식했고, 바퀴의 율동이 머릿속에 새겨졌고, 우리 누구하고나 마찬가지로 기차 바퀴와 함께 굴러가는 삶에 길이 들었어. 그 첫 여행 이후로 닥터는 땅 위에서는 마음이 편하지를 않았어. 그는 6년 동안에 밀가루를 반죽하는 것에서부터 요리사 보조까지, 주방에서는 안 해본 일이 하나도 없었어. 식품부 사람들은 그의 솜씨가 좋다는 걸 알게 되어, 스웨덴 사람들을 위해 남겨두었던 요리사 자리 하나를 머지않아 그가 차지하게 될까 봐 걱정이 되었지. 그래서 그를 주방에서 쫓아내고 이 웨이터 일을 배우라고 일러주면서, 쓸데없는 수자은 식료품실 바깥에서나 부리라고 일러두었지. 식료품실에서 쫓겨나 형편없는 일자리로 밀려났을 때 그의 나이는 서른이 다 되었어, 젊은이. 그가 웨이터로서 첫 여행을 할 때 난 그와 같이 지내지는 않았지만, 그 여행에 대해서 남들이 하는 얘기를 들어보면 그가 훌륭한 사람들한테 훈련을 받았다는 걸 알겠어. 식료품실 실장은 비슬리 추장이었는데, 그는 항상 마리화나를 피워 정신이 해롱해롱해서, 자기 냉장고만 건드리지 않는다면 웨이터들이 제멋대로 무엇을 훔치건 신경을 쓰지 않았어. 세상 사람들이 납득을 못할 만큼 어린 나이에 셰익스피어를 환히 알았던 흑인 대니 잭슨이 두 번째 가는 인물이었지. 렌 디키가 세 번째였고, 헨드릭스 목사가 네 번째였고, 벌써 그때부터 허리를 펴지 못하던 티 분 아저씨가 다섯 번째였어.

닥터는 막일꾼이라고 부르는 여섯 번째 웨이터로 시작했어. 그들은 주방에서 갓 나온 사람을 마음에 들어하지 않았기 때문에 처음에는 그를 상당히 골탕 먹였어. 그들은 그가 받은 주문을 뒤죽박죽 섞어놓았고, 그의 접시들을 훔치고, 몰래 그의 팁을 집어가고, 온갖 더러운 일은 다 그에게 시켰어. 하지만 그가 짜증도 부리지 않으며 그런 수모를 다 받아들이고, 그들 대부분보다 나이가 더 많아도 웨이터가 될 결심이 단단히 선 것을 보고는 마음을 잡고 이 일을 그에게 제대로 가르쳐주기 시작했지. 이것을 훌륭한 직업으로 만들어주는 모든 말솜씨와 요령과 꾀를 다 알려주었다네.

그의 진짜 이름은 내 생각에는 리로이 존슨이었던 것 같지만, 행동이 어찌나 침착하고 말끔하며, 접시를 다루는 솜씨는 또 어찌나 훌륭한지를 알고부터 대니 잭슨은 그를 ‘닥터^{선생님}’라고 부르기 시작했어. 그러다가 어느 날 잔뜩 해롱해롱해서 점심과 저녁 식사 때 일을 전혀 못한 추장이 정신을 차리고 보니까, 그동안 닥터가 승객들에게 추장은 아까 심장마비를 일으켜 기차에서 내려야 할 처지였다고 설명해가면서 자기 자리를 대신 맡아 일을 다 처리하고는 팁을 두둑하게 받아냈다는 걸 알게 되었지. 추장은 닥터가 가난뱅이 백인들의 인간성을 훤히 이해하고 있으며, 자기들한테 봉사를 하다가 깜둥이 한 사람이 죽었다는 걸 알고는 손님들이 얼마나 좋아했는지를 깨닫자 닥터가 마음에 든 거야. 추장은 감격했지. 그는 인생에 대해서 너무나 많이 알았고 거의 언제나 해롱해롱한 상태였기 때문에 사실은 감동시키기가 어려운 사람이었어. 닥터가 팁을 자기에게 나눠주려고 하지를 않자 추장은 처음에는 화가 나서 닥터에게 제 어미하고 붙을 놈이라느니 하며 자네가 알아듣지 못할 말들을 씨부려가며 욕설을 퍼부었어. 하지만 그는 결국 감동했지. 그날 밤, 나중에, 승무원들의 찻간에서 다른 사람들이 노름을 하고, 술을 마시고, 그들이 부리던 여자들을 상대로 개수작을 벌이는 동안에 추장은 닥터의 침대로 가서 말했지. "넌 어미하고 붙을 만큼 약삭빠른 놈이야."

"그래?" 닥터가 말했지.

"그래." 평상시에 별로 말이 없는 추장이 말했지. "넌 어미하고 붙을 만큼 약삭빠른 놈이지만, 마음에 들었어." 그러더니 그는 수석 웨이터의 침대로 기어 들어가더니 또 한 대 피웠어. 하지만 잠이 들기 전에 항상 성경을 읽고, 추장은 중요한 말이 아니면 하는 법이 없기 때문에 항상 추장의 얘기에 귀를 기울이던 헨드릭스 목사는 두 사람 사이에 오고 간 얘기를 다 들었고, 기억을 해두었지. 관물함에다 성경을 도로 넣은 다음에 목사는 닥터의 침대로 가서 그를 내려다보았어. "닥터 크래프트 선생." 목사가 말했지. "위풍당당한 닥터 크래프트."

"뭐라고?" 닥터가 말했어.

"그래." 헨드릭스 목사가 말했지. "그게 자네란 말이야."

그래서 그때부터 그런 별명이 그를 따라다니게 되었지.

2

　나는 전쟁을 피하려고 철도에서 일을 하게 되었다네. 집에서 사람들이 밤마다 침대 밑에 일본 놈이 혹시 없는지 찾아보게 되었던 1941년 이후의 일이었어. 전쟁터로 가봤자 돈벌이가 되지는 않겠어서 난 군대에 가질 않았고, 그렇다고 주방 일을 하려고 외국까지 나갈 생각은 없었지. 세계대전이 벌어지는 중이었고, 수많은 병사들이 전쟁터로 가려고 전국에서 기차를 타고 이곳으로 모여들었어. 기차에서 그들에게 먹을거리를 마련해주기만 한다면 흑인은 구태여 참전할 필요가 없었지. 난 시카고의 공장에서 일자리를 구할 수도 있었겠지만, 철도가 더 안전하고 돈이 더 잘 벌렸어. 얼마 후에는 뼛속에 그 일이 박여서, 무엇을 준다고 해도 철도를 떠날 수가 없게 되었지. 혈기가 왕성한 시골 아이들과 시카고 출신의 폴란드 놈들의 핏속에 전쟁터로 가려는 욕망이 스미듯이, 다른 수많은 사람들이 그랬듯이 철도는 내 뼛속에 박였어. 그들이 전쟁터에 간다는 건 나하고는 상관이 없는 일이었어. 그들은 어리고 바보 같았으니까. 그들은 그런 정신 상태에서 죽었어. 난 약게 놀았지. 나는 나이가 서른다섯이 다 되었고, 전쟁터엔 가고 싶지가 않았어. 하지만 난 그들을 맞아서 먹을 것을 주고 전쟁터로 가는 동안 잘 지내게 해주었으니까 내가 직접 갈 필요는 없었어. 병사들은 돈이 많았고, 해안의 배에 도착하기 전에 아낌없이 그걸 다 써버리곤 했어. 우린 그들이 기차에서 그 돈을 쓸 방법을 마련해준 거야.

　그 시절에는 돈이 흥청거리며 나돌았고, 모두 남의 것들을 훔치느라고 정신이 없었지. 주방 사람들은 회사로부터 식량을 훔쳤고 회사는 그걸 아니까 보수를 많이 주려고 하지 않았어. 당시에는 규칙이라는 게 없었고, 교훈으로 따르고 지켜야 할 검은 책도 없었고, 먹거나 훔치면 안 된다고 꾸짖는 사람도 없었어. 현금으로 결제를 하는 시카고 가축장의 식당 사람들에게는 요리사들이 스테이크 상자를 기차에서 던져주고는 했지. 그때는 일반인들이 직접 버터를 만들기 위해서는 빨간 분말과 거기 섞을 돼지기름과 계란 가루를 구하려 빨간 도장 파란 도장을 잔뜩 받아야 하던 시절이었어.

　승무원들은 회사와 웨이터들로부터 도둑질을 했고, 웨이터들은 승무원들에게서 훔쳤고, 회사 사람들은 서로 훔쳤어. 나도 훔쳤지. 닥터도 훔치고. 심지어는 헨드릭스 목사까지도 성경을 관물함에 깊이 넣어두고 우리와 함께 도둑질에 가담했으니까. 도둑질을 안 한 사람은 한패로 끼워주려고도 하지 않을 정도였어. 그런 사람은 누구에게나 방해가 되었지. 만일 여객 전무가 보기에 누군가 바보 같고 생전 도둑질은 배우지 못할 기미가 보이면, 무슨 핑계로든지 고자질을 해서 승무원 명단에서 밀어내어 나머지 우리가 방해를 받지 않도록 해주었지. 우린 이름이 캐스퍼이고 앨라배마 촌놈 출신인 여객전무와 함께 일했는데, 그 친구는 걸핏하면 "하나님 맙소사! 난 돈을 버는 데 너무 바빠서 깜둥이들을 미워할 틈도 없단 말이야"라는 소릴 했어. 그 사람은 돈을 은행에 넣기가 무서워서 현금을 모두 상자에 넣어 침대 밑에다 감춰두었지.

닥터와 비슬리 추장과 나는 모두 전쟁이 끝날 때까지는 같은 조에서 일했다네. 젊기는 했어도 우린 벌써 그 시절에 고참 노릇을 할 줄 알았어. 우린 병사들을 뒷바라지하기 위해 계획을 짰지. 가난뱅이 백인들이 우리 머리카락에 독이 들어 있다고 믿었기 때문에 한 가닥이라도 음식에 들어가지 않도록 하라고 해서 우린 빵모자를 써야 했어. 추장은 모자 쓰는 걸 개의치 않았지. 그 사람은 모자 속에다 마리화나 담배를 숨겨 가지고 있다가, 시카고에서 그걸 산 가격의 곱절 또는 시애틀의 중국 사람한테 낸 돈의 세 곱절을 받고 군인들에게 팔았으니까 말이야. 그래서 우리는 그를 추장이라고 불렀어. 식사 시간이 끝나기만 하면 추장은 빨래를 넣는 벽장으로 들어가 담배를 한 대 피워 정신이 해롱해롱해지는 거야. 어떤 때는 며칠 동안 거기서 안 나오기도 했어. 하지만 우린 너 나 할 것 없이 일하고 훔치는 데 너무 바빠 아무도 신경을 쓰지 않았지. 그가 나오지 않으면 우리에게 몫이 더 돌아가게 마련이었으니.

닥터는 밀주를 군인들한테 팔았는데, 그게 그 사람 전공이었지. 기차를 타면 누구한테서 그걸 구할 수 있는지 군인들한테 귀띔을 하는 *끄나풀* 짐꾼들까지 시카고 노선의 역들마다 심어둘 정도였으니까. 그는 공개적으로 장사를 해서 여객전무에게 상납을 해야 했지만, 그래도 돈이 무척 많았어. 그랬기 때문에 그 늙은 백인 비렁뱅이가 우릴 같은 조로 항상 묶어놓았지. 그 친구는 우리 세 사람보다 더 돈을 많이 벌어준 사람하고는 일을 해본 적이 없을 거야. 자네도 이건 알아둬야 해, 젊은이. 사람들은 자네의 개성 때문에 자넬 좋아하지는 않아. 그들에게 돈을 벌게 해줘야만 좋아하지. 인종 무차별이니 우애니 하는 요즘 얘기는 모두 다 개수작이야. 자네하고 같이 돈을 벌 수 있을 때까지만 사람들은 자넬 좋아하게 되니까 말일세. 난 돈을 벌었어. 그치가 집으로 가서 커다란 상자에 돈을 넣고 난 다음이면 나에게 깜둥이라고 욕설을 퍼붓는다는 걸 나도 빤히 알지만, 그 늙은 캐스퍼는 남들 앞에선 날 좋아하는 척할 수밖에 없었어. 전쟁 중에는 돈을 가장 잘 벌어들이는 사람들을 내가 잘 끌어왔기 때문에 내가 철도에서 일하기를 그가 원했다는 걸 나도 잘 알아. 난 여자들을 맡았지.

창밖을 내다보게. 저 초원과 밀밭이 보이지? 저기서 풀을 베는 덩치 큰 시골 청년을 봐. 저 트랙터에 올라앉은 햇볕에 그을린 백인 놈을 보라고. 아마 저 사람은 별다르게 할 일도 없기 때문에 결혼한 아내와 살아갈 거야. 전쟁 동안에는 이곳 시골 여자들은 할 일이 무엇인지를 알았어. 그들은 밤에 기차를 탔지.

온종일 창밖을 내다보고 기차가 설 때마다 역들을 모두 돌아다녀도 이곳 도시에서는 흑인을 하나도 찾아볼 수가 없어. 왜 그런지 아나, 젊은이? 이곳 농부들은 자넬 증오해. 그들은 밤중에 여자들이 이곳 도시에서 도망을 쳐 기차를 탔다는 사실을 잊지 않고 있어서 그래. 그들은 오래전부터 이 도시들에서 흑인과 인디언들을 쫓아냈어. 그들은 햇볕에 그을어서가 아니라 본디 피부가 검은 사람은 누구나 다 증오해. 지금도 샌프란시스코와 시카고와 시애틀과 미니애폴리스에 가보면 전쟁 중에 이 기차를 타고 도망을 친 여자들, 겨드랑이에 털이 난 덩치 큰 시골 여자들이 길모퉁이에서 서성거리지. 농부들은 아직도 그걸 기억하고, 그런 이유로 자네와 나를 미워하는 거야. 도시에는 1달러만 주면 데리고 놀 여자들이 많은데, 뻣뻣하고 냄새나는 시골 계집을 원하는 사람은 하나도 없어. 그들이 기차를 탄 건 군인들을 위해서였다네. 그건 나에게는 하나의 사업이었지. 하지만 어쨌든 그들은 자네와 날 증오해.

난 전쟁이 끝나고 한참 후에, 열차가 기관차를 바꾸는 동안 술이나 한잔 마시려고 언젠가 이곳 어느 도시에서 내렸던 적이 있어. 모든 사람이 나를 눈여겨보았고, 술집에 다다를 때쯤에는 내 뒤를 열 명이나 줄줄 따라왔어. 내가 잠깐 술을 마시려고 하는데 보안관이 바로 뒤따라 들어오더군.

"자네 여기서 뭘 하지?" 그가 나한테 물었어.

"술 한잔 마시려고요." 내가 말했어.

그는 마룻바닥에다 침을 뱉었어.

"여기서 언제까지 버틸 생각이지?"

"모르겠어요." 약을 올리고 싶어서 내가 말했지.

"여긴 일자리가 없어." 그가 말했어.

"난 일자리를 찾는 게 아네요." 내가 말했어.

"우린 자네가 여기 있는 게 싫어."

"그런 거 난 관심 없어요." 내가 말했어.

그는 권총을 뽑아 나한테 들이대더군. "좋아, 이 자식아, 기차로 돌아가." 그가 말했어.

"잠깐만요." 내가 그에게 말했어. "마시던 술이나 다 마시고요."

그는 권총으로 내 술잔을 쳐서 떨어뜨렸지. "이젠 다 마셨군그래." 그가 말했다. "어서 여기서 꺼져!"

난 따지고 덤비지를 않았어.

난 야간 근무였지. 내가 맡은 일은 저녁 식사가 끝난 다음 식탁보를 벗기고 깔개를 덮는 거였어. 그러고는 불을 끄고 문을 다 닫지. 미노트 출신의 힐다라는 덩치 큰 시골 여자가 있었는데, 하룻밤에 백인 군인을 여덟이나 열씩 치러냈어. 백인 청년들은 오래 버틸 재주가 없었지. 나는 문간에서 기다렸고, 휴게실 찻간에서 나온 군인들이 나한테 돈을 내면 들여보내줬지. 어떤 여자들은 하룻밤 사이에 백 달러나 벌기도 했다네. 난 항상 그들보다 두 곱절 벌었어. 군인들은 돈을 마구 썼지. 그들은 돈을 쓰고 싶어서 환장하는 족속이었으니까.

우린 여자들은 건드리지 않았어. 우리에게는 사업에 지나지 않을 뿐이었으니까. 하지만 우리 패거리에 언젠가 멍청이가 한 놈 있었는데, 이름이 윌리 조 뭔가 하는 남부 청년으로 주사위 도박을 하는 작자였지. 그는 어느 시골 여자한테 홀딱 반해버렸어. 그는 그 여자한테 좋은 위스키를 사주고, 그 여자가 군인들과 놀아주려고 밤에 들어가는 걸 보면 애를 태웠어. 정말 바보 같은 녀석이야. 언젠가 난 그녀가 그에게 하는 얘기를 들었어. "그건 상관없어. 그들은 내 몸을 가져도 되지. 난 마음 속은 흑인이라는 걸 의식해. 정말야, 난 마음속이 어찌나 검은 지 온몸이 다 새까맣게 바뀌기를 바라!"

그러자 멍텅구리 윌리 조가 말하더군. "이봐, 절대로 마음은 바꾸지 마!"

우린 말썽을 피우기 전에 그를 제거해야 한다는 걸 깨달았 어. 그래서 노름판에서 일할 쓸 만한 사람을 구하자마자 당장 여객전무가 그를 우리 조에서 몰아내게 했지. 그 늙은 촌놈 캐 스퍼는 기꺼이 우리가 시키는 대로 해주었어. 사정이 어떻게 돌아가는지를 잘 알았으니까.

하지만 자넨 다시 그 책을 읽어야 하니까 어서 빨리 닥터에 대한 얘기를 마저 듣고 싶다 이거지? 내가 무슨 얘기를 해줘 야 하나? 철도가 그의 핏속까지 배었다는 얘기? 그가 웨이터 일을 좋아했다는 거? 자넨 이걸 이해하지 못하지만 그 사람은 이해했어. 그 시절에는 인권이니, 시위니, 개선을 위한 폭동 같 은 게 없었지. 그 시절에는 무엇 하나 마음대로 되는 일이 없 었기 때문에, 무엇인가 할 만한 일을 찾아내면 그냥 그 일에 정을 붙이는 그런 식이었다네. 그가 철도를 왜 좋아했는지 알 고 싶나? 그는 내가 좋아하는 걸 좋아했어. 돈을 좋아하고, 찻 간을 맡아 그곳에서 일을 하고, 군인들에게 이래라저래라 하 고, 치마 밑을 들여다보고 웃어주는 것으로 노처녀한테서 팁 을 더 많이 긁어내고, 하버빌 호텔의 모든 여자로 하여금 우리 가 몰려가서 묵어가기를 기다리도록 지시해놓는다거나, 마음만 내키면 그들을 두들겨 패거나 데리고 잘 수 있는 그런 권리를 좋아했다는 말일세. 그는 자기가 집을 비우는 사이에 그의 돈을 다 써버리거나 어떤 놈팡이한테 갖다 바칠 계집년과 결혼을 하지 않고 자유롭게 떠돌아다니기를 좋아했어. 그는 앤디 주점에서 술을 퍼마시고, 난장판을 벌이고, 친구들이 집까지 데려다주리라는 걸 잘 아니까 걸핏하면 술을 진탕 마시고는 뻗어버렸어.

나는 전쟁 내내 같은 조에서만 일을 했고, 닥터와 추장과 헨드릭스 목사는 언제나 날 감싸주었지. 그때만 해도 난 아직 젊었고, 닥터는 날 무척 좋아했어. 하지만 그는 말이 없는 사람이어서 전혀 그런 티를 내지 않았어. 추장은 정말 중요한 문제에 관해서는 침묵의 가치가 얼마나 중요한지를 그에게 가르쳐주었어. 그 무렵에 우린 시카고의 라이트 부인 집에서 방을 같이 썼지. 라이트 부인은 방에 여자들을 들여놓지 못하게 했어. 한 주일 동안 여행을 하는 사이에 그렇고 그런 호텔에서 지내다 보면 여자나 그따위 짓에는 신물이 나고 혼자 있고 싶어지게 마련이니까, 닥터는 그것이 오히려 좋았나 봐. 우린 자네들하고는 달랐지. 우린 꼴릴 때마다 여자가 필요하지는 않았어. 우린 그런 데다 돈을 몽땅 쓰지도 않았단 말이야. 자네 같은 젊은이들은 돈을 펑펑 쓰는 기질을 보여줘야 여자들을 꼬일 수 있다고 생각하지. 그건 멍청한 짓이야. 여자를 끌려면 자네가 다른 여자들을 어떻게 다루는지를 보여줘야 해. 하지만 너무 늦어 아무 소용도 없어질 때가 되어야 자넨 그걸 터득하게 되겠지.

닥터는 여자들을 어떻게 다루어야 하는지를 알았어. 그가 실컷 몸을 풀고 나서 더 이상 필요가 없게 되자 계집년을 위니펙 호텔에서 쫓아냈던 때가 생각나는구먼. 난 옆방에 있었기 때문에 그들이 하는 얘기를 다 들었지.

"이봐요, 닥터." 계집년이 말했어. "어서요, 자기, 한 번만 더 해요."

"그만둬." 닥터가 말했어. "난 피곤해서 이젠 필요 없어."

"어떻게 피곤하다는 소릴 해요." 계집년이 말했어. "겨우 두 번 했는데 어떻게 피곤하다는 말이 나와요?"

"난 네가 싫어져서 따분해진 거란 말이야." 닥터가 말했어. "내가 따분해진 이유는 그 짓에 싫증이 났고, 내가 묵었던 모든 도시의 너 같은 계집년들에게 싫증을 느꼈기 때문이야. 너 같은 것들은 남자의 진을 빼지. 그리고 내가 두들겨 패기라도 하면 또 두들겨 맞고 싶어서 네가 다시 찾아오리라는 걸 난 알아. 그래서 난 피곤한 거야. 난 관심 없는 것들이 옆에서 얼쩡거리는 게 싫어."

"그럼 뭐가 관심이 있어요, 닥터?" 계집년이 말했어.

"모르겠어." 닥터가 말했지. "아마 난 떠돌아다니고, 마음이 내키면 어디라도 갈 수 있는 여유가 좋은가 봐. 난 아마 왔다가 다시 떠날 때를 기다리는 게 좋은지도 몰라."

"당신 머리가 돌아버린 모양예요, 닥터." 계집년이 말했어.

"그래?" 닥터가 말했지. "아마 난 미쳤는지도 몰라."

나중에 그년은 내가 있는 방의 문을 두드렸고, 그년이 잡년이라는 사실과 닥터가 다시 그년을 원하지 않으리라는 걸 알았기 때문에 난 그 여자한테 그걸 해주었어. 난 그가 잡년을 다시 원했으리라고는 생각하지 않아. 그 이후로 그가 그런 년들하고 어울리는 걸 난 다시는 보지 못했어. 그때 그는 나이가 쉰이 조금 넘었지만 여자들은 마음대로 다룰 줄 알았지.

그러다가 전쟁이 끝났어. 전쟁에서 돌아온 시골 총각들은 고향으로 돌아가는 길에 돈을 쓰지 않았어. 그들은 여자한테 돈을 쓰려고 하지 않았고, 그래서 여자들도 이제는 밤에 기차를 타지 않았지. 어떤 년들은 도시로 가서 그걸 직업으로 삼았어. 어떤 것들은 고향에 눌러앉아 전쟁에서 돌아온 애들과 결혼을 했고. 철도가 달라지기 시작했어. 식품부는 규칙들을 책으로 엮어내기 시작했고 도둑질을 하지 말라고 우리에게 지시했지. 이제는 비행기에 손님들을 빼앗겨 손해를 보게 되었으니 정말로 절약을 하기 시작하고, 우리를 감시하기 위해 검열관을 노선에 배치하게 된 거야. 그들은 감시원들도 태웠지. 촌놈 캐스퍼가 손님으로 가장한 그들 중 하나로부터 받아낸 요금보다 2달러를 덜 입금했다가 적발을 당했어. 식품부에서는 그걸 물고 늘어졌지. 난 그 자리에 없었지만, 사람들 얘기를 들으니까 그가 총무부장에게 이렇게 말했다더군. "그 거지 같은 2달러를 가지고 왜 백인인 나를 몰아세우는 거요? 몇 년 전부터 도둑질을 해온 깜둥이들도 많은데 말입니다."

"누가 그런 짓을 했죠?" 총무부장이 그에게 물었어.

하지만 캐스퍼는 돈이 가득 찬 상자가 아직도 침대 밑에 있었고, 우리 가운데 한 사람이라도 끌려 들어갔다가는 어디서 그 돈을 벌었는지 불어야 한다는 걸 알았기 때문에 아무 말도 할 수가 없었어. 그래서 입을 다물어버렸지.

"그게 누구죠?" 총무부장이 다시 그에게 물었어.

"알잖아요, 깜둥이 웨이터들이 모두 도둑질을 한다는 거. 그건 누구나 다 알아요!"

"요리사들, 그 사람들은 어때요?" 총무부장이 말했어.

"그들은 백인예요." 캐스퍼가 말했어.

그들은 아무 자백도 듣지 못한 채로 그를 해고했지. 그는 그 돈을 가지고 인디애나 어디엔가 식당을 차렸는데, 내가 얘기를 들은 바로는 나중에 자기가 사는 도시에 클란^{KKK단}의 지부를 구성했다더군. 언젠가 그는 역에 나타나서 닥터와 헨드릭스 목사와 나를 보고 이렇게 말했어. "자네들도 가만 내버려두지 않고 언젠가는 꼭 손을 봐주겠어. 내가 자네들 따위 깜둥이한테 눈 하나 깜짝할 줄 아나."

그가 식품부를 동원해서는 아무런 짓도 할 수가 없다는 걸 알았던 터라 우린 그를 면전에서 비웃어주었지. 그래도 우린 조심을 하느라고 옛날처럼 심한 도둑질은 삼갔어. 하지만 추장은 결국 그들에게 당했지. 어느 날 화이트피시 근처의 산악지대에서 검열관 한 사람이 기차를 타더니, 세탁물 창고에서 그를 끌어냈어. 추장은 그 안에서 온종일 마리화나를 피워 해롱해롱해진 정신에 웃어대며 기차에서 끌려 내려갔어.

　그건 우리가 조합에 들기 1년 전의 일이었어. 비렁뱅이 백인들과 스웨덴 놈들은 뇌물을 받은 다음에야 우릴 조합에 넣어주었지. 우린 정말로 도둑질을 그만두고 단결을 했고, 우리를 매수하려고 사람들이 별 수작을 다 부렸지만 별 도리가 없었어. 우리한테 보복을 하려고 그들은 머리를 짜서 지금 자네가 손가락에 끼고 있는 그 책을 만들기 시작한 거야. 그래도 근무의 내용을 우리가 가장 잘 알고 있었으니까 우리가 하는 대로 규칙을 만들어야 했지. 그래서 우리 고참들이 책에서 배워야 할 건 하나도 없었지. 우린 조합을 통해서 주도권을 잡았고, 우리가 도둑질을 안 하고 봉사를 하는 한 그들은 우릴 건드릴 수가 없었어. 그래서 그들은 규칙을 바꾸고 고객 봉사에 대한 지시 사항들을 내려보내기 시작했어. 처음에는 식탁에 까는 수건을 머리글자가 항상 손님의 눈에 띄게 펴놓는다거나 식기는 식사가 끝난 다음에 치운다거나 하는 것 이외에는 거의 달라진 게 없었지. 하지만 우린 자꾸 나이를 먹어갔고, 그런 자질구레한 것들을 모두 외우기가 점점 더 어려워졌어. 그리고 언제 검열관이 기차에 타서 우리의 고객 봉사가 나쁘다고 트집을 잡을지 모르는 터여서 항상 새 규칙들을 억지로 외워야 했지. 그건 더럽게 힘든 일이었어. 회사가 고참들을 분열시키려고 작심한 터였으니 힘이 드는 건 오히려 당연한 일이었지. 추장은 떠나갔고, 우리는 추장이나 마찬가지로 고참들을 대표하는 사람들이었기 때문에 머지않아 헨드릭스 목사나 티 아저씨나 대니 잭슨도 물러나야 하리라는 걸 알았어. 하지만 우리를 가장 괴롭혔던 점은 닥터가 철도를 너무나 사랑했기 때문에 그들이 누구보다도 닥터를 먼저 옭아 넣으리라는 엄연한 사실이었어.

그때 닥터는 예순다섯 살이었고, 근무가 없을 때는 폭음을 하는 버릇이 들었어. 하지만 기차에 오르면 그는 한 방울도 술을 입에 대지 않았다네. 난 그가 술을 마시는 이유가 노련한 웨이터의 일이 어려워졌기 때문인지, 아니면 다음 여행 때까지 따로 할 일이 없어서 그랬는지 알 수가 없었어. 난 도저히 알아낼 길이 없었지. 우리가 도중하차를 할 때면 그는 줄곧 앤디 술집에 눌어붙어 난장판을 벌이고는 했어. 그는 아내가 없었고, 친척도 없었고, 심지어는 취미도 없었지. 그냥 술만 마셨어. 얼마 안 있어서 앤디 술집의 사기꾼들이 그를 이용하기 시작했어. 그들은 그에게 도와달라고 손을 내밀고는 했는데, 그가 늙어가는 터라 죽을 날이 얼마 남지를 않아 곧 돈을 갚을 필요가 없어지리라는 걸 알았기 때문에 그런 거야. 사이가 가까웠던 우리가 그를 타이르려고 했지만, 아무 소용도 없었어. 그는 자신에 대한 얘기는 별로 하지 않았고, 철도와 관계가 없는 얘기도 거의 하는 일이 없었지만, 건달들이 그에게 무슨 짓을 하려는지 내가 일러주려고 하면 술만 한 잔 더 들이켜고는 이렇게 말했지.

"난 돈이 필요 없어. 아무도 나한테 사기를 치는 게 아냐. 내가 그들을 속여먹는 거지. 한 번 여행에 내가 아직도 팁으로 100달러를 긁어모을 수 있다는 건 자네도 알잖아. 난 이 직업을 잘 알아."

"그래 나도 알아, 닥터." 내가 말했어. "하지만 몇 번이나 더 여행을 하고 그만두게 될지 어떻게 알아?"

"난 절대로 그만두지 않을 거야. 내가 아는 건 여행뿐이고, 기차가 손님들을 실어 나르는 한 난 여행을 할 테니까."

"바로 그게 문제야." 내가 말했지. "그들은 이제 사람들을 실어 나르려고 하지를 않아. 비행기가 그 일을 대신하니까. 큰 철도 회사들은 이제 화물을 운송하려고 해. 겨울에 고참들을 쓰지 않기 위해서 바쁜 철에만 일하는 젊은이들을 고용하는 걸 보라고. 고참 웨이터들이 어떻게 모두 떨려나가는지를 봐. 추장이 당했고, 퍼시 필즈는 재수가 좋아 그들에게 당하기 전에 죽어버렸고, 헨드릭스 목사도 까딱했다가는 당할 뻔했잖아. 심지어는 티 아저씨까지도 퇴직을 하려는 판이야. 그들은 우리도 몰아세울 거야."

"나한테는 그러지 못해." 닥터가 말했어. "난 요령을 아니까. 나 이 몸 늙은 여우새끼는 아직도 쟁반을 들고 춤을 추며 한꺼번에 네 식탁을 맡을 자신이 있어. 난 아직도 동성애자들을 잘 다루고, 늙은 여자들한테서 팁을 많이 우려낼 줄 알아. 나보다 훌륭한 웨이터는 없고, 난 그 사실을 알아."

"그렇겠지, 닥터." 내가 말했다. "나도 그건 알아. 하지만 제발 돈을 아껴. 바보같이 굴지 말고. 자네가 일을 나갈 힘이 없어져서 그들이 차에 태우지 않게 될 날이 언젠가는 올 테니까."

닥터는 총에라도 맞은 듯한 표정으로 나를 쳐다보더군. "병신 같은 웨이터였던 자네한테 온갖 요령을 누가 가르쳐주었지?"

"자네가 가르쳐주었어, 닥터." 내가 말했지.

"기차 시간에 항상 제일 먼저 나타나는 사람은 누구지?" 그는 또 한 잔을 꿀꺽 삼켰어. "자네 같은 다른 멍청이들이 아직 집에서 작업복을 입는 동안에 열흘마다 아침이면 찻간에 벌써 나와 앉아 기다리는 게 누구야?"

나는 아무 말도 할 수가 없더군. 그의 말이 옳았고, 우리 두 사람 다 그 사실을 알고 있었으니까.

"난 나가야 해." 그가 나한테 말했어. "나가는 게 평생 내가 할 일이고, 난 열흘마다 돌아오는 그 아침을 기다리지. 난 한 번도 여행을 거른 적이 없고, 앞으로도 그럴 생각은 없어."

내가 그에게 무슨 말을 할 수가 있었겠나, 젊은이? 내가 자네한테 할 얘기가 뭐가 있겠나? 그는 나가야 했지만 돈 때문이 아니었고, 핏속에 그런 기질이 배었기 때문이야. 자네도 나가야 하지만 그건 돈을 위해서지. 자넨 나가기를 싫어하고 들어오기를 좋아해. 그는 나가기를 좋아하고 들어오기를 싫어했어. 내가 자네더러 시카고에 사는 계집에게 돈을 쓰지 말라고 타이르면 자넨 그 말을 듣겠나? 내가 그에게 돈을 아끼라고 얘기하면 그가 내 말을 들었을 것 같은가? 앤디 술집에서 돈을 펑펑 쓰지 말라고 했다면? 아니지. 돈 문제라면 늙은이도 젊은이나 마찬가지로 별수 없어. 그들은 꼼꼼히 따질 줄을 모르니까. 그들은 공짜로 얻어도 되는 것을 항상 돈을 주고 산단 말일세. 하지만 그들이 돈으로 사는 건 일단 소유하면 전혀 쓸 모가 없어지지.

그들은 닥터를 식품부로 불러들였고, 의사는 그가 요통이 있고 심장이 나쁜 데다가 술을 너무 마셔 몸이 쇠약해졌다고 말하면서, 몸을 생각해서라도 그가 스스로 기차를 타지 않기를 바랐어. 그는 말을 들으려고 하지 않더군. 총무부장인 테스데일이 그를 불러다 앉히고는 그가 연금을 많이 탈 만큼 여러 해 동안 일을 했으며, 그만둔다면 그가 제일 나이가 많은 웨이터였으므로 고참 웨이터들이 모두 참석해서 그를 위해 환송회를 열어주도록 회사 측에서 비용을 내겠다고 그랬지. 닥터는 싫다고 했어. 그는 조합이 자기를 밀어주리라는 걸 알았으니까. 그는 자기가 기차 시간에 늦지만 않고 일의 내용을 아는 한 언제까지라도 차를 타도 된다는 걸 알았지. 그는 철도를 떠나서는 자신이 못 산다는 사실도 알았어.

회사는 변호사들을 불러 조합과의 계약서를 검토하게 했지. 나는 그 자리에 없었지만, 조합에서의 직책 때문에 렌 디키는 그 회의에 한 번 참석을 했어. 그가 나중에 얘기를 나한테 해주더구먼. 뚱뚱보 변호사들은 계약서를 샅샅이 훑어보고 거기 적힌 규칙들은 모두 검토했어. 그들은 닥터를 얽어 넣을 방법을 찾아내려고 고참에 관한 항목을 구절구절 따져보았지. 하지만 지금과 달리 회사 쪽에서 웨이터들을 필요로 하던 시절에 치밀하게 작성해두었기 때문에 강제 퇴직을 시킬 만한 근거가 하나도 없었어. 단 한 마디도. 우리를 넣어줄 때

조합 녀석들은 웨이터라고 해서 새로운 계약서는 필요가 없으리라고 생각했어. 웨이터들이 일을 하다가 죽어버리거나, 아직 젊은 나이에 술에 곯아 죽거나, 계집질을 너무 해서 죽거나, 연금을 타기에 충분할 만큼 경력을 쌓으면 그냥 직장을 집어치우리라고 생각해서 옛날 계약 조건 그대로 우리를 받아들였던 거지. 계약서를 몽땅 뒤져봐도 닥터 크래프트를 제거하는 데 도움이 될 만한 게 하나도 없었어. 그들은 땀을 빼고 죽을 고생을 했지. 그러는 동안에 총무부장 테스데일은 월급 값도 못한다고 그들에게 개자식이라고 욕설을 퍼부어댔지. 하지만 회사 법률고문들은 어쩔 도리가 없어서 커다란 책이나 뒤적거리고, 땀을 뻘뻘 흘리고, 테스데일한테 시간만 더 준다면 무슨 방도를 강구하겠다는 약속을 하는 수밖에 없었어.

"닥터를 얽어 넣어라" 하고 식품부에서 지시가 내려갔지. 승무원들도 윗사람들에게서 "닥터를 얽어 넣어라"라는 지시를 받았고. 그를 사직시킬 수가 없었기 때문에 그들은 그가 고객 봉사를 잘 못한다고 트집을 잡기로 작정했어.

그가 대부분의 다른 웨이터들보다 훨씬 고참이었기 때문에 그들은 그를 우리 조에서 몰아낼 수가 없었어. 사실은 닥터보다 선임인 웨이터들이 모두 그의 조에 들어 있었지. 나하고 닥터하고 티 분 아저씨하고 대니 잭슨, 우리 네 고참이 다 함께 일했으니까. 헨드릭스 목사는 이젠 정규 근무를 하지 않았고 앞으로 무슨 일이 닥쳐올지를 알았던 터여서, 때가 되면 시카고에 단단한 기반을 놓기 위해서 일요일이면 온종일 사우스사

이드의 교회에서 설교를 했어. 그 조의 다섯 번째와 여섯 번째 남자들은 규칙에 대한 책을 읽어 머리가 굳어진 사람들이었고. 여객전무는 크라우스였는데, 그는 사실은 닥터를 죄고 싶지가 않았지만 어쩔 도리가 없었어. 누구나 다 직장이 필요하게 마련이니까. 그래서 크라우스는 닥터를 타고 누르기 위해 어떤 때는 너무 빠르다고, 어떤 때는 너무 굼뜨다고 트집을 잡았어. 나는 같은 조였기 때문에 그걸 환히 알았지. 크라우스는 닥터가 맡은 식탁에는 혼자뿐인 손님들을 넷이나 모아서 같이 앉혔고, 닥터는 동시에 네 개의 다른 주문을 처리해야 했어. 그는 일흔세 살이었지만, 나이가 많아도 일의 내용을 잘 아니까 막히는 법이 없었어. 그저 조금 둔해졌을 뿐이지. 하지만 크라우스는 그것까지도 트집을 잡았고, 손님들이 회사에 진정서를 내게끔 그가 손님들에게 욕을 하고 귀찮게 굴도록 하기 위해 손님들 앞에서 그를 씹어대기도 했지. 하지만 다 소용이 없는 일이었어. 닥터는 침착하게 행동했으니까. 그는 크라우스의 표정만 보고도 속셈을 다 알 정도였어. 그러면 그는 자기 몸에 밴 훌륭한 솜씨로 봉사를 했고, 승객들은 늙고 허리가 굽었어도 그가 얼마나 훌륭한 웨이터인지를 깨닫게 되어 여객전무에게 화를 내고는, 나갈 때 닥터에게 팁을 더 많이 주었어.

식품부에서는 그가 고객 봉사를 형편없이 하는 현장을 잡으려고 감시원들을 풀어놓았다네. 이 사냥개들은 사람을 정면으로 쳐다보는 일이 없고, 접시가 아직 따뜻한지 확인하려고 슬그머니 만져보는 그런 종류의 인간들로서, 안경을 쓰고 얼굴이 창백하고 몸집이 왜소한 남자들이기가 쉽지. 사냥개 노릇을 좋아하는 노처녀들도 많아서, 그들은 자기들이 규칙에 따라 어떻게 만들어야 하는지를 잘 아는 새우나 게살 칵테일이나 셀러리와 올리브 요리를 시키고는 하지. 음식이 나오고 닥터가 접시들을 늘어놓으면, 그들은 굴을 먹는 포크가 꽂혀 있는지 살펴보고는 오랫동안 창밖을 내다보며 눌러붙어 앉아서 버티지.

"대항해봐야 아무 소용도 없어." 어느 날 밤 승무원 찻간에서 티 분 아저씨가 닥터에게 말했어. "흑인 웨이터는 저주를 받은 운명이니까. 시카고의 훌륭한 일류 식당들을 모두 둘러보라고. 자넨 그런 곳에서는 일자리를 구할 수가 없어. 백인 웨이터들이 그런 직장을 모두 봉쇄해버렸거든."

"난 어디에서라도 웨이터로 취직할 자신이 있어." 닥터가 말했어. "난 일을 잘하고, 그런 일을 좋아해. 그러니까 어디에서라도 일자리를 구할 수가 있다고."

"흑인 웨이터는 저주를 받은 운명이야." 티 아저씨가 다시 말했어. "백인들이 좋은 곳들은 모두 차지하는 중이야. 그러니까 여기서 쫓겨나면 자넨 갈 곳이 없어질 거야."

"날 여기서 쫓아내지는 못해." 닥터가 말했어. "내가 고객 봉사를 제대로 하는 한 아무도 날 건드리지 못해."

"자넨 정말 한심한 멍청이야!" 티 아저씨가 말했어. "자넨 깜둥이고 조합에서 마련해주는 것 이외에는 아무 권한도 없어.

언젠가 식품부에서 자넬 얽어 넣으면 깜둥이들은 자네를 돕기 위해 손 하나 까딱하지 않을 테니까 그런 권한은 아무 소용도 없는 거지."

"닥터를 귀찮게 하지 마." 내가 분에게 말했어. "쫓겨날 사람이 있다면 그건 바로 자네니까. 자넨 30년 동안 허리를 제대로 펴본 적이 한 번도 없잖아. '감사합니다, 나으리' 해가면서 두 손을 모으고 굽실거리는 자넬 보면 비렁뱅이 백인들까지도 속이 뒤집히잖아. 50년 전이라면 그렇게 해서 팁을 더 많이 받아냈을지도 몰라." 내가 말했어. "하지만 이제는 그런 짓은 한물 갔단 말이야. 자네가 그럴 때마다 비렁뱅이 백인들은 자넬 증오하지. 그놈의 빵모자를 쓰고 시중드는 꼴을 볼 때마다 나까지도 자네를 증오하게 돼. 그걸 쓰지 않아도 된다고 조합에서 우리한테 얘기를 한 건 벌써 18년 전이야! 왜 그걸 벗어버리지 못하는 거야?"

분은 커다란 똥배를 내밀고 빵모자를 무릎에 놓은 채로 그의 침대에 가만히 앉아 있기만 하더군. 그는 내 말이 사실인 것을 알았고, 자기가 달라지지 않으리라는 사실도 알았어. 하지만 그는 말했지. "요새 흑인 웨이터는 그게 탈이야. 겸손이라는 걸 모르니까. 겸손이 뭔지를 모르는 한 자꾸 훌륭한 직장을 잃게 되지."

닥터는 작업복을 입은 채로 첫 번째 웨이터의 침대로 기어 들어갔고, 나는 그 밑의 두 번째 웨이터의 침대로 들어가 누웠어. 난 그의 숨소리를 들었지. 식식거리더군. 그는 건강하지가 않았고, 우린 모두 그걸 알고 있었어.

"닥터?" 내가 어둠 속에서 말했지.

"왜?"

"분이 한 얘기에 신경 쓰지 마, 닥터. 그는 죽은 사람이나 마찬가지니까. 그걸 자기가 모르고 있을 뿐이야."

"우린 모두 그런 셈이지." 닥터가 말했어.

"자넨 달라." 내가 말했어.

"그래 봐야 무슨 소용이 있나? 그 말이 맞아. 그들은 결국 나를 쫓아낼 테니까."

"하지만 아직은 그러지 않았어."

"그들이 날 쫓아내고 말 거야. 그들은 그걸 알고, 나도 알아. 난 크라우스의 표정에서도 그걸 읽어낼 수가 있어. 그들이 날 쫓아내리라는 걸 그는 알지."

"왜, 여자를 하나 얻지그래?"

그는 말이 없더군. "여태껏 별로 소용이 없었던 여자를 이제 와서 무엇하러 구한단 말이야?"

나는 잠깐 동안 생각에 잠겼지. "기차를 안 타게 되면 여자를 하나 얻어도 별로 나쁘지 않을 거야."

"난 여자들이 싫어." 그가 말했어.

"낚시해본 적 있어?"

"아니."

"하고 싶어?"

"아니." 그가 말했어.

"술만 자꾸 마실 수는 없는 노릇인데."

그는 대답을 하지 않았어.

"아마 자넨 시내에서 일자리를 구하게 될지도 몰라. 식품 매장에서."

나는 철로를 따라 덜커덕거리며 굴러가는 바퀴 소리를 들었고, 그 소리가 단조로운 것을 보니 다코타 평원은 거의 다 벗어난 모양이라고 생각했어. 닥터는 입을 다물었지. "그러고 싶지 않아?" 나는 그가 잠이 들었다고 생각했어. "닥터, 그러고 싶지 않아?"

"싫어." 그가 말했어.

"자넨 뭔가 손을 써야 해!"

그는 다시 잠잠해졌어. 결국 그가 말하더군. "알아."

3

신출귀몰한 검열관 제리 이월드는 이튿날 점심시간 후에 위나치에서 기차를 탔고, 우리는 그가 식품부에서 뭔가 지시받았다는 걸 눈치챘어. 그 사람은 침착한 태도로, 여객전무와 웨이터들과 함께 어울려 옛날 시절 얘기를 하며 웃었고, 냉정한 회색 눈과 반짝거리는 안경은 자기가 왜 기차를 탔는지를 혹시 우리가 눈치를 챘을까 알아내기라도 하려는 듯 자꾸만 우리 얼굴을 살펴보았지. 우리 조의 멍청이 두 명은 근무 시간에 몰래 낮잠을 자는 중이었어. 제리는 그런 사실을 알았고 그들을 적발할 수도 있었지만, 더 큰 사냥감을 노리던 참이었지. 우린 모두 그 사실을 알았고, 그에게 철도의 전성시대에 대한 얘기를 자꾸만 늘어놓으면서, 그의 눈에 담긴 뜻을 알기 때문에 안경 뒤에 숨은 두 눈을 피하며, 그의 백발만 쳐다보았어. 제리는 첫 번째 웨이터의 자리에 앉더니 크라우스에게 말했어. "그럼 점심을 좀 먹어야 되겠는데. 여객전무, 수석 웨이터를 시켜서 메뉴를 가져오게 해."

크라우스가 보니 닥터는 제리가 앉은 식탁의 옆에 서서 겨드랑이에 쟁반을 끼고 식탁들 사이에서 기다리고 있었지. 규칙 그대로 말이야. 크라우스는 무슨 일이 벌어질지를 알았기 때문에 처량한 표정을 지었어. 그러자 제리가 닥터를 빤히 쳐다보며 말했어. "수석 웨이터 닥터 크래프트, 메뉴를 가져다주게."

닥터는 아무 말도 없었지만 그렇다고 해서 미소를 짓지도 않았어. 그가 메뉴를 가져왔지. 대니 잭슨과 나는 상황을 지켜보려고 복도로 되돌아갔어. 우리가 닥터를 도울 방법은 아무것도 없었고, 우린 그걸 알고 있었지. 그는 홀로 그곳에 나가서서, 평생 동안의 가장 큰 팁을 받아내려고 몸을 도사리는 노련한 웨이터가 된 거야. 아니면 못 받게 되든지.

"제기랄." 대니가 나에게 말했어. "이제는 편히 앉아서 잘난 놈들 좆 빠지는 구경이나 하세."

"그렇게 되진 않을지도 몰라." 내가 말했어. 제리가 밤새도록 잠자리에서 계략을 짜는 그런 인간임을 알았던 터라 나는 그가 호락호락 넘어가리라고는 믿지 않았어. 나는 그에게 숨은 계획이 있으리라는 걸 알았으니까.

닥터는 물을 가지러 우리 옆을 지나 부엌으로 갔고, 나는 그에게 무슨 얘기라도 해주고 싶었어. 하지만 무슨 소용이 있겠나? 그는 제리에게 물을 가져다주었지. 제리는 그를 빤히 쳐다보았어. "그럼 말이야, 수석 웨이터." 그가 말했어. "난 양파 수프에다 백포도주에 살짝 구운 쇠고기 샌드위치와 냉차 한 잔을 들겠어."

"글로 써주세요." 닥터가 말했지. 그는 제대로 해내고 있던 거야. 그는 웨이터들이 구두로 주문을 받지 못하게 하는 새로 시달된 규칙을 벌써 알고 있었지.

"그렇게 고지식할 필요는 없어, 닥터." 제리가 말했어. "나란 말이야. 우린 다 한 식구잖아."

"글로 쓰셔야 합니다." 닥터가 말했어. "검은 책에 그렇게 적혀 있으니까요."

제리는 볼펜을 딸깍 누르더니 청구서에다 주문 사항을 다 적었어. 그러고는 닥터에게 넘겨주었지. 티 아저씨가 닥터를 따라 식료품실로 들어갔어.

"자넨 저놈한테 당할 거야, 닥터." 티 아저씨가 말했어. "이렇게 되리라는 걸 난 벌써부터 알았다네. 왜 그런지 아나? 이제 흑인 웨이터들이 제 분수를 모르기 때문이야."

"아가리 닥쳐, 분!" 내가 그에게 말했어.

"두고 보라니까." 분이 말을 계속했지. "내 말이 맞을 테니 두고 보라고. 닥터로서는 전혀 어떻게 손을 쓸 수도 없고 말이야. 우린 모두 좋은 일자리를 잃을 거야."

우리는 식탁에 앉은 제리를 지켜보았어. 그는 우리가 쳐다보는 시선을 눈치채고는 회색 눈으로 미소를 지었지. 그러더니 유리잔에 담긴 물을 식탁보에 조금 붓고는 은으로 만든 설탕 그릇을 젖은 자리에다 올려놓더군. 닥터는 아직 식료품실에 있었어. 제리는 식탁보 위에 놓은 은제 설탕 그릇을 빙글빙글 돌렸지. 돌리면서 그릇을 좀 누르더군. 하지만 그릇을 다시 집어 들었을 때 식탁보에는 꺼먼 동그라미가 묻어나지를 않았지. 우린 규칙에 따라 바로 그날 아침에 은식기들을 닦았고, 그래서 찻간 안을 몽땅 뒤져봐야 더러운 식기는 하나도 찾을 수가 없었지. 제리가 남은 물을 마저 마시는 동안에 닥터는 반들반들 윤을 낸 은제 뚜껑이 달린 수프 그릇에 이어서 장식용 깔개를 받친 아침 식사 접시를 들여왔어. 따로 수프를 담은 그릇에 이어 식사를 내왔는데, 버터를 바른 빵과 함께 탁상 깔개를 받친 접시에 담긴 크래커가 여섯 개, 넷이나 다섯이나 일곱이 아니라 본부에서 검은 책에다 명시한 그대로 정확히 여섯 개였어. 그는 하얀 식탁들이 두 줄로 늘어선 사이의 통로를 춤추듯 미끄러져 내려왔어. 기차가 흔들리는데도 쟁반이 팔의 한 부분이라도 되는 것처럼 함께 움직이는 그를 보면 누구라도 자랑스러운 기분을 느끼지 않을 수가 없었지. 훌륭한 솜씨였어. 그는 모든 것을, 회사 이름의 머리글자들이 잘 보이게, 적재적소에 제대로 펼쳐놓은 거야.

"수프를 드시도록 준비해드릴까요?" 그는 제리에게 물었어.

"그러게." 제리가 말했지.

닥터는 시카고의 유대인 재단사들이 바늘을 다루는 솜씨로 은제 수프 그릇을 다루었어. 그릇에서 세 숟가락을 국자로 퍼서 놓고는 젖은 스푼이 식탁보에 얼룩을 남기지 않도록 버터 빵이 담긴 접시 위에다 놓았지. 그러더니 제리가 적셔놓은 자리 위에다 냅킨을 얹고는, 재떨이가 눈에 보이면 식사를 맛있게 할 수가 없다는 사실을 웨이터라면 누구나 다 아는 터라 재떨이를 치우고 대신 그 자리에 기도문 카드를 놓았어.

"보아하니 자넨 수프 그릇에 대해서는 환한 모양이구먼." 제리가 닥터에게 말했어.

"전 웨이터예요." 닥터가 말했어. "그러니 당연히 알아야죠."

"자넨 대단한 웨이터야." 제리가 말했어.

닥터는 제리를 빤히 쳐다보았어. "압니다." 그가 천천히 말했어.

제리는 수프를 조금 먹고는 크래커 꾸러미 여섯 개를 모두 펴보았지. 그러더니 식사를 중단하고 창밖을 내다보았어. 우린 그의 고향 워싱턴 주를 통과하는 중이었는데, 회사에서는 자신이 그 주의 유일한 검열관이고, 기차가 몬태나를 통과한 다음에는 웨이터들이 두려워할 인물이 자신뿐이라는 사실을 잘 알았기 때문에 그는 이 고장을 사랑했지. 그는 미소를 짓더니 닥터더러 구운 쇠고기 샌드위치를 가져오라고 손짓을 했어.

하지만 닥터는 그때 본격적인 고객 봉사로 들어가서 식탁을 완전히 치우는 중이었어. 그는 음식 부스러기를 긁어모으는 은제 빵 나이프를 식료품실에서 가져오더니, 제리가 소금 그릇과 후추 빻는 기계 틈에 몰래 숨겨놓은 것까지도 말끔히, 크래커 부스러기를 모두 주워 모았지.

"차는 샌드위치와 같이 드시겠습니까, 아니면 나중에 드시겠어요?" 그가 제리에게 물었어.

"지금이 좋겠어." 제리가 미소를 지으며 말했지.

"계속 그런 식으로만 하면 되겠어." 닥터가 식료품실로 가려고 우리 옆을 지나갈 때 내가 말했어. "저 작자는 자네를 건드리지 못할 거야."

그는 아무 말도 하지 않았어.

티 분 아저씨는 자기도 하고 싶은 말이 있다는 듯 닥터를 쳐다보았지만, 그냥 얼굴만 잠깐 찌푸리고는 제리 옆으로 가서 자리를 잡고 섰어. 제리가 그를 미워한다는 건 빤한 사실이었지. 하지만 제리는 누구에게나 미소를 지을 줄 알았고, 그래서 티 아저씨에게도 미소를 지었는데, 티 아저씨는 기도라도 드리는 것처럼 두 손을 모으고는 식탁 위로 몸을 굽혔다가 머리를 들어 절을 했어.

닥터는 제대로 격식을 갖춰가며 구운 쇠고기 요리를 내왔어. 겨자 종지는 머리글자가 제리를 향하도록 탁상 수건을 받쳐 아침 식사 접시 위에 놓았지. 뚜껑은 규칙대로 깨끗했으며, 버터 바른 빵을 담은 접시에 놓인 작은 은제 숟가락은 깨끗하고 윤이 났어. 그는 그걸 제대로 배열했지. 그러고는 차를 준비했어. 자네는 그런 고객 봉사를 환히 안다고 생각하겠지, 젊은

이. 자네들은 모두 그렇게 생각해. 하지만 자네들은 몰라. 누구라도 고객 봉사는 할 줄 알아도, 진짜로는 모르지. 으스러뜨린 얼음이 담긴 유리잔에다 뜨거운 차를 부었을 때 그것은 마치 찻주전자가 아니라 닥터의 손가락들을 통과해서 쏟아지는 것 같았고, 마치 닥터와 쟁반과 찻주전자와 유리잔 따위가 모두 한 몸이 되기라도 한 것 같았다네. 멋진 솜씨였어. 훌륭한 고객 봉사였고. 냉차 잔은 조개 모양의 접시 안에 놓았고, 냉차를 마시는 숟가락은 제리의 바로 앞에 두었어. 레몬 쪽은 껍질에 굴 포크를 꽂아 으스러뜨린 얼음을 반쯤 채운 조개 접시에 놓았고. 속살이 아니라 레몬 껍질 밑에 반듯하게 포크를 꽂았는데, 이 모두가 으깬 얼음 위에서 예쁜 곡선을 이루었지.

닥터가 뒤로 물러서서 기다렸어. 제리는 그의 봉사 솜씨를 보고는 감탄했지. 그는 잔에다 설탕을 타더니 조금씩 마셨어. 대니 잭슨과 나는 복도의 통로 아래쪽에 있었지. 티 아저씨는 제리 뒤에 서서 몸을 수그리고 팔짱을 낀 채로 기다렸고. 닥터는 겨드랑이에 쟁반을 끼고 곧장 전방을 응시하며, 자신의 고객 봉사가 훌륭했다는 자신감으로 침착하게 기다렸지. 제리는 다시 차를 조금씩 마셨어.

"차가 훌륭해." 그가 말했어. "아주 훌륭한 차야."

닥터는 조용했지.

제리는 굴 포크에서 레몬 쪽을 빼더니 그것을 짜 넣고 저어서 또다시 조금씩 마셨어. "아주 훌륭해." 그가 말했어. 그러더니 쭉 들이켜서 잔을 비웠지. 닥터는 얼음을 더 주려고 손을 뻗었지만 제리는 잔에서 손을 떼지 않았어. "아주 훌륭한 솜씨야, 닥터." 그가 말했어. "하지만 레몬은 잘못 내왔어."

모두 잠잠했지. 티 아저씨는 기도를 드리는 자세로 두 손을 모았어.

"어째서요?" 닥터가 말했어.

"격식이 틀렸으니까." 제리가 말했어. 이제 그는 미소를 짓지 않았어.

"그럴 리가 있나요? 레몬 쪽과 으스러뜨린 얼음에 이르기까지 전 똑같은 식으로 몇 년이나 해왔는데요."

"바로 그거야, 닥터." 제리가 말했어. "레몬 쪽 말일세. 자네가 그걸 잘못 내왔어."

"그래요?" 닥터가 말했어.

"그래." 턱에다 힘을 주고 제리가 말했어. "규칙을 읽어보지 못했나?"

닥터의 얼굴에서 맥이 풀리더군. 이제 그는 자기가 그들에게 걸려들었다는 사실을 알았으니까.

"그걸 자넨 못 읽어봤나?" 제리가 다시 물었어.

닥터가 고개를 저었지.

제리는 특유의 냉정하고 음산한 미소를, 그러니까 '나는 애초부터 내가 상관이라는 사실을 잘 알았고 너한테 내가 무슨 짓인가를 해도 괜찮다는 사실까지 알기 때문에 이렇게 미소를 짓는 거야'라고 말하는 듯싶은 미소를 지었어. "크라우스 여객전무." 그가 말했어. "크라우스 여객전무, 가서 흑색 경전을 수석 웨이터에게 가져다주게."

크라우스도 한 방 얻어맞은 표정이더구먼. 그는 나이가 예순 셋이었고, 곧 연금을 받게 될 참이었지. 그가 경전을 가져왔어.

제리는 그것을 받더니 맨 마지막 쪽을 거침없이 펼치더군. 어디를 찾아봐야 되는지를 미리 알았으니까. "자, 수석 웨이터." 그가 말했어. "이걸 들어봐." 그러더니 그는 소리를 내어 읽었지. "지시 사항 번호 22416. 발신, 식당차 담당 총무부장 더글바보더글라스라는 이름을 잘못 읽으면 이렇게 들린다 에이 테스데일. 수신, 식당차의 웨이터, 여객전무, 요리사 전원. 주의할 점, 65년 7월 9일 자로 냉차의 정식 대접 방법은 다음과 같아야 함. (가) 갓 끓인 차를 찻주전자에 담고, 냉차 유리잔은 조개 접시에 놓아야 함. (나) 첫 잔을 마시고 나서 더 달라는 요구가 있을 때 당장 제공하기 위해 여분의 얼음을 준비할 것. (다) 새로 자른 레몬 쪽은 탁상 수건을 받치지 않고, 버터 바른 빵을 담는 접시에 함께 담아 제공하되, 굴 포크의 날은 레몬의 껍질이 아니라 속에다 꽂을 것." 제리가 잠깐 말을 멈추더군.

"이제는 알았겠지, 수석 웨이터." 그가 말했어.

"예." 닥터가 말했어.

"그런데 왜 자네가 여태까지 그걸 몰랐을까?"

대답이 없었다.

"지시 사항은 지난 주일에 내려왔을 텐데."

"아직 책을 확인하지 못했어요." 닥터가 말했어.

"하지만 그건 규칙이야. 여행을 떠날 때마다 미리 책을 확인한다는 것 말일세. 자네도 그건 알겠지, 수석 웨이터."

"예." 닥터가 말했어.

"그렇다면 자네가 어긴 규칙은 두 가지야."

닥터는 잠잠했어.

"규칙을 둘이나 읽지 않았다니." 제리가 말했어. "자넨 해이해졌구먼, 닥터."

"알겠어요." 닥터가 중얼거렸어.

"자네 좀 쉬고 싶지 않은가?"

닥터는 또다시 입을 다물었어.

"자네는 기차를 타지 않고 당분간 쉬어야 할 것 같아. 안 그래?"

닥터는 쟁반을 식탁에 놓고는 제리를 마주보며 자리에 앉았지. 비록 검열관이기는 해도, 손님과 웨이터가 같은 자리에 앉는 걸 우리는 그때 처음 보았지. 제리의 뒤에 서 있던 티 아저씨는 닥터더러 일어나라는 시늉으로 손짓을 하기 시작했어. 닥터는 그를 쳐다보지도 않더군.

"자네 피곤한 모양이야, 안 그래?" 제리가 말했어.

"다리가 좀 아파서요." 닥터가 말했어.

"일어서, 수석 웨이터." 제리가 말했어. "쉴 시간은 앞으로 얼마든지 많을 테니까. 보고서를 내겠어."

하지만 닥터는 꼼짝도 않고 그냥 앉아 있었어. 대니와 나는 찻간 뒤쪽에서 구경이나 하는 수밖에 별 도리가 없었어. 처음으로 나는 그가 머리카락이 거의 다 빠졌고, 헐렁헐렁하고 하얀 제복 속의 두 다리가 앙상하다는 걸 알았어. 닥터가 일어서리라고 제리가 기대했을 것 같지는 않아. 사실 그는 개의치도 않았을 게 분명해. 그러자 티 아저씨가 식탁을 돌아 나와 닥터의 옆에 서더니 제리에게 대신 사과한다는 눈짓을 하며 절을 했지. 닥터는 티 아저씨를 쳐다보더니 몸을 일으켜 승무원 찻간으로 돌아갔어. 그는 쟁반을 식탁에 그냥 놓아두고 갔지. 그건 저녁 내내 그 자리에 그대로 남아 있었고, 우리는 아무도, 심지어는 크라우스나 제리나 티 아저씨까지도 그걸 건드리려고 하지를 않았지. 제리는 아무한테도 그걸 식료품실로 가져가라고 시키지를 못했고. 적어도 그 정도는 알 만한 사람이었으니까. 저녁 식사 시간 동안에 여객전무는 닥터가 담당하던 식탁 세 개를 모두 폐쇄했어. 제리는 도중에 어디에선가, 탈 때처럼 조용히 내리더군.

찻간을 닫은 다음에 우리가 승무원들의 거처로 돌아갔더니 닥터는 팔베개를 베고 눈을 뜨고 누워 있었어. 무척 늙어 보이더군. 무슨 말을 해야 할지를 아무도 몰랐는데, 분이 그의 침대로 가더니 말했어. "자네 참 안되었다고 생각하지만 닥터, 결국은 우리도 모두 그렇게 당하고 말 거야. 철도 웨이터의 운명이란 저주받은 거니까."

닥터는 분을 거들떠보지도 않았지.

"레몬 얘기를 자네한테 내가 미리 해줄 수도 있었겠지만, 그랬더라도 다른 구실을 그가 꼭 찾아냈을 거야. 아무 소용도 없지. 전혀."

"아가리 닥쳐, 분!" 대니가 말했어. "정말로 가슴 아픈 일은 착한 사람들이 모두 없어진 다음에도 자네같이 설설 기는 개새끼들은 그냥 기차를 타리라는 사실이야. 자네하고 대가리가 굳어버린 이 두 친구 같은 멍청이들은 그 거지 같은 책을 죽어라고 읽어댈 테고, 그래서 참된 웨이터 전통이라고는 전혀 배우지도 못하게 되겠지. 그게 정말로 좆같이 신경질 나는 노릇이야!"

"흑인 웨이터가 저주를 받은 건 내 탓이 아냐." 분이 말했어. "자네들이 겸손함을 상실하고, 백인들에게 좋은 일자리를 빼앗겼기 때문이지."

대니는 분의 머리에서 빵모자를 잡아채어 화장실로 가지고 가더니 변기에 넣고 물을 틀어버렸어. 순식간에 그건 썩은 오줌에 젖어 10리쯤 뒤쪽 철로에 나뒹굴었지. 분은 반항을 하지 않고 침대에 앉아 투덜거리기만 했어. 그에게는 빵모자가 몇 개 더 있었거든. 닥터에게는 아무도 얘기를 하지 않았는데, 진짜 남자들이 우정을 나타내는 건 그런 식이야. 얘기를 아예 하지 않는 거. 말을 하면 더 괴로우니까.

4

자네한테 무슨 얘기를 더 하겠나, 젊은이? 그는 사직을 하게 되었지. 그는 싸우려고 하지를 않았어. 그는 패배했고 그 사실을 깨달았는데, 고객 봉사 때문이 아니라 그 책 때문에 패배를 당한 거야. 자네가 손가락을 책갈피에 끼고 있는 그 책 말일세. 그런 식으로 물러서는 건 그에게는 바람직한 길이 아니었어. 그는 봉사를 하다가 죽었어야 해. 그는 자기가 좋아하는 일을 하다가 죽었어야 한단 말이야. 책 때문이 아니라.

우리 고참들은 모두 그것 때문에 당하게 되겠지. 이제는 대니 잭슨도 가버렸고, 헨드릭스 목사는 연금을 타고 물러나서 설교에 시간을 다 바치지. 하지만 티 아저씨는 아직 기차를 타. 그들은 머지않아 그 책으로 나까지도 얽어 넣을 거야. 하지만 자네는 웨이터가, 적어도 노련한 웨이터가 절대로 되지 못할 테니까 자네만은 당하질 않겠지. 자넨 규칙을 지나치게 열심히 공부하니까.

닥터는 연금을 많이 받았고, 그걸 곧장 앤디 술집에 갖다 바쳤어. 내용을 알았던 우리는 닥터가 내는 술이라면 어떻게 거절해야 할지를 아무도 몰랐어. 하지만 그는 기차를 타지 못하는데 우리는 며칠 후에 다시 나가리라는 걸 알면서도 그와 함께 술을 마실 마음이 내키는 사람은 하나도 없었어. 그래서 우리 가운데 많은 사람들은, 심지어는 앤디 술집에서 빈들거리는 주정뱅이와 건달들까지도, 가능하면 항상 그를 피했어. 이제는 더 이상 할 얘기가 없었기 때문이야.

그는 기차를 타지 못하게 된 지 다섯 달 만에 죽었어. 그는 일흔세 살이었고, 때는 겨울이었지. 어느 날 아침 일찍 시카고 역 구내에서 배회하다가 얼어 죽었어. 술이 취한 상태였고, 구내 작업반 사람이 발견했을 때는 아직도 몸이 따뜻했지. 그가 그곳에서 무엇을 했는지는 우리 고참 몇 사람만이 알고 있어.

난 지금 예순세 살이야. 그리고 그들이 나더러 계속해서 기차를 타겠는지 아니면 연금을 타겠는지 물을 때가 닥치면, 난 어떻게 해야 할지 알 수가 없어. 나는 계속해서 타고 싶지만, 그랬다가는 언젠가 제리 이월드나 해리 실크나 잭 데이트 같은 작자들이 날 얽어 넣으리라는 걸 알아. 난 취미가 따로 있고, 혼자 술에 취하기에는 너무 늙었으니까 마음이 내키면 차를 타지 않아도 되겠지. 난 자네하고 술을 마실 수는 없어, 젊은이. 우린 할 얘기가 하나도 없으니까. 조금 있으면 자네는 어쨌든 내가 하찮은 얘기나 늘어놓느라고 자네가 계집을 못 만나게 했다고 화를 내겠지. 자넨 벌써 따분해졌군. 책을 만지작거리는 거나 자네 눈을 보면 알 수 있어.

난 알아. 내가 터득한 걸 자넨 절대로 터득하지 못할 터이고, 내가 이해한 것을 이해하지도 못하고, 우리 시대와 자네 시대의 참된 차이를 알지도 못할 텐데, 왜 자꾸만 내가 이런 얘기를 해야 하는지 모르겠어. 자네가 어서 도시에 도착해 차에서 내리고 돈이나 쓸 생각만 하고 있는데 왜 이렇게 오랫동안 내가 떠들어댔는지 모르겠어. 자네한테 아주 좋은 교훈이 될 얘기야. 하지만 자넨 절대로 기억하지 못하겠지. 그 이유는 여지껏 자네 머릿속에는 계집 생각뿐이었고, 그 검은 책에 손가락을 줄곧 끼우고 있었기 때문이야.

황금 해안

1

　재능은 많았지만 돈이라고는 전혀 없었던 그해 봄에 나는 관리인으로 취직을 했다. 그때는 아직 내가 퍽 젊었고 돈을 멋대로 썼으며, 내 재능이 언젠가 갑자기 현실로 바뀌어서 수많은 책의 장정마다 하나같이 "(…) 그는 수많은 계층의 인생을 알았다. 구두닦이와 시간제 웨이터와 삼류 요리사와 관리인이던 그는 성공을 해서 (…)"라고 알리는 약력이 실릴 날이 오리라는 달콤한 기대에 거의 매일 밤 몽롱해져 잠이 들고는 하던 시절이었다. 나는 그때까지 관리인 일을 해본 적이 없었고 꼭 그 일을 해야만 할 이유가 없었기 때문에 그 일을 했다. 하지만 오랜 시간이 흐른 다음인 지금 돌이켜보면, 진심으로 관리인이 되지 않으면서도 관리인 노릇을 하는 것이 가능했기 때문에 나는 그 일을 맡았던 듯싶고, 파티나 친목회에서 무엇으로 밥벌이를 하느냐는 질문을 받으면 흐뭇한 기분을 느끼며 조끼 호주머니에 엄지손가락을 걸치고는 느긋한 태도로 말했다. "견습 관리인이야." 우리말 '관리인'도 비슷하지만, 영어로 'janitor'는 어휘가 덜 풍부한 사람들이 들으면 퍽 고상한 직업처럼 착각하기 쉬워도 사실은 허름한 건물의 쓰레기를 치우고 청소를 하는 정도의 직업이다. 히피들은 그런 직업이 퇴폐적이라고 생각해서 정말 나를 좋아했다. '철학'이나 '법률'이나 '경영학'을 공부하는 사람들이 거북해하면서 내 신세를 위로하려고 애를 쓰며 도대체 내가 어떻게 파티에 끼어들었는지 궁금하게 여기는 꼴을 보면 나는 퍽 마음이 즐거웠다.

"견습 관리인이 뭐지?" 그들이 자주 물었다.

"난 아직 자격증이 없어." 나는 대답했다. "지금 당장은 배우기만 하는 단계지. 자격증을 얻고 건물을 하나 맡게 되기 전에 배워야 할 복잡한 일들이 많아."

"어떤 일들인데?"

"한 가지 꼽는다면 인간의 본성이 있지. 또 하나 꼽으면 인종 문제도 있고."

"인종은 또 왜?"

"그 이유는 말이야," 혹시 누가 엿듣는 사람이 없는지 둘러보면서 나지막한 목소리로 내가 말했다. "드나드는 사람들 가운데 유대인과 흑인을 가려낼 수 있어야 하니까 그렇지."

그러면 짜증스러운 말투로 누가 얘기하게 마련이었다. "그건 한심한 짓이야."

"그건 예술이야." 나는 전문가답게 설명을 덧붙였다.

한참 지난 다음에는 틀림없이 이런 질문을 받기 마련이었다. "하지만 자네도 흑인인데, 어떻게 자기하고 처지가 똑같은 사람들을 쫓아내지?"

그런 얘기가 나오면 나는 무척 실망한 표정으로 말한다. "난 그들을 쫓아내지는 않아. 어쩌다가 그들이 들어오면 그들이 지내기가 최대한 비참하게 만드는 게 내가 맡은 일이지. 세상은 달라지고 있으니까."

그러면 믿어지지 않는다는 듯이 얘기를 하던 사람이 나를 쳐다본다.

"그건 관리인적인 객관적 타당성이야." 말 상대가 슬금슬금 피하기 시작하면 결론을 지으려고 내가 얘기한다. "날 미워하지 마." 나는 그가 상당히 당황할 만큼 큰 소리로 그의 등에다 대고 소리친다. "누군가는 그런 일을 해야만 하니까."

그곳은 하버드 광장 근처의 낡은 건물이었다. 콘래드 에이컨미국의 시인이자 비평가이 한때 그곳에서 살았고, 하버드가 굉장한 회관들을 짓기 전인 황금 해안 시절에는 부유한 사람들을 위한 아주 훌륭한 안식처였지만, 그것은 다 오랜 옛날의 얘기였고, 이 건물은 그 시대로부터 잔존해온 몇 안 되는 기념물들 가운데 하나였다. 로비에는 굵직한 삼나무 대들보를 얹은 천장이 높직했고, 대리석 마룻바닥과 멋진 쇠장식과 이제는 쓰지 못하는 구식 전화기까지 그대로 두었다. 아파트먼트우리나라의 '아파트'와는 달리 본디 '다가구주택' 같은 소규모 임대용 공동주택의 한 가구 단위를 뜻하는 말이다들은 저마다 작은 벽난로를 갖추었고, 심지어는 커다란 욕조에다 사기로 만든 변기까지 있어서, 나는 볼일을 볼 때마다 도대체 어떤 고귀한 옛날 분들이 얼마나 많이 여기 앉았기에 이토록 낡아빠졌을까 상상에 잠기기 일쑤였다. 그곳에 살면서 나는 부유한 자들과의 어떤 친밀감을 느꼈다.

그것은 그 안에 사는 사람들 때문에 낡은 인상이 심해지는 듯싶은 그런 묘한 건물이었다. 여러 회관과 하버드 구내 사이에 편리하게 위치했으므로 나는 히피 패거리와 희망에 가득 찬 여사무원들과 온갖 종류의 대학원생들이 그곳에 기거하리라고 기대했다. 하지만 그곳 거주자는 대부분이 노처녀들이었고, 기품 있는 노부인들과 성기능이 퇴화한 중년 남자들과 동성애를 하는 젊은 남자들과 결혼한 부부 몇 쌍, 그리고 교사도 한 사람 살았다. 그곳에다 뒷살림을 차린 사람들은 없었으며, 초저녁에 조용한 복도를 걸어 지나가노라면 나는 한 번만이라도 누가 안에서 숨을 가쁘게 몰아쉬는 소리를 듣고, 문을 두드려서 신분을 확인할 기회를 얻고 싶은 충동을 가끔 느끼기도 했다.

때는 케임브리지의 봄철이었고, 찰스 강케임브리지와 보스턴의 경계를 이루는 강변에서는 행복한 학생들이 사랑을 나누었으며, 눈이 구슬픈 중년 남자들은 다리에서 그들을 멀거니 구경했다. 분주하게 활동하는 철이어서 법과 학생들은 고상해지기에 바빴고, 경영 대학 사람들은 그들이 벌게 될 돈을 계산했고, 하버드 회관들은 모조리 비었고, 광장에서는 수염을 기른 마리화나 장사들이 여름 학기 단골들을 기대하면서 식탁을 늘어놓았다. 하늘에서는 계절의 변화가 일어났으며, 그로 인한 충동에 순응하기 위해 늙은 관리장 제임스 설리번은 쭈그러진 쓰레기통 세 개를 나에게 인계하고는, 나더러 여섯 층을 날마다 돌아다니며 노처녀 입주자들이 헤프게 버리는 모든 쓰레기를, 겸손한 본분을 절대로 잃지 않으면서, 자기 대신 남김없이 수거하라는 업무를 맡겼다.

그래서 나는 내 개인 소유인 아파트먼트와 감수성이 강한 여자와 스테레오와 스피커 두 개와 너덜너덜한 의자 하나와 포크 하나와 일자리와 소유욕을 지닌 부자가 되었다. 이 모든 것에다 젊음까지 갖추었던 나는 설리번을 불쌍하게 여겼는데, 그는 그 건물에서 30년을 보냈고, 자신의 삶을 얼굴의 주름살 속에다 기록했듯이 그곳 역사를 몽땅 마음속 구석구석에 기록한 사람이었다. 하지만 그가 평생 얻은 것이라고는 마구 날뛰는 개 한 마리와 그 개만큼이나 미친 아내와 점액낭염과 급성 근시와 음주 문제가 전부였다. 그는 나이가 일흔이 훨씬 넘었고 거의 걷지를 못했으며, 우리 건물을 관리하는 회사에서 한 주일에 72달러씩 주는 돈으로는 아무것도 할 수가 없었다. 그래서 양보하는 의미로 그는 내가 수행하는 업무를 감독하는 역할을 맡고 뒤로 물러나 앉게 되었다.

관리인으로 본격적인 일을 시작하던 첫날, 쓰레기가 철철 넘치는 통 세 개를 내가 건물에서 능숙하게 끌어내려니까, 그는 파랗고 누덕누덕 기운 헐렁한 바지를 입고 담배를 피우며 늙고 초라한 모습으로 현관 의자에 앉아 구경만 했다. 그는 나를 지켜보았다. 그는 줄담배를 피웠으며, 나는 그가 일부러 담뱃재와 꽁초를 마룻바닥에 버리고는 노랗고 회색인 얼룩이 생길 때까지 발로 힘주어 짓눌러버리는 것을 금방 눈치챘다. 다음에 그는 힘을 들여가며 구두로 쓰레기를 벤치 밑으로 밀어넣으면서, 건물 옆의 커다란 처리장으로 오물통을 하나씩 들어내는 나를 고양이처럼 살펴보며 줄곧 침묵을 지켰다. 내가 일을 끝내자 그는 부엌살림 마련에 도움이 되라고 낡은 접시 두 개를 주면서 첫 충고를 했다.

"이젠 좀 앉아서 쉬도록 해." 그는 나에게 말했다.

나는 그의 옆에 놓인 빨간 의자에 앉아 그가 스웨터 호주머니 속에 간직했던 쭈그러진 갑에서 꺼내준 쪼글쪼글해진 담배를 받아 들었다.

"이 건물에서 어떻게 해야 편히 지낼 수 있는지 내가 요령을 좀 얘기해주지." 그가 말했다.

나는 열심히 귀를 기울였다.

"만일 어떤 개새끼가 추가로 일을 더 해달라고 청하면 꼭 돈을 받아내."

나는 꼭 그러마고 그에게 다짐했다.

"이곳에 거주할 만큼 여유가 넉넉한 사람들이라면, 돈도 낼 능력이 있지. 거지 같은 자식들이야."

"그렇고말고요." 나는 그에게 다시 맞장구를 쳤다.

"또 한 가지 알아둬." 그가 말을 덧붙였다. "어떤 년도 자네 앞에 고양이 똥을 밀어 내놓지 못하게 해. 그건 자네가 할 일이 아니야. 그걸 봉지에 받아서 자기들이 직접 갖다 버리라고 해."

나는 내 본분이 무엇인지를 아주 잘 알고 있으니 고양이 똥 따위는 하나도 치우지 않을 생각이라고 그에게 일러주었다. 그는 두꺼운 안경알을 통해 나를 쳐다보았다. 그는 영락없는 고양이처럼 보였다. "그래야지." 마침내 그가 말했다. "혹시 그들이 여전히 그걸 쓰레기 속에다 몰래 버리려고 하면, 그 개새끼들이 꼭 대가를 치르게 해. 그럴 만한 능력이 있는 사람들이니까." 그는 일곱 번째 담배꽁초를 마룻바닥에다 비비고는 쓰레기를 더 어지르며 또 한 개비에 불을 붙였다. "난 여기서 지낸 30년 동안 고양이 똥은 치운 적이 없으니까, 자네도 그러지 말아야 해."

"난 올라가서 세수를 해야 되겠어요." 내가 말했다.

"잊지 마." 그가 내 등 뒤에다 대고 소리쳤다. "어떤 사람한테도 당하면 안 돼."

나는 목숨을 걸고 절대로, 건물에서 가장 아름다운 여자를 위해서라도 절대로 그러지 않으리라고 다시 한 번 맹세했다. 승강기를 타고 올라가면서 나는 절대로 그런 일은 없으리라고 느긋하게 결심했다. 건물에는 예쁜 여자들이 없었다.

그가 그곳으로 오기 전에는 무슨 일을 했는지 나는 전혀 알지 못했지만, 그 건물의 관리인 자리가 그에게는 가장 훌륭한 출세였으리라는 사실만큼은 잘 안다. 그는 학교 구내로 가느라고 건물 옆을 지나다니는 부유한 자들을 두 세대나 지켜보았으며, 또한 부유한 집안의 아들딸들이 똑같은 아들딸들을 생산하여 다시 이곳으로 보내 대물림이 순조롭게 계속되게끔 하얀 말을 탄 도지사가 아들이나 딸을 같은 학교로 보내려고 찾아오는 모습을 서른 번이나 꼬박꼬박 지켜보았다. 그는 처음 쓰레기통을 운반할 만한 기운이 있었을 때부터 그런 대물림의 연대를 지켜보았고, 이제는 그럴 입장이 아니어서 속이 상했다.

그는 물론 아일랜드 사람이었고, 비록 자신이 스스로 이룩한 바가 전혀 없더라도 아일랜드 사람들의 업적을 늘 자랑으로 삼았다. 그는 프랭크 오코너가 하버드에 다니던 시절에 그 작가를 알았다. 그는 오코너가 날마다 구내로 가는 도중에 그와 얘기를 나누려고 걸음을 멈춘 적이 많았다는 얘기를 나에게 했다. 그는 또 제임스 마이클 컬리보스턴의 영웅적인 아일랜드계 정치가로서, 오코너의 정치 소설『최후의 승리The Last Hurrah』의 주인공 모델이 되었다도 알았는데, 그 남자에 대한 가장 아름다운 추억은 오래전 어느 날 제임스 컬리와 그가 보스턴의 어느 술집에 앉아 있는데 컬리의 운동원들이 들어와서 이런 말을 했던 때의 일이다. "짐, 유대인 솔 번스타인이 당신을 만나고 싶다는군요." 컬리는 굵직하고 인상적인 목소리로 제임스 설리번에게 말했다. "어서 가서 그 이스라엘 군주님을 만나세." 이런 것들이 그의 추억거리였다. 하버드 지하실에서 보낸 한평생을 구성하는 그런 다양하고, 자질구레하고, 무의미한 얘기들을 들어주며 그와 함께 웃어주려고 나는 얌전히 쓰레기통을 옆으로 밀어놓고는 했다. 당시 그런 얘기들은 나에게 거의 아무런 가치가 없는 내용이었지만, 그것이 그가 인생에서 누렸던 가장 행복한 회상의 순간들이었음을 나는 알았다. 그래서 떨이를 사들이는 기분으로 건성으로나마 그의 얘기를 들어주었는데, 하기야 젊은 시절에는 시간의 가치가 대수롭지 않기는 했지만, 그래도 나는 최소한의 시간과 관심만 그에게 할애했다. 그런 추억은 사는 사람이 값을 매긴다.

2

그 무렵에 나는 내가 무한한 감수성을 지녔다고 스스로 믿었으며, 날마다 쓰레기를 수거하느라고 건물을 한 바퀴 돌면서 우리 건물의 50여 개에 이르는 문 뒤에는 저마다 내가 마법의 필치를 휘둘러주기만 한다면 당장 불멸의 작품으로 재탄생할 이야기들이 살아간다는 즐거운 생각으로 힘이 솟는 패기를 느꼈다. 나는 입주자들을 광적으로 관찰하며 그들의 특이한 면모와 그들을 찾아오는 손님들과 그들이 식사를 하는 버릇을 눈여겨 살펴보았다. 소재를 찾기 위한 추구가 어찌나 강렬했던지 나는 그들이 버린 쓰레기를 샅샅이 뒤져보려는 충동을 애써 억제해야 했다. 하지만 손을 너무 더럽히지 않으면서 오물의 맨 꼭대기에 놓인 사물들을 대상으로 삼아 내 감수성을 발휘하는 일만큼은 게을리하지 않았다. 그러나 7월 말이 되었을 무렵에 나는 상당히 순박하고 얄팍한 헨리 밀러 소설 같은 작품을 겨우 하나 쓸 만한 자료밖에 찾아내지를 못했다. 가장 다채로운 발견은 이런 내용들이었다.

① 24호 여자는 파두카대학의 졸업생이었다.

② 55호의 부부는 한 주일에 적어도 5백 번가량 성교를 하는데, 아내는 아직 피임약 사용법을 모른다.

③ 36호의 노부인은 아직도 매달 불편한 행사를 치른다.

④ 56호의 두 뚱뚱보는 밤마다 놀라운 양의 칠리 고추를 먹어치운다.

⑤ 54호의 뚱뚱한 남자는 서로 결혼한 개를 두 마리 기르지만, 자신은 아무하고도 결혼을 하지 않았다.

⑥ 63호의 중년 독신 남자는 꽃을 무척 많이 버렸다.

달팽이 걸음처럼 느린 진도에 실망한 나는 어느 날 의자에 앉아 줄담배를 피우며 내가 공을 들여 새로 광택을 낸 현관 바닥에 담배꽁초를 문질러대던 제임스에게 내가 벌여온 헛수고를 고백했다. "그러니까 자넨 입주자들에 대해서 뭔가 알고 싶다 이거지?" 고양이 같은 눈을 나에게 깜박이며 그가 말했다.

나는 머리를 끄덕였다.

"그럼 제일 먼저 알아야 할 건 유대인이 얼마나 많은가 하는 점이야."

"유대인은 별로 없던데요." 내가 말했다.

그는 놀란 눈으로 내 표정을 살폈다.

"글쎄, 몇 명 보이기는 하더군요." 소중히 여기는 내 감수성이 조금이라도 더 무디어지지 않게 하려고 나는 재빨리 말했다.

"몇 명이라니, 그게 무슨 개소리야." 그가 말했다. "여긴 제일 많은 게 유대인이야."

"어떻게 알죠?"

그는 다시 어정쩡한 눈초리를 나에게 던졌다. "저 쓰레기가 다 어디서 나온다고 생각하나?" 그는 수북한 쓰레기통을 힘없이 머리로 가리켰다. 때마침 그쪽을 쳐다보게 된 나는 가장자리로 삐져나오려는 국수 가닥을 챙겨 담았다. "맞았어." 그는 얘기를 계속했다. "유대인들은 세상에서 식성이 제일 좋아. 그리고 최고급으로만 먹고."

그러자 나는 내가 닭고기 수프만 먹던 세대의 사람이고, 유대인들은 날마다 은행에 다녀올 기운을 차릴 만큼만 식사를 한다고 믿어왔다는 고백을 했다.

"그렇지 않아!" 그는 힘을 주어 대답했다. "이런 말을 못 들어본 모양이구만. '유대인들이 다녀가기 전에 식당에 가자'라는 소리 말이야."

나는 처량하게 고개를 저었다.

"어떤 식당은 유대인이 들어서기만 하면 공짜로 내놓는 짠지와 양파를 당장 치운다는 걸 자넨 모르나?"

나는 푸짐하게 쌓인 쓰레기 더미가 창피해서 머리를 떨구었다.

그는 내 쓰레기통으로 터벅거리며 가더니 47호에서 버린 국수 가락과 휴지를 손으로 뒤적였다. 얼마 동안 쑤셔대던 그는 먹고 버린 고기 반죽 깡통을 꺼내 겉에 묻은 오물을 닦았다.

"이걸 봐." 의기양양하게 그가 말했다. "이게 바로 미식가들이나 좋아하는 그런 거지."

"그건 44호에서 버린 쓰레기예요." 내가 말했다.

"그럴 수밖에." 그는 다 안다는 투로 말했다. "1946년에 스웨덴 여자가 그곳으로 이사를 들어와 유대인 여자하고 방을 같이 썼어. 나중에 스웨덴 여자는 이사를 나갔고, 그 이후로 줄곧 저 위에서는 유대인 왕조가 계속되었지."

나는 44호에 에스에스 피어스 깡통과 시바스 리갈 병과 온갖 종류의 깨진 레코드 음반과 〈에버그린〉좌파 성향의 문학지이나 〈리얼리스트〉의 지난 호들을 많이 내버리는 부부가 기거한다는 생각이 머리에 떠올랐다.

"그 말이 맞아요." 내가 말했다.

"당연하지." 그는 의심할 나위가 전혀 없다는 듯 대답했다. "그들이 무사히 통과한다고 안심하는 경우에도 난 그들의 정체를 사실은 알고 있어." 그는 더 가까이 몸을 내밀더니 은밀한 목소리로 말했다. "하지만 명예훼손연맹이 알면 가만히 있지 않을 테니까 남들이 있는 자리에서는 그들에 대한 욕을 절대로 하지 마."

바로 그때 2층에서 아내가 그를 소리쳐 불렀고, 개가 그녀와 합세하느라고 문에 몸을 부딪쳐대며 난리를 피웠다. 그는 힘겹게 승강기로 들어서면서 말했다. "남들이 있는 데서는 절대로 그들에 대한 얘기를 하지 마. 자넨 잘 모르겠지만, 명예훼손연맹이 자넬 그냥 내버려두지 않을 테니까."

설리번은 각별히 유대인만을 진심으로 미워하지는 않았다. 그는 자기보다 잘사는 사람이라면 누구에게나 나쁜 감정을 품은 사람이었다. 그가 나를 좋아했던 이유는 내가 쓰레기 치우는 일을 좋아하는 듯싶었기 때문이고, 그의 얘기에 귀를 기울여주고 그가 한 얘기를 존중하는 듯싶었기 때문이고, 그가 똑같은 말을 되풀이할 때까지도 그의 곁을 지키며 인생을 살아가는 데 필요하다는 이유로 그의 지혜를 열심히 터득하려는 성의를 보이는 것 같았기 때문이다.

그는 2층에서 아내와 함께 살았는데, 두 사람이 다 몸이 아프고 늙었으며 거동을 제대로 못했기 때문에 그의 아파트먼트는 무척 더러웠다. 아내는 쓰레기를 복도로 그냥 쓸어냈고, 그곳 마룻바닥에는 내가 걸레질을 하고 광택을 낸 다음 두 시간만 지나면 문에서부터 복도의 끝까지 흙과 기름 찌꺼기와 짓눌러 내버린 담배가 잔뜩 흩어졌다. 그의 아파트먼트 문에서는 개와 고양이와 늙음과 죽음의 악취가 났으며, 나는 형언하기 어려운 어떤 공포를 느꼈기 때문에 무슨 이유에서든지 간에 그 안으로 절대로 들어가지 않게 되기만을 바랐다.

내가 알아낸 바로는 설리번 부인은 남아프리카 출신이었다. 그녀는 짐승들을 사람보다 훨씬 더 사랑했고, 그녀의 얼굴에는 깊은 고뇌가 담겨 있었다. 그녀는 건물의 요소요소에다 고기를 담은 작은 냄비들을 놓아두었고, 나는 이른 아침이나 밤늦게 집 없는 고양이들에게 음식 찌꺼기를 2층 창문에서 던져주던 그녀의 모습을 자주 보았다. 언젠가 한번은 제임스가 그들의 아파트먼트 안으로 잘못 들어온 쥐 한 마리를 내쫓으려고 했는데, 그녀는 쥐에게도 정당한 기회를 줘야 한다고 그에게 소리를 질렀다. 걸음을 걸으려고 할 때마다 그녀는 벽이나 난간에 기대어 몸의 균형을 잡아야 했으며, 자신을 가둬놓은 건물을 증오했다. 그녀는 또한 제임스뿐 아니라 대부분의 입주자를 미워했다. 그런가 하면 그녀는 자니 카슨 쇼^{NBC 텔레비전 방송의 유명한 프로그램}를 좋아했고, (부축을 받지 않고는 더 이상 나갈 수가 없었으므로) 바깥의 앞쪽 계단에 나가 앉아서 보내는 시간을 즐겼고, 얘기를 들어주려고 걸음을 멈출 만한 사람이 나타나기만 하면 누구하고나 얘기하기를 좋아했다. 그녀는 제임스에게 욕설을 퍼부을 때 이외에는 무슨 얘기를 하는지 앞뒤가 맞지 않았고, 말투는 뱃사람처럼 천박했다. 그녀는 목소리가 날카롭고 컸으며, 개가 미친 듯 짖어대는 소리를 반주로 삼아 그녀가 질러대는 고함은 건물 어디에서나 들을 수 있었다. 그녀는 정말로 깨끗한 적이 전혀 없었고, 이는 썩었다. 세상에서 가장 처량하다고 할 만한 장면을 꼽아보라고 한다면, 아침에 그녀가 세상에서 갈 곳이 하나도 없어 겨우 아래층에 내려갈 때나 쓰려고 간직해온 파란 새 여름 모자를 쓰고서 계단에 나와 앉아 얼룩진 자루옷 차림으로 눈앞에 흘러 지나가는 세상을 물끄러미 쳐다보는 모습이었다. 그녀가 고함을 지를 때면 제임스는 여러 차례 나에게 그녀가 신경증 증세가 심해서 자제를 못한다고 알려주었다. 제임스의 놀라운 점은 아내의 욕설이 아무리 거칠어지고 주변에서 누가 그런 욕설을 들고 있든지 간에 절대로 화를 내지 않는다는 사실이었다. 세상에서 두 번째로 처량한 장면을 꼽는다면 미니스커트를 걸친 여름 여자들과 말끔히 옷을 다려 입은 일류 대학생들과 비트족1950, 60년대 미국에서 히피들과 더불어 벌어졌던 반문화 운동에 앞장선 젊은이들들과 사진기를 주렁주렁 매단 채로 버스를 타고 몰려다니며 하버드 광장에서 자기들 두 사람만 제외하고는 무엇이나 다 사진을 찍어대는 일본 관광객들 사이로, 설리번이 아내를 부축하며 느릿느릿 걸어가는 광경이었다. 그가 나한테 한 얘기에 따르면, 언젠가 히피 한 사람이 그들 옆으로 지나가다가 뒤를 돌아다보며 이렇게 소리를 질렀다고 한다. "육상 기록을 하나라도 깨뜨리지 않도록 부탁드립니다, 날쌘 굼벵이 부부여."

역시 2층에 사는 사람으로는 노처녀가 늙은 남자를 증오하는 그런 특이한 방식으로 설리번을 미워하던 노처녀 미스 오하라가 있었다. 그녀의 맞은편 아파트먼트에는 한때 북부 아프리카에서 몽고메리 휘하에서 복무했고, 이제는 자신의 작은 아파트먼트나 청소하고 미스 오하라와 잡담을 하며 여생을 보내는 무척 상냥하고 점잖은 머피라는 독신주의자가 살았다. 그 층은 아일랜드 사람들 차지였다.

나는 미스 오하라가 왜 그토록 맹렬히 설리번 부부를 미워했는지 전혀 알 길이 없었다. 아마도 그것은 그들이 너무나 지저분했고, 그녀는 너무나 까다로울 만큼 청결했기 때문인지도 모른다. 아마도 그것은 미스 오하라가 아일랜드 사람으로서 자부심이 대단했는데, 그들이 전형적이 아일랜드 사람들이었

기 때문인지도 모른다. 아마도 그것은 단순히 그녀가 그들을
좋아할 까닭이 하나도 없었기 때문인지도 모른다. 그녀는 광
적으로 청결했으며, 얼마 안 되는 쓰레기마저 하루 묵은 〈크리
스천 사이언스 모니터〉 신문지로 말끔하게 포장해서 깨끗한
끈으로 선물처럼 묶어 내놓았다. 그렇게 말끔하고 작은 꾸러
미들을 수거하면서 나는 그녀가 어디서 끈을 구했는지 궁금
해졌고, 밤이면 식육 시장에서 사용하는 끈의 매듭을 머리핀
으로 꼼꼼히 풀거나 항상 입고 다니는 회색 스웨터 밑에 숨겨
진 하얀 줄을 몇 미터씩 풀어내는 그녀의 모습을 상상하고는
했다. 심지어 나는 그녀가 작은 아파트먼트 안에서 촛불을 켜
놓고는 풀었던 끈을 감아서 커다랗고 하얀 덩어리로 만들며
재미있다고 키득거리는 뒷모습까지도 상상했다. 그런 다음에
그녀는 그것을 식빵 상자 속에 넣어두리라. 미스 오하라는 밤
늦게까지 문을 조금 열어두었는데, 나는 그녀가 건물 안에서
벌어지는 모든 사건을 몰래 엿듣는다고 의심했다. 그녀가 그렇
게 엿듣고 나서는, 내가 즐거운 흥분감에 빠져 정신없이 지껄
이는 모든 말을 어딘가 적어두었다가 혹시 어쩌다 내가 약을
올리면 그것을 악랄하게 나한테 다시 읽어줄 것이 두려워서,
감히 마음대로 기분을 내며 성교를 하는 일은 없어야 되겠다
는 생각이 들었다.

　그녀는 우리 건물에 설리번보다도 더 오래 거주했는데, 내
생각에 그녀의 가장 큰 야망은 설리번보다 더 오래 살아서 뜨
개질 실타래와 바늘을 들고 그의 장례식 밤샘에 참가하려는

것 같았다. 그녀는 설리번이 해고를 당하게 하려고 25년 동안 줄기차게 노력했다. 여름밤에 내가 고통스럽게 2층에서 걸레질을 하는 동안 그녀는 나에게 루트 비어알코올 성분이 거의 없는 청량음료나 사과나 컵케이크를 제공하고는 그에게 불리한 증거들을 내 머릿속에 주입하려고 애를 썼다.

"그 사람은 정말 지저분하고 늙은 남자예요, 로버트." 그녀는 자그마하고 늙은 여자답게 나지막이 말하고는 했다. "당신은 그런 더러운 늙은이의 밑이나 닦아줄 생각은 말아야 해요. 회사에다 일러바치기만 하면 되니까요."

"뭐 난 상관없어요." 최대한 빨리 루트 비어를 마시면서 나는 그녀에게 말했다.

"내가 하고 싶은 얘기는 그들 부부가 두 사람 다 주정뱅이라는 거예요. 그들은 25년 동안 단 하루도 정신이 말짱한 날이 없었죠."

"뭐 아시겠지만 부인은 몸이 아프거든요."

"쳇!" 그녀는 한심하다는 듯 두 팔을 쳐들었다. "남편이 술을 주지 않을 때만 아픈 여자죠."

나는 트림을 하지 않으려고 참았다. "여기서 얼마나 오래 사셨나요?"

그녀는 나더러 복도에 서 있지 말고 컴컴한 그녀의 아파트먼트로 들어서라고 손짓을 했다. "그 남자한테는 얘기하지 말아요." 그녀는 설리번의 집 문 쪽을 머리로 가리켰다. "난 여기서 35년을 살았어요." 그녀는 내가 깜짝 놀라기라도 하기를 기대한 눈치였다. 그러더니 말을 덧붙였다. "저 두 주정뱅이가 나타나기 전에는 이 건물이 훨씬 살기가 좋았다고요."

그러더니 그녀는 사과를 내놓고는 혹시 개가 짖는 소리에 짜증이 나지 않느냐고 다섯 번이나 물었고, 달콤한 초콜릿을 억지로 내 손에 쥐여주고는 어젯밤에도 고양이들이 마룻바닥에다 오줌을 쌌다고 말했으며, 키가 작아서 자기는 손이 닿지 않는다며 커다란 찬장 꼭대기의 먼지를 털어달라고 시키는가 하면, 내 걸레에서 떨어진 작은 먼지 덩어리들을 집으라고 시키고는 루트 비어를 하나 더 나에게 강요한 다음 가족 사진첩을 보여주었다. 나중에 또 생각이 났다는 듯 그녀는 역시 키가 닿지 않을 만큼 높직하게 걸린 증조부의 커다랗고 낡은 사진을 내리라고 하더니 그것도 먼지를 털어달라고 했다. 그런 다음에 우리는 마룻바닥에 떨어졌을지도 모를 티끌을 함께 찾아 모았다. "그 사람은 정말 지저분하고 늙은 남자예요, 로버트." 그녀가 결론지어 말했다. "그러니까 마음만 내킨다면 언제라도 서슴지 말고 건물주에게 그에 관한 보고서를 올리라고요."

나는 설리번이 조금만 잘못하더라도 그렇게 하마고 그녀에게 다짐했고, 결국 사과는 받았지만 그녀가 내놓는 돈은 거절했고, 다시 빠져나와 걸레질을 했다. 그때까지도 그녀는 나를 지켜보면서 반쯤 열린 문가에서 미소를 지었다.

"미스 오하라가 왜 당신을 미워하나요?" 언젠가 나는 제임스에게 물어보았다.

그는 담배를 든 손을 쳐들더니 길게 늘어진 담뱃재를 우아하게 마룻바닥으로 떨어뜨렸다. "그 늙은 잡년은 내가 처음 이곳으로 왔을 때부터 줄곧 날 잡아먹으려고 안달을 했어." 그가 말했다. "그 여자를 믿지 마, 로버트. 이 지역에서 성자들이 불에 타 죽는 꼴을 지켜보면서 둘러앉아 찬송가를 부르던 작자들은 그 여자와 똑같은 부류였어."

내 질문에 대한 충분한 답은 좀처럼 들을 수가 없었다. 비록 개가 시끄럽기는 했고 혹시 끈이 풀리기라도 하면 틀림없이 누군가를 물어 죽일 것 같기는 했지만, 그런 이유로 노인을 정말 미워할 사람은 아무도 없었다. 그들이 가진 것이라고는 개뿐이었다. 밤마다 그가 내놓는 쓰레기 속에는 빈 개밥 깡통이 술병만큼이나 많았다. 어떤 때는 밤에, 자기도 겨우 걷는 처지에 설리번이 개를 데리고 멀리 산책을 나갔는데, 그러면 개와 노인 둘 다 나중에 남들이 건물로 데리고 돌아와야 했다.

3

그 무렵에 나는 내가 흑인이라는 가장 확실한 사실을 잊고 지냈으며, 누가 보더라도 확실히 흑인이 아닌 무척 사랑스러운 여자를 사귀었다. 그때 우리는 둘 다 젊었고 낙천적이었으며, 그녀는 내 재능의 잠재성을 믿었고 부분적으로는 그 이유로 나를 좋아했으며, 나는 그녀가 인종이 같아서가 아니라 나의 여인이었기 때문에 행복했고, 그래서 남다르게 느껴졌다. 또한 나는 수염을 기르거나, 어떤 대상을 증오하거나, 유별나게 굴거나, 지극히 일류 대학생다워야 할 필요가 없었기 때문에 나름대로 남다른 존재가 되었다. 나는 마리화나를 스스로 피우거나 그녀에게 마련해주지 않아도 되었고, 나 자신 이외에는 어떤 대의명분도 추구할 필요가 없었다. 나는 오직 나 자신에 충실하면 그만이었으며, 그런 사실이 나에게는 즐거웠고, 나는 무엇인가를 창조만 하면 되었으며, 그것이 우리 두 사람 다 즐거웠다. 예술적인 성향을 지닌 수많은 부유한 사람들이나 마찬가지로 그녀는 자기가 자아 속에 지닐 수 없었던 바를 타인을 통해 소유하기를 원했다. 그러나 나는 그런 점을 개의치 않았고, 그녀가 내 변덕스러운 성격과 항상 풍기는 쓰레기의 악취와 상당히 심한 잠재적 냉혹함에 대해서 나를 용서했기 때문에 나는 그녀의 그런 면을 용서했다. 그녀가 꺼리던 바는 제임스 설리번, 그리고 그가 한없이 주절거리는 얘기에 귀를 기울이느라고 내가 낭비하는 시간뿐이었다. 그녀 생각에 그의 대화는 쓸모가 없고, 반복만 거듭되고, 나에게 아무런 가치도 약속해주지를 않았다. 그녀는 자기들이 얼마나 풍족하게 살아가며, 얼마 안 있으면 얼마나 많은 재산을 자식들에게 물려주는지에 대한 주제의 주변에서 매암을 도는 돈 많은 늙은이들의 대화에 익숙했다. 그녀는 전혀 냉정하지가 않았지만, 가난한 늙은이들에게는 어느 정도의 너그러움을 보이고, 가능하다면 빈말이나마 인사말이라도 꼭 건네도록 교육을 받았다. 그러나 그 이상은 없었다.

내가 그녀를 처음 인사시켰을 때 설리번은 그녀가 히피가 아니어서 그냥 넘겨버리기가 쉽지 않았기 때문에 그녀를 좋아하지 않았다. 개방적인 사람들이 지성적이고 사상이 진지한 흑인과 백인 한 쌍보다는 흑백 히피 커플에게 훨씬 너그러운 현상은 자연스러운 본성인지도 모르겠다. 나중 경우의 관계는 서로 그렇고 그런 짝이어서 양쪽 인종으로부터 경멸을 받아 마땅하니 양쪽 인종의 찌꺼기들이라고 대수롭지 않게 그냥 넘겨버려도 되겠지만, 앞의 경우는 표면으로 빤히 드러나는 직접적이거나 위압적인 민감성으로 인해서 '서로 봐주자'는 여유 만만한 요소가 전혀 없기 때문에 당장 위협으로 대두된다. 지극히 널리 알려진 개방주의자들까지도 이런 위협이라면 간단히 넘겨버리기가 쉽지 않다.

"그 여잔 아일랜드 사람이야, 그렇지?" 내가 그들을 소개하고 얼마 안 있다가 어느 날 내 아파트먼트에서 그가 물었다.

"아녜요." 나는 딱 잘라 말했다.

"그 여자 이름이 뭐라고 그랬지?"

"주디 스미스요." 나는 전혀 다른 이름을 댔다.

"어쨌든 난 가려낼 수가 있어." 그가 말했다. "그 여잔 기질을 보면 분명히 아일랜드 사람이야."

"아일랜드 사람 기질은 누구에게나 조금씩은 있어요." 나는 그에게 말했다.

그는 두터운 안경알을 통해 고양이처럼 교활하게 나를 쳐다보았다. "어쨌든 보아하니 그 여자는 훌륭한 집 출신이더군."

"그런 것 같아요." 내가 말했다.

그는 양탄자에다 담뱃재를 터느라고 잠깐 말을 멈추었다. "대령 부인과 넬리 오그레이디는 벗겨보면 똑같은 여자들이라고 그러더군." 그러더니 한마디 덧붙였다. "러디어드 키플링의 책에 나오는 얘기지."

"그 말이 옳아요." 나는 똑같이 비꼬는 투로 말했다. "그런 이유 때문에 당신은 대령 부인과 결혼하여 체통을 유지해야만 했겠죠."

그러자 우리 사이에는 뜻이 통해서 이 얘기를 다시는 하지를 않았다.

메그 설리번이 자니 카슨 쇼를 구경하고, 개가 울부짖으며 문을 발톱으로 긁어대는 사이에 거의 매일 밤 고양이들은 2층 마룻바닥에 오줌을 쌌다. 광고가 나오는 동안 메그는 제임스더러 마룻바닥에 담뱃재를 흘리지 말고 밖으로 나가거나, 개를 데리고 나가거나 무언가 다른 일을 하라고 욕설을 퍼부었다. 하지만 4층이나 5층이나 6층에 사는 사람들은 그것이 무슨 말인지 전혀 알아들을 수가 없었다. 카슨 쇼가 끝난 다음까지도 그녀는 그에게 나가라고 여전히 고함을 지르고, 결국 그는 지하실로 내려가서 술을 한두 병 마셔 치우게 된다. 지하실 안에서는 고양이들이 행사를 치른 악취가 가실 줄을 몰랐고, 온갖 땟국물과 기름과 내버린 트렁크들과 맥주병들과 의자들과 낡은 연장들과 그가 가끔 잠을 자는 더러운 소파의 한 가운데 틀어박힌 그의 모습을 보면 나는 울고 싶어지고는 했다. 그는 포도주 애호가들이 좋아하는 종류로 가장 값이 싼 세리를 병째로 그냥 마셨다. 그해 여름 수많은 밤의 새벽 2시쯤 나는 전화가 울리면 잠자리에서 일어나야 했다.

"로브? 나 지미 설리번이야. 뭘 하고 있나?"'로브'는 '로버트', '지미'는 '제임스'의 애칭이다.

마땅히 할 말이 없었다.

"지하실로 내려와서 한잔하지."

"난 8시 반에 일을 시작해야 해요." 나는 핑계를 댄다.

"딱 한 잔도 할 수 없겠나?" 그는 애처롭게 말한다.

나는 병째로 마시지 않기 위해서 내 술잔을 따로 가지고 내려간다. 소파에 앉은 그를 보면 차마 화를 내기가 어려운데, 그 까닭은 나에게는 스테레오 전축에 틀 레코드 음반이 많았고, 소설은 잘 풀려나가는 중이었고, 인종이 아니라 개인으로서 나를 좋아하고 믿어주는 여자와 새 접시 한 벌과 젊은 사람들과 지낼 내일 아침이 있었기 때문이다.

"공연히 부담이 되고 싶지는 않아." 그는 언제나 이런 말로 서두를 꺼냈다.

나는 시계를 보지 않으려고 억지로 참아가며 말한다. "그건 알아요."

"자네도 잘 알다시피 우리 메그는 건강이 썩 좋은 편이 아니야." 나에게 술병을 넘겨주면서 그가 말한다.

"아주머니는 그냥 나이가 많을 따름이에요."

"의사들이 그러는데 아내는 정신병원으로 들어가야 한다더군.”

“거긴 갈 만한 데가 못 되는데요.”

“나도 병든 사람이야, 로브. 난 더 이상 견디지를 못하겠어. 아내는 미쳤어.”

“짐승을 사랑하는 사람이라면 미쳤을 리가 없어요.”

그는 다시 병째로 길게 한 모금 마셨다. “난 1년도 더 살지 못할 거야. 난 1년 안에 죽는다고.”

“그건 모르는 일이죠.”

그는 안경을 쓰지 않고 나를 빤히 쳐다보았다. 나는 그의 눈에서 쉽게 절망을 읽어냈다. “난 그저 나보다 메그가 먼저 가기만 바라. 내가 간 다음에 사람들이 아내를 정신병원에 처넣기를 원치 않아.”

코끝에서는 고양이의 악취가 어른거리고, 손을 대지 않겠다고 마음속으로 작정한 불량 셰리 한 잔을 꼼짝없이 손에 들고, 위대함에 대한 나의 꿈과는 너무나 어울리지 않게 제임스와 지하실과 건물의 포로가 된 새벽 2시에 나는 어떤 말을 해야 할지 알지를 못했다. 나 자신을 스스로 증오하지 않고 견딜 방법이라고는 AMA^{미국의료협회}나 메디케어^{고령자를 위한 미국의 의료보장} 제도나 히피들에 대한 얘기를 꺼내는 것뿐이었다. 그는 이 세 가지에 대해서라면 정신없이 떠들어댔다. 그에게는 의료에 봉사하는 자들이란 ‘도덕적으로 퇴폐했고’, 메디케어는 자기 같은 늙은이들에게서 ‘궂은날 쓸 용돈’을 빼앗아 가는 터무니없는 장난이었고, 히피들은 ‘인류의 낙제생’들이었다. 그는 자기가 싫어하는 이 세 가지 주요 대상에 관해서라면 완벽한 논조를 한없이 풀어나갈 수가 있었는데, 그 문장들이 너무나 잘 구성되었고 방향감각이 훌륭했기 때문에 나는 그가 어디에서 읽다가 외운 내용들이 아닌가 하는 생각이 들었다. 어쨌든 그렇다면 그는 독서를 지극히 많이 한 셈이었고, 누구한테서 한두 구절 빌려다 쓴다고 해도 상관은 없었다. 근본적인 사상만큼은 설리번 자신의 것이었기 때문이다.

나도 모르는 사이에 새벽 3시, 그리고 3시 반이 되었지만, 그는 아직도 얘기를 그칠 줄을 모른다. 그는 전반적으로 정치가들을 증오했고, 이럴 때면 정치적인 관찰을 반영한 개인적인 명세서를 되새기고는 했다. 민권에 대한 얘기에 이를 때쯤이면 새벽 4시가 되고, 그 시간이라면 나는 그에게 미안함이나 책임감을 느낄 여유가 없었다. 내가 하품을 하기 시작해도 그는 처음에는 모르는 체한다. 그러면 나는 슬금슬금 문 쪽으로 다가가기 시작하고, 그가 흑인을 워낙 좋아하니까 명예 흑인이 되겠다고 선언을 하더라도 이제는 나를 붙잡아둘 수가 없음을 깨닫게 된다.

"공연히 자네한테 부담이나 되지 않았는지 모르겠어." 그는 다시 말한다.

"물론 그렇지 않습니다." 이제는 다 끝났기 때문에 나는 그렇게 말하고 고양이의 악취와 그를 그곳에 남겨두고 시원한 밖으로 나가서는 가끔 한밤중에 학교 구내를 거닐며 내가 보조 관리인이며 그것도 일시적인 직업임을 다행이라고 생각한다. 새벽에 산책을 하면서 여름학교 친구들이 구내의 여학생 기숙사에서 몰래 빠져나오는 것을 보면서 나는 기분이 좋아졌고, 내일 밤에는 그가 전화를 걸 때 한가한 시간이 나지 않도록 하기 위해서 나도 사랑이나 해야겠다는 생각을 했다.

4

"그 노인더러 당신이 맡은 일에는 그의 응석을 받아주는 건 포함되어 있지 않다는 얘기를 왜 해주지 않아?" 낮에 찾아왔다가 잠든 나를 보고 진이 여러 번 나에게 말했다.

나는 그녀를 쳐다보면서, 우리를 공격하기 위해 몰려들어 준비 태세를 갖추고 기다리는 사회의 갖가지 세력에 대해서 혼자 생각해보았다. 때는 아직 7월이었다. 날씨가 무더웠고 나는 일을 많이 했다. "그냥 다 늙어서 그런 거야." 내가 말했다. "다른 사람 누가 그의 얘기를 들어주겠어?"

"당신은 마음이 너무 약해. 할 일만 하면 그만이지, 그 사람한테 시달릴 필요는 없어."

"참아가며 오래 들어보면 그 사람은 소설의 소재가 될지도 몰라."

"늙은 사람들에 대한 소설은 너무 많아."

"아냐." 다시 우리에 대해서 생각하며 내가 말했다. "얘깃거리가 될 만한 사람은 별로 많지 않아."

때때로 그가 위로 올라오면 그녀가 같이 있더라도 어쨌든 나는 그를 안으로 들어오게 했다. 그는 어색하고 지저분한 모습으로 방 안에 서서는 자신이 왜 불쑥 나타났는지 무슨 이유를 둘러댄다. 이럴 때면 그들 사이에는 어떤 무언의 감정이 오고 가는데, 무엇이라고 딱 부러지게 말할 수는 없지만, 그를 지하실에 그냥 눌러 있어야 옳은데 쓸데없이 나와서 남들이 바라지도 않는 곳에 불쑥 나타난 초라한 노인의 모습으로 전락시키는 어떤 침묵이 두 사람 사이에서 흐른다. 이런 흐름이 이루어지는 동안 줄곧 그들은 다정한 대화라는 가면을 쓰게 된다. 그러나 환영을 받지 못하는 사이에 5분쯤의 시간이 지나면 그는 이렇게 나타나서 미안하다는 사과를 하고, 양탄자에다 재를 좀 떨어뜨리고는 문을 나선다. 아래층에서 그의 아내가 고함을 지르는 소리가 들려온다.

우리는 인내했고, 성숙해졌고, 8월이 거의 다 지나갔다. 건물 안에서는 고양이들이 아직도 오줌을 쌌고, 메그는 여전히 고함을 질렀고, 개는 점점 더 심하게 미쳤고, 설리번은 낮술을 들기 시작했다. 바깥은 뜨겁고, 푸르고, 울창했으며, 여름 여자들은 더 짧은 미니스커트만 걸치고 속옷은 입지를 않았고, 찰스 강변에서는 중년 남자들이 다리 위에서 환장할 지경이 되었다. 모두 변화를 초조하게 기다렸으니, 8월이란 겨우내 후회를 하지 않으려면 마무리 짓지 못한 일들을 어서 마무리 지어야 하는 달이었기 때문이다.

5

상상력이 풍부한 편이었던 진과 나는 여러 가지 독창적인 놀이를 벌였다. 그것들 가운데 하나를 우리는 '사회적인 세력'이라고 불렀는데, 그 목적은 어느 쪽이 우리를 먼저 굴복시킬지 알아보려는 것이었다. 우리는 밤에 차를 타고 지나가며 추잡한 소리를 외치는 미지의 사람들과 그 경기를 했다. 그들이 그녀 편이었기 때문에 나는 어떠냐는 듯이 진을 쳐다보지만, 그녀는 웃고 나서 말한다. "아냐." 우리는 그녀가 임자 없는 사람인 줄 알고 춤 솜씨와 희한한 어휘로 그녀를 매혹하려고 서투르게 시도하던 흑인들을 상대로 여러 파티에서 그 경기를 벌였다. 그녀는 겸손하고 초연한 태도로 행동하고, 한참 시간이 지난 다음에 그럼 내가 보기에는 어떠냐는 듯 나를 쳐다본다. 그러면 나는 억지로 미소를 짓고 말한다. "아니지." 마지막 회전은 무더운 8월의 밤, 지하철을 타고 그녀를 집으로 바래다주는 동안에 행해지는데, 지하철 한쪽에는 피부가 검고, 긴장하고, 증오하는 사람들이 있고, 다른 쪽에는 피부가 희지만 생각은 똑같은 사람들이 있다. 양쪽 어디에도 우리 두 사람이 함께 앉을 자리가 넉넉하지 않았고 우리는 갈라지려고 하지를 않았으니, 결국 수많은 정거장을 지나가는 동안 쇠기둥에 매달려 서서 찻간의 양쪽과 세계의 양쪽 사이에서 무수한 시선을 의식하게 된다. 우리는 나이를 먹을 만큼 먹었다. 이제는 우리가 내릴 정거장이 아닌 곳에 이르러서야 마침내 지하철에서 내리고, 그러면 우리는 다시금 어떠냐는 듯 서로 쳐다보지만 할 말이 남아 있지를 않았다.

나는 노인을 피하기 시작했고, 그가 문을 두드리더라도 대답을 하지 않았고, 그가 이제는 도저히 깨어 있을 리가 없다고 생각될 만큼 밤늦은 시간까지 기다렸다가 쓰레기를 치웠다. 그럴 때면 나는 건물을 증오했고, 처음으로 진짜 관리인 노릇을 하는 기분이 들었다. 나는 잠을 많이 잤고, 글은 거의 쓰지를 않았다. 그리고 메디케어와 AMA와 건물이나 메그나 미친개에는 전혀 관심이 없어졌다. 나는 이사할 생각을 하기 시작했다.

바로 그달에 미스 오하라는 드디어 독신주의자인 아일랜드 사람 머피와 다른 몇 입주자들을 들볶아댄 덕택에 개에 대한 진정서에다 서명을 받아내었다. 머피가 서명을 한 까닭은 의심할 나위도 없이 마음이 워낙 착해서 미스 오하라 같은 여자들에게 항상 억눌려 지내기 때문이었다. 그는 개에 대해서 전혀 신경을 쓰지 않았는데, 사실 그는 무슨 일에 대해서도 신경을 쓰지 않았다. 그녀는 그를 '우리 착한 프랭크'라고 불렀는데, 내 생각에는 그가 몽고메리의 아프리카 전투에서 갓 돌아와 이곳에 입주했을 때는 자기 나름대로의 의지력을 간직했겠지만, 해가 갈수록 그 힘을 그녀가 모두 말려버려서 이제는 그녀의 비위를 맞추려고 무슨 짓이나 다 하는 듯싶었다.

진정서를 낸 다음 얼마 안 있다가 건물주가 설리번을 찾아와서 개를 치워버리라고 지시했다. 미스 오하라는 나중에 마침내 방 앞에 이르렀을 때 이 기쁜 소식을 나한테 전해주었다.

"글쎄 그 미친개가 이제는 없어졌어요, 로버트. 그 두 늙은 이만 해도 지겨운데."

"개가 어디로 갔나요?" 내가 물었다.

"잘 모르겠지만, 앨버트 더스틴이 그걸 끌어내라고 지시했어요. 그 늙은 술주정뱅이의 얼굴은 한번 볼만했죠." 그녀가 말했다. "더럽고 형편없는 늙은이 같으니라고."

"이제는 속이 편하시겠어요." 내가 말했다.

"그런 셈이죠." 그녀의 대답이었다. "최선의 방법은 두 늙은 술주정뱅이를 개와 함께 동시에 제거해버리는 거였는데."

나는 다시 미스 오하라에게 축하를 하고 밖으로 나갔다. 나는 노인이 술을 마시며 나하고 얘기를 하고 싶어 하리라고 생각했다. 나는 그와 얘기를 나누기가 싫었다. 그러나 그날 밤 무척 늦게 그는 전화를 걸어서 내가 안에 있는지 확인했다.

"로브?" 그가 말했다. "나 제임스 설리번인데, 훌륭한 친구답게 내 아파트먼트로 내려와주지 않겠어? 물어보고 싶은 중요한 문제가 생겼으니까."

나는 그때까지 그의 아파트먼트에 들어가 본 적이 없었으며, 들어가 보고 싶지도 않았다. 그래도 어쨌든 나는 밑으로 내려갔다.

그의 집은 방이 셋이었는데, 구석구석 지저분하기 짝이 없었다. 다시는 냄새를 맡고 싶지 않은 묘한 악취가 풍겼으며, 그의 아내는 중얼거리면서 다리를 질질 끌고 방 안에서 서성거렸다. 문으로 들어오는 나를 보고 그녀가 말했다. "난 방을 치울 힘이 없어요. 정말 치우지를 못하겠어요. 저 창문을 봐요. 손이 닿지를 않는답니다. 깨끗하게 닦아놓을 방법이 없어요." 그녀는 두 손을 쳐들어 보이고는 머리를 갸웃거리며 수그렸다. "온통 더러운 곳투성이지만 난 치울 재주가 없다고요."

"무슨 일이죠?" 나는 설리번에게 말했다.

"앉게나." 그는 부엌 의자에 앉으라고 나에게 손짓했다. "5층의 전구는 갈아 끼웠어?"

"예."

그는 셰리를 병째로 마시며 얼마 동안 침묵을 지키더니 나더러 좀 마시라고 더러운 유리잔을 하나 내놓았다. "우리 집에 발을 들여놓은 사람은 몇 년 만에 자네가 처음이야." 그가 말했다. "개 때문에 우린 손님을 초대할 수가 없었으니까."

내 마음속 어딘가에는 절대로 그의 아파트먼트에 들어가지 말아야 되겠다는 생각이 벌써부터 자리를 잡고 있었다. 그러나 그 이유는 개가 아니었다. "헌데 이제는 개가 없어졌군요." 더러운 셰리 잔을 만지작거리면서 내가 말했다.

그는 울기 시작했다. "그들이 내 개를 끌고 가버렸어." 그가 말했다. "내가 가진 건 그것뿐이었는데. 어떻게 개를 빼앗아 갈 수가 있을까?"

나는 할 말이 없었다.

"난 어쩔 도리가 없었어." 그는 말을 이었다. 얼마 후에 그는 얘기를 덧붙였다. "하지만 난 그게 누구의 짓인지 알아. 늙은 잡년 오하라의 짓이야. 절대로 그 여자를 믿지 마, 로브. 그 여잔 눈앞에서는 미소를 짓지만, 잔 다르크를 불에 태워 죽일 때 구경하며 웃던 사람들은 그녀와 같은 부류였어."

울고 있던 그의 모습을 보고 그를 어루만져주거나 무슨 다정한 말을 해주고 싶어졌기 때문에 나는 사내답지 못한 기분이 들었고, 그래서 어서 멀리 그리고 힘껏 달아나고 싶은 생각도 들었다. "누구에게나 고민은 있어요." 내가 말했다. "나에겐 이제 애인이 없습니다."

그는 당장 얼굴이 밝아졌고, 고양이 같은 그의 눈에는 기쁨에 가까운 표정이 얼마 동안 감돌았다. 그러더니 그는 내 의자로 비틀거리며 와서 손을 내밀었다. 나는 그 손을 잡지 않았고, 결국 그는 손을 도로 치웠다. "자네 기분이 어떤지는 나도 알겠네." 그가 말했다. "자네 기분이 어떤지 나도 잘 알겠다고."

"그러시겠죠." 내가 말했다.

"그래도 자네는 젊은 사람이니까 장래가 있어. 하지만 나는 달라. 난 1년 안에 죽을 거야."

바로 그때 그의 아내가 비척거리며 들어오더니 나에게 여송연을 내놓았다. 그들은 친절했고, 나는 억지로 셰리를 조금 마셨다.

"그들이 오늘 내 개를 끌고 가버렸다오." 그녀가 투덜거렸다. "세상에서 내가 가진 것이라고는 그 개뿐이었는데."

나는 노인을 쳐다보았다. 그는 병째로 술을 마시는 중이었다.

6

　9월의 첫 주일에 찰스 강변의 중년 남자 한 사람은 구경만 하는 데 싫증이 나서 남자 친구와 애무를 즐기던 한 여자를 빼앗으려고 덤벼들었다. 경찰은 그를 끌어다 가두었고, 여자는 울면서 치맛자락을 내렸다. 며칠 후에 똑같은 자리에서 또 다른 한 남자가 자기 몸을 노출했다. 그리고 바로 그 주일에 시체 하나가 찰스 강둑에서 발견되었다.

　미니스커트 부대는 구내에서 이동해 나갔다. 그곳은 조용하고, 푸르고, 평화로웠다. 우리 건물에서는 또 다른 유대인 부부 한 쌍이 44호로 이사를 들어왔다. 그들은 식도락가처럼 식사를 하지는 않았고, 가끔 돼지고기와 콩 통조림 깡통을 버렸다. 그러나 나는 감수성에 대한 관심을 이미 상실한 다음이었다. 이제 나에게는 스테레오를 위한 많은 레코드판과 싸구려 술이 잔뜩 있었고, 시바스 리갈도 열지 않은 작은 병으로 하나 있었다. 나는 다시 열심히 일했고 다른 것들은 별로 아쉬워하지를 않았는데, 적어도 내 딴에는 그렇게 생각했다. 노인은 이제 끊임없이 적어도 하루에 세 차례씩 올라왔으며, 나는 그 문제에 대해서는 자포자기했다. 만일 내가 그를 들어오지 못하게 하면 그는 5층에서 없어진 전구를 가지고 자꾸 되돌아왔다. 우리는 함께 맥주를 상자로 구입하는 버릇이 들었고, 그는 자기 것 반을 다 마셔버리고 나면 내 것을 비우러 올라오고는 했는데, 그런 일이 무척 잦았다. 나는 정치와 AMA와 메디케어, 그리고 히피에 대한 얘기를 했고, 그가 읽었던 여러 책에 나오는 구절을 암송하는 것을 즐겨 들었다. 나는 그가 역사와 철학과 문학과 법률 계통의 독서를 많이 했다는 걸 알게 되었다. 그는 이 말을 아주 즐겨 했다. "사실 난 건물 관리인보다는 훨씬 훌륭한 인간이 될 자질을 지녔어. 환경이 날 이 꼴로 만들었지." 비록 그가 술이 취했고 더럽고 밤이 무척 늦기는 했어도 나는 그의 말을 믿었고, 혼자 지내기보다는 훨씬 좋았기 때문에 그와 함께 있기를 좋아했다. 그가 가고 난 다음이면 잠이 잘 왔으며, 잠을 자는 동안은 고독하지가 않았고, 혼자가 아니라는 사실 이외에는 정말로 문제가 되는 일이 없음을 깨달았기 때문에, 이튿날 아무리 늦게 일을 시작하더라도 정말 문제가 되지는 않았다.

우연히 나하고 층계에서 마주칠 때마다 그의 아내는 이렇게 말하고는 했다. "그 형편없는 못된 인간이 우리 개를 놈들이 끌고 가게 그냥 내버려두었죠." 그리고 남편이 아프다고 투덜거리기만 하면 그녀가 말했다. "그것 참 잘된 일이네요. 그 사람 때문에 내 개를 빼앗겼으니까요."

카슨 쇼가 끝난 다음이면 아내의 머리에는 개가 떠올랐고, 그것을 그냥 빼앗긴 까닭이 남편의 탓이라고 생각했기 때문에 거의 매일 밤 설리번은 지하실의 소파에서 잠을 잤다. 그는 그녀에게, 그리고 나에게 개가 뉴햄프셔의 어느 농장에 가서 잘 지낸다고 말했지만, 문제의 개는 거의 미친 상태여서 그럴 리가 없었고, 그녀는 그런 얘기에서 전혀 위안을 얻지 못했다. 가을이 가까워졌고 그녀는 점점 난폭해졌다. 그녀의 고함 소리는 복도를 따라 몇 시간이나 들려왔고, 미스 오하라가 조용한 자기 방에 들어가 앉아서 문을 굳게 닫고는 또다시 어떤 음모를 꾸미고 있다는 걸 나는 알았다. 설리번은 이제 얼굴과 손에 작은 상처들이 났는데, 어느 날 그가 말했다. "메그는 날 잡아먹으려고 그러는 것 같아. 차라리 죽어버리기라도 하지. 나도 아픈 몸이라 이제는 더 이상 견디지를 못하겠어. 아내는 개 사건을 내 탓으로 돌리는데 난 어떻게 해볼 도리가 없어."

"부인을 데리고 가서 개를 보여주시지 그래요?" 내가 말했다.

"그럴 수는 없어, 로브." 그는 말을 이었다. "난 늙어서 그럴 기운이 없어."

"부인을 여기서 당분간 데리고 나가셔야 할 것만 같아요."

보통 그렇듯이 취한 얼굴로 그는 나를 쳐다보았다. "우리가 어디로 간단 말인가? 우린 광장조차 횡단할 기운이 없는데."

나에게는 해줄 말이 하나도 남아 있지 않았다.

"하나님께 맹세컨대, 난 정말 어쩔 수가 없었어." 그가 말했다. 나에게 한 말은 아니었다.

그날 밤 나는 뉴햄프셔에 사는 어느 농부의 가명으로 개가 아주 잘 지내며, 자꾸만 도망을 치려고 하는 것을 보니 옛 주인을 무척 그리워하는 듯싶다는 내용의 편지를 썼다. 나는 아이들과 다른 개들이 모두 그 개를 좋아하며, 이제는 온순해졌다는 말도 덧붙여 썼다. 나는 옥외 공기가 개에게 무척 좋은 것 같다고 했으며, 언제라도 개를 보러 오고 싶으면 찾아와도 좋다는 설명을 곁들였다. 그날 밤 나는 그에게 편지를 주었다.

며칠이 지난 다음 어느 날 밤에 나는 편지를 어떻게 했느냐고 그에게 물었다.

"편지를 부치려고 했어. 정말 노력을 했다고." 그가 말했다.

"어떻게 되었죠?"

"난 광장으로 내려가서 뉴햄프셔의 번호판이 달린 자동차들을 찾으려고 했어. 하지만 아무도 만나지를 못했어."

"그럴 필요까지는 없었을 텐데요. 안 그래요?"

"편지에는 뉴햄프셔의 소인이 찍혀 있어야만 해. 자넨 메그가 어떤 사람인지 몰라."

"이렇게 하죠." 내가 말했다. "내 친구 한 사람이 그곳으로 여행할 예정입니다. 편지를 저한테 주시면 그 친구를 시켜 부치게 하죠."

그는 머리를 떨구었다. "솔직하게 얘기를 하겠네. 그 편지를 호주머니에 넣고 어찌나 많이 돌아다녔던지 너덜너덜하고 더러워져서 가지고 다니기도 싫어지더군. 결국 난 그걸 찢어버리고 말았어."

우리 두 사람은 얼마 동안 아무 얘기를 하지 않았다.

"만일 그걸 부칠 수만 있었더라면 도움이 좀 되었을 거야." 그가 마침내 말했다. "도움이 되었으리라는 걸 난 알아."

"물론이죠." 내가 말했다.

"기운만 있었다면 난 누구에게도 부탁을 하지 않았을 거야."

"압니다."

"기운만 있었다면 그걸 내 손으로 부쳤을 거야."

“알아요.” 내가 말했다.

그날 밤 우리는 둘 다 병째로 그의 셰리를 마셨고, 내가 쓸 잔을 따로 가지고 가지 않았지만 그래도 아무 상관이 없었다.

7

9월 말에 케임브리지 경찰은 수염을 기르고 광장에서 마리화나를 파는 사람을 드디어 체포했다. 그는 여름 내내 어느 고급 식당에서 똑같은 식탁을 잡고 똑같은 고객들에게 둘러싸여 지냈지만, 이제 여름철이 지나자 체포를 당했다. 낙엽이 물들어가는 중이었다. 초저녁이면 학생들이 파란 모자를 쓰고 기다리는 메그와 우리 건물 앞을 지나서 기숙사에 있는 7들의 특실로 소파와 의자와 커피 탁자를 운반했다. 찰스 강에서는 풀밭이 차갑고 눅눅해져 젊은이들이 집 안으로 쫓겨 들어가 놀게 되기 전에, 중년 남자들이 여름철 관능의 마지막 기회를 아쉬워했다. 나는 굶주리고 염탐질이나 하는 그런 남자들이 겨울에, 그리고 너무 어두워서 아무것도 보이지 않는 밤이면 무엇을 할까 궁금했다. 아마도 그들은 가만히 서서 귀를 기울일지도 모른다고 나는 생각했다.

우리 건물 안에서는 미스 오하라가 아직도 남들의 동태를 엿들으며 지냈다. 그녀는 멈출 줄을 몰랐다. 메그가 계단에 나가 앉아 시간을 보내는 동안에는 건물 안이 무척 조용했다. 나는 미스 오하라가 무슨 소리라도 들으려면 무척이나 오래 기다려야 한다는 것이 기분 좋았다. 회사에서는 복도와 천장에 한 겹 새로 칠을 해주었지만 건물 속은 여전히 낡았다. 제임스 설리번은 해마다 얻는 두 주일의 휴가를 받았다. 그들 부부는 여섯 시간 동안 보스턴 공연을 다녀왔는데, 가는 데 두 시간, 좌석에 앉아서 두 시간, 그리고 오는 데 두 시간이 걸렸다. 그런 다음에 그들은 둘 다 층계에 나가 앉아서 길거리를 구경하며 시간을 보냈다.

그는 늙었고 남다른 방법으로 죽음을 기다렸는데, 나는 젊고 야심이 있었으므로 처음에는 그에게 친절하게 대하려고 노력했다. 하지만 내가 아파트먼트 안에서 지내는 밤이면, 바깥 복도에서 그가 다리를 질질 끄는 소리가 들려올 때마다 그가 취했고 같은 말을 되풀이하면서 내 사생활을 침해하리라는 생각이 자꾸 들어서 이제부터는 친절히 대해주지 않기로 작정했다. 바깥에는 젊은 여자들이 많았고, 그들의 절망적인 표정이 이제는 마침내 어딘가 깊은 내면으로 가라앉았기 때문에 나는 그런 여자를 하나 구하기가 어렵지 않다는 사실을 알았다. 나는 젊었고, 이제는 시달림을 당하고 싶지가 않았다.

"워싱턴의 그 나쁜 자식들이 사회보장 예산을 겨우 12퍼센트밖에 인상하지 않았다는 얘기 들었나?"

"아뇨."

그는 몸으로 문을 막으려는 나를 강제로 밀치고 방으로 들어오고는 했다. "축복을 해주고 싶은 사람이 그놈들 중에는 하나도 없어." 그는 내 시선을 피하며 책상 앞에 앉는다. "지난 여섯 달 사이에 생계비는 12퍼센트 이상 인상되었는데."

"알아요."

"더러운 자식들."

나는 책상에서 무슨 일로 바쁜 척한다.

"하지만 시카고의 석유 재벌들은 감모 수당천연자원 생산 업체에 대한 감세을 또 받았어."

"그들은 정치가들에게 뇌물을 먹일 여력이 있으니까요." 나는 우물우물 대꾸한다.

"우리가 궁핍할 때 쓸 돈을 세금으로 빼앗아 가고는 겨우 12퍼센트만 올려주다니."

"고달픈 세상입니다."

그는 내가 더 이상 얘기를 듣고 싶어 하지 않는다는 사실을 알고, 자기가 짐이 되고 있음도 알았다. 나는 그에게 그토록 노골적인 태도를 보여서 기분이 언짢았고, 그를 싫어하게 된다는 사실이 마음에 걸렸다. 나는 가끔 머리를 끄덕이고 한마디씩 얘기를 하고는, 그가 벌써 세 번째나 되풀이하는 무슨 재치 있는 얘기에 약간 미소를 지었다. 만일 내가 술을 내놓지 않는다면 그는 더 빨리 갈 터여서, 목이 무척 마르다는 암시를 하는 그에게 콜라를 주었다. "공연히 자네한테 부담이 되었나 봐"라고 말하면서 마침내 그가 가고 나면 나는 잠자리에 들어 나 자신을 증오했다.

8

　내가 관리인 일을 하는 까닭은 관리인이 되어야만 하기 때문이거나 관리인이 되고 싶기 때문이어야 하리라. 만일 그런 일을 할 필요가 없고, 더 이상 하고 싶지가 않아진다면, 젊은 남자로서 세상에서 가장 쉬운 선택은 더 고상한 다른 일자리로 옮기는 것이었다. 거기에서는 어느 쪽으로 움직여도 위를 향하는 셈이었으니, 관리인보다 더 초라한 직업은 다시없기 때문이었다. 어느 날 나는 갑자기 더러운 세 개의 쓰레기통은 해럴드 로빈스^{미국의 통속소설 작가} 소설을 위한 자료를 모으거나 〈리얼리스트〉에 기고를 하는 것 이외에는 나에게 어떤 가치 있는 자료도 마련해주지 않는다는 사실을 스스로 깨달았다. 두 가지가 다 나에게는 신통하게 여겨지지가 않았다.

　10월 초순의 어느 날 동틀 녘에 나는 이삿짐 차량을 동원하여 내가 모은 재산을 두 대의 짐차에 싣고 떠났다. 레코드판은 무척 조심스럽게 포장했고 스테레오는 짐차의 앞좌석 내 옆에다 놓았다. 나는 오랫동안 열어보지 않을 옷가방 속의 옷갈피에다 시바스 리갈과 진의 사진을 찔러 넣었다. 양탄자는 내가 이사를 갈 새 아파트먼트에는 너무 크고 더러워서 그냥 내버려두었다. 나는 또한 전혀 아무런 이유도 없이 제임스 설리번이 나에게 준 접시 두 개도 남겨두었다. 가끔 나는 그것들을 가지러 돌아가고 싶기도 하지만, 그것을 어떻게 달라고 해야 하며, 애초에 왜 남겨두고 갔는지를 설명할 수가 없었다. 그러나 가끔 밤이면, 내 옆에 여자가 한 사람 잠들어 있을 때,

나는 아직 젊으며 그 건물로 다시 들어가고 싶지 않기 때문에
그런 것들을 다시 찾지는 않으리라고 생각한다.

　나는 언젠가 그가 쇼핑 봉지 두 개를 들고 무척 느리게 광
장에서 걸어가는 모습을 모았는데, 봉지가 아주 무거워 보였
다. 뒤로 가까이 다가간 나는 그가 봉지들을 내려놓고는 주변
에서 군중이 두 줄로 무리를 이루어 오고 가는 동안에 팔 운
동을 하는 모습을 보았다. 나는 그의 짐을 들어주고 싶은 순
간적인 충동을 느꼈지만, 손이 닿을 만한 거리에 이르자 멈춰
섰다. 왜 내가 멈추었는지를 나는 절대로 이해하지 못하리라.
몇 초 동안 그의 뒤에 서서, 팔을 충분히 쉰 다음에 다시 들고
가야 할 묵직한 두 꾸러미 외에는 그가 아무것도 의식하지 못
함을 알고 나는 그의 왼쪽에서 무리를 지어 지나가는 군중 틈
으로 끼어 들어갔다. 나는 한 번도 뒤를 돌아다보지 않았다.

얼간이들과 임금님들

얼간이들과 임금님들

1

클로드 쉬츠는 오래전 흑인혈맹단에 가입했지만 나중에는 빠져나오려고 애를 썼다. 동료 몇 사람과 그의 친구들 대부분은 아직도 혈맹단 소속이었고 여전히 아주 모범적인 단원들이었지만, 클로드는 20년 이상이나 활동을 계속한 처지에 탈퇴하려고 했기 때문에 이제는 훌륭한 단원이 아니었다. 혈맹단, 그리고 아직도 활동을 계속하는 모든 친구로부터 멀어지기 위해서 그는 워싱턴 광장으로 거처를 옮겼고 호전적인 글들을 읽기 시작했다. 그러나 그곳에 살면서 그는 멋진 첫 경험을 즐긴 처녀가 섹스를 열망하듯 백인을 갈구하도록 길이 들었다. 그럼에도도 불구하고 그는 흑인 여자와 오래 사귀었고, 관계를 유지하기 위해 한 달에 적어도 두 번 그녀를 만났으며, 아직도 혈맹단원이며 할렘에 사는 삼촌을 방문할 때 우리 두 사람을 다 데리고 갔다.

“그 여잔 아주 훌륭해, 클로드.” 클로드가 사귀는 여자가 매력적이었을 뿐 아니라 혈맹단에 대해서 퍽 긍정적인 사상을 표방했기 때문에 삼촌의 아내는 그날 밤 그에게 말했다. 그녀의 이름은 마리였고, 내 사무실에서 비서로 일했으며, 내가 클로드 쉬츠와 함께 살게 된 것도 그녀의 제안 때문이었다.

“히피들하고 시간을 낭비하지 않는 걸 보니 기쁘구나.” 삼촌이 말했다. “요새 젊은이들은 모두 형편없어.”

삼촌은 어느 모로 보나 고지식한 사람이었다. 그는 아내보다 나이가 훨씬 많았고, 그날 밤 내가 받은 인상으로는 그가 성공을 해서 그녀를 감동시키기 전에 아마도 아내가 충분히 고생을 하고 권태를 느낄 만한 시간을 거치게 했을 듯싶었다. 그는 안경을 썼고, 머리를 뒤로 빗어 넘겼고, 팁 주기를 기다리는 웨이터를 연상시키는 느긋한 침착성을 지닌 사람이었다. 내가 보기에 그는 자신의 어휘력, 그리고 항상 정확한 발음으로 말을 끝내는 것에 자랑스러움을 느끼는 것 같았다. 그는 그렇지 못한 사람들에 대해 우월감을 느끼고 있음이 틀림없었다. 그는 자기가 아직도 혈맹단에 들어가 있지만 클로드는 빠져나가려고 했기 때문에 클로드에 대해서 틀림없이 우월감을 느꼈으리라.

클로드는 그를 좋아하지 않았고, 삼촌의 집을 찾아갈 때마다 항상 죄의식을 느끼는 모양이었다. “내가 사귀는 여자들 얘기는 삼촌한테 하지 마.” 우리의 첫 방문 후에 그는 나에게 말했다.

"내가 무엇하러 그런 얘기를 하겠어?" 내가 말했다.

"삼촌이 그걸 알아내려고 심리전을 쓸 거야."

"왜 자넬 의심한단 말이야? 아파트먼트로 찾아오는 일도 없던데."

"그저 내가 뭘 하는지 알고 싶어서 그럴 거야. 내가 사귀는 여자들에 대해서 삼촌이 관심을 갖는 게 난 싫어."

"난 아무 얘기도 않겠어." 내가 약속했다.

그는 스물세 살이 다 되었고, 마리 이외에는 오래 사귀는 여자가 하나도 없었다. 그는 체격이 건장했고, 그래서 빌리지^{예술인촌 그리니치빌리지를 뜻한다} 지역에서 지내기에는 별로 불편함을 겪지 않았다. 그에게는 그곳에서의 생활이 시장에 다녀오는 것이니 마찬가지였다. 내가 아파트먼트에서 지낸 초기에는 모든 절차가 놀이나 마찬가지였다. 언젠가 그가 외출할 때 내가 이렇게 말했다. "두 명 데리고 와."

반 시간 후에 그는 두 여자와 함께 돌아왔다. 그는 그들에게 술을 가져다주고는 나를 그의 방으로 불러 그들과 인사를 시켰다.

"여긴 도리스야." 키가 작은 쪽을 가리키며 그가 말했고, "거기 이름은 잊어버렸는데"라고 덩치가 큰 금발 여자에게 말했다.

"제인이야." 그녀가 말했다.

"이 친구는 하워드지." 그가 그녀에게 말했다.

"안녕." 내가 말했다. 두 여자는 미소를 짓지 않았다. 하얀 바지를 입은 덩치 큰 여자는 커다란 침대에 앉았고 작은 여자는 창문 근처의 의자에 앉았다. 그는 그들에게 가장 나쁜 버번을 내주었다.

"잠깐 실례하겠어." 클로드가 여자들에게 말했다. "하워드하고 잠깐 할 얘기가 있어서." 그는 우리가 쓰는 두 방 사이의 통로로 나가기 전에 전축을 틀어놓았다. 그는 항상 극도로 얌전하고 겸손했으며, 덩치와는 달리 말투가 사근사근했다.

"이봐." 밖에서 그는 나에게 말했다. "금발은 네가 가져도 돼."

"그 여장부를 데리고 나더러 뭘 하란 말이야?"

"내가 알게 뭐야. 그저 방에서 끌어내기만 해."

"그 여잔 더러워." 내가 말했다.

"그럼 네가 목욕을 시켜줘."

"별로 도움이 되지 않을 거야."

"어쨌든 끌고 나와서 같이 얘기라도 해." 그는 나에게 말했다. "여자를 구해달라고 부탁한 사람이 누구였는지 잊지 말라고."

우리는 다시 안으로 들어갔다. "고향이 어디지?" 나는 여장부에게 말했다.

"브라이턴."

"학교?"

"안 다녀. 여기 온 지가 얼마 안 되니까."

"어디서 왔는데."

"브라이턴이라고 했잖아!"

"거긴 별로 멀지 않은데." 내가 말했다.

"영국의 브라이턴 말이야." 그녀가 말했다. 그녀는 무척 따분한 표정이었다. 클로드 쉬츠가 나를 쳐다보았다.

"워싱턴 광장에 대해서는 어떻게 그리 빨리 알았지?"

"친구들한테 들었으니까."

그녀는 모든 일에 대해서 무척 도도했으며, 늦은 공연이 시작하기를 기다리는 전문적인 연극 평론가처럼 약간의 참을성을 곁들인 초조감을 보이며 우리를 살펴보는 듯싶었다. 작은 여자는 다리를 꼬고 의자에 앉아서 천정을 올려다보았다. 그녀의 하얀 바지도 더러웠다. 그들은 우리가 옷을 홀랑 벗어던지고 그들을 위해 방 안과 침대에서 춤을 추고 입을 약간 벌린 채로 목구멍에서 굶주린 소리를 내기라도 했더라면 무척 안심했을 것 같아 보였다.

나는 약방에 갔다가 콘돔을 사러 간다는 뜻 곧 돌아오겠다고 말했지만, 일단 바깥으로 나가자 같은 방향으로 한 시간 동안이나 걸어갔다가 다시 돌아왔다. 나는 우리 아파트먼트에서 한 구간 떨어진 곳에서 그들을 지나쳤다. 그들은 천천히 걸었고, 내가 옆을 지나갈 때 걸음걸이를 늦추거나 나에게 말을 건네지 않았다.

내가 아파트먼트로 들어갔더니 클로드 쉬츠는 폭음을 하는 중이었다.

"무슨 수작을 부리려는 거야?" 그가 말했다.

"문을 연 약방이 없었어."

그는 거실 탁자에서 몸을 일으켜 나에게로 왔다. "나한테 달라고 했어야지." 그가 말했다. "나한테 잔뜩 있는데."

"난 입가심할 것도 좀 필요했어." 내가 말했다.

그는 얼마 동안 더 화를 내고는 여장부가 나를 기다린다며 방에서 나가주지를 않았고, 작은 여자는 여장부가 옆에 있으면 아무것도 하지를 않으려고 해서 내가 일을 망쳐놓았다고 말했다. 그는 갑자기 내려가서 그들을 다시 데리고 와야겠다는 생각이 들었는지 얼마 후에 밖으로 나갔다. 그러나 곧 혼자 돌아와서, 다른 남자들이 그들을 벌써 꿰어차고 갔다고 말했다.

"누가 자넬 봐주면 자네도 그 사람을 봐줘야 해." 그는 나에게 경고했다.

"미안해."

"그런 소리 해봤자 아무 소용도 없어. 이제부터 난 자넬 봐주지 않겠어." 그가 말했다. "이제부터 난 항상 혼자 할 테니까."

"고맙군." 내가 말했다.

"자네한테 너무 벅찼다면 내가 여장부를 맡을 수도 있었어."

"별로 상관없는 일이야."

"여장부를 다룰 수가 없었다면 자넨 도리스를 차지해도 되었는데."

"둘 다 다룰 수가 없었는걸." 나는 그에게 말했다.

그러나 클로드 쉬츠는 대답을 하지 않았다. 그는 나를 멍하니 쳐다보기만 할 뿐이었다.

2

두 달을 그와 함께 살고 난 다음 나는 클로드가 백인들을 사랑하면서도 그에 못지않게 미워한다는 결론을 얻었다. 그는 자신을 마찬가지로 증오했다. 그는 나라와 그곳에서 자기가 차지한 위치를 증오했고, 나라와 그곳에서 자기가 차지한 위치를 사랑했다. 그는 혈맹단과 그곳에서 배운 모든 것을 사랑했고, 그곳을 떠나 아무것도 믿을 필요가 없어졌다고 하더라도 여전히 그가 배운 것들을 신봉했다.

"지금의 인간들은 몰락하고 있어, 하워드." 그는 신념을 보이며 가끔 선언했다.

"왜?" 내가 물었다.

"흑인이 지배할 때가 다시 돌아왔기 때문이야. 그들이 5천 년을 지배했으니까 우리도 5천 년을 지배해야지."

"내가 지배하기를 원하지 않는다면 어떻게 되지?" 내가 물었다. "내가 패권을 잡고 싶어 하지 않으면 어떻게 되지?"

그는 딱하다는 얼굴로 나를 쳐다보았다. "넌 이 나라의 다른 모든 사람과 함께 거꾸러지게 되겠지."

"아무렇게 되어도 난 개의치 않겠어." 내가 말했다. "증오할 사람이 하나도 없게 되면 형편없는 곳이 되겠지."

그러나 내가 의도했던 대로 그가 내 얘기를 듣고 미소를 짓지는 않았다. 그는 항상 심각했다. 언젠가 혈맹단의 가르침이 지닌 신비성에 대해 내가 질문했을 때, 클로드는 나를 당장 두들겨 패기라도 할 기세였다.

"다른 사람 같았으면 그 소릴 듣고 자넬 죽여버리려고 했을 거야." 그가 말했다. "그런 소릴 했다면 그냥 내버려두지는 않았을 거야." 그는 당장이라도 나를 죽이려고 덤벼들 듯한 태도였고, 침착한 우월감을 보이며 나를 굽어보았다. 그는 너그럽게 관용을 베풀 만한 입장이었으므로, 하나뿐인 전등 밑 탁자에 마주앉아 나에게 훈계를 하기 시작했다. 백색이 주도권을 장악하기 이전에 시초가 어떠했다든가, 흑색이 지닌 비밀스러운 미묘한 관념들과 일상적인 온갖 양상에 어떻게 백색의 우월성이 은밀하게 침투했는지 얘기해주었다.

"내가 흰 빵이나 백설탕을 절대로 먹지 않는다는 걸 넌 전혀 눈치채지 못했겠지?"

"그래." 내가 말했다. 그는 갈색 빵과 흑설탕만을 먹었다.

"흰쌀이나 표백한 밀가루를 쓰지 않는다는 것도?"

"그래."

"그 이유를 알겠지, 안 그래?" 그는 무엇인가를 기대하며 기다렸다.

"몰랐어." 마침내 내가 말했다. "그 이유는 몰랐지."

그는 기가 막힐 지경으로 놀랐고, 훈계하는 말투를 집어치우고는 거실 탁자 위에 놓인 메모지에 그림을 그리기 시작했다. 그는 내가 보지 못하도록 노란 종이를 커다란 어깨로 가리고는 탁자 너머로 나를 쳐다보았다. "백인들이 수천 달러를 들여 배운 사실을 내가 자네한테 가르쳐주겠어." 그가 말했다. "사람들은 이런 얘기를 하기 위해 목숨까지도 걸었지만, 난 공짜로 얘기를 해주지. 자네가 이런 걸 안다는 사실을 알아내면 백인들이 자넬 죽일지도 모르니까 남들한테 이런 소릴 함부로 하지 말라고 경고해두겠어.”

“내가 어떤 사람인지 자네는 알잖아.” 내가 말했다. “난 절대로 비밀을 털어놓지 않아.”

그는 나에게 심각한 눈길을 한참 동안 던졌다.

나는 솔직하고 열성적인 눈길을 한참 동안 그에게 보냈다.

그러더니 그는 탁자 위로 몸을 내밀고는 나지막이 말했다. “케네디는 이 나라에 묻히지 않았어. 그는 장례식 때 관이 개봉되지 않은 유일한 대통령이었지. 시체가 보이게 관을 열었던 적이 한 번도 없는데, 혹시 그 이유를 알아?”

“아니.”

“그 안에 들어 있지를 않았기 때문이지. 사람들은 빈 관을 묻었어. 케네디는 33급 회원_{고위층 사교계 인물을 뜻한다}이었어. 그는 지금 예루살렘에 묻혀 있지.”

“어떻게 그걸 알아냈지?” 내가 물었다.

“내가 얘기를 해주면 자네 목숨이 위험해질 거야.”

“그의 가족들도 그걸 아나?”

“아니, 그가 속한 지부의 관리인들이 그걸 비밀로 해두었어.”

“아무도 몰랐나?”

“물론 아무도 몰랐지.”

“그런데 넌 그걸 어떻게 알아냈지?”

그는 참을성이 모자라서라기보다는 지극히 순수한 상태의

현실을 이해하지 못하는 내 무능력에 대한 짜증에서 한숨을 지었다. 물론 나는 그의 말을 믿을 수가 없어서 우리는 갑론을 박했다. 내 의구심을 완전히 씻어내기 위해 그는 빈틈없는 논리를 내세워가면서 사람들이 목숨을 바쳐 터득한 진리를 나에게 일깨워주었는데, 그의 주장을 들어보면 우리 흑인 선조들이 사악한 어느 천재를 왕국에서 쫓아내 사막 건너 바다 가운데 어느 외딴 섬으로 몰아냈는데, 수백 년이 지난 다음에 이 섬에서 문제의 사악한 천재가 살갗이 하얗고 완벽해진 종족을 내보내 그들로 하여금 간계를 써서 5천 년 동안이나 세상을 지배해온 흑인 주인들을 노예로 만들었다는 내용이었다. 그는 또한 동양이 지닌 의미가 무엇인지를, 그리고 케네디가 그랬던 것처럼 구원을 받은 모든 자가 어째서 죽기 전에 동양 서양인의 시각으로는 이 대목에서 케네디가 묻혔다고 지목한 예루살렘뿐 아니라 이집트까지도 '동양'이라고 규정한다으로 가서 가능하면 죽을 때까지 그곳에서 살아야 하는지를 설명했다.

　날은 어두웠고 밤이 깊었으며, 눈부신 전구 불빛은 구석마다 거대한 그림자를 던져서 분노한 유령들이 복도와 옷장 속의 컴컴한 곳에서 거품을 뿜으며, 신앙심이 없는 나에게 어떤 은밀한 비밀들을 공개하며 무시무시하고 정당화된 보복을 할 때를 기다리고 있는 듯싶었다. 그러나 나는 유령들을 얼마 동안만 의식했고, 다시는 그의 말을 믿지 않게 되었다.

　이런 과정을 거치면서 나에게 가장 수긍이 갔던 사실은 그가 무척 이지적이고 논리가 질서정연하며 생활 태도가 엄격한 사람이기는 하지만, 그러면서도 무엇인가를 맹신하는 것에 전혀 어려움을 느끼지 않는다는 점이었다. 그는 자신이 종사하는 분야인 통계조사의 확실성을 믿었고, 달걀에 뿌린 맥아가 지닌 자양분의 가치와 술의 관능성과 흡연의 필연적인 위험성도 굳게 믿었다. 그는 시대 조류에 맞춰 신의 존재를 믿지 않았지만 지극히 도덕적이고 따스하고 상냥했으며, 나는 때때로 그의 상냥함과 대범함과 점잖은 태도 때문에 그를 껴안아주고 싶기까지 했다. 그가 어찌나 조심스럽게 삶을 이끌어나갔던지 나는 그가 무슨 말을 하더라도 믿지 않을 수가 없었다. 하지만 내가 그의 모든 말을 받아들이고 싶지는 않았던 까닭은, 나는 일단 무엇인가를 시작하면 멈추지 못하는 성격인지라, 그의 논리를 믿었다가는 정상적인 내 신념들의 뒷전에서 미지에 대한 공포와 허무감이 생겨나겠고, 그러면 내가 추구하려던 신념에서는 아무런 목적이나 참된 믿음이나 방향이 없어질 터였기 때문이다. 따라서 필요에 따라 나는 그를 믿지 않기로 마음먹었다.

그는 미국이 곧 멸망할 운명이므로, 될 수 있는 대로 빨리 충분한 돈을 벌어 극동으로 도피하는 길만이 안전한 선택이라고 믿었다. 그는 북부의 어떤 도시들에서 여름에 폭동이 일어나리라고 예언했으며, 때가 오면 구원을 받을 수 있게끔 백인들과의 모든 복잡한 관계를 피하라고 진지하게 경고를 해주었다. 나는 그의 인간적인 관계, 그러니까 여자들과의 관계에 대해서 물었고, 여자들과 영화를 보고 난 다음에 같이 커피를 마시면서 끝나는 적이 없고 왜 항상 그의 방에서 밤이 깊도록 모타운 음악을 틀어놓고 끝장을 봐야 하는지를 물어보았다.

"남자란 하는 일에 따라 제각기 다른 이유들이 있는 법이지." 그가 말했다.

그는 어떤 여자와 함께 있어도 마음이 편한 듯싶지가 않았다. 그는 항상 자제력이 없는 것 같았다. 아파트먼트에서 3개월을 지낸 다음에 나는 그가 정력을 도구로 사용해서 비록 짧은 시간 동안이나마 우월감을 과시하는 자그마한 영역을 확보하고 유지해나간다는 결론을 내렸지만, 아무리 늦게까지 레코드를 틀어놓는다고 해도 그가 군림하는 영역이 특정한 한계를 넘어서지는 못하는 듯싶었다. 나는 그가 지속 시간에서 상실한 바를, 만나는 여자들 숫자를 증가시킴으로써 상쇄하여 그 영역을 연장하려고 기를 쓰고 있음을 알게 되었다. 그는 호기심이 많은 학생이나 버스 정거장에서 걸려드는 여자 따위의 온갖 다양한 하룻밤치기 대상을 많이 접했다. 그는 모든 여자를 실질적인 정복이요, 그의 방에 갇힌 작은 세계에서 그가 미워하고 사랑하고 미워한 모든 사람에 대한 심리적인 승리의 육체적인 확인이라고 스스로 믿게끔 온갖 이론을 전개했다.

그러면서도 그는 여기에서조차 전혀 기쁨을 느끼지 못하는 것 같았다. 여기에서도 나는 어떤 패배의 기미를 의식했다. 여자를 하나 거칠 때마다 클로드는 뒷얘기가 필요 없다는 듯 당장 방에서 나왔다. 일이 끝나기만 하면 그는 순식간에 초조함과 순간적인 수치심과 거북스러운 감정으로 짙어지는 어떤 음울하고 조용한 공허감을 느껴서, 그런 종류의 감정적인 소모에 뒤따르는 싸늘한 기분이 아주 예민하게 피부에 와 닿기라도 하는 듯 더 이상 여자와 함께 있으려고 하지를 않았다. 여자가 나간 다음에 그는 내 방으로 얘기를 나누러 오곤 했다. 그럴 때면 그는 거의 어린 소년이나 마찬가지로 행동했고, 나를 진심으로 신뢰하기 시작했다.

"그년이 나한테 온갖 욕설을 다 퍼붓더구먼." 그는 킬킬 웃어대고는 했다. 그러면 나는 사무실에서 가져온 서류들을 옆으로 밀어놓고 미소를 지으며 그의 얘기에 귀를 기울였다.

그런 행사를 치르고 나면 그는 꼭 무엇을 먹거나 술을 마셨다. 초기에 나는 그와 함께 나누는 그런 시간을 좋아했고, 그의 신뢰감에 마음이 즐거웠다. 가끔 우리는 동이 틀 때까지 술을 마시고 얘기를 나누었다. 이럴 때면 그는 인간에 대한 더욱 미묘한 얘기들을 늘어놓고 나라가 멸망하리라는 예언을 다시금 했다. 언젠가 그는 나에게 어른 같은 말투로 경험에 앞서서 책을 읽고 배우려는 내 생활에 대해 경고했으며, 또 어느 날 밤에는 속박되지 않으면서 뜻대로 여자들을 조종하기 위해서는 어떤 계획을 세워야 하는지에 대한 충고를 해주었다. 그런 때면 그는 기분 좋게 토론과 예언을 늘어놓기가 보통이었지만, 술을 마시다 보면 흔히 우리는 흥분하고 성미가 급해졌으며, 방금 행사를 치르고 난 다음이면 특히 그랬다. 때때로 그는 격분해서 식식거렸고, 술을 마실 때마다 현재 체제와 우리가 거기에서 차지하는 위치를 가혹하게 비판하는 데 열을 올렸다. 그는 언젠가 나에게 외계에 사는 어떤 존재들이 운전하는 비행접시가 정말로 존재하며, 세상 사람들이 흑인에게 행한 일들에 대한 보복으로 비행접시들이 지구를 파괴해버리리라는 얘기도 해주었다. 그런 얘기를 하던 날 그는 방으로 뛰어 들어오더니, 인간들 속에 뒤섞여 날마다 돌아다니는 다른 천체의 이상한 생명체들과 비행접시들에 대한 놀라운 증거를 정부가 국민들에게 숨겨왔다고 주장하는 어떤 사람이 쓴 책을 보여주었다. 클로드는 책의 저자가 그런 내막을 알 만큼은 잘 아는 박사임을 강조하며, 정치인들이 그 정보를 감추는 이유는 그들의 지배가 종말에 가까웠고 만일 그런 사실을 공개했다가는 흑인들이 세계를 다시 정복하게끔 도와줄 친구들이 바깥 세계에 존재함을 알게 될까 봐 걱정이 되기 때문이라고 했다. 내가 무슨 말을 해도 그는 자신이 알아낸 정보가 혹시 아주 작은 한 부분이나마 틀리지 않았는지 검토를 하려고 하지 않았다.

"나라를 뒤엎으려면 우리가 어떤 무기를 사용해야 하지?" 언젠가 내가 그에게 물었다.

"그날이 오기만 기다리며 쌓아놓은 원자탄이 있어."

"그런 헛소리를 어떻게 믿지?"

그는 반박을 하는 대신 이렇게 말했다. "너야말로 인류가 우리를 어떻게 괴롭혔는지를 잘 보여주는 생생한 증거야."

"나도 나대로 생각이 있어서 그래." 내가 말했다.

"넌 사고를 할 능력이 없어. 너무 종교적이니까 말이야."

나는 미소를 지었다.

"난 알아." 그가 말을 계속했다. "난 평생 연구를 해왔기 때문에 백인이라면 알 만큼은 알아."

나는 또 웃었다.

"나야 알 수밖에 없지." 그는 천천히 말했다. "난 초능력을 지녔으니까."

"나 피곤해." 내가 그에게 말했다. "이젠 자고 싶어."

클로드는 방을 나가려고 하다가 돌아섰다. "내 얘길 들어봐." 그는 문가에서 말했다. 그는 자기가 하는 말의 중요성을 강조하기 위해 나에게 손가락질을 했다. "앞으로 한 주일 안에 케네디의 암살보다도 이 나라에 더 큰 상처를 줄 어떤 일이 벌어지리라고 나는 예언을 하겠어."

"잘 자." 문을 닫는 그에게 내가 말했다. 그는 다시 문을 열었다. "만일 정말로 그런 일이 벌어지면 내가 예언을 했었다는 걸 잊지 마." 그가 아까부터 무척이나 진지하게 그런 얘기를 하고 있었음을 나는 이때 처음으로 깨달았다.

이틀 후에 플로리다에서 우주 비행사 몇 사람이 불에 타 죽었다. 그는 그 소식을 듣고 잔뜩 들뜬 기분에 내 방으로 달려들어왔다.

"이제는 나를 믿겠어?" 그가 말했다. "겨우 이틀이 지났는데 무슨 일이 일어났는지 보라고."

일 년 가운데 어느 때라도 두세 주일 동안이면 어떤 불행한 일은 한 번이라도 꼭 일어나게 마련이라고 나는 그에게뿐 아니라 나 자신에게 납득시키려고 애썼다. 그러나 그는 이것이 세상 사람들을 굴복시키기 위한 하나님의 계획 가운데 한 부분이라고 주장했다. 그는 워싱턴에 있는 진 딕슨_{유명한 예언가}에게 당장 편지를 써서 그녀뿐 아니라 자신에게도 놀라운 초능력이 있다고 알려줄 생각이었다. 그러더니 자기가 전에 흑인혈맹단에서 활약했던 사실을 연방수사국에서 알고 있으므로 그러지 않는 편이 신상에 좋겠다고 생각했다.

처음에는 어떤 높은 사람들이 우리를 감시해야 할 만큼 우리가 중요하다고 믿는다는 상상이 대단히 재미있었다. 때때로 발신음이 울리기 훨씬 전에 전화가 죽으면 나는 그의 방문을 두드렸다. 혹시 우리 두 사람 가운데 하나가 수상하거나 비밀스러운 얘기를 하다가 도청이라도 당하지 않았는지 알아보려고 우리는 그날의 모든 통화 내용을 함께 검토했다. 이런 피해의식은 우리 두 사람을 훨씬 가까워지게 했고 얼마 후에는 교육 시간이 거의 매일 밤 이어졌다. 이즈음에 나는 그를 조금쯤은 믿지 않을 수가 없었다. 그는 참을성 있는 어린 동생처럼 나를 다시 믿게 되었고, 심지어는 8월의 둘째 주일에 할렘과 와츠에서 동시에 여름 폭동이 일어나리라는 귀띔까지 해주었다.

우리가 일곱 달째 같이 살았을 무렵에 그는 자기가 데리고 들어오는 여자들을 다시 나에게 소개해주기 시작했다. 그들은 대부분 한 번만 찾아왔지만, 모두 똑같이 기계적인 대접을 받았다. 그는 술에만 차별을 두어서 여자의 매력이나 태도에 따라 술의 질이 달라졌으니, 오래 걸릴 여자들에게는 진을, 잠깐 즐기는 낯선 여자들에게는 버번을, 그리고 다시 와주었으면 싶은 여자들을 위해서는 위스키를 내놓았다. 처음에는 그의 방으로 들어가는 과정으로 시작해서, 고전음악이 안에서 들려오는 동안 그는 얼음과 술잔을 가지러 나오고, 그러다가 얼마 안 있어서 고전음악이 모타운 판으로 바뀐다. 마지막으로 여자가 화장실을 다녀오고, 그는 복도에서 택시를 부르고, 차까지 그녀를 바래다주느라고 두 사람이 층계를 내려가는 발자국 소리가 들려온다. 그런 다음에 그는 빨간 욕의를 걸치고 술잔을 손에 들고는 내 방으로 들어와서 뒷얘기를 한다.

그러다가 아홉 번째 달에 말썽이 시작되었다. 그달의 어느 히루 또는 어떤 한 가지 사건에 얽힌 오해를 지적해서 "그것이 발단이었다"라고 얘기를 하기는 쉽다. 그것은 쉬운 일이기는 하지만 정확하지는 않다. 그것은 한 가지 사건일지도 모르고, 여러 사건들의 배합일 가능성도 없지 않다. 그것은 새로운 복지관을 위한 여러 설계도를 내가 검토하는 동안에 여자가 거실로 들어와서는 자기 아버지가 어디에선가 건축을 하는 사람이라며 대화를 나누느라고 그의 방 밖에서 너무 오래 지체했기 때문일 수도 있다. 아니면 전혀 그렇지 않을지도 모른다. 어쨌든 그 이후에 그는 자기 친구들에게 너무 수작을 부리지 말라고 나에게 경고했다.

또 어느 날 밤에는 내가 속옷 바람으로 화장실에서 나오려니까 그가 여자와 함께 방에서 나왔고, 여자가 미소를 지었다.

"안녕하세요." 그녀는 나에게 말했다.

나는 머리를 끄덕여 인사를 하고는 다시 화장실 안으로 숨어버렸다.

그녀를 문간까지 바래다준 다음에 그는 내 방으로 와서 문을 두드렸다. 그는 술잔을 들고 있지 않았다.

"내 친구가 하는 말에 왜 대답을 하지 않았어?" 그가 물었다.

"난 속옷 바람이었잖아."

"그 여자가 기분 나빠하더군. 너더러 왜 그렇게 거만하냐고 물었어. 내가 뭐라고 하겠어? '고민거리가 있어서 그래'라고 했어야 하나?"

"미안해." 내가 말했다. "하지만 속옷 바람에 나서고 싶지는 않았어."

"난 네 속을 빤히 알아, 하워드." 그가 말했다. "넌 나한테 질투심을 느끼고, 내 여자들을 모욕해서 그 여자들이 나한테 따지고 덤비도록 만들려는 거야."

"내가 무엇 때문에 너를 질투한단 말이야?"

"난 남자답고 넌 그렇지 못하니까."

"그럼 어떻게 해야 남자답다는 얘기야?" 내가 물었다. "네가 좋아하는 계란 프라이와 맥아정력제 음식을 좋아하면 되겠어? 너에 대해서, 그리고 네가 끌고 들어오는 것들에 대해서 내가 왜 질투를 느껴야 하지?"

"이유가 없이 어떤 행동을 하는 사람도 많아. 넌 검둥이 악마고, 너 나름대로의 희생을 치러야지. 너도 언젠가는 희생을 치르리라고 내가 예언하겠어."

"이것 봐," 나는 그렇게 말했다. "그 여자 사건은 미안해. 또 만나면 내가 미안해하더라고 그래."

"네가 너무 기분 나쁘게 대했기 때문에 아마 다시는 나타나지 않을지도 몰라."

나는 더 이상 아무 얘기도 하지를 않았고, 그는 얼마 동안 잠자코 서 있더니 방을 나가려고 돌아섰다. 그러나 그는 문간에서 다시 돌아서더니 말했다. "난 네 속을 빤히 알아, 하워드. 넌 검둥이 악마야."

그 정도로 끝이 났어야 하고, 다른 사람이었다면 그렇게 되었으리라. 그 이후로 그는 여자들을 될 수 있는 대로 신속하게 자기 방으로 데리고 들어가려고 노력했고, 나는 여자들과 얘기를 나눌 때면 무척 신경을 썼다. 일주일 후에 그는 약 2주일쯤 전에 자기가 외출한 다음 내가 그의 방을 뒤지지 않았느냐고 따졌다.

"난 맹세코 네 방에는 들어가질 않았어." 내가 항의했다.

"길 건너 버스 정거장에서 보니까 네 그림자가 창 가리개에 비쳤어."

"난 네가 없을 때 네 방에 들어간 적이 없어." 나는 그에게 말했다.

"난 봤어!"

우리는 그의 방으로 들어갔고, 나는 비록 버스 정거장에서 창문이 잘 보이기는 하더라도 창 옆의 커다란 전등 때문에 어떤 그림자도 창 가리개에 드리우지 않는다는 사실을 그에게 설명하려고 애썼다. 그러나 그는 기회만 있으면 내가 그의 옷장과 서랍들을 뒤져댄다고 굳게 믿었다. 그는 이런 문제에 대해서 단순한 논리를 받아들일 줄 몰랐고, 자신의 비난에 담긴 모순성을 깨닫지 못했기 때문에, 결국 이 사건은 사실상 나도 모르는 사이에 그랬을지도 모른다는 나의 억지 고백으로 끝장이 났으며, 만일 그랬다면 다시는 그러지 않겠다고 나는 약속까지 했다.

내 쪽에서는 화해를 위한 양보로 여겼던 행위를 그는 자신에 대한 설욕으로 받아들였으며, 내가 상황의 필연적인 진실을 직시하게 될 때까지 거짓말만 계속할 줄밖에 모르는 검둥이 악마라는 증거로 해석했다. 그는 자기가 확신을 가지고 한참 동안 주장을 계속하기만 한다면 나에게서 불가피한 자백을 듣게 될 상황을 끈질기게 만들어냈다.

나는 평화를 유지하려는 필요에 자극을 받아 열심히 자백을 해댔다. 나는 그의 흑설탕에다 백설탕을 섞어서 그가 그것을 사용하여 혈맹단의 가르침을 어기게 했다는 자백을 했고, 한 번도 청소를 하지 않는 것에 그가 죄의식을 느끼게 하고 싶었기 때문에 항상 화장실 청소를 내가 도맡아 했다는 고백도 했다. 나는 그에게 예고도 없이 저녁을 가져다주고는 하던 충실한 마리한테 그가 같이 일하는 여자들과 수작을 벌이기 위해서 늦게까지 사무실에서 시간을 보낸다고 고자질을 했다는 고백도 했다. 나는 그의 여자 친구들이 궁금증을 느껴 나

에게 관심을 가지게 하려고 내 서류들을 일부러 집 안에 늘어
놓았다는 고백을 했다. 나의 모든 언행이 그에게 위험을 뜻하
는 지경에 이를 때까지, 수없이 새끼를 치고 또다시 수많은 작
고 미세한 면모로 세분된 온갖 작은 추행의 목록에 대해서
유죄임을 수긍했다. 혹시 내가 여자 친구를 데리고 오는 경우
에는, 그가 화장실을 자주 사용해야 하는데 자기가 그렇게 자
주 옆을 지나다녀서 내 여자에게 수작을 부리려는 인상을 주
기도 싫을뿐더러, 화장실로 가는 꼴을 남에게 보이는 것만도
난처한 일이라고 불평했기 때문에, 우리는 식탁이 아니라 내
방에서 식사를 해야만 했다.

만일 내가 항의를 했다가는 그가 화를 벌컥 내며 커다란 손
가락으로 나에게 삿대질을 했다. 그래서 나는 한 발자국 한
발자국 내 방으로 물러났으며, 화장실이나 부엌으로 가거나
외출할 때만 방에서 나오는 신세가 되었다. 그가 여자를 끌고
오는 밤이면 나는 외박을 하려고 노력했다. 그러나 그는 여자
들을 너무 자주 데리고 왔고, 매번 그가 여자를 문에 바래다
준 다음까지 내 방에서 버티기란 보통 어려운 일이 아니었다.
그런 다음 그는 얘기를 하려고 내 방문을 두드렸다. 그는 나에
게 술을 권하기도 했고, 만일 내가 거절하면 자기 방으로 돌
아갔다가 얼마 후에 다시 나타났다. 그는 용돈을 달라고 말을
꺼내려는 커다란 아이처럼 얼마 동안 서성거렸다. 이럴 때면
나는 틀림없이 그의 공격 목표가 될 한 가지 사건이 무엇인지
를 찾아내고 가려내려고 과거에 우리가 접촉해온 모든 과정을

머릿속에서 부지런히 따져보았다. 그러나 전혀 소용이 없는 일이었으니, 그 대상이 너무나 많았기 때문이다.

"하워드, 나 마음에 걸리는 일이 하나 있는데, 속 시원히 털어놓는 게 좋겠어."

"뭔데?" 나는 침대에서 물었다.

"너 요새 행동이 좀 수상해. 나한테 통 얘기를 하지 않으니까 말이야. 혹시 마음에 걸리는 일이 있으면 털어놔."

"난 마음에 걸리는 일이 하나도 없어." 내가 말했다.

"그렇다면 왜 나하고 얘기를 하지 않아?"

나는 대답을 하지 않았다.

"넌 주방에서 나한테 말을 거는 적이 거의 없어. 나한테 불만이 있으면 지금 얘기해."

"너한테는 아무 불만도 없어."

"그렇다면 왜 얘기를 하지 않아?" 그는 나를 빤히 쳐다보았다. "사람이 얘기를 않으면 어딘가 수상하게 생각되는 법이야."

"난 최근에 신경이 좀 날카로울 뿐이야. 걱정거리가 있지만, 그런 얘기는 하고 싶지가 않아."

"걱정거리는 누구한테나 다 있어. 그렇다고 해서 사람이 죄의식을 느끼게 하며 돌아다닐 필요는 없을 텐데."

"정말 난 얘기를 하고 싶지가 않단 말이야."

"네 뭐가 잘못인지를 난 알아. 넌 양심의 가책을 받고 있어. 넌 너무나 악하기 때문에 양심이 괴로움을 당하는 거야. 남들은 다 속여도 나한테는 어림도 없지. 네가 검둥이 악마라는 걸 난 알아."

"난 검둥이 악마야." 내가 말했다. "그러니 이젠 잠 좀 자게 해주겠어?"

그는 문으로 갔다. "넌 남을 꾸짖을 줄은 알아도 스스로 비판을 받아들일 줄은 몰라." 그가 말했다. "넌 그게 탈이야."

"난 검둥이 악마거든."

그가 나간 다음에 나는 그대로 누워 나 자신을 증오하면서도, 전에 그랬듯이 그가 어른스럽게 하는 얘기를 들으러 그의 방으로 호출이 되지 않았다는 사실만을 고맙게 여겼다. 그것이 가장 고약한 일이었다. 그는 문으로 와서 이렇게 말하게 마련이다. "할 얘기가 있으니 이리 나와봐." 그는 자기 방에 앞장서서 들어가 전등 옆의 큼직한 가죽 의자에 다리를 쩍 벌린 채 커다란 두 손을 무릎에 놓고 앉는다. 그는 말한다. "무서워할 필요는 없어. 널 해치려는 건 아니니까. 앉아. 너하고 싸울 생각은 없어. 왜 그렇게 초조해하는 거야? 술 한잔 마셔." 그는 지극히 상냥스럽고 지극히 아버지답게 얘기를 하는데, 그때가 제일 곤란한 경우다. 나더러 방 안에서 식사를 하라고 말했던 때가 바로 그런 경우였다. 나는 서성거리는 그의 발자국 소리를 들었고, 그날 밤은 거기에서 일이 끝나는 것이 아니리라고 생각했다. 나는 그가 오기 전에 잠이 들어서, 무슨 수를 써도 나를 깨울 수가 없게 되기를 빌기 시작했다. 그와 대면을 하지 않는다면 그가 무슨 짓을 하든지 개의치를 않았다. 더 빨리 나가주기만 한다면 그가 주장하는 어떤 일이라도 자백할 각오가 되어 있었다. 내가 자백을 하기 위해 복도로 나가려는 참에 그가 문을 박차 열더니 안으로 달려 들어왔다.

"이 깜둥이 개새끼야!" 그가 말했다. "널 죽여버려야 속이 시원하겠어." 그는 컴컴한 방 안에서 나를 굽어보며 커다란 주먹을 휘둘렀다. 나는 눈을 꽉 감은 채로 내 몸이 꼼짝도 못하게 만들던 내 마음속의 절대적인 비겁함을 증오하며 자리에 누워서, 묵직한 주먹으로 이 모든 것을 그가 죽여버리기만을 바랐다.

"처음에는 내 친구를 모욕하더니 이젠 날 무시하고 덤비니까 말이야. 난 너한테 잘해주었어. 난 네가 여기서 지내게 해주었고, 내 삼촌 돈으로 먹고살게 해주었고, 여러 가지를 가르치기까지 했어. 하지만 넌 제 어미하고나 붙어먹을 배은망덕한 놈이야. 난 당장 널 죽여버려야 되겠어!"

나는 그냥 누워서 그가 얘기를 하는 동안 아무 소리도 듣지를 않았고, 내 몸뚱어리를 타고 오르내리며 고동치는 요란한 맥박에 맞춰 침대의 홑이불까지 덩달아 벌렁거리는 듯싶었다. 나는 몸에서 경련을 일으키며 휘둥그레진 눈으로 그를 올려다보았다. 비겁함의 껍질 속에 안전하게 숨어서 내 마음은 아무래도 상관이 없다고 그를 향해 비명을 질렀고, 나는 이제 정말로 흑인이 지배할 새로운 5천 년을 믿게 되었다며 그에게 고마움을 표시했다.

또다시 밤이다. 나는 다시 침대에 누워서, 금발의 여자가 화장실 문을 닫는 소리를 듣는다. 잠시 후에 그가 빨간 욕의를 입고 나와 택시를 부르리라는 사실을 안다. 내 방의 닫힌 문을 통해 들려오는 그의 나지막한 목소리는 무척 피곤한 듯싶지만, 어느 누구에게나 그렇고 지난날에는 나에게도 그랬듯이 그는 배차원에게 상냥하고 참을성 있게 얘기한다. 아까 그들이 올라왔을 때 나는 그들에게 등을 돌리고 거실에서 일을 하고 있었으므로 지금은 걱정이 된다. 나는 그가 그토록 빨리 돌아오리라고는 예상하지 못했지만, 그가 외출하지 않으리라는 사실쯤은 미리 짐작했어야 했다. 나는 의자에 앉은 채로 몸을 돌렸고, 그녀는 미소를 지으며 인사를 했다. 나는 그가 서둘러 방 안으로 그녀를 끌고 들어가기 전에 "안녕하세요"라고 말했다. 나는 분명히 그렇게 말했고, 그녀가 내 말을 들었다고 믿는다. 그러나 나는 또한 그녀의 뒤를 따라 방으로 들어가기 전에 그가 나에게 눈을 부라렸으며, 술잔과 얼음을 가지러 나왔을 때 그가 뭔가 얘기를 하려고 주춤거리던 태도로 미루어 보아, 그녀에게가 아니라면 오늘이나 어제나 또는 지난주 언젠가 그에게 내가 무엇인가 잘못을 범했다는 사실도 알았다. 나는 그것이 무엇이었는지 기억해냈으면 좋겠다고 생각했다. 그러나 상관없는 일이다. 나는 죄를 지었고, 그는 그것을 안다.

이제 그는 내가 두려워한다는 사실을 안다. 나는 아파트먼트에서 먼 곳으로 거처를 옮기고 죄의식을 그에게서 감출 수도 있겠지만, 그가 나를 찾아내리라는 것도 안다. 내 마음에서 세뇌가 된 부분에서는 그가 아직도 여자와 한창 바쁠 때

경찰을 불러야 한다고 나에게 일러주지만, 그가 나를 도우려고 할 뿐임을 아는데 그에게 무슨 죄를 씌울 수가 있으랴. 나는 커다랗고, 너덜너덜하고, 노란 의자를 문 앞으로 옮겨다 버티어놓을 수도 있겠지만, 그래 봐야 그를 막지는 못할 노릇이고, 그랬다가는 그의 화를 돋울 뿐이리라. 자는 척하면서 못 들은 체하더라도, 일단 그가 오면 소용이 없으리라. 몇 주일 전부터 벌써 그는 성가시게 문을 두드리는 일 따위는 집어치웠다.

침대 위의 검은 그림자들과 방의 구석구석에서 내 침대를 굽어보며 훈계를 하느라고 휘둘러대는 그의 팔뚝에 어른거리는 격노한 유령들이 눈에 보이는 것 같다. 나는 이제 여기 누워서 그것을 받아들이기로 결심했다. 그것은 내가 여태껏 알게 된 모든 음산한 비밀과, 나 자신에 관해서 알아낸 모든 죄악에 대해 내가 치러야 할 대가였다. 나는 그가 아는 것들과 그의 여자들에게 부러움을 느낀다. 나는 아홉 달 전처럼 머릿속이 깡통은 아니다. 나는 마리와 클로드와 유령들에게 그 사실에 감사드려야 한다. 유령들은 나를 알고 있고, 아마도 그는 유령들이 시켜서 하는 행동이기 때문에 그러지 않고는 어쩔 도리가 없는지도 모른다. 내가 검둥이 악마라고 거의 줄곧 믿어왔듯이 이제 나는 유령들을 믿게 되었다.

그들은 지금 택시가 기다리는 곳으로 내려가는 중이다.

나는 그 탓을 절대로 그에게 돌리지는 않으리라. 그는 나를 돕고 있다. 그러나 나는 여자들을 탓한다. 나는 그들이 일을 치르고 난 다음 기계적으로 싹 돌아서버리기 때문에, 나중에 까지 남아서 즐겁고, 상냥하고, 기분 좋은 대화를 나누려고 하지 않기 때문에 그들이 밉다. 나는 행위가 끝난 다음에도 그들이 가버리지 않았으면 좋겠다. 그에게도 그것은 필요한 일이고, 그들이 그를 필요로 하는 것보다 훨씬 더 오래, 그리고 훨씬 더 많이 그는 그들을 필요로 한다. 그는 나에게 가르쳤듯이 그들을 가르쳤어야 한다. 그들은 나처럼 그에게 고마움을 느껴야 한다. 나는 그들을 탓한다. 나는 그가 노력을 하고 또 노력을 하고 또 노력을 하지만, 세상에 남은 사랑의 조그마한 한 조각이나마 그가 누리도록 도와주지 않기 때문에 그들을 탓한다.

나는 그가 택시를 부내고 돌아오는 수리를 듣는다.

모두가 외로운 사람들

모두가 외로운 사람들

1

저 멀리 깊고 깊은 곳에서 그것은 잠들어 기다리고, 조용히 숨어 아직도 기다리고, 시간과 조건과 초라한 성형을 기늠히며 갇혀 있고, 갇혀 있으면서도 삶과 시간의 격렬한 박자에 맞춰 억압하는 구속과 청렴함을 나름대로 측정하며 다시 태어날 기회를 어림한다.

때때로 밤이면 그것은 무엇인가 기대하며 바깥으로 나가기를 원한다. 그것은 너무나 오래 잠들어 지냈고, 그래서 초조해진 나머지 인내를 강요하는 힘에 대항한다. 오랜 세월에 걸쳐 내면이 잠들어 그것을 마비시키기는 했지만 완전히 그렇게 하지는 못해서, 일단 조금 건드리기만 해도 그것은 깜짝 놀라 경련하며, 때로는 인간의 마음이 잠자리에서 깨어 일어나 "거기 누구요?"라고 물을 만큼 강렬하게 자아를 주장하려고 시도한다.

"왜 사람들은 자꾸 나를 실망시킬까, 데니스?"

"그걸 내가 어떻게 아나." 내가 말했다.

"갚는 법이 없어. 그러면서도 항상 또 꿔주기를 바라지."

"자넨 너무 마음이 좋아, 앨프리드." 내가 말했다. "돈 좀 아껴."

"어떤 때는 길에서 만나도 그들은 나한테 말조차 걸지 않아. 내가 말을 걸려고 하면 화를 내고."

"그걸 보면 그들은 자네 친구가 아냐." 내가 말했다. "이제 다시는 꿔주지 마."

앨프리드는 책상 너머로 나를 쳐다보았다. 그는 앙상한 손가락들을 펴서 탁자의 플라스틱 표면을 짚고는 나를 빤히 쳐다보았다. "자넨 날 실망시키지 않겠지, 데니스?"

나는 방의 건너편 다른 탁자에 앉은 조심성이 없는 여자의 치마 밑을 다시 쳐다보았는데, 그녀는 이제 내 행동을 눈치 채고는 탁자 밑에서 두 무릎을 쳐들었다 내려놓았다 하면서 마주 앉은 이지적이고 자신만만한 남자에게 신경을 쓰지 말라는 신호를 보냈다.

"물론 그러지 않겠어, 앨프리드." 내가 말했다.

"고마워." 앨프리드가 말했다.

그는 이런 곳에서 '커피집 동성연애자'라고 통하는 그런 위인으로, 나이를 먹어 상대를 구하기가 점점 어려워지는 바람에 입안이 타들어가서, 그들끼리 통하는 관습대로 그가 미소를 지어도 치아에서 윤기가 사라져 날이 갈수록 기대치가 더욱 줄어들었다. 그는 또한 머리카락이 거의 다 빠졌고 움푹한

두 눈은 함정에 빠져 어떻게 대항할지를 모르는 짐승처럼 겁
이 많고 맥이 없었다. 분명히 전에 그곳에 와본 적이 있으며
무슨 불쾌한 경험을 했던 탓인지 그는 당장이라도 주인의 비
위에 거슬리는 죄를 범했다고 쫓겨나기라도 할까 봐, 계산대에
서 턱을 만지고 있는 목덜미가 불그레한 남자를 자꾸만 넘겨
다보았기 때문이다. 사실 그는 거의 웃지를 않았고, 얘기를 할
때는 탁자 위로 몸을 어찌나 내밀던지 카페의 모든 손님이 눈
여겨보았더라면 우리가 무슨 얘기를 하는지 당장 수상하게
여길 정도였다. 나는 커피를 마시려고 그곳에 들른 길이었다.
　"루디 스미스라는 사람 알아?" 그는 열을 올려 식식거렸다.
　루디 스미스는 한때 기둥서방에 마약 밀매업자였고, 어느
이상실에서 시간제로 일하기 위해 아프리카 의상을 걸치고 머
리통이 크게 보이도록 머리카락을 잔뜩 길렀던 약삭빠른 흑
인 놈팡이인데, 물론 나는 그를 기억했다. "아니." 나는 말했다.
　"알 텐데. 루디를 모르는 사람은 없어."
　"흔한 이름이니까 그렇겠지."
　"어쨌든 그는 내 친구야." 그는 내가 충분히 감명을 받게끔
시간적인 여유를 주느라고 말을 멈추었다. "그 친구도 나한테
빚이 있어."
　"그렇게 마구 뿌려대는 걸 보니 자넨 돈이 많은가 보군."
　"나에겐 신탁 기금이 있어." 그는 재빨리 말했다. 그러더니
훨씬 느긋하게 말을 덧붙였다. "사실은 난 시인이지."
　"책을 냈어?"

"거의 끝나가는 책이 하나 있지. 멜빌의 시에 관한 거야."

"그 사람이 시를 썼나?"

"아주 조금. 내 건 얇은 책이야. 난 그의 육필 원고에 나타난 훼손된 흔적을 추적해서 그의 시들을 연대기식으로 정리하려고 해. 그 일을 하기 위해서 따로 필적 분석 강의를 들어야 했지." 그는 무척 자랑스럽게 말했다. "그리고 난 시인으로서 나 자신의 위치를 확고히 하기 위해서 무언가 학구적인 일을 하고 싶었지."

"어째서?"

"사람들은 시인이란 어린 소녀들이 자전거에 앉았던 자리를 킁킁거리고 냄새를 맡으며 돌아다니는 사람이라는 인상을 받아." 그가 웃었다. "그건 내가 치러야 할 성전이라고 해야 되겠지."

"아무렴." '벌렁거리는 무릎'을 다시 쳐다보며 내가 말했다. 이지적인 친구는 이제 무엇인가 무척 멋진 얘기를 그녀에게 설명하는 중이었다. 나는 그가 손으로 탁자 위에서 약간 진취적인 동작을 취하며 니체를 들먹이는 소리를 듣고는 그가 제 멋에 겨워하고 있음을 알았다. 그는 자신의 사상에 도취되어 너무나 황홀경에 빠져서 여자가 나에게 추파를 던진다는 사실조차 눈치채지 못했다.

"우리 친구가 될까, 데니스?" 앨프리드 볼스가 물었다.

"내가 좋아?"

"물론이지." 저쪽 친구는 그녀가 미소를 짓고 있다는 걸 마침내 알아채고는 이제 더 빨리 얘기를 하며 탁자 위에서 두 손을 다 부지런히 움직여댔다.

"저 여자 임질 걸렸어." 앨프리드가 말했다. 그는 줄곧 나를 지켜보고 있었다.

나는 그를 마주 쳐다보았다. "어떻게 알지?"

그는 재미있어했다. "지난번에 여기서 만났을 때 루디가 그랬어. 여긴 저 여자의 주요 활동 무대거든."

"아마 그 친구라면 제대로 알겠지." 내가 말했다.

"자넨 그 사람 모르는 줄 알았는데?"

"몰라. 하지만 그 친구 말이라면 믿어도 되겠지."

"루디는 아는 게 많아." 앨프리드가 말했다. 그는 잠깐 동안 생각에 잠기더니 무척 조심스럽게 말했다. "술 한잔하지."

우리 커피는 그동안에 시어버렸다.

"지금쯤은 술집이 모두 문을 닫았어." 내가 말했다.

"우리 집에 가면 스카치가 있는데." 그가 제안했다.

"오늘 밤엔 안 되겠어." 내가 말했다. "할 일이 많아서."

"딱 한 잔만 해. 우리 집은 여기서 가까워." 그는 몸을 더 가까이 내밀더니 훨씬 은근하게 말했다. "원한다면 대마초도 피울 수 있고."

'벌렁거리는 무릎'은 열심히 손목시계를 들여다보고는 내가 쳐다보는지를 확인했다. "난 가야 되겠어." 나는 앨프리드에게 말했다.

"자넨 임질 걸릴 거야." 그는 나에게 경고했다.

"안 그럴지도 몰라."

"저 남자는 어떻게 하고?"

"여자가 알아서 처리하겠지. 우리는 바라는 게 달라. 저 친구는 머리로 여자를 유혹하려고 하니까."

"자넨?"

"여긴 행동에는 신경을 안 쓰고 머리만 좋은 지성인이 너무 많아서 탈이지." 내가 말했다. "그러니까 난 지성의 결핍으로 좋은 인상을 주면 될 거야." 나는 눈에 아주 잘 뜨이도록 큰 동작으로 계산서를 집어 들었다. 여자는 시계를 지성인의 얼굴 가까이 들이댔다. 그는 그녀의 시계를, 그리고 자기 시계를 보고는 화가 났거나 과장된 사과의 뜻으로 두 손을 번쩍 들었다. 그녀는 재빨리 일어서더니 남자더러 그냥 앉아 있으라고 손짓을 하고는 잠깐 동안 서서 수첩에다 뭐라고 써 넣었다. 그러더니 그를 남겨두고 우리 옆을 지나 문으로 걸어갔다.

"잘 있어." 나는 앨프리드 볼스에게 말했다. "얘기 정말 즐거웠네."

"내 명함이라도 받아둬." 그가 말했다. 그는 손으로 써서 직접 만들고 테를 두른 명함을 내놓았다. "거기 다 적혀 있지." 그가 말했다. 나는 호주머니에 넣기 전에 그의 지갑에서 비슷한 명함 한 꾸러미를 보았다.

"전화 꼭 걸어줘." 그의 간절한 목소리를 듣고 나는 탁자에서 우리가 같이 보낸 시간 동안 아마도 처음으로 그를 자세히 쳐다보았다. 그의 말투는 마치 내가 전화를 걸지 않으리라는 사실은 잘 알면서도 마음속 깊이 내가 그래 주기를 애원하듯 구슬프고 절망적이었다.

"그러지." 나는 그에게 말했다.

그는 마지막 희망을 거는 눈길로 나를 빤히 쳐다보고는 말했다. "제발 날 실망시키지 마, 데니스. 다른 모든 사람처럼 그러지 마."

"이봐," 진지하면서도 딱딱하게 들리지 않도록 애쓰는 목소리로 내가 말했다. "술을 들든가 뭐 그러지. 그뿐이야. 얘기를 나누는 거, 그것뿐이지. 우린 친구가 되는 거야. 그 이상은 안 돼."

"좋아." 약간 느릿느릿한 말투로 그가 말했다. "하지만 전화는 꼭 해줘."

"그러지." 나는 그를 안심시켰다. "전화를 하겠다고 약속할게."

내가 커피집을 나오려니까 그는 두 손으로 빈 잔을 얼굴까지 높이 치켜들고 그 뒤에 숨어서, 아직 자신의 '벌렁거리는 무릎'을 발견하지 못한 상대를 혹시 찾아낼 수 있을까 싶어서 주위를 두리번거렸다. 바깥으로 나온 나는 길거리에서 입에 담배를 물고 누구에게 성냥을 빌려달라고 할까 참을성 있고 까다롭게 골라가며 기다리던 내 '벌렁거리는 무릎'을 만났다. 나는 그녀에게 불을 붙여주고는 발걸음을 서둘렀다. 그녀는 앨프리드를 떼어버리기 위해서 필요할 따름이었고, 늙어가는 동성연애자에게 어째서 내가 스카치를 같이 마시고 싶지 않은지를 구체적으로 설명할 필요 없이 찻집에서 빠져나오기 위한 편리하고도 당당한 핑계였다. 또한 내가 취한 행동에서 나는 무엇인가에 대한 어떤 긍정적인 힘을, 어떤 자부심을, 어떤 자그마하고 육감적인 성취감을 맛보았다.

2

동물처럼 인생을 살아가려는 자들에게는 삶이 정말로 단순하다. 인간의 숲에는 쫓는 자와 쫓기는 자가 있을 따름이다. 내 생각에 사회적인 계층이란, 먹이를 이미 찾아내어 벌써 차지하고는 그것을 다른 사냥꾼들에게 빼앗기지 않기를 바라는 성공한 사냥꾼들의 종교처럼, 인위적으로 만들어낸 신비한 발명품이나 마찬가지다. 성공한 사냥꾼들이 높은 위치를 차지하고 그들이 잡은 먹이를 동굴에 안전하게 숨겨두면, 보다 운이 나쁜 다른 사냥꾼들이 쿵쿵거리며 냄새를 맡고 돌아다니다가 숨긴 먹이를 찾아낸다. 그러면 이제는 성공한 사냥꾼이 쫓기는 자가 된다. 우리는 모두 사냥꾼으로서 시작을 하고, 불확실한 대상을 더듬거리며 돌아다니다가, 마침내 무기와 장비에 대해 충분한 자신감을 얻으면, 휴식을 취할 여유를 가지고 다른 사냥꾼들이 추적해 오기를 기다린다. 때때로 우리는 다른 사냥꾼들을 쫓아버리려고 사자처럼 싸우며, 어떤 때는 너그러움과 친절한 마음에서, 그러나 그보다는 무관심과 포만감에서 사냥한 먹이의 작은 한 부분을 나누어준다. 나눔의 행위는 또한 인생살이의 싸움터에서 어떤 사람이 사냥꾼의 단계를 넘어섰고 사냥을 당하는 무척 엄선된 소수의 대열에 합류했음을 인식한다는 선언이기도 하다. 어떤 사람이 내 친구가 되거나 나를 추종하는 까닭은 내가 차지한 무엇을 원하기 때문이거나 또는 나 혼자만이 필요한 접근 수단을 가지고 있는 어떤 대상에 더 가까워지려는 소망 때문이다. 실패한 사냥꾼들은 스스로 추구하여 자급자족하는 능력이 없음을 드러내기 때문에 사냥을 당하는 자들보다 나약하며, 남들로부터 지켜야 할 먹이가 하나도 없다. 그래서 그들은 항상 찾아다니고, 잃을 바가 거의 없다. 자연계에서 힘이 더 센 동물들은 사실상 쫓는 자가 아닌데, 다만 그들에게는 자기를 보호할 능력이 있기 때문에 그렇게 불린다. 사자가 아니라 남겨놓은 찌꺼기를 차지하기 위해 사자를 추적하는 자가 참된 사냥꾼인 셈이다. 언제라도 고기를 구할 수 있다는 자신감과 확신으로 가득 찬 사자는 혼자 힘으로 생존할 여력과 우월함을 자랑하기 위해서만 자칼의 존재가 필요할 뿐임을 과시하려고 안전한 거리에서 자칼들이 뒤를 따라다니게 내버려둔다. 그런 식으로 강해진 친구들이 나에게는 많기 때문에 때때로 나는 사자가 되고 싶다.

이른 아침 출근 시간에 나는 지하철에서 앨프리드를 다시 만났다. 그의 눈은 처음 만난 밤과 같지가 않아서 무척 밝아지고 활기가 넘쳤으며, 그가 가끔 입맛을 다셔가며 얘기할 때 드러나는 말투만 아니었다면 붐비는 지하철 안에서 우리 주변에 둘러선 낯선 사람들은 그가 정말로 어떤 사람인지 정체를 아무도 눈치채지 못했으리라. 우리는 정치와 시와 우리의 근무처와 몇 가지 다른 얘기들을 나누었다. 그는 낮이면 학교에서 교사로 근무한다고 나에게 알려주었고, 시는 밤에만 하는 일이라고 그랬다. 그는 직업에 어울리게 차분했고, 두 주일 전에 만났던 나와 그가 준 명함과 그날 밤에 있었던 어떤 일에 대해서도 초연했다. "언제 점심때 만나서 식사나 같이하지." 내릴 정거장에 도착하기 직전에 그가 말했다.

"그것도 좋겠군." 내가 말했다.

"난 정말 자네와 친해지고 싶어." 눈이 마주치지 않으려고 시선을 피하면서 그가 진지하게 말했다. "진담인데, 자네하고 얘기를 나누면 정말 즐거워."

그날 밤과는 너무나 다르게 변해버린 그의 모습 때문에, 한밤중의 절망이나 갑작스런 방문의 위험을 알면서도 나는 그에게 전화번호와 주소를 알려주었다.

"언제 점심 식사를 같이 하도록 꼭 연락하겠어." 그가 말했다.

"그렇게 해." 나는 그에게 말했다.

그는 순식간에 군중의 한 사람이 되어 그들과 함께 사라졌다. 나는 얼마나 많은 다른 사람들이 비밀로 간직한 생각들과 전날 밤의 촌극들을 행동이나 눈으로 노출시키지 않으며 아침마다 같은 방향으로 출근하고 있을까 궁금하게 생각했다.

3

밤이 무척 늦었을 때, 여자가 찾아오기를 기다리고 있으려니까 그가 내 방문을 두드렸다. 문을 열고는 안도감을 느끼면서도 겁을 내는 그의 모습이 조금 우스꽝스럽게 보였고, 초조해하며 땀을 흘리는 그를 보자 나는 짜증이 났다.

"아, 세상에!" 그가 말했다. "꼭 하고 싶은 얘기가 있어!"

"들어와." 여자가 올 때까지 잠깐 동안 그를 참아줘야 되겠다고 포기하며 내가 말했다. 그는 방 안으로 들어와서 정식으로 교육을 받은 예절을 처음으로 조심스럽게 실천하는 어린아이처럼 수줍어하며 소파에 앉았다.

"커피 한 잔 들지, 엘프리드." 내가 말했다.

그는 좋다고 하고는 내가 물을 데우는 동안 소파에 앉아 얼굴을 두 손에 파묻었다. "아, 세상에! 아, 세상에!" 그는 자꾸만 되풀이했다.

"왜 그래?" 내가 무엇인가 반응을 보이기를 기다리고 있다는 건 깨닫고 나는 부엌에서 물었다.

"아무것도 아냐. 모든 게 다 엉망이지. 이 세상에는 내 친구가 하나도 없어. 자넨 내 친구야, 데니스? 정말로?"

"물론이지." 내가 말했다. "그건 자네도 알잖아."

"날 좋아해?"

"그럼."

"난 자네가 좋아. 난 자네를 사랑해."

어떻게 대답을 해야 될지 몰라서, 나는 그에게 뜨거운 물 한 컵과 인스턴트커피를 내주었다. 그것을 받아 커피 탁자에 놓는 그의 손이 떨렸고, 그는 계속해서 나를 빤히 쳐다보았다.

"무슨 일이야?" 결국 내가 물어보았다.

"루디 때문이야." 그가 말했다. "꾼 돈을 안 주려고 해. 난 그

애기를 하려고, 그저 돈 애기만 할 생각으로 그의 집을 찾아 갔는데, 그는 나한테 온갖 욕설을 다 퍼부었어. 그건 옳지 않아. 그건 옳지 않다는 걸 자네도 알겠지."

"그래, 옳지 않은 일이지." 내가 말했다.

"그리고 거기엔 어떤 년이 같이 있었는데, 둘 다 날 보고 웃어댔어. 금발머리 계집년이, 그년이 날 비웃었어!"

"그러면 못쓰는데." 내가 다시 말했다.

"난 자네 같은 사람들'흑인'을 뜻하는 완곡한 표현임을 사랑한단 말이야." 그가 말했다. "난 자네 같은 사람들을 모두 아름답다고 생각해. 난 자네들에 대한 남부 사람들의 태도를 더러운 수치라고 생각해."

"난 남부에 가본 적이 없어." 부지런히 커피를 마시면서 나는 거짓말을 했다.

"아무튼 루디는 나한테 돈을 꾸었는데, 그 친구하고 그 개 같은 년이 나를 비웃었어."

"그것 참 못된 짓이로군." 내가 말했다. 나는 시계를 보았다. "이제는 더 이상 돈을 꿔주지 마."

그는 내 눈에 담긴 표정을 자세히 읽어내려고 무척 애를 썼다. 나는 그의 눈을 살펴보았다. 이제 그것은 밤의 눈이어서 상처를 받은 짐승의 아픔이 서렸고, 빠른 속도로 그에게서 멀어져가는 삶에 절망을 느껴서인지 반짝이는 눈물이 글썽거리는 듯싶었다.

"난 자네 같은 사람들을 사랑해." 그는 다시 부언했다. 그러더니 말을 멈추고 계속해서 나를 빤히 쳐다보았다. 이어서 그는 두 팔을 내밀었다. "데니스." 그가 말했다. "데니스, 데니스, 데니스, 아, 나에게로 와줘."

별로 놀라지도 않고 나는 그를 쳐다보았다. 나는 이런 일이 닥치리라고 벌써부터 예상했지만, 그의 서투른 솜씨와 미숙한 요령에 역겨움을 느꼈다.

"자넨 정말로 아름다운 남자야, 데니스. 자넨 모두 다 너무나 아름다워. 아, 하느님! 자넨 너무나 아름다워!"

나는 의자에서 몸을 일으키고는 그에게서 멀리 떨어져 방안을 서성거렸다. "이것 봐." 남자다운 면모를 목소리에 최대한 동원해가면서 내가 말했다. "자네 입장은 알겠지만, 자네도 내 입장을 알아줘야 해. 난 동성애를 하지 않아. 난 루디가 하는 걸 해줄 수가 없어."

"나에게로 와줘." 아직도 그리스도 같은 자세로 두 팔을 쳐들며 그가 다시 말했다.

"자네 가줘야 되겠어." 나는 단호하게 말했다.

"제발, 데니스. 오, 제발, 제발, 제발 날 혼자 있게 하지 말아줘."

"커피나 마저 마시고 그런 수작은 집어치워."

그는 이제 식어서 마실 수가 없게 된 커피를 저으면서 끊임없이 내 얼굴과 다리와 몸을 훑어보았다. 그는 마치 커피를 다 마시기만 하면 당장 내가 무슨 커다란 상을 주리라고 예상했거나, 아니면 그에게 내가 총이라도 들이대고 있는 듯이 꿀꺽 꿀꺽 커피를 마시더니 나를 힐끗 올려다보았다. 그것은 대단한 용기를 필요로 하는 행동이었고, 내가 그런 힘을 지녔다는 사실 때문에 마음이 약해진 나는 그가 바라는 바에 응하지 않으려는 이유들을 설명하고 싶은 생각이 들었다. 나는 그런 힘을 지닌 루디 스미스를 증오했고, 그것을 그런 식으로 휘둘러댔다는 것에 대해 그를 미워했으며, 나 자신을 가누지 못하는 내 무능함에 내가 제물이 되기를 강요했고, 그의 존엄성을 내가 침해하도록 강요하는 앨프리드를 동시에 증오하고 동정했다.

"자네가 갈 만한 술집이 혹시 없어?" 내가 말했다.

"없어. 비행 단속반은 누구나 날 잘 알기 때문에 난 그들에게 돈을 줘야 해."

"얘기를 좀 나누면 자네한테 도움이 될까? 시에 대해서?"

그는 또다시 죽어가는 표정을 지었다. "제발, 데니스. 오, 제발, 제발 날 도와줘!" 그는 또다시 얼굴을 두 손에 파묻고 신음했다.

"미안해, 앨프리드, 정말이야." 내가 말했다.

그는 펼친 두 손바닥으로 머리를 누르면서 훌쩍거리기 시작했다. 두 손 안에서 숨이 막혀 훌쩍거리고 기침을 하던 그는 코로 땅을 헤적이는 돼지 소리를 냈다. 나는 그러고 싶어도 그를 섣불리 어루만져줄 수가 없었으며, 비록 그가 그 순간에 이 세상의 무엇보다도 그저 내가 조금 만져주기를, 약간의 표시를 해주기를 원했다 할지라도 나는 감히 그에게 손을 대지 못했다. 그러나 내 방은 세상의 전부가 아니었고, 그의 세계는 내 방 안에서는 존재하지 않았다. 나는 그가 내 등 뒤로 다가와서 무슨 짓을 저지를지 굉장한 두려움을 느꼈기 때문에, 그에게 문을 열어주고는 밖으로 나가 서서 그가 나오기를 기다렸다. "원한다면 언제라도 찾아와서 얘기를 나눠도 괜찮아." 나는 그에게 말했다. 그는 빨갛게 충혈된 눈으로, 얼굴은 무척 창백하기도 하고 무척 빨갛기도 한 반점으로 얼룩져 코를 훌쩍거리며 그냥 소파에 앉아 있었다. 나는 복도로 더 물러섰다. "얘기를 하러— 얘기를 나누려면 언제라도 다시 찾아와도 좋다는 걸 분명히 해두고 싶어."

그는 얌전히 소파에서 몸을 일으키더니 나를 향해서 문을 나왔다. 나는 뒷걸음질을 쳤다. 그는 마음이 더욱 언짢아진 듯 보였고, 나는 미안한 생각이 들었다.

"난 이제 괜찮아, 데니스." 그가 말했다. 그는 무척 피곤해 보였다. 그는 용기를 내어 무슨 얘기를 좀 더 하려는 듯이 한참 동안 나를 쳐다보더니 돌아서서 복도를 내려갔다.

나는 그가 잠깐 시간을 두었다가 다시 문을 두드리려고 기다리며 복도에서 서성거리지나 않는지 확인한 다음에 침대에 누웠다. 침대에 누워서 하마터면 내가 그를 만졌을 뻔한 일을 곰곰이 생각해보았다. 나는 베티가 왜 이렇게까지 늦을까 궁금해졌고, 같이 시간을 보내는 데서 그치지 않고 또 다른 어떤 목적을 위해 밤을 같이 보내자고 그녀에게 간절히 청하고 싶은 생각이 들었다. 나는 아침까지 베티가 내 침대에 있는 것

이 싫었다. 침대는 작았고 그녀는 다리를 어디에 둬야 할지를
몰랐다. 더구나 그녀는 굉장히 먹어대는 여자여서, 식사를 같
이하며 아침 먹는 그녀를 지켜봐야 한다는 일이 역겨웠다. 그
렇지만 나는 그녀가 곁에 머물기를 바랐고, 다른 무엇인가를
위해서라면, 어느 여자이건 같이 있기만 하다면 무엇이라도
참을 자신이 있었다.
　나는 그 다른 무엇에 대해서 생각했다.

　제프리는 고등학교 우리 반에서 벌써 콧수염이 난 유일한 소년
이다. 우리는 모두 그를 부러워한다. 가끔 그는 우리가 수염을 만
져보도록 허락해준다. 가끔 그는 내가 점심값을 대신 내도록 해
준다. 우리는 학교가 끝난 다음에 같이 돌아다닌다. 내가 제프리
를 웃게 하면 그는 내 잔등을 무척 세차게 친다. 나는 그것이 좋
다. 나는 항상 제프리를 웃게 하려고 애쓴다. 졸업할 때 그는 자기
의 사진첩에 내가 서명을 해도 좋다고 승락한다. 나는 우정에 대
한 시를 한 쪽 가득 써넣는다. 그러면 다른 아이들이 서명을 하려
고 왔다가 시를 읽고는 나를 쳐다보기 시작한다. 나는 구석에서
웃고 떠드는 그들을 보고, 제프리는 당황해서 같이 웃는다. 선생
이 그것을 알고는 나에게로 와서 "훌륭한 시니까 신경 쓰지 마라"
라고 말하지만 소용이 없다. 나는 그에게 할 말이 하나도 없다. 학
교에서 보낸 마지막 주일에 나는 버스 정류장의 남자 화장실 변
기 위에다 사람들이 써놓는 그런 말들이 내 책상에 쓰여 있는 것
을 발견하기 시작한다.

"어떻게 된 거야?" 나는 전화로 베티에게 물었다. 새벽 2시였다.

"시간을 낼 수가 없었어." 그녀가 말했다.

"지금이라도 올 수 있어?"

"너무 늦었잖아."

"전화라도 했어야지."

"알아." 그녀가 말했다. "아마 난 자기한테 좋은 여자가 못 되나 봐."

나는 오늘 밤 그녀를 잃고 싶지가 않았고, 적어도 오늘 밤만큼은 그녀와 같이 지내기 위해서라면 무슨 거짓말이라도 거침없이 할 각오가 되어 있었다. "자기는 나한테 정말로 좋은 여자라고. 꼭 아."

"있잖아." 그녀가 말했다. "지금은 너무 늦었어. 나중에 언제 술이라도 같이 들자고. 우린 두 사람 다 잠을 좀 자야 해."

"같이 자도 되는데."

"난 피곤해. 전화도 안 하고 찾아가지 못해서 미안하지만, 어쩌다 그렇게 되었어. 그렇게도 이해를 못해주겠어?"

"잘 자." 그녀에게 말한 다음 나는 단추를 눌렀다.

앨프리드 볼스처럼, 자신의 정체성이라고 생각하던 무엇인가를 확인할 만한 근거를 추구하기 위해서 낯선 사람들을 유혹하느라 온갖 수모를 당할 위험을 무릅쓰고, 어두운 밤을 위해 따로 마련해둔 남다른 시선으로 뒷골목들을 살피면서 길거리를 방황하는 사냥꾼이 되지 않도록, 그리고 그를 만져주려는 충동을 원천적으로 영원히 차단하도록 작고도 작은 힘을 발휘하여 단추를 누르는 행위라면, 그것은 무척 어려운 일이다. 나는 침대에 누워 지금쯤 그가 어디로 갔는지, 혹시 아직도 울고 있는지, 누구의 까다로운 귀에다 애원을 하고 있을지 앨프리드에 대한 갖가지 생각을 했다. 무엇인지는 몰라도 자신이 바라는 바를 달성하려는 강렬한 단호함과, 같이 있어주는 대가로 남창男娼이 요구하는 바를 모조리 받아들이려는 필사적인 각오와, 도대체 무엇을 위해서인지는 몰라도 주먹질과 비웃음과 비아냥거림을 받아들여야만 하는 그의 처지를 나는 생각해보았다. 자신이 그렇게 해주기를 내가 기대했으리라는 단순한 이유만으로 그가 나중에 또 다른 무슨 짓을 더 하려고 덤벼들지는 알 길이 없지만, 어쩌면 그가 바라던 바가 정말로 그것뿐일지도 모르니까, 차라리 아까 내가 앨프리드의 품에 안겼어야 옳지 않았나 하는 기분도 느꼈다.

　나는 지갑을 꺼내 엉성하게 직접 손으로 쓴 그의 명함을 찾아내고는, 자신을 제공하겠다고 광고하는 이런 쪽지가 얼마나 더 많이 시내에서 나돌아다니고, 지갑들 속으로 들어가 잊히고, 남자 화장실이나 찻집이나 술집이나 기숙사나 심지어는 도서관에서 버림을 받았을까 궁금했다. 나는 처음으로 거기에 적힌 글을 읽어보았다. 거기에는 이렇게 적혀 있었다. '앨프리드 볼스, 브루스터 거리 아파트먼트 21호, 전화번호 351-5210, 시인.' 생략한 정보는 하나도 없었고, 명함을 가진 사람이 방향을 잘못 찾을 염려 또한 조금도 없었다. 그것은 그를 설명하는 초라한 역사였으며, 그가 원하지 않는 혼자만의 사생활에 누군가 개입해달라고 어설프게 애원하는 초청장이었다. 그의 명함은 거의 비밀에 가까운 자아에 대한 제한된 선언이었으며, 앨프리드 자신의 손으로 쓰고 만든 것이라기보다는 옷장 속이나 학교의 놀이터에서 일찍부터 여자를 알았던 남자들, 그러니까 인생에서 남자가 차지한 위치는 필연적으로 쫓기는 자의 입장이며, 무엇인가 앞을 가로막기 전에 사자가 되도록 서둘러야 한다는 사실을 깨달은 보다 교활하고 강력한 남자들의 손이 준비하고 써놓은 내용이었다.

4

내 친구 제럴드는 쫓기는 자들 가운데 한 사람이다. 그의 특기는 여자다. 비록 그의 명성은 추적을 당하는 사람이라는 바탕에 뿌리박고 있지만, 그는 겸손하게 자신을 수캐라고 부르기를 더 좋아하며, 단둘이 있거나 특히 여자들이 함께 있는 자리에서는 무릎을 꿇고 마룻바닥에서 기어 다니고, 개가 짖는 소리와 사뭇 비슷한 목소리로 "나는 수캐다, 좀 줘, 좀 줘" 라고 고함을 지르며 무척 즐거워한다. 그는 고급 스카치를 마시며, 당장은 그를 보고 웃어대지만 단둘이 따로 있을 때는 그러지 않으리라고 항상 확신하는 솔직한 여자들이 함께 있을 때만 개짓을 하므로 야한 인간은 아니다. 그는 이런 여자들에 대해서는 관찰력이 예리한데, 그런 재주를 나는 전혀 타고나지 못했다. 그는 사자이고, 상당히 성공적이다. 나처럼 그는 독신자이지만, 나와 달리 재치 있게 사는 능력을 갖추었다. 그는 나의 밑천이다. 나는 여자가 없을 때마다 제럴드에게 전화를 걸면 그만이고, 그는 수캐 장난에 웃지 않는 보기 드문 여자 하나를 내가 만나게끔 주선해준다.

"하나 필요해." 우리가 자주 가는 술집에서 목요일에 나는 제럴드에게 말했다. "난 여자가 아주 궁해."

그는 생각에 잠겨서 나를 쳐다보았다. 제럴드는 인생의 대차대조표를 신봉하는 그런 사람이다. 그는 아무것도 공짜로 주는 법이 없다.

"지난 주일에 내가 자넬 비행장까지 차로 태워다주었지." 나는 그의 기억을 상기시켰다.

"그래." 그는 조심스럽게 가꾼 콧수염 사이로 말했다. "그랬지. 하지만 내가 자네한테 줄 건 개 한 마리밖에 없어."

"자네와 같은 종류의 개?" 내가 물었다.

그가 웃었다. "아니, 진짜 개 말이야. 내가 벌써 한 번 거쳤지. 진짜 잡년이야. 진짜 공공 소유물이라고. 그래도 생각 있어?"

"그럼." 자기와 취향이 다른 사람이라면 누구나 무척 싫어하는 제럴드의 성격을 잘 아는지라 내가 말했다. "어떻게 다뤄야 하지?"

"느긋하게 굴어." 그가 말했다. "그 여잔 어찌나 개 같은지, 자넨 그녀의 모습을 보고 자연스럽게 반응만 하더라도 멋진 사내로 대접을 받게 될 지경이니까. 하지만 지적인 얘기는 조금도 하지 마. 멍텅구리 같은 여자이기도 해서, 지성이라면 견디지를 못해."

"그런 거밖에 없어?"

"그래." 그가 말했다. "하지만 물건은 틀림없어. 가져보든지, 아니면 한 주일 내내 굶든지 멋대로 해."

"사타구니가 아쉬워서 그러는 게 아냐, 제럴드." 내가 말했다.

"어떻게 하겠어?" 제럴드가 말했다. "나한테 허튼수작 부릴 생각은 말라고. 자넨 본론을 시작하기 전에 입으로 잔뜩 떠들어대며 고뇌에 빠져야 속이 시원할 사람이니까."

"프로이트가 따로 없구먼." 내가 말했다.

"그런 소리 마." 그가 말했다. "프로이트는 이론은 환히 알면서도 몸은 잘만 굶었지. 난 현실을 잘 아니까 그런 짓은 안 해."

"하지만 진짜로 그게 아쉬워서 이러는 게 아니라니까."

제럴드는 시계를 보았다. "그 개 생각 있어, 없어?" 그가 말했다.

나는 내가 보내야 할 주말과 몇 가지 다른 일에 대해서 생각해보았다. "좋아." 내가 말했다. "개를 갖겠어."

제럴드가 미소를 지었고, 잠깐 동안 그의 몸과 콧수염 뒤의 커다란 이빨들이 지극히 흉측하게 나를 비웃었다. "여자 이름은 글로리아야." 그가 말했다. "난 글로리아와 방을 같이 쓰는 여자를 금요일 밤에 먹어줄 예정이니까, 그 여자를 데리러 갈 때 나하고 같이 가지."

"내가 직접 전화라도 걸어야 되지 않을까?"

"절대로 안 돼." 제럴드가 말했다. "그런 여자가 아니라고 내가 그러지 않았어?" 잠깐 동안 심각한 눈으로 나를 살펴보면서 그가 말했다. "이 여자는 속성이야. 제대로 격식을 차리고 덤벼들다가는 일은 다 그르치고 별 볼 일 없게 돼. 나처럼 하라고. 느긋하게 말이야."

"좋았어." 내가 말했다. "속성으로 처리하지."

"이제야 말이 통하는구먼." 제럴드가 말했다.

알지 못하는 사람들이 항상 길거리에서 나한테 말을 걸어온다. 그들은 몸에 꼭 끼는 바지에 티 하나 없이 깨끗한 셔츠를 걸친 아주 말끔한 청년들이고, 걸음걸이가 빠르고 때로는 초조하게 서두르는 듯한 남자들이며, 입은 은밀하고 육감적인 인상을 준다. 그들은 나를 알아보는 듯 머리를 끄덕이거나 물끄러미 쳐다본다. 나는 그들을 알지 못하지만 내 얼굴을 스치는 그들의 눈길은 내가 당연히 그들을 안다는 듯한 표정이다. 나는 그들에게 얘기를 하지 않겠다고 작정하지만, 그들이 아는 체하면 뒤를 돌아보지 않을 도리가 없다. 뒤를 돌아보기만 하면 그들의 눈은 겁에 질려 있고, 항상 겁에 질려 있고, 내 눈도 그렇다는 사실을 나는 안다. 하지만 나는 그 이유를 알지 못한다. 언젠가 술집에서 친구와 맥주를 마시는데, 그런 사람 하나가 우리 좌석으로 오더니 내 친구를 무시하고는 나를 빤히 쳐다보면서 말한다. "자네 어떻게 된 거야? 파티에서 모두 자네를 기다리고 있는데 말이야." 나는 친구에게 눈짓을 하고, 그는 나에게 마주 눈짓을 한 뒤 내가 그 녀석을 구슬리기 시작한다. "맥주를 마시려고 잠깐 빠져나왔지." 내가 말한다. "한 시간 후에 돌아가마고 얘기해줘."

"서두를 필요는 없어. 며칠째 계속되는 파티여서 앞으로도 좀 더 갈 테니까."

"자넨 왜 나왔지?" 나는 그에게 묻는다.

"나중에 얘기하겠어." 처음으로 내 친구를 보고는 그가 말한다. "하지만 어서 돌아와. 우리 두 사람 다 없다는 걸 그들이 눈치챌 거야."

"간다니까." 내가 말한다.

그는 카운터로 되돌아간다.

"누구야?" 내 친구 노리스가 묻는다.

"모르겠어." 나는 솔직하게 말한다. "내가 괜히 아는 체를 했을 뿐이야."

"아마 자넬 다른 사람으로 잘못 본 모양이지." 노리스가 말한다.

"그래." 내가 말한다. "이 술집은 좀 괴상한 곳이니까."

"동성연애하는 놈 아냐?" 노리스가 묻는다.

나는 잠깐 동안 생각에 잠긴다. "그럴지도 몰라." 결국 나는 입을 연다. "여긴 그림 동화에서보다도 요정동성연애를 하는 남자를 표현하는 속어들이 더 많으니까."

노리스는 웃고 맥주를 마신다. 나는 탁자에 놓인 내 맥주잔을 쳐다보고는 갈색 액체에 비친 내 모습이 무척이나 크고 둥글다고 느낀다. 순식간에 나는 술맛을 잃는다.

그녀는 진짜 개였다. 정말로 그녀가 개처럼 짖어대리라고 예상을 했지만, 그녀는 손만 내밀고는 나를 만나서 무척 서운하다는 표정을 지었다. 제럴드는 물론 우리를 소개하고는 대단히 기분 좋아했다. 그의 상대자는 예뻤고, 갈색 피부가 매끄럽고 거무스레했으며, 상냥하게 미소를 지었다. 글로리아는 제럴드를 미워하는 눈치가 역력했는데, 자기하고 관계까지 했으면서 그녀와 방을 같이 쓰는 친구를 넘본다는 사실보다, 벌쭉이빨을 드러내고 히죽거리며 은근히 나에게 귓속말을 해가며 그녀의 육체를 하룻밤 필요로 하는 어떤 사람에게 인계한다는 것에 더욱 화가 난 모양이었다.

"몸의 곡선을 더듬다 길을 잃지나 말고 조심해." 제럴드는 아주 노골적인 태도로 나에게 은근히 말했다. 글로리아는 문가에 서서 기다리는 우리를 지켜보았다. 나는 그녀가 우리 두 사람을 다 증오한다는 사실을 알았다.

"하느님이 개들을 도와주시겠지." 내 나름대로 기분을 내는 척하면서 제럴드에게 말했다.

그는 호탕하게 웃었다.

"뭐가 그렇게 우스워?" 글로리아가 말했다.

"너." 제럴드가 말했다. "넌 웃기는 아가씨잖아."

"내가 널 어떻게 생각하는지는 잘 알겠지." 그녀가 말했다.

"그럼." 제럴드가 말했다. "그런 건 내가 신경도 쓰지 않는다는 걸 너도 알겠지."

이상한 일은 그들이 둘 다 미소를 지으면서 그런 대화를 나누었다는 사실인데, 나는 그들이 오래전에 어떤 말 없는 합의에 이르렀으며, 이 장면은 다만 겉으로 표현된 부분에 지나지 않는다는 느낌이 들었다.

글로리아의 친구가 방에서 나왔다. 그녀는 무척 예뻤고, 글로리아의 옆에 나란히 서 있을 때는 더욱 그랬다. 그녀는 피부가 더욱 돋보이는 하얀 미니스커트를 입었다. 나는 그녀를 지켜보는 나를 지켜보며 제럴드가 웃는 것을 곁눈질로 보았고, 그가 나를 그녀에게 소개하지 않으리라는 생각이 들었다.

"자신만만하게 굴어." 아직도 미소를 지으며 글로리아의 친구를 문밖으로 데리고 나가던 그가 말했다. 그러자 개와 나는 단둘이 남았다.

우리는 얘기를 했다. 그녀는 남부 출신이었는데 그 사실을 부끄럽게 여겼다. "난 아주 어릴 때 그곳을 떠났어요." 그녀가 말했다.

우리는 술을 마셨다. 스카치를. 그녀가 마셔본 술이라고는 그것뿐이라고 말했기 때문이다. "그걸 마시면 난 취하지 않으니까요." 나를 쳐다보며 그녀가 말했다.

"무슨 음악을 좋아하나요?"

"매기와 보드빌스를 좋아해요." 그녀가 말했다. "그 사람들 것이라면 다 좋아요. 난 임프레션스도 굉장히 좋아해요."

"좋아하는 건 그것뿐인가요?"

"그래요." 그녀는 몸을 도사리며 말했다. "그래서 어쨌다는 거죠?"

"아무것도 아네요. 나도 그들을 좋아해요."

우리는 둘 다 입을 다물었다. "제럴드를 어떻게 생각해요?" 나는 아무 얘기나 해야 되겠다는 생각에서 말했다.

"정말 거지 같은 자식예요." 그녀가 말했다. "꼭 듣고 싶다면 얘기하겠는데, 형편없는 녀석이죠."

"그래요?" 내가 말했다.

"제럴드에 대한 얘기를 하나 하죠. 그는 사람들을 이용해요. 자기 말고는 누구한테도 신경을 안 써요."

"그래요?" 내가 말했다.

나는 그동안 줄곧 방석을 깐 의자에 앉아서, 그녀가 두툼한 다리를 벌리고 치맛자락보다 훨씬 밑으로 긴 거들을 내보이며 소파에 혼자 앉아 있게 그냥 내버려두었다. 나는 그러는 사이에 그녀가 매혹적으로 변하기를 기다렸는데, 가장 너절한 개나 지극히 멋없는 사람이라도 모든 사람은 적절한 곳을 제대로 자극하면 거의 순식간에 매혹적으로 변모하게 마련이었다. 그녀처럼 넓적하고 경직된 얼굴까지도 거의 마술이나 마찬가지로, 눈이 생기를 느끼기에 충분한 이유를 마음이 부여하면, 관심이 가는 모습을 갖춘다. 그녀의 마술적인 점은 철저한 포기와 스스로 그에 항거할 수 없는 둔감한 무능력이었다. 그녀는 아마도 제럴드 같은 사람들에게 평생 이용만 당했을 것이고, 다른 생활 방식을 알거나 받아들이지 못하리라는 생각이 들었다. 그래서 나는 그녀가 불쌍했다. 그녀를 불쌍하게 여겼기 때문에 그녀가 나를 유혹하려고 처량한 노력을 하며, 관심을 끌기 위해 세상에서 그녀가 아는 모든 괴이한 전시를 하는 동안 의자에 그대로 앉아 있었다. 나는 그녀를 원하지 않았으므로 좋은 인상을 주기 위해 바보 노릇을 하고 싶지는 않았다. 그녀의 짧고 질긴 머리카락을 쓰다듬고 손을 마주 잡고는 그녀가 제럴드나 나 같은 남자들에게 항상 이용이나 당하고 이 육체에서 저 육체로 인계나 될 뿐이라는 얘기를 해준 다음 우리와 같은 모든 사람을 위해 그녀와 함께 울고 싶었다.

"당신 어디 이상해요?" 그녀가 말했다.

"아뇨."

"왜 날 그런 눈으로 봐요?" 그녀는 자기가 앉아 있는 소파로 내가 재빨리 움직여 오기를 기대하며 미소를 지었다.

"어떤 눈으로 봐야 될지를 모르기 때문에 이런 눈으로 당신을 쳐다보는 거예요, 글로리아."

"당신 우스운 사람예요." 그녀가 말했다.

"그럴지도 모르죠." 내가 말했다.

"춤추시겠어요?"

그녀는 느린 곡조의 레코드판을 틀었으며, 나는 그녀가 원하는 대로 그녀의 머리카락을 만졌다. 그러자 그녀는 내 어깨에다 머리를 얹고는, 어른들이 지켜보고 감시하는 무도회에서 고등학생들이 어둠 속에서 몰래 여학생들에게 하는 그런 행동을 해주기를 기다렸다. 나는 그녀에게 그렇게 몸을 가까이 댈 마음이 내키지 않았다.

무슨 일인가 저지르기 직전의 표정으로 그녀의 커다란 얼굴이 의아하고 흐리멍덩하고 어정쩡한 작은 눈으로 나를 올려다보았다. "당신 동성애자군요." 그녀가 말했다.

나는 그 얼굴을 내려다보고 무언가 나에게서 멀어지고 있음을 느꼈다. "그것도 좋겠군요." 그 말밖에 나는 할 수가 없었다.

5

제럴드와 그의 데이트 상대가 생각보다 일찍 돌아왔을 때 그녀는 소파에, 그리고 나는 방석을 깐 의자에 앉아 있었다. 그들이 오기 거의 20분 전부터 우리는 서로 아무 얘기도 하지를 않았다. 제럴드가 나를 부엌으로 불렀다. "제기랄, 오늘 밤은 개판이 되었어." 그가 말했다.

"어떻게 되었는데?"

"그년이 오늘 밤을 잡쳐놓았어. 통 말을 안 듣는 거야."

"영화 구경을 간다는 줄 알았는데?"

제럴드는 한심하다는 듯 나를 쳐다보았다. "난 일을 치른 다음에야 계집년을 데리고 어디라도 나가지. 먼저 내 아파트먼트로 가는 거야. 그러면 여자가 말을 들어주지 않아도 돈이 굳으니까." 그는 내가 그런 것쯤은 알아야 된다는 말투였다. 그가 어떤 남자인지를 잘 아는 터이니 그런 정도는 짐작을 했어야 옳았다.

"어떻게 됐지?"

"잘됐어." 내가 말했다.

“건드렸어?”

나는 내 평판과 체면을 제럴드의 관점에서 고려해보았다. “아니.” 나는 결국 말했다.

“병신 같으니라고!” 그가 말했다. “그 계집애는 모든 사람의 공동 소유라고 내가 그랬잖아. 진짜 공공 소유물이라고. 자신 만만하게 굴라고 내가 그랬잖아. 그런 여자한테는 점잖게 굴 면 못써.”

“알아.” 내가 말했다.

“알면서도 그냥 놔두었어?”

“그래.”

“너 어디가 탈인지 알아?” 제럴드가 말했다. “넌 순교자가 되려고 해.”

“난 그런 놈이지.” 내가 말했다. “순교자야.”

그는 잠깐 생각에 잠겼다. “이봐.” 그가 말했다. “생각이 있는 거야, 없는 거야?”

“없어.” 나는 딱 잘라 말했다.

“내가 해도 상관없겠어?”

“널 그 여자가 싫어하는데 어떻게 그걸 하겠어?”

“그년이 싫어해? 누굴 증오할 줄 알 만큼 똑똑한 여자가 아 니라니까.”

“다른 여자는 어떻게 하고?”

“그 여자가 잠든 다음에 글로리아를 데리고 나가겠어. 그런 걱정은 하지 마.”

나는 그를 물끄러미 쳐다보았다.

"자, 이걸 보라고." 그가 말했다. 그는 냉장고로 가서 맨 밑의 서랍을 뒤져 커다랗고 굵직한 오이를 찾아냈다. "이리 와." 냉장고 문을 쾅 닫으며 그가 나에게 말했다. 그는 나를 끌고 다시 거실로 나갔다. 두 여자가 다 이제는 소파에 앉아 있었다. 둘이 가까이 있으니까 글로리아는 다시 개가 되었다. 제럴드는 그들의 맞은편 내가 앉았던 의자에 자리를 잡았으며 나는 벽에 기대고 서서 구경만 했다. 글로리아는 나를 쳐다보지 않으려고 애를 썼다.

제럴드는 커다란 오이를 무릎에 놓고 음경에 대한 농담을 시작했다. 나는 전에 그와 맥주를 마시면서 그런 농담을 다 들어 알고 있었다. 얼마 후에 두 여자는 제럴드와 함께 웃어대기 시작했다. 나는 글로리아를 쳐다보았다. 그녀는 다른 여자보다, 그리고 자기가 한 농담에 항상 가장 요란하게 웃어대는 제럴드보다도 더 심하게 웃었다. 다른 여자가 "그만해, 제리. 그건 케케묵은 농담이잖아"라고 말했을 때쯤에 글로리아는 너무나 발작적으로 웃어대 정신을 못 차릴 지경이었고, 눈에서 흘러내리는 눈물을 주체할 수가 없었다.

6

어느 도시에나 시민들의 휴식을 위해 마련한 녹지대가 있게 마련이다. 여름밤이면 물론 그곳에는 강간범과 불량배와 집

없는 거지들이 모여들기는 하지만, 대담하거나 조심성이 없거나 혼자 있기를 좋아하는 사람들이 산책을 하거나 쉬거나 사색을 하기에 아주 훌륭한 장소들도 있다. 어떤 때는 밤이 아주 깊으면 이 자유스러운 지역이 수반하는 어떤 위험도 무릅쓸 만큼 가치 있는 냄새가 풀밭에서 올라온다. 눈에 잘 띄지는 않지만, 그래도 그곳에는 어떤 청결함이 존재한다. 또한 그런 곳에서는 새들이 밤늦게 나와 돌아다니면서 그들의 눈에만 보이는 먹이를 땅바닥에서 쪼아대는데, 그것은 대낮에 벤치에 앉아 빈둥거리는 착한 사람들이나 어린애들이 뇌물로 주는 강냉이튀김 따위하고는 거리가 멀다. 이들은 밤이 되면 동물로서의 자아를 되찾아서, 낮에 배워둔 온갖 요령과 묘기를 몽땅 잊어버리는 것 같았다. 그들은 어시무원의 도시락 기방에서 나온 빵 조각과 강냉이튀김을 구걸해 받아먹기 위해서 벤치 주변에서 배회하지를 않고, 빵 부스러기를 던져줄 만한 사람의 관심을 끌려고 푸드득거리며 공중으로 날아올랐다가 다시 내려오지도 않았으며, 짙푸르고 축축한 흙에서 무엇을 뽑아내어 삼키면서도 고맙다고 구구거리지를 않았다. 그들은 먹이를 스스로 구해서 아무 소리도 내지 않고 삼켰다. 그리고 다시금 소리 없이 더 쪼아대기를 계속했다.

나는 공원의 외진 구석 공중전화에서 앨프리드 볼스에게 전화를 걸었다. 물론 그는 외출 중이었다. 겨우 새벽 2시였고, 앨프리드는 밤의 사냥꾼이었다. 그가 집에 있었다면, 나는 내 조건을 다시금 밝히고, 그의 입장을 밝혀달라고 요구했으리

라. 전화로 하는 얘기인지라 물론 상관이야 없겠지만, 우리는 그날 밤의 술과 대화를 위해 어떤 기본적인 원칙들을 세웠으리라. 술을 마신 다음에는, 마치 그가 갈망하던 대화를 진행하기라도 하겠다는 듯, 나는 그에게 멜빌의 시에 관한 원고에 대해서, 그리고 시를 쓰건 무엇을 하건 그가 꿈꾸는 어떤 포부에 대해서 물어보았을지도 모른다. 심지어 나는 그가 나의 어떤 엉뚱한 곳까지도 만지게 허락해주었을지도 모른다. 그에게 진정 내가 묻고 싶었던 가장 중요한 점은 내가 전에 분명히 한 번도 얼굴조차 본 적이 없는 사람들이 왜 길거리에서 나를 알아보는 듯한 시선을 보내고 술집에서 얘기를 걸어오는가 하는 것이었으리라. 아마도 그는 알지 모른다.

새벽 3시에 나는 같은 찻집의 같은 탁자에 앉아 있었고, 낯익은 몇 얼굴을 알아보았다. 카운터 뒤에서 목덜미가 불그레한 웨이터는 그날 밤 앨프리드를 쳐다보던 것과 똑같은 눈초리로 나를 쳐다보는 듯싶었다. 나는 개의치를 않았다. 옆 탁자에는 지성인 한 사람이 자리를 잡고 앉아서, 내가 다리를 볼 수 없는 여자에게 그가 읽은 책들에 대해 밤이 깊도록 열변을 토했다. 그것도 나는 개의치를 않았다. 내가 읽은 것들은 언제까지나 안전하게 내 속에 간직될 터이고 정당한 목적 없이는 함부로 써먹거나 쏟아놓지 않으리라. 나는 그런 사람이다. 하지만 그곳에 앉아서, 그 탁자에서, 카운터 웨이터의 관점에서 가끔 나 자신의 시선을 검토하며, 나는 내가 어떤 사람인지를 생각하기 시작했다.

매음 행위

매음 행위

1

여자를 보더니 변호사는 연필과 법률 서류를 내려놓고 파이프를 집어 들었다.

"어디 봅시다." 그가 말했다. "어떻게 하겠어요?"

"나 여기서 나갈래요." 갈보가 말했다. "어서 날 여기서 내보내줘요."

"이젠 정신 좀 차려요." 조끼 호주머니에서 꺼낸 긴 성냥개비로 불을 붙이려고 파이프를 뻐끔거리면서 변호사가 말했다. "희망이라고는 쥐뿔만큼도 없으니까."

"난 어서 나가고 싶어요." 그녀가 말했다.

"저 안에 들어가면 한심한 신세가 될 거요." 법정을 분리한 문을 파이프 자루로 가리키며 그가 말했다. "정신 좀 차리고 며칠 시청 신세를 져봐요."

"난 그곳에 다시 가고 싶지가 않아요." 그녀가 말했다. "내가 고집이 세고 잘난 체한다며 파크빌의 마나님들이 날 미워해요. 내가 다시 돌아오면 진짜 맛을 보여주마고 지난번에 나한테 그랬어요. 그곳에 가면 곤란해요."

"내 얘길 잘 들어요." 파이프 자루로 이번에는 그녀를 가리키면서 변호사가 말했다. "당신은 별 도리가 없어요. 벌을 받겠다는 각오를 하지 않는다면 난 이 사건을 맡지 않겠어요."

"당신이나 내 얘길 잘 들어요, 이 싸구려 유대인 악질 변호사 같으니라고." 아주 통통한 손가락으로 변호사를 가리키며 갈보가 언성을 높였다. "당신은 별 도리가 없을지도 몰라요. 판사가 당신더러 날 변호하라고 지시를 했으니까 당신은 그 일을 맡아야만 해요. 난 멍텅구리가 아니란 말예요, 알겠어요?"

"그래요." 변호사가 말했다. "당신은 정말 똑똑하군요. 그래서 당신은 눈이 얼어붙은 길바닥에 나가 헤매는 신세죠. 정말 당신은 똑똑도 하군요."

"이 닭똥 같은 양반아." 그녀가 말했다. "난 당신이 내 사건을 맡는 게 못마땅하지만, 별수 없는 노릇예요. 당신에게 실력이 조금이라도 있다면 이런 한증탕 같은 법정에서 일을 하지야 않겠죠. 난 바보가 아녜요."

"당신은 정말 똑똑해요." 변호사가 말했다. 그는 그녀를 아래위로 훑어보았는데, 그녀는 덩치가 크고 초라한 금발 머리에 뼈마디가 굵었으며, 엉성하게 미니로 개조한 스커트가 조금도 어울리지 않는 여자였다. 두 무릎은 불그레했고, 종아리 살은 두툼하고 하얗고 투실투실했다. 그녀에게서는 나이가 드러나는 부분이 없었다. 대부분의 갈보들이나 마찬가지로 그녀는 젊었으면서도 늙어 보였는데, 태어날 때부터 그런 일을 한 여자 같아 보이기도 했다. 어떤 여자들은 무척 늙었지만 어느 시기에 나이 먹기를 중단해서, 변호사가 지금 애를 쓰고 있듯이 연대기적으로 분류하기가 어려웠다. 그는 파이프를 책상의 경찰 진술서 위에다 놓고는 그녀를 물끄러미 쳐다보았다. 그녀는 방의 맞은편 문 근처에서 양쪽으로 살을 주렁주렁 늘어뜨린 채로 의자에 앉아 있었다. 그녀는 처음 방으로 들어설 때와 마찬가지로 딱딱하고 냉정한 표정이기는 했지만, 이제는 안전하게 허벅다리 왼쪽으로 미니스커트를 끌어내릴 정도로 주변에 대해서 신경을 썼다. “당신 정말 똑똑하구먼.” 파이프를 빨아서 방 안에다 연기를 내뿜으며 그가 한마디 했다.

미니스커트를 입은 뚱뚱한 여자가 아직도 그를 노려보고 있었다. “좆이나 빨아요, 이 유대인아!” 그녀는 이를 악물고 말했다. “당신네 뚱뚱보 엄마하고, 겨드랑이에 털 난 뚱뚱한 누이도 다 좆이나 빨라고 해요. 당신 형과 아버지도 다 좆이나 빨고, 공중변소에서 손장난이나 치다가 환장이나 하라고 해요.”

변호사가 대꾸를 하려고 하는 순간에 감정실 문이 열리더니 다른 남자 한 사람이 좁은 방으로 들어왔다. “거지 같구먼, 지미.” 여자를 거들떠보지도 않으면서 그는 변호사에게 말했다. “골치 아픈 문제가 생겼어.”

“그래?” 지미가 말했다.

다른 남자가 갈색 책상으로 걸어가더니 여자가 얘기를 듣지 못하도록 지미에게로 가까이 몸을 내밀고는 목소리를 낮추었다. "내가 그 아이를 맡게 되었어." 그가 말했다. "주차장에서 캐딜락을 훔친 착한 이탈리아 소년 말이야. 그런데 지금까지 겨우 두 번만 그런 짓을 했으니까 내 생각에 그 녀석이 주둥아리를 너무 놀리지만 않는다면, 마침 월요일 아침이고 하니까, 판사가 기분만 좋다면 잘될지도 몰라."

"그래서?" 지미가 말했다.

"그래서 생각을 해봤지." 또다시 목소리를 낮추고 훨씬 몸을 가까이 내밀고는 방의 건너편에 앉은 갈보를 가리키느라고 머리를 슬쩍 기울이며 다른 변호사가 말했다. "그래서 생각을 좀 해봤어. 판사는 저기 있는 필로메나를 잘 알지. 저 여자는 거의 매달 이리로 끌려오고, 항상 재미있는 웃음거리가 된단 말이야. 그래서 생각을 해봤는데, 지금은 월요일 아침이고 밖에는 깜둥이 주정뱅이들이 감방으로 하나 가득하니까, 저 여자를 제일 먼저 내놓아 영감이 실컷 웃고 난 다음에 내가 맡은 이탈리아 소년을 내보내자 이거지. 그렇게 하면 일이 훨씬 쉬워지리라 난 생각해."

"그러면 나는 무슨 덕을 보지?" 재떨이에다 파이프의 재를 털어내며 지미가 말했다.

"이봐, 전에 내가 자넬 봐준 적도 있잖아. 그 중국 사람 생각나? 내가 자네한테 준 정보는 잊지 않았겠지?"

지미는 깡통에서 담배를 집어 파이프를 채우며 잠깐 동안 생각에 잠겼다. 그는 조끼 호주머니에서 꺼낸 성냥 몇 개비로 파이프에 불을 붙이며 좀 더 생각을 해보았다. "상관없겠어, 랠프." 그가 말했다. "하지만 제일 먼저 나가면 판사가 실컷 웃고 나서도 저 여자한테는 용서가 전혀 없을 텐데."

"그게 어쨌다는 거야, 지미?" 랠프가 말했다. 그는 증오에 가득 찬 눈으로 그들의 눈치를 살피던 갈보를 힐끗 쳐다보았다. "이봐, 친구." 그는 말을 계속했다. "저게 누구인지 잘 알잖아? 뚱뚱보 필로메나 브라운이지. 저 여잔 거의 매달 이곳으로 끌려오는 인물이야. 블룸 영감은 저 여자를 잘 안다니까. 저 여잔 웃음거리로는 제격이지. 그뿐이야. 거기다가, 뭐니 뭐니 해도 저 여잔 깜둥이하고 결혼했어."

"그래." 지미가 말했다. "지금까지 저 여잔 나하고 죽이 잘 맞지 않았어. 정말 똑똑하더군. 내가 유대인이라고 생각하지."

"그것 보라고." 랠프가 말했다. "내 얘기 잘 들어, 지미. 내가 맡은 아이를 서기가 잠시 후에 불러낼 거야. 어떻게 하겠어?"

지미는 자신의 의뢰인을, 무릎과 배 밑에서 큼직한 살점들이 여러 겹으로 묵직하게 늘어진 여자를 넘겨다보았다. 그녀는 아직도 코웃음을 치고 있었다. "좋아." 그는 시선을 다시 랠프에게로 돌렸다. "좋아, 그렇게 하지."

"그럼 들어봐." 랠프가 말했다. "우린 이렇게 해야 해. 그들이 날 부르면 난 내가 맡은 아이와 의논을 더 해볼 시간이 필요하다고 서기에게 말하겠어. 그러면 소송인 명부에서 자네가 바로 내 다음이니까 곧 자네 차례가 될 거고, 적어도 나보다는 먼저 나가게 되지. 그러면 모두 잔뜩 웃고 난 다음에 내가 이탈리아 소년을 데리고 나간다 이거야."

"저 여자도 이탈리아 사람 아냐?" 파이프를 약간 움직여 갈보를 가리키며 지미가 물었다.

"그래. 하지만 저 여잔 깜둥이하고 결혼했어."

"좋아." 지미가 말했다. "그렇게 하지."

"뭐예요?" 아까부터 그들의 얘기를 들어보려고 애쓰던 갈보가 말했다. "당신들 두 유대인 뭘 그렇게 수군거리고 있었죠? 도대체 무슨 수작을 벌였어요?"

"입 닥쳐요." 파이프 대를 입속 깊이 물고 있어서 맘껏 크게 소리를 지를 수가 없던 지미가 말했다. 랠프는 그에게 눈을 찡끗하고는 방에서 나갔다. "그럼 내 얘길 들어봐요." 책상에서 몸을 일으켜 그녀가 아직도 벽에 기대고 앉아 있는 곳으로 걸어가면서 그는 필로메나 브라운에게 말했다. "우린 곧 저기로 나가야 하고 난 거짓말을 하는 사람이 아니라는 걸 당신도 알 테니까, 혹시 따로 할 얘기가 있으면 어서 나한테 하는 게 좋겠어요."

"아무튼 난 당신이 내 사건을 맡는 게 싫어요, 이 유대인아." 필로메나 브라운이 말했다.

"당신이 무엇을 원하느냐 하는 건 문제가 아녜요. 영감이 어떻게 하라고 하느냐가 문제지. 그러니까, 할 얘기가 있다면 어디 들어봅시다."

"난 문서 정리원예요. 난 일자리를 찾는 중이었어요."

"아무렴! 그런 헛수작은 제발 나한테 하지 말아요. 마지막으로 주사를 맞은 게 언제죠?"

"그런 건 난 몰라요." 브라운 부인이 말했다.

그들은 문 저쪽에서 서기가 이탈리아 소년을 법정으로 들어오라고 부르는 소리를 들었다. 그들은 몇 분 있으면 나가야 할 터였다. "얘기는 집어치우지." 그는 그녀에게 말했다. "어서 치마나 좀 끌어내리고, 눈에서 그 닭똥 같은 거나 씻어요. 꼴불견이니까."

"난 당신이 내 사건을 맡는 게 싫어요, 모세." 브라운 부인이 말했다.

"하지만 내가 맡게 되었어요." 지미가 말했다. "싫건 좋건 간에 내가 맡는 거예요." 지미는 말을 중단하고 파이프를 저고리 호주머니에 넣은 다음에 말했다. "그리고 내 이름은 멀리건이고요!"

여자는 더 이상 아무 얘기도 하지 않았다. 그녀가 의자에 앉자 삐걱거리는 소리가 났다.

"그럼 안으로 들어갑시다." 지미가 말했다.

2

판사는 월요일 아침 특유의 기분이었다. 그는 법정 결석을 했던 여섯 피고의 이름을 불러대던, 머리가 벗겨지고 폐병에 걸린 듯한 서기에게 눈을 부라렸다. 그는 주정뱅이와 마약중독자 패거리가 형사 피고인석을 둘러친 철망에 달라붙어서 마치 후텁지근한 공간에 줄줄이 늘어앉은 관계자들과 방청인들이 자비라도 베풀기를 기대하는 듯 법정을 물끄러미 쳐다보는 꼬락서니를 노려보았다. 블룸 판사는 침을 뱉어주고 싶어서 죽겠다는 표정이었다. 월요일 아침에는 전혀 용서가 없게 마련이었고, 피고인들은 누구나 다 그 사실을 알았다.

"월리 스미스! 월리 스미스! 법정으로 나오시오!" 서기가 고함을 질렀다.

월리 스미스는 피고인석에서 천천히 다리를 질질 끌며 나오더니, 무더운 법정에 줄지어 앉은 사람들의 시선으로부터 머리와 목과 어깨 이외에는 온몸을 다 가려주는 더러운 돌벽을 따라 올라갔다.

판사석에서 판사는 술이 덜 깬 스미스를 내려다보았다.

"저 사람 저 의자에 앉는 걸 본 적이 없어요." 법정에서 지명한 변호사들을 위해 남겨둔 자리 바로 위에 있는 둘째 줄 방청석을 차지하고 앉아 날마다 벌어지는 재판을 구경하러 오는 노인들 가운데 한 사람에게 지미가 말했다. 이런 노인이 적어도 열두 명은 되었는데, 그들은 무릎과 팔꿈치가 닳아 반짝거리고 색이 바랜 회색이거나 까맣거나 파란 양복 차림이어서 무슨 직장에라도 나가는 사람처럼 보였다. 그들은 즐겨 찾아와서 재미있는 구경을 했다. "저 깜둥이를 블룸이 닦아세우는 걸 봐요." 그 노인이 몸을 내밀고는 지미 멀리건에게 귓속말을 했다. 지미는 그를 돌아다보지도 않고 머리를 끄덕였다. 얼마 후에 그는 이번에도 뒤를 돌아다보지 않으면서 귀를 손으로 닦았다.

서기가 혐의 사항을 낭독했다. 음주, 배회, 난잡한 행동.

"변호사가 필요한가요, 윌리?" 판사가 그에게 물었다. 블룸 판사는 임신한 여자처럼 불러 오른 배를 검은 옷으로 가리고, 근엄하게 뒷짐을 지고, 판사석 뒤에서 오락가락 걸어 다녔다. "대법원에서는 당신한테 변호사를 대주라고 나한테 지시했어요. 필요해요?"

"아닙니다." 술이 덜 깬 윌리가 무척 간사하게 말했다.

"그래, 무슨 죄를 지었죠?"

"아무 죄도 안 지었는데요."

"당신은 한 번도 빠지지 않고 여러 달째 월요일마다 이곳으로 끌려왔잖아요."

"그렇습니다."

"술 마시느라고 그렇게 돈을 쓰니, 가족은 어떻게 돌보나요?"

스미스는 비척거리는 듯한 몸짓으로 벽 뒤에서 머리와 어깨를 움직였다.

"아내한테 돈을 마지막으로 준 게 언제였나요?"

"지난 금요일요."

"거짓말 말아요. 당신 부인은 몇 년째 시청 신세를 지며 살아가잖아요."

"내가 좀 도와주기는 하죠." 스미스가 재빨리 말했다.

"잘도 도와주더군요. 해마다 애를 배게 해서 수입을 올리게

도와준다 이거겠죠."

둘째 줄의 노인들이 킬킬거렸고 판사는 위협적으로 그들을 노려보았다. 그들은 킬킬거리는 웃음을 참았다. 윌리 스미스는 미소를 지었다.

"아이를 하나만 더 낳으면 당신 마누라는 나보다도 돈을 더 많이 벌게 될 거요." 판사가 말했다. 하지만 그는 스미스에게 얘기를 하지는 않았다. 그의 눈길은 노인들을 향했다.

그러더니 그는 부끄러워하며 미소를 짓는 윌리 스미스를 내려다보았다. "당신 구치소에 들어가 술이 깰 때까지 잠을 좀 자겠어요, 아니면 벌금을 내겠어요?

"잠을 좀 자겠습니다."

"얼마 동안요, 윌리?"

"아무래도 좋아요."

"주말에는 아마 나가고 싶겠죠."

스미스가 다시 미소를 지었다.

"5일 구류로 하지." 판사가 서기에게 말했다. 서기는 서류에 기록을 하고는 성급한 목소리로 읽었다. "피고 윌리 스미스, 당신은 공공장소에서 술에 취한 상태로 배회를 하고 난잡한 행동을 한 것으로 이 법정은 판결을 내린다. 이 법정은 브릿지뷰의 감화원에서 5일 구류를 받고 한 달의 집행유예를 치르도록 선고한다. 그러나 당신은 상고할 권리가 있고, 그럴 경우에는 집행유예가 취소되며 감화원에서 35일간 구류를 받게 될지도 모른다."

매음 행위

"상고하겠어, 윌리?"

"아닙니다, 선생님."

"다음 주에 또 만납시다." 판사가 말했다.

"감사합니다." 윌리 스미스가 말했다.

다음에는 아주 말끔하게 다리미질을 한 군복을 입은 흑인이 들어왔다. 그는 혐의 사항이 낭독되는 동안에 왼쪽 팔 밑에 모자를 낀 채 당당한 자부심을 보이며 서 있었고, 깨끗하게 면도를 한 말쑥한 모습이었다. 기소인은 표정이 딱딱하게 굳은 흑인 형사로 넥타이를 매지 않았고, 머리카락이 무척 길고, 소매가 짧으며 겨드랑이가 축축하게 젖은 셔츠 차림이었다. 형사는 사나워 보였지만 지금은 무척 초조한 듯했다. 그는 서기가 혐의 사항을 읽는 동안 가지고 있던 쪽지들을 살펴보았다. 머리가 벗겨지고, 주름이 지고, 얼굴이 축 늘어진 판사는 아직도 판사석 뒤에서 서성대며 뒷짐을 진 채로 가끔 코를 찡긋거렸다. 군인은 경찰관에게 폭행을 가하고 위험한 무기로 구타했다는 혐의를 받았는데, 살이 찌고 기름기가 진 50대 후반의 담당 변호사가 혐의 사항을 다 듣고 나서 앉으라고 손짓을 할 때까지 말없이 꼿꼿하게 서서, 판사의 뒤쪽 허공을 멍하니 쳐다보기만 했다. 그러더니 그는 변호사 옆에 자리를 잡고 모자를 앞에 있는 책상에 반듯하게 올려놓았다.

배가 잔뜩 나온 흑인 형사는 경찰관의 이름과 계급과 직책을 겨우 확인하면서, 냉정하고 딱딱하게 굳은 얼굴로 앉아 있는 피고와 변호사의 책상을 가끔 힐끗거렸다. 그는 쪽지들을 더듬거리며 뒤지다가 잠깐 멈추고는, 판사를 올려다본 다음 백인 경관에게 말했다. "그럼, 버긴 경관, 무슨 일이 있었는지를 당신이 직접 법정에 알려주시겠소?"

백인 경찰관은 증인석에서 기도를 하는 자세로 두 손을 모았다. 그는 굳어버린 얼굴로 경찰관의 손에 시선을 고정한 피고를 쳐다보았다. "우린 7월 27일 밤에 라파예트 거리 지역에서 차를 몰고 순찰을 하던 중이었는데, 군중이 모여들어 폭동이 일어날 것 같으니까 라파예트 거리 지하철역으로 가라는 지시를 받았습니다. 비글로 경관과 나는 그곳으로 향했고, 현장에 도착해보니 아닌 게 아니라 흑인 군중이 길거리를 이리저리 뛰어다니며 소란을 피우고 야단이었죠. 우린 여름 내내 그러면 안 된다는 지시를 받아왔기 때문에 총은 뽑지 않았어요. 우린 차에서 내려 군중을 해산하려고 그곳에서 대열을 이루던 다른 경찰관들과 합세하러 갔습니다. 군중 속에서 저 친구를 보았죠."

"누구 말이죠?"

"저기 저 친구요." 버긴 경관은 책상에 앉은 피고를 가리켰다. "저 군인, 어빙 윌리엄스요."

"계속하시오." 피고 쪽으로 얼굴을 돌리지도 않고 흑인 형사가 말했다.

"그런데 그는 빨간 옷에다 케이프를 둘렀고, 커다랗고 빨간 터번을 썼더군요. 또 타잔 영화에서나 나오는 커다랗고 까만 방패를 들었고, 커다랗고 긴 지팡이를 머리 위로 휘둘렀어요."

"지금 그 지팡이는 어디 있죠?"

"우리가 나중에 그걸 빼앗았어요. 저기 저겁니다."

흑인 형사는 자기 책상으로 가더니 갈색 가죽을 씌운 긴 지팡이를 집어 들었다. 그는 손잡이 밑의 작은 단추를 누르고는 지팡이 속에서 가느다랗고, 은처럼 하얗고, 길이가 1미터나 되는 칼을 뽑았다.

"바로 이 지팡인가요?"

"그렇습니다." 백인 경찰관이 말했다.

"계속하시오, 경관."

"그는 그걸 머리 위로 휘둘렀고, 뒤에는 흑인들이 잔뜩 모였는데, 경찰 저지선을 공격하려는 것처럼 보였습니다. 그래서 나하고 토미는 저지선을 이탈해서 큰일을 저지르기 전에 그를 붙잡으러 갔어요. 군중이 난폭해지기 시작했죠. 그들은 당장 무슨 엄청난 일을 저지를 것 같더군요."

"그런 얘긴 그만둬요." 판사가 말했다. 그는 이제 서성거리기를 멈추고, 증인석의 경찰관 어깨 바로 위에 올린 단의 언저리에 섰다. "당신이 무슨 생각을 했다는 얘기는 그만두고 증언이나 계속해요."

"그러겠습니다." 경찰관은 두 손을 더 꽉 마주 잡았다. "그런데 토미하고 나하고, 우리는 그를 붙잡으려 했고, 그는 지팡이를 나한테 휘둘렀습니다. 내 얼굴 여기에 정통으로 맞았어요." 그는 손가락으로 왼쪽 눈 밑의 검붉은 커다란 상처를 가리켰다. "그래서 우린 그를 제압하려고 폭력을 써야 했어요."

"어떤 식으로요, 경관?" 흑인 형사가 물었다

"우린 곤봉을 사용할 수밖에 없었어요. 난 그의 머리통을 한두 대 갈겼지만 세게 때리지는 않았던 것 같습니다. 기억을 잘 못하겠어요. 그러자 토미가 그의 두 팔을 붙잡았고, 우린 그와 한패인 다른 흑인들이 우리한테 달려들기 전에 그를 차로 끌고 가려고 밀어댔어요."

"체포하려니까 그가 반항을 했나요?"

"예. 그는 발길질을 하고, 반항을 하고, 우리에게 온갖 더러운 욕설을 다 퍼붓더군요. 우린 차 안에서 그에게 수갑을 채워야만 했습니다. 우리는 그를 경찰서로 끌고 가서 폭행과 구타 혐의로 입건했어요."

"됐습니다." 다른 변호사와 눈이 마주치지 않으려고 몸을 돌리지 않은 채로 흑인 형사가 말했다. 그는 자기 책상에 앉더니 구겨진 하얀 손수건으로 이마와 손을 닦았다. 그는 아직도 무척 초조해했지만, 이제는 사나워 보이지 않았다.

"법정이 허락을 한다면 말입니다." 오락가락 바장이는 판사를 마주 보고 서서 피고의 흑인 변호인이 천천히 말했다. "제가 하고 싶은……." 그러더니 그는 판사의 작은 두 눈이 그의 머리 너머 법정 뒤쪽을 쳐다보는 것을 눈치채고는 말을 중단했다. 뒤쪽 벽과 방의 왼쪽에는 엄숙한 표정에 차가운 눈초리를 한 스물다섯 명쯤 되는 흑인 남자들이 모두 아프리카의 다시키^{서부 아프리카 남자들이 걸치는 화려한 무늬의 헐렁한 윗옷을}를 걸치고, 하나같이 요란한 빛깔의 모자를 쓰고, 판사와 흑인 형사를 노려보며 서 있었다. 피고석 첫 번째 줄에 앉아 있던 필로메나 브라운과 지미 멀리건도 역시 뒤를 돌아다보았는데, 갈보는 미소를 지었지만 변호사는 큰 소리로 "제기랄"이라고 말했다. 모두 몸집이 크고 하나같이 수염을 기르고 입을 꽉 다문 그들은 이제 서로 손을 맞잡고 법정의 거의 4분의 3을 탄탄한 인간의 벽으로 둘러쌌다. 판사는 피고를 보고는 그가 미소를 짓고 있다는 걸 깨달았다. 그는 아직도 판사석 옆에 서서 머리를 숙이고 두 어깨를 머리 쪽으로 움츠린 피고인의 변호사를 쳐다보았다. 판사는 다시 바장이기 시작했다. 방의 양쪽 두 번째 줄을 가득 채운 노인들은 앞으로 몸을 내밀고 서로 눈짓을 주고받았다. "제기랄." 지미 멀리건이 다시 말했다.

그러자 판사가 서성이기를 멈추었다. "계속하시오." 그는 피고의 변호인에게 말했다. "이곳에서는 법을 지켜야 합니다."

이제는 땀에 젖어 얼굴이 무척 번들거리는 변호사가 오른쪽 옆구리 권총 옆에 한 손을 대고 그대로 증인석에 서서 기다리는 경찰관을 올려다보았다.

"버긴 경관," 흑인 변호사가 말했다. "한 가지 석연치 않은 점이 있습니다. 피고인이 당신을 때린 시점은 당신이 지팡이를 달라고 하기 전이었습니까, 아니면 당신이 그것을 빼앗으려고 시도한 후였습니까?"

"전이죠. 전이었습니다. 그래요."

"그렇다면, 당신은 정말 그에게 지팡이를 달라고 요구했겠군요?"

"그렇습니다. 그걸 내놓으라고 요구했어요."

"그런데 그는 어떻게 했나요?"

"저를 때렸죠."

"하지만 만일 당신이 지팡이를 달라고 요구하기 전에 그가 당신을 때렸다면, 그가 당신을 이미 때린 다음에 당신이 그에게 지팡이를 달라고 요구했다는 것이 옳은 얘기겠군요. 그렇지 않습니까?"

"그렇습니다."

"다른 말로 표현한다면, 그가 당신 얼굴을 때린 다음에도 당신은 여전히 그에게 손을 대지 않고 무기를 달라고 요구할 정도로 공손했군요."

"그렇습니다. 그랬어요."

"다시 말하면, 그는 당신을 두 번이나 때렸어요. 한 번은 당신이 지팡이를 요구하기 전이고, 한 번은 그것을 요구한 다음이죠."

경찰관이 주춤했다. "아닙니다." 그는 재빨리 말했다. "한 번만 때렸어요."

"그러면 그게 언제였는지 다시 얘기해주시겠어요?"

"그게 지팡이를 달라고 하기 전이라고 생각했지만, 이제는 모르겠어요."

"하지만 그가 당신을 때리기 전에 지팡이를 달라고 요구하지 않았나요?"

"그래요." 경찰관의 두 손은 다시 기도를 하는 자세를 취했다.

“그렇다면 버긴 경관, 그는 당신이 지팡이를 요구했기 때문에 당신을 때렸나요, 아니면 그것을 당신에게 넘겨주는 과정에서 때렸나요?”

“그는 그냥 뒤로 물러나면서 절 때렸습니다.”

“그것을 넘겨주려고 하지 않았다는 말인가요?”

“그렇습니다. 그가 나를 쳤어요.”

“다시 말하면, 그는 휘두르기에 적당할 만큼 당신이 가까이 간 순간에 당신을 때렸군요. 그는 당신이 지팡이를 빼앗으려고 하는 동안에 때린 것이 아니죠.”

경찰관은 다시 주춤했다. 그러더니 말했다. “그렇습니다.” 그는 다시 얼굴을 만지더니 오른쪽 손을 또다시 권총으로 가져갔다. “나는 그에게 지팡이를 내놓으라고 요구했는데, 그는 뒤로 물러서더니 제 얼굴을 때렸습니다.”

“경관, 당신은 저 군인에게서, 월남 참전 병사에게서 지팡이를 빼앗으려고 하기 전까지는 얻어맞지를 않았다는 건가요, 아니면 그가 당신이 다가오는 것을 보자마자 지팡이를 휘두르기 시작했다고 지금 법정에서 진술을 하고 있는 건가요?”

“그는 나를 후려쳤습니다.”

“버긴 경관, 그가 당신을 후려쳤나요, 아니면 당신이 그에게서 지팡이를 빼앗으려고 하는 사이에 우연히 그것이 당신에게 맞은 건가요?

“제가 아는 사실이라고는 그가 절 때렸다는 것뿐입니다.” 경찰관은 이제 땀을 흘리기 시작했다.

"그렇다면 당신은 저 군인이 때린 시점이 당신이 지팡이를 빼앗으려고 하기 전인지 후인지, 언제인지를 정확히 모르는군요. 안 그래요?"

흑인 형사가 몸을 일으키더니 무척 부드러운 목소리로 말했다. "이의 있습니다."

피고의 흑인 변호사는 경멸하는 눈으로 그를 쳐다보았다. 흑인 형사는 눈을 떨구고 허리띠를 조이더니 다시 앉았다.

"좋습니다." 기름기가 오른 변호인이 말했다. 그러더니 그는 경찰관을 다시 쳐다보았다. "한 가지 또 묻겠습니다." 그가 말했다. "그가 당신을 때렸을 때, 칼은 아직 지팡이 속에 있었나요, 아니면 뽑아 든 상태였나요?"

"우린 나중에 경찰서에 갔을 때까지 칼에 대해서는 알지 못했습니다."

"당신은 지팡이로 때리기만 해도 당신이 죽으리라고 생각했나요?"

"이의 있습니다." 형사가 말했다. 그러나 그의 목소리는 역시 나지막했다.

"형편없는 깜둥이 씹쟁이야!" 방의 뒤쪽에서 누가 말했다. "대갈통에서 그 아프로^{새둥지 같은 흑인의 헤어스타일}나 밀어버려라!"

판사의 눈초리가 재빨리 뒤에 있는 남자들에게로 옮겨 가서 그들의 얼굴을 살펴보며 눈에 담긴 표정을 포착했다. 그러나 그는 아무 말도 하지 않았다.

"기소 측은 심문을 마치겠습니다." 흑인 형사가 말했다. 그의 목소리는 무척 피곤하게 들렸다.

"변호인 측은 피고 어빙 윌리엄스를 부르겠습니다." 흑인 변호사가 말했다.

윌리엄스는 증인석으로 올라가서 머리를 높이 들고, 침착한 눈으로, 입을 군인답게 꽉 다물고, 서기가 선서를 시키기를 기다렸다. 그는 줄곧 법정의 뒤쪽만 쳐다보았다.

"그럼 윌리엄스 씨," 변호인이 말을 시작했다. "금년 7월 27일 밤에 있었던 사건들을 본인의 입으로 법정에 진술하시오."

"본인은 의상 파티에 참석했습니다." 윌리엄스의 목소리는 느리고, 분명하고, 낭랑했다. 법정 전체가 긴장하고 조용했다. 노인들은 꼿꼿하게 앉아 방청석 둘째 줄에서 어빙 윌리엄스를 빤히 쳐다보았다. 필로메나 브라운은 그녀의 뒤룩뒤룩한 팔뚝이 자기 팔에 닿지 않도록 몸을 피하려고 애쓰는 변호사의 옆에 듬직하게 앉아서 기다렸다. 입을 꼭 다문 블룸 판사는 다시금 판사석 뒤에서 서성거리기 시작했다.

"본인은 기지에서 휴가를 나온 참이었습니다." 윌리엄스가 얘기를 계속했다. "파티에서 오던 길에 돌멩이를 던지는 애들 패거리를 보게 되었죠. 군대에 몸을 담고 있으며 방금 월남에서 돌아온 터라, 본인은 그들을 말리려고 했습니다. 한 아이가 저 지팡이를 가지고 있기에 제가 그것을 빼앗았습니다. 방패는 제 것이었고요. 저는 그걸 지난해 대만으로 휴가를 갔을 때 구했습니다. 제가 방패로 군중을 해산하려고 하는 동안에 경찰관이 곤봉으로 제 머리를 때리기 시작했죠. 경찰관의 만행입니다. 저는 말을 하려고……."

"그만하면 됐어요." 판사가 말했다. "듣고 싶은 얘긴 그것뿐입니다." 그는 법정 뒤쪽에 진을 친 흑인들을 살펴보았다. "이 사건은 우리 법정에서 다룰 성질의 것이 아닙니다. 위층으로 넘기시오."

"재판장님께 부탁인데요." 흑인 변호사가 입을 열었다.

"난 부탁은 받고 싶지 않아요." 판사가 말했다. "그만하면 얘기는 실컷 들었으니까요. 서기, 서류를 작성하시오. 그것을 위층의 캐보트에게 보내요."

"이 법정은 사건을 다룰 재판권이 있습니다." 변호인이 말했다. 그는 화를 내기 직전이었다. "피고는 군 복무 중입니다. 몇 주일 후면 그는 출국을 해야 합니다. 우리는 오늘 심문을 하길 바랍니다."

"내 법정에서는 그렇게 할 수 없어요. 위층에 맡기라고 그랬잖아요!"

이제는 법정 뒤쪽의 흑인들이 형사를 호되게 꾸짖기 시작했다. "수다쟁이 고양이! 돌대가리 멍청이! 깜둥이 씹쟁이!" 그들은 소리를 질렀다. "너 우리한테 맛 좀 봐라, 이 녀석아!"

"저들을 여기서 쫓아내요." 판사는 이름이 버긴이라는 경찰관에게 말했다. "어서 쫓아내요!" 버긴은 꿈쩍도 하지 않았다. "어서요!"

그 순간에 어빙 윌리엄스는 그의 변호인을 꽁무니에 차고 법정에서 걸어 나갔다. 수염을 기른 스물다섯 명의 흑인들이 그들의 뒤를 따랐다. 흑인 형사는 다음 사건을 맡은 변호인에게 자리를 내주라고 서기가 요구를 할 때까지 변호인 책상에 그대로 앉아 있었다. 형사는 천천히 일어나서 얼마 안 되는 서류를 챙기고는 다시 허리띠를 조인 다음에 머리를 떨구고 법정의 오른쪽 자리로 옮겨 앉았다.

"필로메나 브라운!" 서기가 소리쳤다. "필로메나 브라운! 법정으로 나오시오!"

뚱뚱한 창녀는 지미 멀리건 옆에 앉아 기다리다가 묵직한 몸을 일으켜 변호인 책상으로 가서 의자에 자리를 잡고 앉았다. 그녀의 변호사는 이탈리아 청년의 변호인인 랠프와 얘기를 주고받았다.

"제발 잘해야 해, 지미." 랠프가 말했다. "블룸 영감이 이제는 지독하게 나올 거니까."

"그래." 지미가 말했다. "진짜 잘 구슬려야 되겠어."

둘째 줄 방청석의 노인 한 사람이 위로 몸을 내밀더니 지미에게 말했다. "저거 깜둥이하고 결혼한 여자 아닌가요?"

"맞아요." 지미가 말했다.

"혼이 좀 나야 하겠군요. 된통 욕을 보게 해주라고요."

"알았어요." 지미가 말했다. "이 여잘 어떻게 해야 좋을지는 나도 모르니까요."

"제발 날 위해서 잘해봐! 지미." 랠프가 말했다. "아이 이름은 안젤리코^{천사라는 뜻}야. 이름이 멋지지 않아? 나쁜 애는 아냐."

"내가 어떻게 해볼 테니까 걱정하지 마." 그러더니 지미는 의뢰인의 옆자리로 옮겨 갔다.

의뢰인과 체포한 경찰관이 선서를 했다. 체포한 경찰관은 주 정부를 대변하는 기소인이요, 동시에 유일한 증인 노릇을 했다. 판사가 머리를 숙이고 생각에 잠겨 초조하게 판사석 뒤에서 서성거리는 동안 가끔 그는 가지고 나온 쪽지들을 들여다보아야 했다. 그러자 필로메나 브라운은 증인석으로 올라가서 거대한 몸집을 가장자리에 기대었다. 그녀는 판사와 서기와 증인석의 다른 쪽에 있던 경찰관과 지미 멀리건과 둘째 줄 여기저기서 미소를 짓는 노인들과 법정의 모든 사람에게 눈을 부라렸다. 그러고는 경찰관에게 시선을 고정했다.

"좋아요." 경찰관이 쪽지들을 읽었다. "7월 28일 새벽 1시 반경이었습니다. 본인은 우범 지역 부근에서 야간 근무 중이었죠. 본인은 저 피고가 자동차에 탄 사람들을 유혹하는 현장을 목격하게 되었어요. 전에 같은 구역에서 자동차에 탄 사람들을 피고가 유혹하는 현장을 본인은 여러 차례 목격했습니다. 본인은 전에 저 피고에게 그런 행위에 대해서 경고를 여러 번 했어요. 하지만 저 여자는 자꾸만 반복했습니다. 그날 밤에 본인은 흑인들이 잔뜩 탄 자동차로 가서 피고가 흥정을 벌이는 현장을 봤습니다. 저 여자는 길모퉁이에서 자동차 문에 팔을 기대고는 흑인 두 사람과 얘기를 나누었습니다. 본인이 다가가자 그들은 차를 몰고 가버렸어요. 그래서 본인은 저 여자한테 경범죄를 범한 창녀가 가진 권리들을 알려준 다음에 체포했습니다. 제가 할 얘기는 그것뿐예요."

매음 행위

창녀의 변호인은 경찰관의 심문을 생략하고 그녀를 심문하기 시작했다.

"이름이 뭐죠?"

"필로메나 브라운 부인요."

"법정이 들을 수 있게 더 큰 소리로 말하세요, 브라운 부인."

그녀는 눈을 가늘게 뜨고 변호사를 노려보았다.

"종교는 무엇을 믿나요, 브라운 부인?"

"천주교도입니다. 난 천주교 집안 태생예요."

"결혼을 하신 상태인가요?"

"그래요."

"남편의 이름은 뭐죠?"

"루돌프 리로이 브라운 주니어요."

둘째 줄의 노인들이 키득거리기 시작했고 판사는 그들을 내려다보았다. 지미 멀리건이 미소를 지었다.

"남편이 당신을 부양합니까?"

"그래요. 우린 그럭저럭 잘살죠."

"당신은 직업이 있나요, 브라운 부인?"

"난 서류 정리원예요."

"현재 직장이 있습니까?"

"아뇨. 다리를 다쳐서 지난달에 직장을 잃었어요. 병상에서 일어날 수가 없었죠."

둘째 줄의 남자들이 히죽거렸고, 방청석의 다른 사람들은 그들과 함께 숨죽여 킬킬거리고 웃어댔다.

"7월 28일 밤 비버 거리에서 무엇을 했죠?"

"일자리를 찾는 중이었어요."

이제는 법정의 모든 사람이 웃었고 판사는 뒷짐을 지고 판사석 뒤에서 서성거리며 그들을 노려보았다.

"그 시간에 거기서 어떻게 직장을 구하려고 했는지, 브라운 부인, 법정에 진술하기를 부탁드릴까요?"

"차를 타고 온 두 녀석이 어디서 직장을 구하면 되는지를 나한테 알려주었어요."

"서류 정리원 자리를요?"

"그래요. 도대체 댁께서는 무슨 다른 직장이었을 거라고 생각하시나요?"

법정에서는 요란한 웃음소리가 터져 나왔고, 보통 때는 근엄하던 입을 판사가 눈에 보일 정도로 움찔거리자 필로메나 브라운은 그 모습을 보고 자기도 웃기 시작했다.

"정숙하시오! 정숙하시오!" 서기가 소란스러운 소리보다 더 큰 목소리로 외쳤다. 그러나 그는 웃고 있었다.

지미 멀리건은 웃음을 터뜨리지 않으려고 입술을 깨물었다. "그럼, 브라운 부인, 나한테 사실대로 얘기하기를 바랍니다. 매음을 하다가 전에 체포된 적이 있나요?"

"그야 물론 없지요!" 그녀가 냅다 쏘아붙였다. "난 몇 번 이리로 끌려왔지만 번번이 풀려났어요. 한 번도 나한테서 혐의를 찾아내지 못했죠. 난 처음부터 누명을 뒤집어썼으니까요."

매음 행위

"몇 살이죠, 브라운 부인?"

"열아홉요."

이제 판사는 서성거리던 걸음을 멈추고 그의 의자 옆에 섰다. 그의 얼굴 표정은 애매해서, 미소와 무척 가깝기도 하고 무척 멀기도 했다. 둘째 줄의 노인들은 그것을 보고 웃음을 그치고는 그가 어떤 기색을 확실하게 나타내기를 기다렸다.

"그만하면 됐어요." 판사가 말했다. "난 당신을 알아요. 당신은 금년 들어서 벌써 일곱 번이나 여기 나타났는데, 아직 여름도 다 가질 않았어요. 내가 당신한테 맛을 좀 보여주죠." 그는 연단의 왼쪽 끝으로 가서 억세고 건장한 보호관찰관에게로 몸을 수그렸다. 그녀는 머리카락이 무척 짧았고, 음울해 보였다. 그녀는 다른 사람들처럼 웃지를 않았다. "저 여자 기록 좀 봅시다." 판사가 말했다. 남자처럼 생긴 보호관찰관이 기록을 그에게 올려준 다음에 그들은 얼마 동안 서로 귓속말로 얘기를 주고받았다.

"좋습니다, 브라운 부인." 연단 위에서 피고석 가까이 오른쪽으로 가면서 그녀에게 손가락질을 하며 판사가 말했다. "당신은 지난번에 이곳으로 끌려온 이후 아직도 집행유예 상태예요. 난 이젠 이런 일에 짜증이 나는군요."

"난 그곳으로 돌아가고 싶지 않아요, 재판장님." 창녀가 말했다. "거기 사람들은 날 싫어해요."

"당신은 돌아가야 해요. 그래요! 당신은 주에서 6개월 형을 받았어요. 아마 그곳에 가서 지내는 동안에 당신은 서류를 정

리하는 일을 배워 낮 시간에 일하는 직장을 찾을 수 있게 될
지도 모르죠."

그러자 모든 사람이 또다시 웃었다.

"거기다가 당신은 1년의 집행유예를 받아야 해요."

여자는 무거운 판결에 머리를 숙이고 말았다.

"아마 그곳에서 당신은 번듯한 직업을 익히게 될지도 몰라
요. 누가 알아요? 당신은 발레리나가 될지도 모르죠."

법정이 요란하게 웃었다. 판사는 이제 자신을 통제하기가
어려운 지경에 이르렀다.

"또 한 가지 부탁해요." 그가 말했다. "풀려난 다음에는 길거
리에 나가지 말아요. 교통에 방해가 되니까요."

그 말에 뒤이어 법정 전체가 어찌나 순식간에 웃음바다로
바뀌었던지 변호사 지미 멀리건은 손가락으로 눈에서 눈물을
닦아내야 했고, 머리카락이 짧은 보호관찰관도 미소를 지었
고, 심지어는 필로메나 브라운까지도 그녀의 마지막 영광의
순간을 장식하는 이 말에 웃고 말았다. 벌쭉 웃는 판사의 이
가 드러났고, 아주 예쁘장하고 눈이 깨끗하고 파란 이탈리아
소년 옆에 앉아 있던 랠프는 주체하지 못하고 마구 웃어대면
서 소년의 등을 열심히 두드렸다.

미니스커트를 입은 뚱뚱한 창녀를 보호관찰관이 법정에서
데리고 나간 다음 5분 동안이나 참으려고 애쓰는 웃음과 가
끔 코를 훌쩍이는 소리와 좌석에서 몸을 움직이는 소리가 났
다. 그러더니 그들은 다시 제자리를 잡았고, 판사는 다시 서성

거리기 시작했고, 법정 서기는 아주 간사하게 소매로 눈을 닦아내고는 무척 커다란 목소리로 말했다. "안젤리코 카르본! 안젤리코 카르본! 법정으로 나오시오!"

은밀한 공간

1

로드니가 깊은 생각에 몰두한 채로 천천히 마지막 몇 모금의 숨을 마시면서 맥주잔 가장자리 너머로 넘겨다보았더니, 벌써 생맥주 석 잔을 잽싸게 해치우고는 틀림없이 맥주가 더 나오리라고 확신하는 다른 흑인이 노골적으로 기대하는 눈초리를 보내며 앉아서 기다렸다. 로드니는 그의 시선을 못 본 체했다. 그는 입맛을 다셨다. 그는 빈 맥주잔을 탁자 위에 내려놓았다. "어디 다시 한 번 들어봅시다." 그는 수염을 무성하게 기르고, 맥주에 굶주리고, 좁은 칸막이 방의 맞은편에 앉아 이제는 강요하는 눈초리로 아직도 쳐다보는 흑인에게 말했다. "내가 제대로 다 기록했는지 검토를 하게요."

"나한테 맥주 좀 더 줄 생각 없어?" 흑인이 말했다.

"조금만 기다려요." 로드니가 말했다.

흑인은 생각을 해보았다. "난 또 갈증이 나. 또 한 잔 마셔야 되겠어."

로드니는 한숨을 짓고, 한숨을 짓는 자신의 처지를 생각해 보고는 짜증이 난 표정을 지은 다음에 마지못해서 손을 쳐들었다. 한참 후에야 여송연을 질근거리며 씹어대던 종업원이 그의 손을 보고는 카운터 뒤에서 허리를 굽혀 술잔을 씻던 동작을 멈추고 바의 동글 의자에 앉아 있던 여종업원에게 잔을 다시 채워주라고 머리를 끄덕여 지시했다. 그녀는 느릿느릿 몸을 일으켰다. 마침 한가한 날이어서 칸막이 안의 두 사람 말고는 손님이 하나도 없었다.

"자," 로드니가 말했다. "다시 한 번 들어봅시다."

다른 남자가 미소를 지었다. 그는 또다시 이긴 것이다. "이렇게 되는 거야." 그는 로드니에게 말했다.

탁자에 새로 가지고 온 맥주 조끼 두 개를 밀어놓는 웨이트리스를 로드니는 못 본 체했지만, 흑인은 말을 잠깐 멈추고 파란 옷 속에서 씰룩이는 그녀의 엉덩이를 쳐다보았다. 다시 담배를 꺼내 불을 붙이던 로드니는 그녀가 속치마를 입지 않았다는 걸 깨닫고는 거북한 기분이 들었다.

"그래서요?" 그가 말했다.

"이런 식이지." 흑인이 다시 말했다. "'왔다'란 무엇이나 제일 잘하는 걸 가리키는 말이야. '아삼삼하게 왔다' 하는 건 모두 '물건'이라 하고. 어떤 계집애들은 그걸 '말뚝'이라고 부르지만, 따지고 보면 다 똑같은 거지. 그리고 물건이 제대로 왔다는 걸 '쨍했다'거나 '번쩍한다'고 표현해."

"좋아요, 됐어요." 로드니가 말했다. "그건 이제 다 정리해놓았어요." 로드니가 다른 남자에 대해서 무척 짜증을 느끼기 시작한 까닭은, 마치 반짝거리는 황금빛으로 그의 기를 죽이려는 듯 맥주로 젖은 금니를 드러내며 자꾸 잘난 체하고 끊임없이 히죽이는 꼴이 못마땅해서였다. 로드니는 기가 죽지는 않았다. 그는 그런 식으로 생색을 내는 태도를 싫어했는데, 대부분의 관점에서 자신보다 열등하다고 여기던 윌리의 경우에는 특히 그러했다.

"내가 알아둬야 할 게 더 남았나요?" 로드니가 퉁명스러운 말투로 물었다.

"물론이지, 여보게." 윌리는 당연하다는 투로 천천히 말했는데, 그의 억양을 들어보면 맥주와 돈과 이성, 그리고 로드니의 능력이 절대로 미치지 못하는 다른 필수적인 요소들의 결핍으로 로드니가 핵심적인 교육의 모든 영역을 소홀히 하게 되었다는 암시가 짙었다. "잔뜩 남았지. 잔뜩 남았단 말씀이야."

"예를 들면 무엇이 남았죠?"

윌리는 맥주를 벌컥벌컥 들이켰다. "지난 주일에 클리블랜드에서 거창하게 열렸던 '로큰롤이 생각나요' 기념 음악회 얘기 알아?"

"아뇨." 로드니는 흥분했다. "거기 누가 왔었죠?"

"옛날 그룹들이, 재즈 연주자들이 몽땅 나왔어."

"무슨 특별한 사건이라도 있었나요?"

"물론이지!" 윌리는 다시 미소를 지었고 무척 유쾌해했다.

"뚱보 체커스는 나타나지 않았어. 계집년들이 난장판을 벌였을 테지만, 그나마 더티 리버스가 대신 자리를 채웠어. 그 친구가 무대에서 즉흥적으로 노래를 지어 불렀지. 세상에, 계집년들이 환장을 해서 미친 듯 날뛰며 야단들이더군."

"무슨 노래였는데요?"

"몰라."

"음반으로 출시했나요?"

"아직 안 했지. 즉흥적으로 만든 곡이니까."

"내가 확인할 방법이 없을까요?"

월리는 다시 미소를 지었다. "다른 평범한 녀석들이 하는 대로 이번 주일 〈소울〉지를 검토하지 그래. 관련 기사가 실렸을지 모르니까."

"난 그럴 시간이 없어요." 로드니가 말했다. "공부를 해야 하니까요."

"그렇다면 꼭 그럴 필요는 없어. 그냥 느긋하게 기다려봐."

로드니가 자리에서 일어났다. "그렇게 하죠." 그는 월리에게 말했다. "당신한테는 나중에 연락할게요." 그는 탁자에 2달러를 놓고는 나가려고 돌아섰다. 월리가 손을 뻗어 돈을 집었다. "그건 맥주값예요." 로드니가 그에게 조심을 시켰다.

"안다고." 월리가 말했다.

로드니는 문 쪽으로 걸어갔다. "느긋하게 기다려." 그는 등 뒤에서 월리가 하는 말을 들었다. 그는 뒤를 돌아다보지 않았다. 그는 월리와 아마도 여종업원, 그리고 심지어는 바텐더가 미소를 지으리라고 생각했다.

　도시의 이 지역에 오면 마음이 편하지 않기는 했지만, 로드니는 대학교로 차를 몰고 돌아가기 전에 얼마 동안 산책을 하면서 그가 들은 모든 얘기를 정리해봐야겠다고 작정했다. 로드니는 좁다란 옆길에다 차를 세우고는 문을 잘 잠가놓았으니, 길 양쪽에 늘어선 집들의 현관과 전신주와 쓰레기통 주변에서 빈둥거리는 남자들로부터, 그리고 호주머니 속에 깊이 감춘 손목시계와 지갑과 귀중품에서 풍겨 나올지도 모르는 냄새의 근원을 바람결에서 찾아내려고 신경을 곤두세우고는 눈을 희번덕거리며 납작하고 시커먼 코를 킁킁거리는 불량한 노숙자들로부터 자신이 비교적 안전하리라는 기분을 느꼈다. 그는 걸음을 더 서둘렀다. 등 뒤에서 그들의 시선을 느꼈고, 보도에서 솟아오르는 열기와 그 열기에서 풍기는 묵은 음식과 술과 오줌의 악취 한가운데서 무척 불편한 기분을 느꼈다.

　그가 어느 셋집 앞을 지나가려니까 잿빛 창백한 얼굴에 콧물을 질질 흘리는 두 소년이 깔깔거리며 어린 흑인 소녀를 놀리면서 쫓아다니느라고 층계를 바삐 오르내렸다. "꼬마 토미 터커 거지 같은 마더퍼커." 'motherfucker'는 '제 어미와 붙을 놈'이라는 욕으로, 터커의 이름과 운이 맞는 단어다. 한 소년이 노래를 부르듯 흥얼거렸고, 그들은 모두 웃었다. 로드니는 그것이 추잡한 소리이며, 두드러지게 다른 두 연령층 사이를 성스럽게 보호하는 경계선을 무너뜨리는 짓이라고 생각했다. 그러나 몇 발자국 더 걸어간 다음에는 그것이 무척 재치가 넘치는 표현이라고 생각했다. 그는 걸음을 멈추었다. 뒤를 돌아다보았다. 그리고 그 노랫말을 외우기 시작했다. 그러더니 조금 전의 창조적인 솜씨를 벌써 잊어버린 채 층계에서 아직도 장난을 치던 아이들에게로 되돌아 걸어가기 시작했다. 로드니가 그들에게 노래를 처음부터 끝까지 다 불러보라고 시키려는 순간에 옆구리가 터지고 몸에 꼭 끼는 까만 드레스를 입었으며, 몸집이 건장하고 머리카락이 짧은 흑인 여자가 셋집에서 나와 층계를 내려오더니 관능적으로 몸을 흔들면서 그에게로 왔다. 세 아이가 그녀의 뒤를 따라 오면서 저마다 그녀의 걸음걸이를 흉내 내고 웃었다. 그녀를 그가 막 지나치려니까 푸른 포드 자동차 한 대가 길모퉁이에서 그녀 앞에 멈추더니 운전석 창문에서 머리가 벗겨진 백인 남자가 무엇을 물어보려는 듯 덩치 큰 여자에게 몸을 내밀었다. 그녀는 걸음을 멈추고는 둥글고 뻣뻣하게 굳은 얼굴에 직업적인 초조감을 드러내며 남자를 빤히 쳐다보고는 물었다. "얼마 줄래?"

"10." 남자가 말했다.

"어림도 없어." 그녀는 단호하고 날카로우면서도, 아직은 제대로 밝히지 않았지만 어떤 조건들이 이루어지기만 한다면 자신이 가버리지 않으리라는 즐거운 가능성을 암시하는 태도로 몸을 돌리면서 말했다.

"12." 남자가 말했다.

여자는 잠깐 동안 로드니를 쳐다보고 나서는 몸을 내민 남자의 얼굴을 이글거리는 눈으로 빤히 들여다보았다. "좆이나 빨아!" 그녀가 태연하게 말했다.

"넌 그 이상은 값이 나가지도 않는 몸이야." 로드니와 아이들을 못 본 체하면서 남자가 말했다.

"어서 꺼져." 여자가 말하고는 자동차가 향한 쪽으로 천천히 육감적으로 걷기 시작했다.

"저 여자 속옷을 하나도 안 입었구나." 아이 하나가 소리를 질렀다.

"보지가 보이니?"

"그래." 첫 아이의 대답이었다. 그들은 모두 그녀를, 그리고 이제는 그녀의 뒤를 슬금슬금 따라가는 자동차를 쫓아서 뛰어갔으며, 그곳 무더운 길거리에는 로드니만 혼자 남았다. 그러나 그는 지금 더위나 악취나 빈둥거리는 남자들이나 심지어는 잘난 체하던 윌리의 태도까지도 신경을 쓰지 않았으며, 다만 공책을 가지고 있지 않기 때문에 이런 모든 내용을 머릿속에 암기하고 정리하는 데 어려움을 느낀다는 사실만이 마음에 걸렸다.

마침내 차로 되돌아가던 로드니는 오후의 차량들 한가운데서 걸음을 멈추고는 어느 길모퉁이에서 보수적인 복장을 하고 코코아처럼 피부가 갈색인 이슬람교도에게서 『무함마드의 말씀』을 한 부 샀다. 로드니는 흑인과 백인 노동자들을 잔뜩 태우고 퇴근하는 자동차들이 옆을 지나가는 동안에, 그 거래에서 무척 까탈을 부리면서 상대방을 대화에 끌어넣으려고 온갖 수단을 다 부렸다. "어떻게 해서 신자가 되었나요?" 그는 알코올이나 마약중독자처럼 아직도 그대로 눈이 충혈되어 있지만 기막히게 미남인 이슬람교도에게 물었다.

"우리를 찾아와서 직접 알아보도록 하세요." 혹시 지나가는 손님을 잃지나 않을까 걱정이 되어 이동하는 차량들을 쳐다보느라고 로드니에게는 시선조차 돌리지 않으며 남자가 말했다.

"이슬람교도가 된 것을 기쁘게 생각합니까?" 로드니가 물었다.

"형제여, 우리 모스크로 오면 알게 됩니다."

"줄곧 신문이나 팔고 있으면 따분할 텐데요."

로드니를 모욕해서 모처럼의 대화를 잃고 싶지가 않으면서도 동시에 상당히 짜증이 난 이슬람교도는 자기 자신과 타협을 이루어서 신문지를 옆구리에 꾸려 넣고는 두 줄의 차량 사이에 난 길거리로 나섰다. "형제여, 우리 모스크로 찾아와서 선지자의 입을 통해 모든 지식을 얻으시오." 그는 로드니에게 소리를 질렀다. 로드니는 몸을 돌려 자기 차로 걸어갔다. 주민들이 아직 건드리지 않아서 자동차는 안전했다. 그래도 그는 안전감을 느끼고 싶어서 쇠 지렛대로 벌려 연 흔적이 없는지 살피려고 문과 창문과 열쇠 구멍들을 확인해보았다.

2

"어디 갔었어?" 그가 아파트먼트로 돌아가서 문을 열자 린이 물었다. 다른 사람들과 함께 있으면 로드니가 항상 거북하게 느끼는 가장 편한 자세를 취하고 그녀는 책상다리를 하고 팬티를 내보이며 마룻바닥에 앉아 있었다. 그는 그녀가 일부러 그런 자세를 취하지나 않는지 의심했다. 그녀가 그럴 때마다 그는 방 안의 다른 남자들을 하나씩 모두 노려보는 버릇이 생겨났고, 그녀를 몰래 훔쳐보던 다른 사람들은 그가 감시한다는 사실을 깨닫고는 무언의 요구를 말없이 받아들인다는 뜻으로 눈길을 다른 곳으로 돌리고는 했다. 그럴 때마다 로드니는 항상 품위 있는 우월감을 느꼈다.

"다리를 내려놓아." 그는 그녀에게 말했다.

"왜?" 그녀가 말했다.

"감기 걸리겠어."

"보는 사람이 아무도 없어. 어디 갔었지?"

로드니는 그녀 위로 몸을 굽히고 내려다보았다. 그는 엄격한 표정을 지었다. 그는 집에서도 짜증이 날 때는 참지를 못했다. "소파에 가서 앉아." 그는 그녀에게 명령했다. "남들이 보는 데서 몸을 드러내는 건 백인 여자들뿐이야."

"얌전도 하셔라." 그녀가 말했다. "여긴 남들이 없어." 그러나 아무튼 그녀는 몸을 일으켜 소파에 비스듬히 누웠다.

"그러니까 훨씬 좋잖아." 코트를 벗으면서 로드니가 말했다. "그런 식으로 앉기가 소원이라면, 그 따위 소원은 내다 버리는 게 낫겠어."

"내 취향에 대해서 뭘 안다고 그러지?" 린이 말했다.

로드니는 아무 말도 하지 않았다.

"어디 갔었어, 우리 자아기?"

로드니는 아무 말도 하지 않았다. 그는 단둘이만 있을 때 그녀가 그렇게 부르는 호칭을 좋아하지 않았다.

"이러다간 저녁 식사가 늦어지겠어, 우리 자아기." 그녀가 다시 말했다.

"공부를 하러 나갔었어." 마침내 로드니가 말했다.

"무얼?"

"여러 가지."

"오늘은 토요일인데."

"그래서? 하느님은 학생들을 위해 토요일을 마련했어."

"헛소리 마." 그녀가 말했다. 그러더니 그녀는 말을 덧붙였다. "우리 자아기!"

"제기랄, 입 닥쳐." 로드니가 말했다.

"이래라저래라 하시는 건 우리가 결혼한 다음까지 미뤄두시지." 린이 말했다.

"그땐 망조가 드는 날이야." 로드니가 투덜거렸다.

"그래." 린이 말을 되받았다. "그땐 망조가 드는 날이겠지."

로드니가 쳐다보니 그녀는 미니스커트 차림이었지만 허벅지는 충분히 가렸고, 머리카락은 자연스러웠지만 약간 지나칠 만큼 뻣뻣했으며, 살갗은 밤색이었지만 손으로 만지거나 입과 팔과 다리에 닿으면 매끄럽고도 부드러웠고, 몸은 단단하고도 풍만했고, 젖가슴과 엉덩이는 무척 두드러져서 밤에 만지거나 그의 몸에 닿으면 역시 기분이 좋았다. 로드니는 밤에 어둠 속에서 하는 사랑이 좋았다. 그는 사랑을 하면서 내는 소리를 유난히 싫어했지만, 여자가 아무 소리도 내지 않으면 오히려 불안했다. 그가 지금 사랑을 할 만큼 방 안이 적당히 컴컴한지 어쩐지 살펴보려니까 전화가 울렸다. 린이 소파에서 움직이려고 하지를 않았기 때문에 그가 전화를 받았다. 전화를 걸어온 사람은 찰리 프랫이었다.

"어이, 어쩐 일이야?" 로드니가 말했다.

"대단한 건 없어." 찰리가 말했다. "이봐, 7시쯤에 저녁 식사를 준비할 수 있겠어? 9시에 계집애들이 몇 오기로 했는데, 맥주만 내놓을 수는 없잖아."

"서두르지 마." 로드니가 말했다. 그는 손목시계를 보았다. "린이 기분만 내킨다면 당장 준비할 수 있겠지." 그는 아직도 소파에 널브러져 있는 린을 힐끗 넘겨다보았다.

"좋았어." 찰리가 말했다. "이따가 만나."

로드니는 전화를 끊었다. "준비를 하려면 뭘 해야 하지?" 그는 린에게 물었다.

"아무것도 안 할 거야."

"치마라도 다른 것으로 갈아입을 수는 있잖아?"

"헛소리 마." 소파에서 머리도 들지 않으면서 그녀가 말했다. "이 치마도 훌륭해."

"적어도 머리를 빗거나 뭐 어떻게 할 수도 있을 텐데."

린은 그의 말을 못 들은 체했다. 로드니는 방 안의 어둠이 충분한지를 다시 살펴보기 시작했다. 그러는 사이에 그의 머리에는 더 훌륭한 묘안이 떠올랐다. 대신에 그는 면도와 목욕을 하려고 방을 나갔다.

요즘에 로드니는 모든 사람을 증오하는 버릇이 점점 더 심해졌다. 그러면서도 그는 아직 그런 사실을 스스로 인정하지 않았고, 어떤 사람들에 대한 그의 감정을 단순한 증오라고 믿으려고 하지를 않았다. 그는 그것이 머릿속에서 끊임없이 빙글빙글 돌아가는 동전처럼 양쪽에 표면이 있는 감정으로서, 혐오의 여러 단계라고 생각하기를 더 좋아했다. 그의 머릿속에서 그것은 때때로 위쪽을 드러내고 자빠져 어떤 친밀감을 나타냈으며, 어떤 때는 뒤쪽을 드러내고 누워서 어느 한 사람과 그의 태도에 대한 가벼운 불쾌감이나 심한 반발을 나타냈다. 그가 느끼기에 혐오감이란 거북할 만큼 편협한 마음에 가까웠다. 편협한 행동을 하는 사람이 너무 많다는 걸 알았기 때문에 로드니는 누군가를 철저하게 혐오하려고 하지는 않았다. 사실 상당히 빈번하게 그는 윌리를 엄청날 정도로 혐오했다. 그런가 하면 한편으로 가끔 그에게 약간의 경탄을 느꼈으며, 가끔 그에게 맥주를 사줌으로써 경탄의 뜻을 덧붙였다. 이런 시늉은 그런 희귀한 순간들을 그의 기억 속에 못 박아주는 지표 역할을 해서, 과거에 이런 지표를 충분히 여러 차례 심어두고 나면 그가 실제로 느끼는 감정과 윌리가 상상하는 그의 감정 사이에서 상당히 두꺼운 완충제 노릇을 했다.

윌리가 미소를 지으며 자기가 로드니에게 해주는 얘기가 어느 정도 훌륭하다고 생각하는 기미를 보이기 전까지는, 윌리와의 대화가 재미있었고 배울 바도 있었다. 윌리의 얼굴에서 그런 표정이 나타나는 순간 로드니는 더 이상 재미를 느끼지 못했다. 때때로 그는 짜증이 났으며, 어떤 때는 윌리가 미소를 짓고 자신만만해하고 아는 체하며 잘난 티를 내면 그를 미워할 지경에 이르렀다. 그는 린과, 그녀의 팬티와, '우리 자아기'라는 말투와, 짐작하기에 백인들 사이에서 너무 오래 살아서 몸에 밴 그녀의 방종한 태도에 대해서도 똑같은 기분을 느꼈다. 때때로 그녀는 그가 정말로 거북하고 두려운 감정을 느끼게 만들었다. 그는 샤워를 하면서 혼자 "우리 자아기, 우리 자아기" 소리를 했다. 그런 생각을 하다가 불현듯 찰리 프랫에 대해서도 자신이 똑같은 감정을 느낀다는 사실을 깨닫게 되었다.

프랫은 동전의 어느 쪽에도 해당되지 않았기 때문에 로드니는 거북함을 느꼈다. 그는 모두 흑인들의 노래이기는 하지만 리듬과 블루스가 약간, 재즈가 약간, 민요가 약간, 영가가 약간 해서 2천 장이 훨씬 넘는 레코드를 가지고 있었다. 찰리 프랫은 어딘가 달랐다. 그는 언어를 알았으며, 로드니가 평생 잊으려고 애쓰던 어휘들을 자랑스럽게 사용했다. 그는 기분 좋을 만큼 통통하게 살이 쪘으며, 흑갈색 머리에 턱의 양쪽으로 늘어진 칭기즈칸 콧수염을 길렀다. 그리고 몸을 움직이면 가끔 체구가 축 늘어졌다. 허리띠 위로 배가 튀어나오고 얘기를 하면 턱이 오르락내리락하던 프랫은 가끔 움직이지 않을 때도 몸이 축 늘어졌다. 수건으로 발의 물기를 닦아내면서 로드니는 서로 달라붙어 필사적인 전투를 벌이는 자신과 찰리의 모습을 머릿속에서 그려보았다. 로드니는 자기가 이기리라는 사실을 전혀 의심치 않았으니, 그는 날씬하고 민첩했으며, 재빨랐고, 혈통이 적자생존의 역사를 자랑했다. 더구나 찰리는 뚱뚱했다. 그는 몸을 쓰는 일이 전혀 없었다. 그에 대한 생각을 하다가 로드니는 찰리가 2천 장의 레코드 가운데 어느 판의 리듬에 따라서도 춤을 추거나 몸을 움직이는 것을 본 적이 없다는 사실을 깨달았다. 그는 찰리가 손가락으로 딱 소리를 내는 것도 단 한 번도 본 적이 없었고, 팔다리 이외에는 몸의 어느 부분도 스스로 움직이는 것을 본 적이 없었다. 그나마 그런 동작조차도 율동적이지 않고 부자연스러운 비척거림에 가까웠다.

로드니는 거울 앞에서 칫솔질을 하면서 재빠른 발장단을 맞추었다. 그는 자기 발을 보려고 거울에서 뒤로 물러섰다. 발장단을 다시 맞추지는 않으면서, 하얀 거품이 이는 칫솔을 아무렇게나 입에 문 자신의 모습을 보고 히죽 웃었다. 거품은 그의 입술을 하얗게 덮었다. 머릿속에서 곡조가 빠른 어느 노래를 되새기며 손가락으로 딱딱 소리를 냈지만, 발장단은 맞추지 않았다. 그리고 또다시.

3

"끝난 다음에 말이야," 돼지고기를 씹어대면서 찰리 프랫이 말했다. "어제 내가 구해온 걸 좀 들려주겠어."

로드니는 조심스럽게 입을 닦은 다음에 말했다. "이번에는 무얼 구했는데 그래?" 어떤 대답이 나올지를 미리 알면서 그가 물었다.

"로스코와 셜리의 고전이지." 찰리가 말했다. "우린 그걸 마이크필드의 뒷방에서 찾아냈어. 먼지가 잔뜩 덮인 고물들 속에 그냥 파묻혀 있더군. 그들이 가지고 있던 유일한 LP판인 것 같아. 세상에, 정말 희한한 걸 찾아냈지!" 찰리와 그의 아내는 함께 흐뭇한 미소를 지었다.

"그것 참 대단하구먼." 로드니가 말했다. 그러나 성의가 없는 말투였다.

찰리는 식탁에서 몸을 일으키더니, 화장실이 급해서 어쩔 줄을 모르는 사람의 동작에 훨씬 가까운, 일종의 조심스러운 춤을 추듯 큼직한 몸집을 이리저리 흔들기 시작했다.

"그 사람들 근황은 어때?" 린이 물었다.

프랫 부부는 함께 미소를 지었다. "여자가 레즈비언이라서 1952년에 갈라섰어." 아내가 말했다. 그녀는 명문 바서 출신이었다. 남편에게서 주도권을 빼앗을 때마다 그녀가 입을 얼마나 팽팽하게 오므리는지를 로드니는 항상 눈여겨보았는데, 로드니는 몇 차례 저녁 식사와 수많은 술좌석을 통해서 그런 일이 무척 자주 벌어진다는 사실을 눈치챘다. 그녀는 바서의 전통에 걸맞게 적극적이었으며, 남편과의 경쟁에서 누가 위에 서느냐 하는 시합을 무척 심하게 항상 벌이는 눈치였다.

"사실은 전혀 그렇지가 않아." 남편이 말했다. "〈난 그러고 싶어〉로 재미를 보게 된 다음에, 그러니까 1953년 이후인데, 로스코는 아무 여자하고나 닥치는 대로 바람을 피우기 시작했어. 어느 날 밤 아내는 젊은 계집과 호텔 방에 든 남편을 찾아내어 얼굴을 면도칼로 그어댔지. 그는 얼굴에 어찌나 상처가 심했던지 무대에 설 수가 없게 되었어. 재기하려고 시도하던 1964년에 뉴어크 무대에 선 그를 난 보았어. 아직도 면도칼 자국이 보이더군. 끔찍한 꼴이었지."

로드니는 바로크 음악에 대해서 아무것도 몰랐던 부족함을 메우려고 무척이나 애를 먹었던 1964년을 기억하고는 배속이 당기는 기분을 느꼈다. 이제 그는 그 방면을 환히 알았지만, 로스코와 셜리에 대한 얘기는 들어본 적이 전혀 없었다. "지난 주일에 '로큰롤이 생각나요' 기념 음악회가 클리블랜드에서 열렸어." 그가 말했다.

"그래." 찰리가 말했다. "뚱보 체커스가 나오지 못해서 참 섭섭했어. 하지만 더티 리버스가 기막히게 한 곡조 불러젖혔지. 세상에, 그것도 즉흥적으로 말이야! 그 친구 거의 두 시간 동안이나 불러대더군. 세상에! 계집애들이 발광할 지경이었는데, 다행히도 난 그걸 녹음을 해두었지. 계집애들이 무대로 마구 몰려들었지 뭐야."

"어떻게 녹음을 했어?" 이제는 슬그머니 구역질을 느끼며 로드니가 물어보았다.

"우린 몇 달 전부터 그 쇼가 열린다는 걸 알고 있었어." 페기 프랫이 말참견을 했다. "우린 그곳에 가려고 계획했지만, 바로 그날 밤 빌리지에서 애시 윌리엄슨의 익살극이 열렸지 뭐야. 우린 양쪽에 다 갈 수는 없는 처지여서, 클리블랜드에 사는 어떤 친구에게 전화를 걸어서 그 쇼를 녹음해달라고 부탁했어." 그녀는 잠깐 말을 멈추었다. "그거 듣고 싶지 않아?"

"아니." 약간 무뚝뚝한 말투로 로드니가 말했다. 그러더니 그는 말을 덧붙였다. "지금 당장은 그만두지."

"로스코와 셜리를 듣겠어?"

"아니."

"뱁티스트 그룹의 신곡도 구했어." 찰리 프랫이 말했다. "자유를 구가하는 신곡이 좀 들어 있지. 신나는 곡이 많아."

"난 그런 거 관심 없어." 로드니가 말했다.

"자네 쩽하지 않다 이거지?" 찰리가 말했다.

"그래." 로드니가 말했다. "그런 뜻이야."

4

그들이 맥주를 마시며 더티 리버스의 녹음을 듣고 있으려니까 다른 사람들이 또 들어왔다. 로드니는 너무 답답해서 발로 장단을 맞추지도 않고, 너무 긴장해서 프랫 부부가 장단을 맞추는지조차 신경 쓰지 않으면서 조용히 소파에 앉아 있었다. 린은 마룻바닥에서 책상다리를 하고 앉아 그녀가 가장 좋아하는 자세를 취했다. 마룻바닥에 앉은 린을 보고 의자에 앉

은 사람들을 지켜보려니까 로드니는 화가 났다. 두 명의 백인
인 프랫 부부가 클리블랜드에서 어떻게 녹음을 했는지 설명하
는 소리를 다시 듣게 되자 로드니는 그것 때문에도 역시 화가
났다. 그는 맥주 깡통을 비우고는 발과 소파의 팔걸이에 얹은
두 손으로, 사실은 박자가 맞지도 않는 둔하고 규칙적인 리듬
으로 음악에 박자를 맞추기 시작했다. 그러기는 하더라도 방
안에 흑인 남자라고는 로드니 혼자뿐이었으므로, 그들은 제
대로 리듬을 아는 사람이 오직 로드니뿐이라고 생각을 할 터
였다. 비록 그들이 느끼기에는 박자가 맞지 않는 듯싶어도 결
국에는 따라 하리라는 것을 그는 알았다. 수염을 기른 두 남
자는 린과 함께 마룻바닥에 앉더니 정말 그를 따라 했지만,
두 여자는 그들 나름대로 이해한 본디 박자를 고수했다. 어쨌
든 남자들을 관찰하면서 로드니는 힘에 대한 어떤 인식이 되
살아나는 기분을 느꼈다.

“맥주 좀 더 줘.” 그는 페기 프랫에게 말했다.

그녀가 방에서 나갔다.

“실컷 마셨을 텐데.” 린이 말했다.

로드니는 악의에 찬 눈길을 그녀에게 보냈다. “가만히 있어.”
그는 그녀에게 말했다. “그저 자기 할 일이나 하면서 가만히
있으라고.”

두 여자는 그를 쳐다보고 미소를 지었다. 그들의 데이트 상
대자들은 린을 쳐다보았다. 그들은 미소를 짓지 않았다. 더티
리버스는 이제 “어서! 어서! 어서!” 하며 신음을 하는 중이었

고, 로드니는 옆에 있는 어떤 사람보다도 자신이 음악에서 느끼는 바가 더 많아야 한다고 생각했다. 페기가 그에게 맥주를 새로 한 깡통 넘겨주는 사이에 가수는 "살려줘요! 살려줘요! 살려줘요!" 하며 소리를 질렀다. "저 계집애 왔다로구먼!"

여자들은 동의를 한다는 뜻으로 다시 미소를 지었다. 그들 가운데 하나는 마침내 로드니와 박자를 맞추기까지 했다. 린은 그를 쳐다보고만 있었다.

"환장하게 멋진 남자야." 박자를 따라 하는 여자가 말했다.

"누구보다도 감정이 더 깊지." 로드니가 말했다. "아무도 그를 범접할 수가 없어." 그는 소파에서 몸을 일으키고는 호주머니에 두 손을 찌르더니, 발은 움직이지 않으면서 천천히 묵직하게 엉덩이로 맷돌질을 시작했다. 두 손을 마주 쥐고 줄곧 녹음기 옆에 서 있던 찰리는 칭기즈칸 미소를 지었다. "사실은 말이야," 그가 무척 느리게 말했다. "내 생각에는 애시 윌리엄슨이 훨씬 훌륭한 것 같아."

"허튼소리 마." 로드니가 말했다. "윌리엄슨은 더티 리버스의 발치에도 가지 못해."

"리버스는 적응을 하지 못했어." 찰리가 말했다.

"무슨 소리야?"

"이제는 늙어버려서, 똑같은 걸 가지고 손질만 해서 자꾸 재탕을 하지. 윌리엄슨에게는 격조가 있어. 누구나 다 좋아하는 새로운 소리를 개발했지. 구식 사람들까지도 좋아하는 걸 말이야."

"뭘 안다고 그래?" 로드니가 말했다.

찰리 프랫은 미소를 지었다. "꽤 알지."

맥주가 더 나오고 토론이 한바탕 벌어진 다음, 증거로 삼아 윌리엄슨의 가장 오래된 레코드와 최신 LP판을 틀어보고 나서 투표에 붙이자는 결정이 났다. 프랫 부부는 둘 다 생각이 같아서 더티 리버스보다 애시 윌리엄슨이 훌륭하다고 했다. 마룻바닥에 앉은 두 남자가 그들의 의견에 동의했다. 그리고 여자 한 사람도. 그러나 깡마르고 검은 머리에, 로드니와 박자를 맞추었던 다른 여자는 리버스를 들으며 자랐고, 과거에도 그랬지만 지금까지도 리버스야말로 아주 훌륭한 재능을 지녔다고 철저히 믿는다는 의견을 피력했다. 그러나 로드니는 마음의 동요를 일으키지 않았다. 그녀는 뻐드렁니였고, 생김새에도 불구하고 고고한 태도를 유지하면서 데이트 상대의 비위를 맞추기 위해 드러내놓고 애를 썼다. 로드니는 린에게로 시선을 돌렸는데, 그녀는 아직도 밑을 드러낸 채 마룻바닥에 책상다리를 하고 앉아 있었지만, 로드니가 경고하는 눈초리를 사용할 필요가 없게끔 맥주 깡통을 벌린 두 다리 사이에 편리하게 놓았다. "그래, 넌 어떻게 생각해?" 보통 때의 버릇대로 그녀를 아래로 굽어보면서 그가 물었다.

그녀는 그를 올려다보았다. 조심스럽게 조금씩 맥주를 마시면서 그녀는 오랫동안 생각에 잠겼다. 방 안은 이제 아주 조용했고, 윌리엄슨의 레코드는 끝까지 다 들은 후였다. 들리는 소리라고는 린이 맥주를 천천히 마시는 소리뿐이었다. 그 소리가 로드니의 머릿속에서 지끈거렸다. 움직임이라고는 찰리 프랫이 고무처럼 축 늘어진 체중을 한쪽 발에 실었다가 다른 발로 옮겨 싣느라고 뒤뚱거리는 동작뿐이었다. 그것도 역시 로드니의 짜증을 돋우었다. "어때?" 그가 말했다.

린은 무척 조심스럽고 단정하게 깡통을 다시 두 다리 사이에 놓았다. "더티 윌리엄슨은 늙었어." 그녀가 말했다.

"도대체 그게 무슨 소리야."

"새로운 면이 없다 이거지, 우리 자아기." 로드니는 그 말투를 그녀의 의견을 물어보기 훨씬 전에 벌써 결정을 했다는 의미라고 받아들였다.

"말씀 한번 잘하셨어." 찰리가 말했다.

로드니는 그들 모두가, 심지어는 린끼지도, 심지어는 박지를 맞추던 못생긴 검은 머리 여자까지도 자기를 비웃는다고 생각했다. 그는 소파에 앉아서 입을 다물었다.

"그러면 여러분을 위해 이 몸이 로스코와 셜리의 신곡을 틀어주겠어." 찰리가 다른 사람들에게 말했다.

"그 여자 레즈비언 아니었나." 남자 한 사람이 물었다.

"절대로 그렇지 않아!" 찰리 프랫이 말했다.

로드니는 마음속에서 이제 다시금 동전을 돌리기 시작했다. 그는 점점 더 빨리 그것을 던져댔다. 얼마 후에 동전은 월리와 여송연을 질겅질겅 씹던 바텐더와 린과 특히 프랫 부부를 대상으로 삼아 빙글빙글 돌았다. 맥주를 다 마신 로드니는 동전이 돌기를 멈추었다는 걸 알게 되었다. 동전에서 그의 마음이 싫어하는 쪽, 그의 편협한 마음을 거의 폐쇄해두다시피 한 공간에 가까운 어딘가로부터, 그는 프랫 부부가 서로 다투면서 어느 유명한 영화배우가 자신이 혼혈아임을 알게 되자 부모를 고소했다는 애기를 다른 사람들에게 누가 해야 되느냐를 놓고 싸움을 벌이는 소리를 들었다. 그는 몸을 일으키고는 레코드가 벽을 따라 줄줄이 쌓인 곳으로 갔다. 레코드 더미들 사이로 이리저리 걸어 다니면서 그는 표면에 실린 모든 검은 얼굴과 뒷장에 실린 백인 디스크자키들과 백인 전문가들과 백인 매니저들이 늘어놓은 찬사를 모두 훑어보았다. 그러더니 그는 자기에게 동의를 한 검은 머리의 여자를 노려보기 시작했다. 그녀는 그의 시선을 피했다. 그는 린도 노려보았지만, 그녀는 아주 노골적으로 찰리 프랫에게 시선을 고정했다. 꼭 한 번 그녀는 그를 올려다보고는 "우리 자아기"라고 말하는 듯한 표정으로 미소를 지었다. 그러더니 다시금 눈길을 돌렸다.

로드니는 레코드로 이루어진 벽에 몸을 기대고는 호주머니에 두 손을 찌르고 입맛을 다셨다. 그러더니 말했다. "꼬마 토미 터커 거지 같은 마더퍼커!"

그들은 모두 그를 올려다보았다.

"뭐라고 그랬지?" 페기 프랫이 미소를 지으면서 말했다.

그는 그 말을 되풀이했다.

5

집으로 돌아가는 길에 로드니는 필요 이상으로 천천히 차를 몰았고, 무척 조용하고 아주 한적한 길거리에서도 교통신호를 지켰다. 린은 그에게서 멀리 떨어지려고 문에다 몸을 기대고 앉았다. 그녀는 다리를 꼬았다.

"오늘밤엔 정말 대단하셨어." 마침내 그녀가 말했다.

로드니는 다시 빨간 빛으로 바뀌는 신호등을 지켜보았다.

"파티에 생기가 돌게 만들어주었다 이 말씀이야."

로드니는 그와 빨간 신호등 사이에 있는 창문의 꼭대기에서 하얀 선을 그으며 흘러내리는 새똥을 자세히 살펴보았다. 아침에 그것부터 닦아버려야 한다.

"맥주를 많이 마시면 그런 본새을 드러낼 줄 알았어." 린이 말했다.

"어서 입 좀 닥쳐!" 로드니가 말했다. 그는 화가 나지 않았다. 그녀는 그의 생각을 방해했을 따름이었다. 그는 토요일의 평범한 시간이 오기 전에 월리에게 맥주를 사주고 얘기를 좀 더 들으러 가야겠다는 생각을 했다. 그는 애시 윌리엄슨의 LP판들을 자기도 수집해야겠다는 생각을 했다. 그는 린을 곧장 집으로 데려다주고는 나중에 그녀가 아무리 사과를 하고 그녀의 방이 아무리 컴컴하고 안전하고 자극적이더라도, 자기 것보다 훨씬 널찍한 그녀의 침대에서 그녀에게 사랑을 해주려고 함께 올라가지 않겠다는 생각을 했다.

새로운 터전

1

처음에는 우리가 가진 것들 가운데 생물이라고는 엘런이 가지고 와서 창틀에 놓아둔 화초 하나뿐이었다. 그러나 그것은 햇빛을 충분히 받지 못했고 공기가 너무 탁했으며, 그런 각도에서 어떻게 그런 일이 가능했는지는 하느님이나 알 노릇이지만 새가 똥을 싸 갈긴 다음에 오물이 묻은 잎사귀들은 건드리기만 하면 으스러졌기 때문에 닦을 수가 없어서, 잎사귀를 모두 따버려야 했다. 잭은 화가 잔뜩 났고, 나중에 와서 화초가 어떻게 되었는지를 본 엘런도 마찬가지였다.

"돼지 같은 두 사람이 도대체 왜 그걸 먹어치웠지?"

"그건 우리가 먹은 게 아냐." 내가 말했다. "우린 그걸 살리려고 했을 뿐이니까."

"살리다니!" 그녀가 말했다. "잎사귀를 잡아 뜯어서 어떻게 살린단 말이야? 어디 그 희한한 방법 좀 나한테 알려주시지."

나는 새가 잎사귀에다 어떻게 똥을 싸갈겼는지를 그녀에게 얘기해주려고 했는데, 잭이 나보다 먼저 그녀에게 선수를 쳤다. 그는 속옷 바람으로 마룻바닥에 앉아 있었다. 그는 아무것도 하지 않으며 거의 종일 그렇게 앉아서 시간을 보냈는데, 그가 엘런 못지않게 모든 일에 화가 많이 났음을 나는 알았다. "그까짓 일로 뭐 그렇게 떠들어 옆을 필요는 없어." 그는 그녀에게 말했다. "대마초나 뭐 중요한 건 아니었으니까. 형편없는 한 그루의 화초에 지나지 않잖아."

"난 씨를 심어 내 목욕탕에서 그 화초를 길렀단 말이야." 엘런이 말했다. "그런데 너희 두 돼지가 그걸 먹어치우다니."

"정말 잔소리도 잘하는구먼." 잭이 말했다. "잔소리를 하도 잘하니까 텔레비전에서 세숫비누를 파는 광고에 나오면 딱 어울리겠어."

"이러지 말고 진정해." 내가 잭에게 말했다. 엘런은 내 소유물이었고, 일단 그가 열을 올리면 오후 내내 그들이 다투기만 하면서 시간을 다 보내리라는 사실을 나는 잘 알았다. 그녀는 내 소유였고, 나는 그녀를 보호해야만 했다. 나는 창문으로 가서 화초를 밑으로 던져버렸다. 그러자 엘런은 나에게도 핏대를 냈고, 길고 갈색인 머리카락이 나부낄 정도로 바람을 일으키며 뚜벅뚜벅 문으로 걸어 나갔다.

"넌 정말 머리 한번 잘 돌아가는구나." 엘런이 문을 쾅 닫고 난 다음에 잭이 말했다. "대마초도 아닌 걸 가지고 뭘 그렇게 야단법석이야. 거지 같은 잎사귀만 한 덩어리뿐인데."

새로운 터전

"넌 엘런이 어떤 여자인지를 몰라서 그래." 내가 말했다.

"너도 모르기는 마찬가지야." 잭이 말했다.

그래서 우리는 마주 앉아 다음에는 무엇을 해야 할지를 궁리했다. 여름 한 철 내내 우리는 원하는 바를 무엇이라도 할 시간이 넉넉했으며, 그냥 계획만 세우면 그만이었다. 그러다가 이틀날 아침에 잭은 뉴포트로 가면서 수염을 기르기 시작하고, 노천에서 잠을 자고, 아무리 땀을 흘려도 돌아올 때까지는 세수조차 하지 말자는 제안을 내놓았다. 그의 얘기가 나에게는 사뭇 그럴듯하게 들렸고, 그날 밤 우리는 내 폭스바겐을 타고 길을 떠났다. 그러나 뉴포트에 도착하자 우리와 똑같은 생각을 하면서 몰려든 아이들이 백만 명이나 된다는 사실을 깨달았고, 우리는 하나같이 모두 똑같아 보였다. 지방경찰관들은 우리가 땅바닥에서 자도록 내버려두지를 않았다. 그들이 땅바닥에다 톱밥을 잔뜩 뿌려서 우리는 그 톱밥 속으로 다리를 무겁게 질질 끌고 돌아다니거나 그것을 집어 공중에 뿌리기도 하고 서로 상대방에게 던지기도 했다. 잭은 톱밥을 호주머니에 잔뜩 쑤셔 넣고 돌아와서 우리가 사는 집에다 뿌려 더 향긋한 냄새가 나게 하면 어떨까 하는 생각도 했지만, 경찰관들이 그것도 못하게 막았다. 주말에는 축제가 열렸고, 여러 작은 록그룹들은 진짜 오래된 흘러간 옛 노래인 〈만족할 줄을 모르겠네〉를 불렀다. 그러나 이 노래는 우리 좌석에서 백 줄쯤 까마득하게 떨어진 저 앞 무대 위에서까지도 관심을 끌었던 모양인지, 해안 지대에서 온 신진 그룹인 크리스토퍼 로빈과 스패로우스가 같은 노래를 불렀다. 그곳에서의 첫날 밤을 맞은 나는 환하고 하얀 야외 등불과 수많은 얼굴들을 두리번 거리며 살펴보았는데, 바로 내 옆에서는 코가 큰 유대인 여자가 관객석에 앉아 추위를 이기려고 담요를 뒤집어쓰고는 그 노래를 부르면서 훌쩍거리며 울고 있었다.

나는 잭을 쿡쿡 찔렀다. "어서 여길 떠야겠어." 내가 말했다.

"좋아." 잭이 말했다. 그는 나만큼이나 당장이라도 떠날 각오가 되어 있었는데, 우리가 기른 수염이 그곳의 다른 몇 사람들만큼 많이 자라지를 않은 상태였기 때문이다. 우리는 좌석을 떠났지만 잭은 잠시 어슬렁거리고 돌아다니며 같이 데리고 갈 여자를 둘쯤 구해야 되겠다고 생각했다. 나는 엘런과 화초를 생각했다.

"난 생각 없어." 내가 그에게 말했다.

"왜 싫어?"

"그냥 우리끼리만 여기서 떠나지."

잭은 억지를 부리거나 별로 잔소리를 하지는 않았다. 그는 그래도 별로 아쉬운 눈치가 아니었다.

우리는 신발 속에 들어간 멋진 톱밥을 좀 가지고 도시로 돌아왔다. 그러나 그날 밤 집에서 마룻바닥에 쏟아놓고 보니 톱밥이 흙과 너무나 똑같아 보였다. 그래서 우리는 그것도 내버려야 했다.

"거지 같은 세상이 다 한심해졌어." 잭이 말했다.

"왜 그래?" 내가 그에게 말했다.

"엘런하고 케이티를 불러서 한탕 뛰고 싶어?"

"혹시 네가 바란다면 그래도 좋아." 잭이 말했다.

"네가 필요하지 않다면 난 사실 생각이 없어."

"아냐. 난 필요 없어."

"네가 원하는 건 뭐지?"

"모르겠어." 잭이 말했다.

그는 항상 그런 식이었다. 그는 자기가 원하는 바가 무엇인지를 항상 몰랐다. 내가 원하는 바가 무엇인지를 나도 때로는 몰랐기 때문에, 항상 몰랐던 그를 나는 가끔 퍽 멋지다고 생각했다. 그러나 그가 평범하고 상당히 멍청하다는 생각이 들 때도 많았다. 예를 들면 아침에 옷을 제대로 입으려고 하지 않는 점이 그랬는데, 그는 다시 잠자리에 들 시간이 되기 전에 구태여 옷을 한 번 입었다 벗어야 할지 어쩔지를 결정하지 못해서 속옷 바람으로 온종일 얼쩡거리며 돌아다니고는 했다. 어떤 때는 정말로 묘한 경우도 있었는데, 그날 밤이 그러했다. 나는 그를 쳐다보았다. "이것 봐." 내가 말했다. "어쨌든 뉴포트 건은 헛것이었어. 우린 군중을 떠나 우리 나름대로 계획을 세워 바닷가로 올라가거나 뭐 그랬어야 해."

"그래." 잭이 말했다.

그는 팔베개를 하고 마룻바닥에 누워서 전등에 매달린 구슬 장식을 올려다보았다. 그렇게 일찍 돌아오게 된 것이 내 결정 때문이었으므로 나는 마음이 언짢았다.

"정말 계집년 하나 필요 없어?" 나는 그에게 물었다.

"계집년은 정말 필요 없어." 그가 말했다.

"마리화나 피우고 싶어?"

"싫어."

"자고 싶어?"

잭은 구슬 장식을 쳐다보기만 할 따름이었다. 마침내 그는 몸을 일으키더니 얼음 통으로 가서 맥주를 두어 개 가지고 왔다. 우리는 그것을 마시며 앉아 있었다.

정말이지 나는 잭을 잘 이해하는데, 내가 알기로는 원하는 바가 무엇인지 모를 때면 그는 항상 맥주를 마시며 곰곰이 따져본다. 우리는 2년이나 생활을 같이 했으므로 나는 그의 버릇에 익숙해졌다. 때로는 전혀 아무런 이유도 없이 그는 울적해지거나 풀이 죽었다. 우리가 무슨 일 때문에 재미있다고 웃어대거나 아니면 계집애들을 두엇 데려다가 놀고 있을 때, 어쩌다가 눈을 들어보면 잭이 순식간에 풀이 죽은 꼴을 보게 되는 경우가 많다. 요즈음 나는 내 일이나 걱정하겠다는 식으로 행동하며 흔히 그렇게 잘해나가지만, 그가 잔뜩 긴장했거나 맥이 풀렸거나 하는 꼴을 보면 어쩐지 마음이 편하지가 않다. 언젠가 그가 학교를 아주 그만두기 직전에 멀리 떠나버렸던 때를 나는 기억한다. 잭은 철학을 전공했고, 정말 생각도 많이 하고 책도 많이 읽었지만, 나중에 앞뒤를 한참 따져보더니 공부를 집어치웠다. 언젠가 책상에 앉아서 책장조차 넘기지를 않고, 심지어는 우리 두 사람이 다 잘 아는 어느 잘난 체하던 엉뚱한 계집애에 대해 내가 우스운 얘기를 해도 미소조차 짓지 않던 그를 나는 기억한다. 그것은 정말로 우스운 얘기였다. 그러나 잭은 내 얘기에 귀를 기울이지 않았다. 나는 얼마 동안 얘기를 중단했지만 그는 그런 사실조차 의식하지 못했다. 그래서 내가 말했다.

"어이! 이봐! 정신이 어디에 가 있지?"

그는 나를 쳐다보지도 않았다. 그는 책상 너머 벽을 멍하니 응시하기만 할 따름이었다.

"뭘 쓰고 있어?" 나는 더 큰 소리로 말했다.

"난 이 숙제를 할 수가 없어." 그가 마침내 입을 열었다.

"어째서?"

"주석이 너무나 많아. 내 사상을 적어 넣을 자리가 없어."

"그래, 네가 무슨 사상을 가지고 있길래?"

잭은 한숨을 지었다. "하나도 없지." 그가 말했다. "하지만 난 남들의 사상을 써먹고 싶지는 않아."

"그게 무슨 상관이야?" 내가 말했다. "뭐니 뭐니 해도 너한테 필요한 건 점수뿐인데."

"상관이 있지." 그가 말했다. "나한테는 상관이 있어. 난 점수 따위는 콧방귀도 뀌지 않아. 난 그저 내 사상으로 무엇인가 해보고 싶을 뿐이야."

"하지만 넌 아무 사상도 없잖아!"

"그게 뭐가 잘못이야?" 그가 딱 잘라 말했다.

"요상하니까, 그게 잘못이야."

"그래, 난 요상해." 그가 말했다. 그는 손바닥으로 책상을 세게

첬다. 그는 의자에 앉은 채로 험상궂은 얼굴을 나에게 돌렸다.

"그리고 또 이것도 잊지 마." 그가 말했다. "내가 생각에 잠겨 있는 게 눈에 보이면 방해하지 마."

그러고 싶으면 어디 다른 곳으로 가라는 말이 거의 튀어나올 뻔했지만, 나는 생각을 고쳐먹었다. 그때 나는 겨우 석 달 동안 그와 거처를 같이 썼던 사이였는데, 그가 진짜 미치광이라고 믿었기에 그를 자극하고 싶지 않았다.

"좋아." 잭에게 내가 말했다. "네가 바라는 바가 그것이라면 말이야."

"그랬으면 좋겠어." 잭이 말했다.

그래서 거의 2년 동안 우리는 그런 식으로 지냈다. 나는 언제 잭에게 얘기를 해야 하고 어떤 때에는 그를 가만히 내버려둬야 하는지를 알았다. 나는 그가 혼자 있고 싶어 하거나 말이 없을 때면 가만 내버려두어야 함을 알게 되었고, 그가 얘기를 하고 싶기는 하지만 먼저 말을 꺼내고 싶어 하지 않을 때에는 어떻게 얘기를 시켜야 하는지를 터득했다. 그러나 그날 밤 맥주를 두 깡통째 마시면서 구슬 장식을 올려다보며 마룻바닥에 널브러진 그를 보고 나는 톱밥의 땅 뉴포트를 떠나오자던 것이 내 제안이었으므로 책임감을 느꼈다.

"이러면 어떨까?" 나는 그에게 말했다. "다시 한 번 하자."

"무얼 다시 해?" 잭이 말했다.

"내일 뉴포트로 다시 가자고. 축제는 아직도 계속되는 중이고, 무슨 새로운 그룹이 왔을 거고, 여자들은 언제라도 수두

룩하니까."

"난 다시 가고 싶지가 않아." 잭이 말했다. "거기 가면 마음에 걸리는 게 있어."

"하지만 너 오늘 밤엔 신이 나지 않았어?"

"그건 오늘 밤 얘기지. 나는 다시 가고 싶지가 않아. 내일은 다른 것들이 나타나겠지만, 장소는 그대로야."

"넌 새로운 곳이 필요하구나. 네가 원하는 게 그거지?"

"그래." 그가 말했다. "내가 원하는 건 그거야. 새로운 터전."

나는 새로운 풍경을 생각해보았다. 나는 찾아갈 만한 새로운 곳을 무척 열심히 생각해보았다. 그러나 소용이 없었다. 우리가 가보지 않은 곳이 없기 때문이었다.

"속수무책이야." 얼마 후에 내가 말했다. "우리가 찾아갈 만한 곳은 하나도 남지를 않았어. 비행기를 타고 가기 전에는."

잭은 마룻바닥에 일어나 앉느라고 팔 옆에 놓아두었던 맥주 깡통을 쳐서 쓰러뜨렸다. 그는 미소를 지었는데, 무슨 묘안이 그의 머리에 떠올랐음을 나는 알았다.

"브라이언 딜워스는 숲 속에 집을 하나 가지고 있어." 그가 말했다. "뉴햄프셔 위쪽인데, 어디인지 내가 알아. 지난해 겨울을 난 그와 함께 거기서 지냈으니까. 숲 속에 자리 잡은 기막히게 근사한 곳이야. 숲으로 한참 들어가야 하는데, 걸어서 가야만 하는 곳이니까 틀림없이 비어 있을 거야."

"너 돌았니, 잭?" 내가 말했다. "우리가 숲 속에서 무얼 한다는 얘기야?"

"그냥 가서 빈둥거리는 거지."

"내 생각엔 엘런과 케이티가 그런 곳은 좋아할 것 같지 않아." 내가 말했다. "케이티가 자네하고 화해를 했다고 쳐도 말이야."

"그년들 알게 뭐야." 잭이 말했다. "어쨌든 우린 계집애들을 데리고 갈 것도 아닌데. 여자들이란 일을 망쳐놓기만 해."

"그럼 밤에는 무얼 할 생각이지?"

"그냥 빈둥거리지."

"그것 참 기막히구면, 재키." 내가 말했다. "멍하니 앉아서 귀뚜라미들이 밤새도록 수작 부리는 소리를 듣고 싶은 사람이 어디 있을까?"

"그럼 너도 그만둬." 그가 말했다. "난 혼자 갈 테니까."

그러나 나는 그가 혼자 가지는 않으리라는 사실을 알고 있었다. 나는 잭을 그 정도는 알았다. 그는 다른 얘기는 하나도 하지 않았고, 그냥 마룻바닥에 누워서 무엇을 가지고 가야 할지를 혼자 입속에서 웅얼거리기만 했다. 그는 나를 쳐다보지도 않았고, 내가 졌다고 하면서 같이 가겠다는 얘기가 나오기만 기다렸다. 그러나 나는 그래야 할지 어쩔지를 알지 못했다. 미치광이하고 숲 속에 처박혀 지내기를 좋아할 사람은 아무도 없을 텐데, 나는 잭이 이즈음에 날이 갈수록 머리가 점점 더 이상해진다는 생각을 하던 참이었다. 그렇지만 그가 돌아올 마음이 내키기 전에 뉴포트에서 내가 그를 끌고 돌아왔으며, 자기하고 같이 가지 않겠다면 그 일로 그는 내가 죄의식을 느끼게 할 게 빤했다.

"네가 안 간다면 폭스바겐을 내가 끌고 가도 되겠지?" 마룻
바닥에서 그가 불쑥 물었다.

"난 내 차가 시골길을 돌아다니는 걸 좋아하지 않아." 나는
그에게 말했다. "고장이라도 나는 날이면 넌 혼자 그걸 끌어낼
재주가 없을 거야."

"그렇다면 좋아. 난 걸어서 갈 테니까."

"너 진짜 미쳤다는 거 알아?"

"뭐가 어쨌다고 그래?" 잭이 말했다. "난 걸어가겠어."

뉴포트 건은 역시 내 잘못이었다. 나는 죄의식을 느꼈다. 잭
은 나를 가지고 놀면서 기다리는 중이었으며, 어쩔 도리가 없
었던 나는 팻대가 났다. 나는 그에게 꼼짝도 할 수가 없었다.

"좋아." 나는 그에게 말했다. "가도록 하지. 하지만 벼락을 맞
는 한이 있어도 난 운전은 하지 않겠어."

잭은 나를 넘겨다보고 미소를 지었다.

2

우리는 이튿날 아침 일찍 출발했다. 잭은 내 차를 몰면서
유료도로로는 가지 않겠다고 고집했다. 그는 나를 자극해서
내가 화를 내어 무슨 말을 하게 만들려고 했지만, 그의 속셈
을 빤히 알았던 나는 느긋하게 굴었다. 그러나 노새가 끄는 차
가 앞에서 늑장을 부리는 동안 좁은 길을 한참 내려간 다음

에 나는 모험을 하기로 작정했다.

"이봐." 내가 말했다. "이러다가는 거기까지 가는 데 적어도 일곱 시간은 걸리겠어. 제발 억지는 부리지 말고 유료도로로 가자고."

"억지 부리지 않고 유료도로로 가고 싶다면 좋을 대로 해." 그는 나에게 말했다. "하지만 내가 차를 모는 한 우린 끝까지 그냥 갈 거야."

"우리가 쓰게 될 휘발유 생각도 해야 하잖아?"

"그래서?"

"그리고 이 길로 가면 시간도 많이 낭비할 거야."

잭은 잠깐 동안 생각에 잠겼다. 나는 그가 드디어 말귀를 알아듣는 모양이라고 생각했다. 그러자 그가 말했다. "그건 네 생각이지."

"좋아." 내가 말했다. "네 말대로 하지. 하지만 더 드는 휘발유 비용은 난 한 푼도 내지 못하겠어."

잭은 차량들이 달리는 길의 한가운데서 갑자기 브레이크를 밟았다. 나는 다행히도 안전띠를 채우고 있었다.

"내려." 그가 나에게 말했다.

"도대체 그게 무슨 소리야?" 자동차들이 우리 뒤에서 경적을 울려댔다.

"어서 차에서 내리기나 해." 그는 입을 꽉 다물고 차의 앞쪽만 노려보았다.

"벌써 이 염병할 놈의 숲으로 한참 들어왔잖아."

새로운 터전

"그런 걸 내가 알 게 뭐야. 당장 내려서 공차라도 얻어 타고 돌아가."

"억지 부리지 마." 나는 잭에게 말했다. "차를 길옆으로 대기라도 해."

"억지 부리는 사람은 하나도 없어." 그가 말했다. "난 한심한 기분이 들어. 내려!"

나는 그냥 앉아서 잭의 얼굴을 쳐다보았다. 그의 얼굴은 흥분해서 붉어지고 있었고, 양쪽 코가 숨이 차다는 듯 무척 빨리 벌름거렸다. 나는 그의 옆자리에 앉아서 꼼짝도 하지 않았다. 내 자동차였기 때문이다. 이제는 더 많은 차들이 빵빵거렸지만, 잭은 운전대를 움켜잡고 텅 빈 길을 유리창으로 내려다보면서 그냥 앉아서 버티기만 했다. 그때 나는 속이 한장할 지경으로 부글부글 끓었지만, 잭은 나를 차에서 몰아낼 구실이 생기기만을 기다렸고, 그와 싸우기가 싫었던 나는 계속 느긋하게 버텼다. 어떤 경우라도 나는 그와 싸우고 싶지 않았다. 미친 사람하고 싸워서는 이길 도리가 없기 때문이었다.

내가 차에서 내리거나 자동차가 출발하기를 기다리며 우리는 말없이 앉아 있었다. 정말로 팽팽한 순간이었다. 나는 미친 사람의 손에 내 차를 맡기고 내릴 생각은 없었다. 그래서 침착하고 안전하게 행동하며 사과라도 할 생각을 하고 있으려니까 돼지처럼 생긴 짐차 운전수가 오더니 잭이 앉은 쪽의 차창으로 몸을 들이밀고는 말했다. "자네들 커피는 얼마나 더 오랫동안 마시면서 휴식을 취할 거야?"

"우린 커피가 없어요." 잭이 그에게 말했다.

"나도 그래." 돼지가 말했다. "사실 내가 가진 것이라고는 저기 너무 익은 복숭아 한 트럭뿐이야. 하지만 자네들이 커피도 없이 여기 주저앉아 버틴다면, 이왕 트럭도 움직일 수 없으니까 자네들한테 복숭아나 좀 먹여줄까 하는데."

"고마워요." 잭이 그에게 말했다.

트럭 운전수는 꼭 무엇을 후려쳐야만 직성이 풀리겠다는 듯 자동차의 지붕을 두 손으로 두들겼다. 그러더니 그는 차 안으로 손을 넣어 잭의 팔뚝을 움켜잡았다. "좋아, 이 똑똑아." 그가 말했다. "어서 길에서 비켜. 5초 동안 시간을 줄 텐데, 그 안에 비켜서지 않으면 네 턱에서 그 털을 한 번에 한 가닥씩 뽑아주겠어!" 그는 투박한 바둑무늬 셔츠를 입었는데, 벌어진 가슴팍에서는 셔츠 밑의 무성하고 붉은 털이 당장 터져버리기라도 할 것처럼 아주 빨리 오르락내리락했다.

"그러지 마, 재키." 내가 말했다. "말썽을 당하고 싶지는 않아. 어서 가."

"정신 좀 차려, 이 녀석아." 트럭 운전수가 말했다. "너희 어린 애송이 녀석들은 어쨌든 맛을 좀 봐야 해. 자네들이 인간이 아니라고 내 친구와 내기를 걸었으니까, 아무튼 너희 녀석들이 피를 흘리는 꼴을 좀 봐야 되겠어."

여전히 운전대에 두 손을 얹고 있던 잭이 갑자기 차를 전속력으로 내몰았다. 돼지 같은 트럭 운전수가 그토록 빨리 잡아빼지 않았더라면 발이 바퀴에 깔렸으리라. "엿 먹어라!" 그는 창문으로 트럭 운전수에게 소리를 질렀다. 그는 왼쪽 손으로 삿대질을 하다가 자동차의 균형을 잃을 뻔했다. 나는 아무 소리도 하지 않을 만큼은 지각이 있었다. 나는 잭이 이제는 지각을 잃어가고 있음을 깨달았다. 그러나 그는 뒷길을 벗어나 유료도로로 올라가는 곳에 이를 때까지 시속 120킬로미터를 유지할 만큼은 지각이 있었다. 돼지 같은 트럭 운전수는 정말로 기를 쓰며 우리 뒤를 따라왔지만 아무 소용이 없었다. 우리는 훨씬 앞장을 섰고, 유료도로로 올라선 다음에도 잭은 120킬로미터를 유지했다.

"어이, 좀 천천히 몰아." 나는 그에게 말했다. "이렇게 빨리 가다가는 무얼 들이받겠어."

잭은 내 말을 못 들은 체했다. 그러더니 얼마 후에 말했다. "알 게 뭐야. 넌 왜 걱정을 하지? 어쨌든 이 차는 보험에 들었잖아. 넌 무슨 일에 대해서도 부담을 질 필요가 없어."

"난 걱정이 돼." 내가 말했다. "난 아직 차값을 다 내지도 않았어."

잭이 미소를 지었다. "그 걱정은 왜 또 하지? 보험회사에서 해결해줄 텐데 말이야."

그러나 얼마 후에 그는 결국 무리가 없는 90킬로미터로 속력을 늦추었다. 우리는 편안하게 자리를 잡고 얼마 동안 차를 몰았고, 아무 얘기도 주고받지 않았다. 나는 할 얘기가 아무것도 없었다. 나는 우리가 돌아가자마자 그 거지 같은 아파트먼트에서 이사를 나갈 생각만 했다.

3

첫날 저녁은 숲 속이 참으로 아름다웠다. 연못의 물은 너무 탁하고 벌레가 많아서 마실 수가 없었기 때문에 우리는 따로 샘을 찾아야 했다. 잭은 그 일을 무척 좋아했다. 우리는 해가 지기 직전에 숲으로 들어갔고, 땅바닥의 모든 잎사귀는 나무들 사이로 흘러 들어오는 하얗고 붉은 광선을 받아서 실제보다 더 갈색이거나 빨갛거나 푸르게 보였다. 낙엽을 밟고 걸으면 상쾌한 소리가 났다. 사실 그 소리가 어찌나 좋았던지 우리는 물을 별로 열심히 찾지도 않았다. 우리는 그냥 여기저기 돌아다니면서 잎사귀를 밟는 우리의 발자국 소리에 귀를 기울였다. 심지어 나는 잭이 약간 좋아지기까지 했다. 그러면서도 나는 돌아가기만 하면 당장 이사를 나갈 생각을 했다. 곧 잭은 작은 개울을 하나 찾아냈고, 우리는 깨끗하고 검은 돌멩이들 위로 맑은 물이 흘러내리는 곳까지 개울을 따라가서는 벌레가 한 마리도 들어가지 않게 물을 병마다 채웠다.

오두막으로 돌아가던 길에 잭이 나에게 말했다. "오늘 일은 정말 미안해, 조. 괜히 핏대가 올라서 그런 거야."

"잊어버려." 내가 말했다.

"난 일부러 무슨 시비를 걸고 싶은 생각은 없었어."

"그런 거 생각하지 마." 내가 말했다.

"난 세상에서 누구보다도 너하고 더 가깝게 느끼니까, 네가 나한테 나쁜 감정 갖지 않았으면 좋겠어. 내가 어떤 놈이냐 하는 것에 대해서 말이야."

날이 저물었고, 숲은 이제 별로 아름답지가 않았다.

“오두막으로 돌아가지.” 내가 말했다.

“나한테 나쁜 감정을 품지는 않았겠지? 안 그래, 조?”

“절대로 안 그래.” 나는 그에게 말했다. “하지만 오두막으로 돌아가야지.”

해가 지자 오두막 안이 갑자기 무척 추워졌기 때문에 우리는 난로와 벽난로에 쓸 나무를 잘랐다. 잭은 나무를 혼자 다 자르겠다고 고집을 부리면서, 내가 나무를 조금이라도 자르거나 심지어는 오두막으로 운반하지도 못하게 막았다. 그는 장작 통이 둘 다 가득 찬 다음에도 땀을 흘리면서 일손을 멈추려고 하지를 않았다. “제발 노새처럼 고집부리지 마.” 오두막 문간에서 나는 그에게 말했다. “그만하면 됐어. 우린 여기서 하룻밤만 지낼 거야. 딱따구리들이 쪼아댈 나무를 좀 남겨둬야지.”

“난 이 일이 좋아.” 잭은 나에게 마주 소리를 지르며 도끼를 머리 위로 잔뜩 휘둘러 통나무를 힘차게 내려쳤다. 그는 통나무를 쪼개지 못했는데, 그것은 힘든 일이었다.

“하지만 우린 그거 다 필요 없어.”

“난 필요해.” 잭이 말했다.

“무엇 때문에?”

“나를 위해서.”

나는 그를 말릴 수가 없었고, 결국 오두막 안으로 다시 들어가서 크고, 녹이 슬고, 낡은 배불뚝이 무쇠 난로에다 불을 지폈다. 나는 내 보따리에서 콩을 한 깡통 꺼내 열고는 잭에 대해서 생각했다. 무엇인가 항상 그의 내면을 파먹어 들어가고 있었으며 나는 그것이 나에게서 연유한 것은 아님을 알았다. 어떤 사람과 거의 2년을 살고 나면 그가 무슨 생각을 하며, 그를 괴롭히거나 그러지 않는 원인이 무엇인지는 알게 된다. 엘런이나 나하고 같이 지내는 일이 잭의 마음에 부담이 되었다고는 생각하지 않는다. 그리고 케이티도 아니었다. 그는 그녀에게 전혀 관심조차 쓰지 않았으니, 너무 바보 같아서 데리고 놀면 기분이 좋아졌기 때문에 가까이 했을 따름이다. 나는 그 정도는 알았다. 그러나 그 이외에 또 무엇이 있는지는 알지 못했다. 바깥에서 잭은 아직도 나무를 팼고, 날이 아주 어두워졌다. 나는 나무를 자를 까닭이 없음을 알았지만 말리려고 나갈 생각은 하지 않았다. 사람은 저마다 제멋에 따라 산다. 잭은 이제 그의 멋을 발휘하는 중인데, 무엇인지는 몰라도 거기에는 그를 위해 무언가 좋은 점이 있었다.

그는 나중에 장작 세 아름을 안고 들어왔다. 오두막은 난로로 따뜻했으며 그는 수염과 이마가 땀으로 젖었다.

"여기서 겨울을 나도 되겠구먼." 내가 그에게 말했다. "아무튼 이제 장작은 넉넉하니까."

그는 커다란 벽난로 옆 무더기에다 마지막 한 아름을 쏟아놓고는 돌아서서 나를 쳐다보았다.

"우린 여기서 겨울을 나도 되겠어." 그의 등 뒤에 있는 벽난로에서 시멘트로 이루어진 부분에 쌓인 높다란 장작 무더기를 머리로 가리키며 내가 다시 말했다. 나는 침묵을 거북하게 느꼈기 때문에 그가 미소를 짓거나 적어도 무슨 얘기를 하도록 만들 방법을 찾아내려고 애썼다. "저렇게 많으니까 그래도 되겠어."

"그렇게 될지도 모르지." 그가 말했다.

"우린 엘런하고 케이티, 아니면 덩치 큰 수전 슬루스먼을 데리고 오면 되겠어. 수전은 요리하기를 좋아하지. 자네는 겨우 내 장작을 패고 수전은 요리를 하고, 그러는 동안에 엘런과 나는 줄곧 재미를 보고."

"네가 하는 생각이라고는 재미를 본다는 거뿐이구나, 안 그래?"

"그래." 내가 말했다. "그러면 넌 숙제의 주석이나 다른 사람들에 대한 걱정만 항상 하면서 지낼 필요가 없어지지. 심지어 넌 다음에 무엇을 할지 걱정을 하거나 학교를 중퇴하는 것에 죄의식을 느끼지 않아도 될 거야. 넌 줄곧 장작만 패면 되니까."

"그거 정말 좋겠구나." 잭이 말했다.

"물론 이렇게 숲으로 깊이 들어왔으니까 대마초나 산酸LSD의 별명은 구할 길이 없겠지. 기껏해야 비행기 접착제나 추출물 이상은 기대하기가 어려울 거야. 하지만 우리가 무엇을 구하든지 간에 여긴 정말 한 번쯤 찾아오기에는 기막힌 곳이야."

"난 아무튼 산은 당분간 손을 대지 않을 생각이야." 그가 말했다. "환각 여행은 신물이 났으니까."

"저런." 내가 말했다. "그건 진담이 아니겠지. 어떻게 살아가려고 그래?"

"나무를 자르겠어."

"난 그저 장난삼아 해본 소리야." 내가 말했다. "여긴 하룻밤 쯤 보내긴 괜찮은 곳이긴 하지만 정말로 눌러앉는다면 한심하 겠지."

"그래도 난 여기가 좋아." 잭이 말했다.

"아무튼 내일 아침에는 여길 떠난다는 거 잊지 마."

"그래." 그가 말했다. 그러더니 그는 벽난로 앞에 쪼그리고 앉아 가장 작은 쏘시개로 불을 지피기 시작했다. 나는 그를 지켜보았다. 그런데 그는 우리가 가지고 온 라이터 기름조차 사용하지 않았다. 그는 데이비 크로켓^{미국의 서부 개척자}처럼 성냥 으로 불을 붙이려고 애를 썼다. 소용이 없는 일이었지만 그는 자꾸만 그어댔고, 성냥개비가 장작에 불이 붙기 전에 다 타버 리는 것을 지켜보았다. 그를 쳐다보고 있자면 정말로 속이 뒤 집힐 노릇이었다. 그러나 내가 기름을 사용하라고 제안하면 무슨 시비를 걸려고 그가 기다리고 있다는 걸 나는 알았다. 나는 그를 구경만 했다. 우리는 이제 벽난로도 필요가 없었지 만 그는 개척 시대의 장난을 계속했다. 나는 우리가 돌아가면 짐을 꾸릴 때가 왔다는 걸 깨달았다.

4

우리는 콩으로 식사를 하고 난 다음 불가에 널브러져 시간을 보냈다. 나는 다시 잭에 대해 좀 걱정이 되기 시작했다. 여름이 오기 전의 지난 몇 달 동안과 그가 갑자기 사람들을 멀리하고 케이티와도 관계를 끊었던 일들에 대해서 생각했다.

그는 그녀와 잘 지내왔다. 케이티는 진짜 노예처럼 처신했다. 그녀는 그를 위해 요리나 빨래나 아파트먼트 청소나 심지어는 샌들을 깁는 따위의 온갖 궂은일을 다 했다. 진짜 노예처럼. 그리고 잠자리에서도 그에게 잘해주었다. 그들이 내는 소리를 들어보면 그녀는 틀림없이 엘런보다 솜씨가 훨씬 좋았다. 때때로 밤에 잭의 방에 와서 그녀가 자고 갈 때면 귀를 기울일 만한 멋진 소리들이 많이 났다. 그들은 정말로 신나게 즐겼으며, 솔직히 얘기하겠는데, 나는 가끔 그들이 일을 치르는 소리를 들으면서 잭을 조금은 부러워하기도 했다. 그리고 옆방 내 침대에 누워서, 엘런이 어느 정도나 따라갈 수 있는지만 알아보기 위해서라도, 기분 전환으로 케이티를 어떻게 해보는 것도 좋으리라는 생각을 수없이 많이 했다. 그러나 잭이 또 괴상한 짓을 벌여 일을 개판으로 만들어놓았기 때문에 그런 기회를 전혀 얻지 못했다.

그는 케이티가 피임약을 사용하지 못하게 했다. 그는 모든 일이 '자연스럽고' 단순해야 한다고 무척 까다롭게 굴었다. 그는 그녀가 본디 모습 그대로이기를 바랐다. 물론 케이티에게는 그런 얘기가 먹혀들지를 않았고, 엘런과 나에게도 마찬가지였다. 그러나 잭은 그녀가 자기 것이니까 자기가 뜻하는 대로 되어야 한다고 우겼다. 자연스러운 방법으로. 그러자 케이티는 매달 때가 오면 나타나지 않게 되었다. 그래서 잭은 정말로 핏대가 올랐다. 그는 단지 자기에게 그럴 능력이 있는지를 알아보려는 목적에서 그녀를 임신시키려고 하는 듯싶었다. 그는 자기가 진짜로 머리가 좋고 똑똑한 인간이라고 생각했던 모양이지만, 그녀가 정말로 임신을 한다면 그가 그녀와 결혼하지 않으리라는 사실을 우리는 모두 알고 있었다. 케이티도 역시 그렇게 알았고, 잭을 정말로 좋아하기는 했어도 만일 그가 하느님 장난을 집어치우지 않는다면 그와 관계를 끊겠다고 우리에게 말했다. 그러나 잭은 물러서려고 하지를 않았고, 얼마 안 가서 우리는 케이티가 어떤 너절한 검둥이 녀석을 꿰어차서 같이 자고 돌아다닌다는 소문을 듣게 되었다. 그 얘기에 잭은 정말로 신경이 곤두섰다. 그가 멍하니 누워 생각에 잠기고 마침내 학교를 때려치운 것은 이 무렵의 일이었다.

지금 불가에 널브러져서 벽난로 위에 걸린 커다랗고 먼지투성이인 큰 사슴 머리를 올려다보는 그의 모습을 보니, 그를 답답하게 만든 원인은 과연 무엇이며, 무엇하러 혼자 그가 숲 속으로 나오려고 했는지 궁금한 생각이 내 머리에 떠올랐다.

"이봐, 잭?" 내가 말했다.

"응."

"솔직하게 얘기해줘."

"뭘?"

"너 동성애 하냐?"

"뭐라고?"

나는 침을 꿀꺽 삼키고 몸을 도사린 다음에야 그 말을 되풀이할 수가 있었다. 나는 그가 나에게 덤벼들리라고 생각했다. "자네 동성애에 빠지는 시기에 접어든 거 아냐?"

그는 대답을 하지 않았다.

"자네가 그러는 거 나는 조금도 개의치 않는다는 사실을 믿어주기 바라. 누구나 다 원하는 대로 인생을 살아갈 권리는 있으니까."

"내가 그렇다면 어쩌겠어?" 그가 말했다. 그는 아직도 큰 사슴 머리에서 눈을 떼지 않았다.

"난 그저 알고 싶었을 뿐이야."

"아마 그럴지도 몰라." 그가 말했다.

나는 팔로 머리를 버티고는 불을 들어다보았다. "그러면 기분이 어때?"

"모르겠어. 난 그저 아무것도 느끼지를 않을 뿐이야. 난 아무것도 원하지를 않아. 난 존재하지도 않는 듯한 기분을 항상 느껴."

"그건 정상적이야." 내가 말했다. "마지막으로 여행_{LSD에 취한 상태를 일컫는 속어}한 거 언제였지?"

"LSD 환각 말이야?

"그래."

"아마 지난봄이었을 거야."

"집으로 돌아가면 솔리한테 좀 구해서 또 여행을 해보지 그래? 자네가 필요한 건 아마 그것뿐일지도 모를 일이지."

"그게 아냐." 잭이 말했다. "그래 봤자 아무 소용도 없어. 난 그저 무용지물 같은 기분만 느껴." 그는 말을 그치고 얼마 동안 생각에 잠겼다. 그의 시선이 불에서부터 위에 있는 큰 사슴 머리로 옮겨 갔고 불빛이 그의 눈에서 번득였기 때문에 나는 그가 생각에 잠겨 있다는 걸 알았다. "아마 네 말이 맞을지도 몰라." 그는 마침내 얘기를 계속했다. "아마도 그것이 동성애의 시초인지도 모르니까."

"케이티가 너 때문에 걱정하는 거 알고 있겠지?"

"그래, 알아."

"모두 너 때문에 걱정이야." 내가 말했다. "만일 자꾸 이런 식으로 나가면, 네가 동성애를 한다는 소문이 퍼질 거야."

"내가 그러면 어때?"

"아무 일도 아니겠지." 나는 그에게 말했다. "나하고는 아무런 상관도 없어. 난 그저 내가 그걸 어떻게 생각하는지만 알아 주기를 바라."

이제 잭은 미소를 짓기 시작했고 그의 이와 수염과 불의 그림자와 큰 사슴 머리는 그를 정말로 사악한 존재처럼 보이게 했다.

"그걸 어떻게 생각하는데, 조?"

"난 동성애를 안 해. 그게 내가 생각하는 거야."

그러자 잭은 큰 소리로 웃었다. 그러더니 그는 불빛 속에서 나를 빤히 쳐다보았는데, 그의 표정이 어찌나 사악해 보였던 지 나는 겁이 덜컥 났다. "그런 거 해봤자 신통치도 않지." 그가 말했다.

나는 몸을 일으켜서 벽에 기대어놓은 침대로 갔다. 오두막에는 침대가 그것 하나뿐이었지만 두 사람이 눕기에는 넉넉했다. 잭은 아직도 벽난로 앞에 누워 나를 쳐다보며 미소를 짓고 있었다. 정말로 괴이한 광경이었다.

"불가에서 자겠어, 아니면 침대를 쓰겠어?" 나는 그에게 물었다.

"둘이 같이 잘 만큼 침대가 넓지 않아?"

"아니. 골라잡아."

잭은 불빛 속에서 다시 미소를 지었다. 그는 한참 동안 미소를 짓고 있다가 큰 사슴 머리를 올려다보았다. "난 여기 그냥 있겠어." 그가 말했다.

그는 밤새도록 그곳에서 잤고, 나는 밤새도록 깨어 있으며 침대에서 그를 감시했다.

5

나는 도시까지 곧장 차를 최단 거리로 몰았다. 잭은 돌아오는 동안 거의 줄곧 자리에 가만히 앉아서 아무 얘기도 하지 않았다. 우리는 한쪽에 작은 식당이 있는 주유소에서 기름을 넣으려고 한 번 멈추었는데, 나는 정말로 배가 고팠지만 잭이 나를 그곳에 남겨두고 차를 몰아 혼자 가버릴까 봐 걱정이 되어 내리지 않았다. 동성애자를, 특히 여지껏 그런 줄을 모르고

같이 지내온 동성애자를 어떻게 다루어야 할지는 알 수가 없
는 노릇이었다. 나는 동성애를 하는 남자들에게 따로 감정은
없다는 사실을 밝혀두겠고, 이 나라에서 손꼽는 사람들 가운
데에도 동성애자가 좀 있는 터이지만, 하루 전만 해도 아무렇
지 않다가 갑자기 그런 인간임을 알게 된 남자와 차를 타고
국토 횡단을 하고 싶어 할 사람은 없으리라. 적어도 마음속으
로는 그가 그런 사람으로 여겨졌다. 그를 이해하게 된 나는 이
제 잭에게 불쾌한 태도를 보이고 싶지는 않았다. 나는 우리 두
사람 가운데 누가 이사를 나가야 하는지를 어서 결정하기 위
해 집으로 돌아가고 싶은 생각밖에 없었다. 나는 차 속에서
그런 얘기를 꺼내기가 겁이 났고, 아파트먼트가 가장 적절한
장소이리라고 생각했다.

그러나 도시로 들어가자 잭은 끝까지 나하고 같이 가는 대
신 시내에서 내리겠다고 했다.

"나중에 들어가겠어." 내가 내려주자 그가 말했다. "먼저 할
일들이 좀 있어서 말이야."

"그래." 내가 말했다. "아무 때나 마음 내키면 들어와."

"오늘 밤 내가 돌아가면 깜짝 놀랄 만한 일이 벌어질 거야."

"알았어." 내가 말했다.

잭은 기분이 상한 표정이었다. 그는 차 바깥에 서서 손을
내 옆의 문에다 얹었다. "이봐, 조." 그가 말했다. "어젯밤 거기
서 있었던 일을 놓고 생각을 좀 해봤는데, 동성애 한다는 거
난 그냥 장난삼아 해본 소리야."

"그렇겠지." 내가 말했다.

"내가 진짜 동성애를 한다고는 생각하지 않겠지. 안 그래, 조?"

"모르겠어." 내가 말했다. "자네가 어떻게 된 건지 난 정말 모르겠어."

"그건 나도 몰라." 잭이 말했다. "하지만 내가 동성애를 하지 않는다는 건 분명해."

"그러니까 자넨 동성애를 하지 않는다는 얘기잖아." 내가 말했다. "나중에 만나."

"난 그런 인간이 아냐!" 그가 다시 말했다. 그러나 나는 이미 차를 몰고 출발한 다음이었다.

내가 아파트먼트에 도착해서 보니 엘런이 기다리고 있었다. 그녀는 화초 사건과, 알리지도 않고 내가 여행을 떠났다는 것 때문에 여태 핏대가 올라 있는 상태였다. 그녀는 화초를 놓고 비웃어대던 잭에 대해서 다시 화를 냈다. 방 안은 맥주병과 담뱃재와 양말과 사방에 떨어진 흙으로 지저분했는데, 그녀는 이것에 대해서도 핏대를 올렸다.

"잭 걱정은 하지 마." 나는 그녀에게 말했다. "그는 다음 주말이 오기 전에 여기서 나가든지 아니면 내가 나갈 테니까."

"왜 그래?"

"아무것도 아냐." 내가 말했다. "우린 이제 같이 지내기가 어렵게 되었어."

"석 달 전 케이티를 그 남자가 차버렸을 때 난 이런 일이 벌어지리라는 걸 벌써 알았어. 그 사람은 진짜 미치광이가 되었지.”

“그것뿐이 아냐.” 내가 말했다. “뭔가 또 다른 것도 되어가고 있으니까.”

“뭔데?”

“알 것 없어.” 내가 말했다. “어쨌든 떠날 테니까.” 그런 다음에 나는 그녀를 내 무릎으로 끌어내리고는 둘이서 한참 놀고 난 다음에 잠자리로 들어갔다. 잭과 숲 속에서 하룻밤을 지내고 난 다음이라 그녀와 다시 같이 있다는 것은 정말로 기분이 좋았다. 그러나 나는 졸렸고, 그녀에게 별로 좋게 해주지를 못했다. 하지만 엘런은 참을성이 많은 여자였다. 내 생각에 케이티보다는 이해심이 훨씬 많았다. 그녀는 기다리면 좋은 때가 오리라는 것을 알았으므로, 내가 어디에 갔었는지 혹은 잭과 나 사이에 무슨 일이 일어났는지를 묻지도 않고 그냥 자게 나를 내버려두었다. 나는 잠을 자면서 그녀에 대한 꿈을 꾸었다. 그리고 잭을 꿈에서 보았다. 꿈속에서 나는 그를 다시금 불쌍하게 여겼다. 그리고 오두막에 다시 돌아가 있었으며, 그가 불이 꺼진 뒤라 마룻바닥이 춥고 큰 사슴 머리가 자기 위로 떨어지려고 한다는 얘기를 자꾸 해서 침대로 들어오도록 내버려두었다. 그가 침대로 기어 들어오면서 여전히 마룻바닥이 얼마나 추운지 모르겠다느니, 거기에서 잠을 자지 않아도 되니 정말로 기쁘다느니 하는 얘기를 하는 동안에 나는 잠이 깨었지만 그는 그대로 얘기를 계속했다. 하지만 목소리가 이제는 달랐다. 나는 그가 “이 쌍년아! 쌍년아!” 하는 소리를 들었는데, 그것은 꿈속에서가 아니었다.

나는 침대에서 벌떡 일어나 거실로 뛰어 들어갔다. 잭과 엘런은 그곳에 마주 서서 서로 소리를 질러댔다. 잭은 그녀더러 자꾸만 개 같은 년이라고 소리를 질렀고, 엘런은 울음을 터뜨릴 지경이면서도 자기 나름대로 그에게 몇 마디씩 욕설을 퍼부었다.

잭은 나를 보더니 손가락으로 엘런을 가리키며 말했다. "저년이 무슨 짓을 했는지 봐. 저년이 이곳을 어떻게 해놓았는지 보라고!"

나는 보았다. 엘런이 정말 말끔하게 집 안을 청소해놓았다. 그녀는 묵은 맥주 깡통과 병들을 모두 내다버렸고 재떨이들을 닦아놓고 마룻바닥을 쓸었다. 심지어 그녀는 창턱까지도 물로 닦아냈다. 거실에 서서 보니 그녀가 부엌까지도 마찬가지로 열심히 청소해놓았다는 사실을 알 수 있었다. 그녀가 한 짓이라고는 그것뿐이었지만, 잭은 미친 사람처럼 그곳에 서서 그녀에게 손으로 삿대질을 하며 욕설을 퍼부었다.

"청소를 했을 뿐이잖아." 나는 그에게 말했다. "그게 뭐가 잘못이지?"

잭은 욕설을 멈추고는 깨끗한 방의 한가운데 서서 우리 두 사람을 노려보았다. 엘런은 많이 운 것 같았다. 그녀의 갈색 머리카락 몇 가닥이 얼굴의 젖은 부분에 달라붙었다.

"이 돼지 같은 자식이 곧 나갈 거라고 생각해서 난 그저 청소를 좀 하고 악취를 몰아내려고 했을 뿐이야."

"넌 여기서 살지도 않잖아." 잭이 말했다. "넌 그거나 하려고 여길 찾아올 뿐이야. 그것만으로는 만족스럽지가 않아?"

"그 좆같은 주둥아리 닥치지 못해!" 나는 그에게 말했다. 내가 그에게 다가서자 그는 식탁에서 나무 의자를 하나 집더니 머리 위로 높이 치켜들었다. 엘런은 비명을 질렀고 그가 그녀 쪽으로 머리를 돌리는 사이에 나는 달려가서 다리를 걸어 그를 마룻바닥으로 자빠뜨렸다. 그를 두어 차례 때릴 수밖에 없었지만, 정말로 그러고 싶지는 않았다. 그러나 그는 자꾸만 일어나려고 기를 썼으며, 나는 그를 그냥 내버려두는 모험은 할 생각이 없었다. 아무리 불쌍하게 생각한다고 해도 동성애를 하는 놈에게 정상적인 사람들과 똑같은 대우를 해줄 수야 없는 노릇이다. 드디어 나는 그를 타고 앉아 마룻바닥으로 찍어 누르고는 두 팔을 밀어버렸다. 엘런은 의자를 우리에게서 멀리 치웠다.

"자, 왜 그러는 거야?" 나는 그에게 말했다. 나는 숨을 몰아쉬면서 그가 또 무슨 수작을 부리면 맛을 보여줄 태세를 갖추었다.

잭은 내 밑에 깔려서 마지막 황홀한 순간이 지난 다음의 여자처럼 축 늘어졌고, 그런 식으로 그를 타고 앉아 있으려니까 나는 정말 어색한 기분이 들었다. 나는 그가 일어나도록 몸을 비켰다. 그러나 그는 무릎을 꿇고 일어나 앉는 데서 그쳤다.

"왜 그랬어?" 내가 그에게 물었다.

"아무것도 아냐." 그가 말했다.

새로운 터전

"아무리 난장판을 벌이고 싶었다고 해도, 엘런이 청소한 것 말고 무슨 더 좋은 구실을 찾을 수가 없었어?"

잭은 무릎을 꿇은 채 그대로 있었다. 나는 모든 일에 대해서 다시금 언짢은 기분이 들기 시작했다. 엘런은 의자에 앉아 아직도 훌쩍이며 울었다.

"집 안을 둘러봐." 나는 그에게 말했다. "둘러보라고. 얼마나 깨끗한지 봐. 여러 달 만에 처음으로 보기가 좋아졌어. 그걸 가지고 지랄을 해야 해?"

"그 일은 내가 하고 싶었어." 잭이 말했다. "아파트먼트 청소는 내가 하고 싶었다고."

"도대체 무엇 때문에?"

잭은 대답을 하지 않았다.

"전에는 그러고 싶어 한 적이 없었잖아."

"내가 하고 싶었어." 잭이 다시 말했다.

"전에는 항상 이곳을 지저분하게 내버려두었잖아." 의자에 앉은 엘런이 말했다. "넌 전에는 속옷조차 치우려고 하지를 않았잖아."

"내가 하고 싶었어." 그가 말했다.

그러자 나는 이제 잭과 나는 끝장이 났다는 걸 깨달았다. 우리는 종말에 이르렀고, 그는 어쩔 도리가 없을 정도로 동성애적인 기질이 심해졌으며, 이제는 같이 지내기가 위험하리라는 사실이 내 머릿속에서 분명해졌다.

"잭." 내가 말했다. "이제는 끝장이라고, 이 친구야. 지금 당장 네가 짐을 꾸려가지고 나가든지, 아니면 내가 널 쫓아내고 네 물건들은 창밖으로 내던지든지 둘 중에 하나야.”

“화초처럼.” 의자에 앉은 엘런이 말했다.

“시끄러워!” 나는 그녀에게 말했다.

나는 아직도 마룻바닥에 무릎을 꿇고 앉아 있던 잭에게로 몸을 돌렸다. “이제는 끝장이야. 집세 얘기는 나중에 하지. 넌 돈은 하나도 낼 필요가 없고, 그냥 꺼져버리기만 해!”

그것은 사실 그를 시험해보려는 말에 지나지 않았으니, 그 까닭은 정신이 말짱한 친구라면 누구라도 자신의 아파트먼트에서, 그것도 아버지가 벌써 1년 치 방세를 선불로 낸 방에서 쫓겨난다면 당연히 법석을 부려야 마땅한 노릇이기 때문이었다. 진짜 동성애자만이 싸움을 벌이지 않을 터였다. 이것은 잭을 위한 마지막 시험이었다. 그런데 그는 어떻게 했던가? 그는 지난밤 벽난로 앞에서처럼 사악한 표정이 아니라 구슬픈 눈으로, 울상이 되어서 애완동물로 기르는 개처럼 나를 쳐다보기만 했다. 그러더니 그는 몸을 일으켜 문으로 걸어갔다. 엘런과 나는 그를 지켜보았다. 문을 나서기 직전에 그는 여전히 마음에 상처를 입은 개의 표정을 짓고 나를 쳐다보더니 말했다. “난 동성연애를 하지 않아, 조.”

나는 아무 말도 하지 않았다.

그는 다음 주일이 되어서야 자기 물건들을 찾으러 왔다. 그가 집을 나가 어디서 지냈는지 나는 알지 못한다. 그가 없는 동안에 전화를 걸어온 사람도 없었으니, 그런 일이 벌어지기 오래전부터 그는 이미 우리 패거리에서 친구를 모두 잃은 모양이었다. 그리고 무슨 일이 벌어졌는지에 대한 소문이 퍼지자 그에게는 아무것도 남지를 않았다. 케이티까지도 얘기를 듣고 난 다음에는 그에 대해 조금 남은 미련마저도 버렸다. 그래서 그가 짐을 가지러 왔을 때 나는 그에게 할 얘기가 별로 없었다.

그런 이후에 엘런은 이사를 와서 나와 함께 살았다. 우리는 사실 침실이 두 개씩이나 필요하지는 않았지만 상관없었다. 그녀는 잭보다 같이 지내기에 훨씬 좋은 상대였다. 그녀는 요리를 도맡아 하고 집 안을 항상 깨끗하게 치웠다. 내 생각에는 다른 남자와 같이 지내면서 하루에 한 번쯤 밤에만 여자를 만난다든가 하면서 살기보다는 항상 여자와 같이 사는 편이 더 좋은 것 같다. 남자와 살면 사람을 버리게 된다. 그러면 우울한 생각을 너무 많이 하게 된다. 생각을 너무 많이 하면 보기에 좋지가 않다. 아마 잭은 그래서 그런 사람이 되었는지도 모른다. 그의 마음이 그를 두들겨 패서 올바른 삶으로부터 내쫓았는지도 모를 일이었다.

하지만 나는 절대로 그런 꼴을 당하지는 않을 생각이다. 하루를 어떻게 보냈느냐에 달렸지만, 엘런과 나는 매일 밤 적어도 두 차례 사랑을 치르고, 때로는 더 여러 번을 거치기도 한다. 나는 이제 더 이상 아무도 불쌍하게 여길 필요가 없어졌고, 그것이 무척 도움이 되었다. 그러니까 나는 훨씬 남자다운 기분이 든다. 그러나 때때로 잭에 대해서, 그가 올바른 삶으로

되돌아오려고 했다는 걸 증명하기 위해 얼마나 노력했는지에
대해서 생각한다. 그리고 때때로 나는 아파트먼트를 청소하는
일이 어째서 올바른 삶을 마련하는 한 가지 분명한 행동이라
는 생각이 그의 머릿속에 들게 되었는지를 궁금하게 생각하
곤 한다. 나는 그것이 도대체 어떻게 해서 그에게 도움이 되었
을지 궁금해진다. 나는 아직도 잘 알 수가 없고, 그저 무척 괴
이한 일이라고만 생각한다.

외치는 소리

1

"하지만 만일 그게 전부라면, 인생에서 남은 것이 무엇이며, 우리는 무엇 때문에 살아가지?"

"다른 수가 없으니까."

"그리고 우리가 가진 선택권은 그것뿐일까?"

"이 몇 가지만으로 만족해야겠지."

"하지만 더 많은 대상을 추구하는 사람들은 어떻게 하고?"

"우린 그런 사람들을 증오하거나 동정해야 해."

"왜 증오해?"

"이런 선택권에 대한 존경심을 결여한 그들의 존재는 우리에게 거북함을 느끼게 하니까."

"하지만 그들이 꼭 대가를 치를 필요가 뭐야?"

"항상 그런 거라고."

"누구 마음대로?"

"쉬운 쪽을 택한 모든 사람과 스스로 불행해진 모든 사람의 마음대로."

"그런 불행한 사람들이 많은가?"

"주위를 살펴봐."

"그리고 더욱 많은 대상을 추구하는 사람들은 어쩌고? 그런 사람들은 불행한 사람들만큼이나 많을까?"

"주변을 둘러봐. 그들은 어둡고 비밀스러운 곳에서 살지만, 그들의 수가 많고 그들이 불행하다는 사실을 알게 될 테니까. 그들이 어떤 대가를 치르는지도 알게 되겠지."

"어떻게 대가를 치르는데?"

그러고는 잠을 청하는 문제도 예사롭지가 않다. 그것은 자리를 잡기 위해 천천히 널찍한 침대로 가는 데서 시작되며, 미끄럽기도 하고 끈끈하기도 한 홑이불을 몸에 감은 채로 그가 조금씩 침대 언저리로 옮겨 갈 때까지 계속된다. 잠은 뜨거운 목욕물처럼 기분 좋게 느껴지며 서서히 그에게로 와서는 너무 빨리 식어버린다. 에릭은 필요한 일관성을 유지하기가 어렵고, 육체는 사라져버린 지가 한참 되었기 때문에 정신으로 잠에 이르려고 계속해서 애를 쓰는 자신을 의식하게 된다. 전화도 문제다. 에릭은 그것이 울리기를 바랐고, 그러기를 바라며 누워서 잠이 오기를 기다렸다. 그러다가 그것이 울리지 않기를 바랐고, 울리지 않기를 바라며 누워서 기다렸다. 이 두 가지 이외에도 그의 이성이 문제였는데, 그의 마음은 사고를 할 능력이 없어지는 상태 말고는 아무것도 원하지 않았다. 그러나 그는 널찍한 침대에서, 밤에, 어둠속에서, 생각을 했다. 그의 생각들은 눈을 감으면 눈꺼풀 속에서 붉은 빛으로 보였고, 방 안에서 눈을 뜨고 있으면 검은 빛이 되었다. 눈을 감고 버티기는 무척 어려운데, 버티다 보면 그의 마음은 멋대로 옛날 일들과 전화를 생각하게 되었다. 그는 참을성을 지니고 마음을 훈련시키면, 그리고 만일 생각들이 그를 사로잡지 않는다면 잠이 올 터이고, 꼭 와야만 한다고 믿었다. 그는 홑이불 위에서 몸을 뒤채어 새로 자리를 잡고는 마음과 싸울 준비를 했다. 그러나 준비하기가 무척 어려웠다. 그래서 그는 다시 생각을 하기 시작했다.

에릭은 자리에서 일어나 리브리움^{정신안정제} 병을 가지러 화장실로 갔다. 그는 어둠 속에서 약병을 찾아내 불을 켜고는 병을 살펴보았다. 약이 얼마 남지를 않았다. 그는 그것을 손에 들고 담배와 다른 약 그리고 비용에 대해서 생각했지만, 다른 대용물은 아무 소용이 없으리라고 판단했다. 욕실 불빛이 무척 밝아서, 세면대 위에 걸린 거울에 실제보다 훨씬 하얗게 비친 자신의 알몸을 살펴보는 에릭의 눈이 아파왔다. 그러자 그는 리브리움을 먹는 대신 다른 방법을 생각했고, 여전히 거울을 보면서 자신의 몸에 부끄러움을 느꼈다. 그는 어둠을 접하면 기분이 좋지는 않았지만, 자신의 모습을 보거나 자신을 만지거나 자신을 의식하고 싶지가 않았으며, 어둠은 이런 점에서 좀 도움이 되었다.

"전혀 소용이 없구나." 그는 어둠 속에서 혼잣말을 하고는 열지 않은 병을 세면대 위에 올려놓았다. 그러자 울고 싶어졌다.

침실로 돌아간 그는 전화를 집어 들고 침대로 줄을 끌고 가서 흩어진 홑이불 위에 앉아 어둠 속에서 다이얼을 돌렸다. 시계에 박힌 숫자들의 둘레에 입힌 빨간 야광 불빛으로 보니 거의 새벽 2시 반이 다 되었다. 그의 생각에는 아마도 불면의 의식 같았지만, 두 번 신호가 울리고 나면 전화를 끊고 싶어도—그의 생각에는 아마도 불면의 의식 같았지만— 어떤 힘이 그러지 못하게 막고 세 번, 네 번, 다섯 번 울리도록 내버려두는 것 같았다.

"여보세요." 목소리를 들어보고 그는 그녀가 아직 잠이 들지 않았음을 알았다.

"자고 있었어?" 그래도 어쨌든 그가 물었다.

잠깐 침묵이 흘렀고 심호흡을 하는 소리가 약간 들려왔다. 에릭은 그녀가 거짓말을 하지 않으리라는 것을 알았다. "아니." 마침내 그녀가 말했다.

"내가 왜 전화를 걸었는지 나도 모르겠어. 정말이지 모르겠어."

"잠이 안 오니까 그랬겠지." 그녀가 말했다.

"난 그저 생각에 잠겨 있었어." 그가 말했다. "피곤해?"

"응."

"혼자야?"

"그래." 그녀의 목소리가 더욱 무거워졌다.

"얘기를 좀 해도 되겠어?"

“무슨 얘기? 우린 할 말은 다 해버렸는데.”

“미안해. 정말이야.”

“뭐가?” 그녀가 날카롭게 말했다. “미안해할 게 뭐가 남았어?”

“일이 이렇게 돼서, 모든 일이 다 엉망이 되었으니까.”

“그리고 내가 흑인이니까.” 그녀가 말했다. “그래서 더 엉망이 되었겠지.” 그녀의 목소리는 화가 나지는 않았고 다만 힘을 잃고 풀어졌을 뿐인데, 에릭은 그들이 얘기를 계속한다면 그녀가 울어버릴 테고, 그러면 그는 밖으로 나가 밤새도록 방황하게 되리라는 것을 알았다. 그러나 그는 그녀에게 전화를 걸었고, 조심하지 않았다가는 똑같은 말이나 되풀이하게 되리라는 사실을 알았기 때문에 마음속으로 무슨 말을 하리라고 미리 궁리를 했다.

“모든 일이 다 미안해. 난 온 세상과 그 안에 사는 모든 사람에게 미안해. 난 내가 살아 있다는 걸 미안하게 생각해.” 그는 목소리를 훨씬 누그러뜨렸다.

“제발 그러지 마, 에릭.” 그녀가 말했다. “아, 제발, 또 이런 식으로 시작하지 마. 난 그냥 자고 싶기만 해.”

그는 자신이 같은 얘기를 너무나 자주 해서 이제는 그녀가 믿지 않으리라는 것을 알았다. “만날 수 없을까?” 그는 애원에 가까운 목소리로 물었다.

그녀는 얼마 동안 잠잠했고, 에릭은 산책을 나간다면 어디로 가야 하나 궁리를 했다. “언제?” 마침내 그녀가 말했다.

“오늘 밤. 지금.”

"왜 하필이면 지금이야? 깜깜해서? 자기가 잠이 안 오고, 그것을 하고 싶으니까?"

"전혀 그런 게 아냐." 에릭이 재빨리 말했다. "그런 얘기가 아니라는 건 알 거야."

"하지만 우린 그런 관계가 되어버렸어. 안 그래?"

이제는 에릭이 입을 다물었다. 그는 얘기를 꺼내면 똑같은 소리만 되풀이하게 될 터였고, 그러고 싶은 생각은 없었다.

"밤이 되고, 우리 가운데 한 사람이 성욕을 느낄 때마다 전화를 거는 짓, 우리에게 남은 건 이것뿐일까?"

"그러지 마." 그가 말했다. "무척 아름다웠어. 그걸 더럽히지 마. 내가 그런 소릴 들어 마땅하다는 건 알지만 제발 지금은 그런 얘기는 하지 마."

"그런 얘기는 언제 해야 되는데?" 그녀가 말했다.

"난 당신을 사랑해." 에릭이 말했다. 그는 전화에다 대고 부드러운 목소리로 그렇게 얘기했고, 자기가 똑같은 말을 되풀이하고 있다는 걸 알았지만 지금은 그래도 상관이 없었다. "당신은 내가 사랑한다는 걸 알고, 나는 너무나 당신을 사랑하기 때문에 지금 같은 상황에서 이런 식으로 얘기를 한다는 게 마음이 아파. 난 잠이 오질 않아. 난 더 이상 수면제를 들 수가 없어. 난 지난주 이후로는 어떤 여자하고도 얘기조차 하지 않았고, 앞으로도 다른 여자하고는 얘기를 못하게 되리라고 생각해."

"난 자기가 미워, 에릭." 그녀가 말했다.

이제는 되풀이할 말이 더 없었다. "다시는 전화를 걸지 않겠어." 그가 말했다. "아무튼 이런 짓을 한 내가 형편없는 놈이지."

"에릭?"

"왜?"

"오늘 밤엔 와도 좋아. 오늘 밤 이후로는 더 이상 아무것도 싫어."

"난 당신을 이용하고 싶지는 않아. 하느님께 맹세하는데, 난 당신을 그냥 이용만 하고 싶지는 않아."

"알아." 그녀가 말했다. "그저 내가 잠이 오지 않아서 그러는 거야."

2

마고 페인은 학생 시절에 무척 똑똑했고, 춤을 전혀 배우지 않았다. 어렸을 적에 클리블랜드 학교에서 덜 똑똑한 다른 흑인 아이들에게 느끼기 시작한 우월감과 총명함은 그녀가 친구를 많이 잃게 하지는 않았지만, 사귀는 데도 아무런 도움이 되지 못했다. 그녀가 정말로 중요하게 여긴 적이 전혀 없던 춤은 나이가 훨씬 더 많아지고, 다른 아이들이 그녀의 지성적인 우월함을 의식해 그녀를 싫어하기 시작할 때까지는 상관이 없었다. 그러다가 춤은 갑자기 그녀에게 무척 중요한 일이 되었다. 마고의 부모는 그녀의 성적에 대해서 무척 자랑스럽게 느꼈지만, 사회생활에서 필요한 융화에 대해서는 은근히 걱정이 되었다. 그들은 춤을 추라고 권했다. 조심스럽고 예민한 여자인 어머니는 밤마다 침실에서 잠깐씩 그녀와 얘기를 나눌 때 흑인 남자들과, 여자의 이지적인 면을 꺼리는 남자들에게 가능한 한 눈에 거슬리지 않도록 행동하는 것이 아주 이지적인 흑인 여자에게는 얼마나 중요한지를 깨우쳐주었다.

그녀는 남들과 어울리려고 무척 애를 썼다. 비록 웃고, 어울리고, 춤을 추려고 무던히 애를 썼지만 그녀는 자기가 정말로 관심 있는 것들에 대해서 같이 얘기를 나눌 만한 사람을 하나도 찾을 수가 없었기 때문에 짜증스럽고 내성적인 성격이 아예 굳어버리고 말았다. 그녀는 새로운 사상을 발견하면 즐거워했다. 사색과 토론도 좋아했다. 그러나 그럴 기회가 거의 없었다. 10대 초기에 그녀는 세상에서 무엇보다도 모터사이클을 더 좋아했고, 그 사실을 증명하기 위해 학교를 그만두었던 레이라는 남자와 사귀기 시작했다. 그녀는 그의 등에 달라붙어 모터사이클을 타고 클리블랜드 지역 대부분을 두루 돌아다녔고, 친구들은 그녀와 초록빛 셔츠를 입은 건장한 레이를 보았다. 지적으로는 영원히 죽어버린 시체나 마찬가지인 소년에게 매달려 모터사이클을 탄다는 오직 한 가지 이유 때문에 친구들의 존경을 받게 되었다는 사실이 그녀는 슬펐다. 그녀가 레이에게 놀이와 목적의식의 분기점을 상징하는 모터사이클이라는 존재와 야망에 대한 얘기를 하려고 하면, 그는 그녀를 밀쳐버리고 모터사이클의 가죽에 윤을 내기 시작했다. 언젠가 그녀가 자동차를 마련할 수 있도록 안정된 일자리를 구하라고 그에게 제안을 하자, 그는 헬멧 아래로 그녀를 쳐다보며 그

제안을 꽤나 열심히 고려해보고는 마침내 이렇게 말했다. "정말이지 너 말 한번 잘했다! 너 나하고 같이 지내면 나 배우는 거 무지무지하게 많겠어." 그러자 그녀는 자신의 노력이 소용없다는 걸 알고는 그를 다시는 만나지 않았다. 나중에 그녀는 자기 대신에 모터사이클을 타고 레이의 초록빛 잔등에 달라붙은 여자들을 보고는 그들이 그 자리를 차지한 까닭이 가죽으로 장식한 모터사이클이나 바람둥이로서 레이가 얻은 평판이나 레이에게 매혹된 새 여자의 마음 때문이 아니라, 마고 자신이 지닌 고유한 가치 때문이며, 아무도 인정한 적이 없어서 비밀이기는 했지만 어쨌든 훌륭한 남자를 선택하는 그녀의 뛰어난 능력과 타고난 이지적인 면에 대하여 다른 여자들이 느낀 존경심과 거리감 때문이라는 사실을 깨닫지 마음이 아팠다. 그녀는 단순히 몸과 마음을 허락하여 레이의 명성을 자신이 대신 키워놓았다고 인식했는데, 그의 천성적인 우둔함에 접근하여 일종의 대칭을 이루고, 다른 사람들의 눈에 그를 두드러져 보이게 하는 대조적인 효과를 그녀 자신이 우발적으로 제공했으리라는 것이 그녀의 판단이었다. 처음에 그녀는 그것이 사람들의 천박한 미련함에 대한 우습고도 구슬픈 일종의 비평적인 현상이어서 조금쯤은 재미있는 일이라고 생각했지만, 나중에 자동차나 모터사이클이나 심지어는 버스 차비도 없는 아이들과 사귀어야만 했을 때는 별로 재미있다는 생각이 들지 않았다. 그녀는 춤을 배울 생각을 더욱 진지하게 하기 시작했다.

그녀는 덩치가 크고, 오만하고, 여자들에게 야비하게 군다고 소문이 난 행크와 사귀기도 했다. 10대 후반이었던 그녀는 주변의 다른 사람들보다는 자신의 이성과 지적인 능력이 훨씬 뛰어나다고 자신만만하게 의식했기 때문에 그와 만나기 시작했다. 그녀는 자기가 행크를 마음대로 통제할 능력이 있다고 믿었으며, 그러기 위해서 항상 자아를 의식하고 영리하게, 우월하게, 그리고 자신감을 가지고 행동해야 했으며, 행크에게 항상 그런 현실을 깨우쳐줘야 했다. 대화에서 그녀는 그의 지적인 열등함을 납득시키기 시작했고, 그를 사소한 여러 가지 면에서 조종했다. 처음에는 주저하기도 했지만, 자신의 성공을 인식하자 두 사람이 어디를 가야 하고, 무엇을 해야 하고, 그가 어떤 옷을 입어야 하며, 다른 아이들과 어울리는 자리에 가면 그녀를 어떤 눈으로 쳐다봐야 하는지를 그에게 시시콜콜 지시하기를 즐기게 되었다. 그들이 사귀던 기간의 후반부에는 자기처럼 이지적인 여자와 알고 지낸다는 사실이 그에게 얼마나 영광인지를 항상 상기시키면서 굉장한 기쁨을 느꼈다. 우둔한 행크는 호락호락 넘어가거나 고마움을 느끼거나 정말로 마음이 단순한 사람이어서가 아니라, 이런 조종을 꿋꿋하게 참아내야 하는 한 가지 목적, 그들의 관계에서 파생하는 한 가지 동기를 염두에 두었기 때문에 고분고분했다. 마고는 처녀였는데, 느리기는 해도 천박한 면에서 똑똑한 행크는 머지않아 그녀의 몸을 망쳐놓겠다고 단단히 마음을 먹은 터였다. 그래서 그는 조금쯤 저항을 하는 척하면서 그녀의 오만한 정신적 우월감의 분출과 지시와 날마다 늘어가는 간섭을 받아들였으며, 편리하게 화를 낼 적절한 때가 오자 한껏 기분을 풀며 그녀가 정신을 번쩍 차릴 만큼 두들겨 패고는 그녀의 몸을 빼앗았다. 그리고 자신의 철저하고 결정적인 사내다움을 과시하기 위해 그녀로 하여금 그의 방바닥에서 발가벗은 몸으로 울고 흐느끼며 기어 다니게 했고, 커다란 한쪽 발로 목을 짓눌러서 그녀가 다른 쪽 발에 키스를 하게 했다. 그녀는 그가 시키는 대로 했다. 그런 수모를 당하는 동안에 그녀는 춤에 대해서 알았던 것과 알아야 할 모든 것을 머릿속에서 몰아냈다.

3

에릭이 문으로 들어섰다. 그가 전에 가져다준 짧고 빨간 나이트가운을 입고 서서 그녀가 문틀에 손을 대고 기다리는 사이에 그녀의 젖가슴은 눈에 띄게 커지면서 단단해졌다. 그들은 포옹했고, 그들 사이에서는 흐느끼는 소리가 났다. 에릭은 그것이 자기가 내는 소리인지 아니면 마고의 소리인지 알지를 못했다. 그것은 아무래도 상관이 없었다. 그들은 서로 매달려 부둥켜안고 컴컴한 방 안에서 함께 흐느적거렸으며, 가끔 서로 떨어져 키스를 하고, 숨을 몰아쉬기도 하고, 침실에서 흘러나오는 희미한 불빛에 잘 보이지도 않는 눈을 서로 정성스레 깊이 들여다보았다. 그들은 얘기를 주고받지 않았다. 적당한 틈을 타서 에릭은 그녀를 안아 들고 다른 방으로 갔다.

행위를 하는 도중에 그녀는 울기 시작했고, 그는 굶주린 듯 밀어 넣기만 하는 동작을 멈추기 위해 자기 자신과 마음속의 짐승과 싸워야 했다. 그가 두 손으로 그녀의 얼굴을 감싸자 눈물이 만져졌다. 그는 눈물을 닦아내려 하지 않았는데, 그녀는 그들 두 사람을 위해 울고 있었으며, 그는 그것을 알고 고마움을 느꼈다.

"혹시 다른 방법이 있다면 난 그 길을 택하겠어." 그는 무척 조심스럽게 말했다. "난 당신이 행복하기를 바라."

그녀는 아무 말도 하지 않았다.

"와서 미안해." 그가 말했다. "하지만 어쩔 수가 없었어."

"이걸 하기 위해서 말이지?" 그녀는 눈을 감고 있었다.

에릭은 진실에 대해서, 그리고 더 어렸을 때 자신을 승화시키기 위해 항상 진실을 이용하려고 애쓰던 일을 생각해보았다. "그래." 그는 말했다. "이것을 위해서." 이제 그는 별로 자신이 숭고하다고 생각하지 않았다.

마고는 눈을 뜨고 에릭을 쳐다보았다. 그는 머리를 떨구는 바람에 자기도 모르는 사이에 머리카락으로 그녀의 젖가슴을 어루만졌다. 그는 몸을 다시 움직이기를 무척 원했지만, 나중에 자신에 대해서 실망을 할까 봐 자기가 먼저 시작하고 싶지는 않았다.

"우린 어떻게 하지?" 마고가 말했다.

"모르겠어." 그가 말했다.

"난 자기하고 결혼할 생각은 없어졌어." 그녀가 말했다. "난 그러기를 바랐지. 전에는 정말 바랐지만 지금은 원하지 않아."

"벌써 결혼을 했어야 하는 건데 그랬어." 그가 말했다. "모든 일이 이렇게 엉망이 되기 전에 말이야."

"난 자기 아기를 낳고 싶어." 마고가 말했다.

에릭은 머리를 들어 그녀를 쳐다보았다. "무슨 아기 말이야?"

"지금 우리가 가질 수 있는 아기."

"어떻게 아기를 가질 수가 있어?"

"난 일주일 동안 아무 손도 쓰지를 않았어."

에릭은 몸을 떼어내고 싶었지만 참았다. 그러더니 그가 말했다. "왜 얘기하지 않았어?"

"난 아기를 원해." 그녀가 말했다. "난 자기는 원하지 않지만 아기는 원해. 제발 움직이지 마. 제발 가만히 있어. 그냥 여기 나하고 같이 있어."

"하지만 이러지 말아주었으면 좋겠어. 나를 생각해서라도."

마고는 침대에서 천천히 몸을 움직이기 시작했고, 에릭은 자신을 가눌 수가 없었다. "그 생각만 하면 세상에서 그 무엇도 상관이 없어져." 그녀가 말했다.

에릭은 아무 말도 하지 않았다. 그는 굶주림에 사로잡혔고, 그 굶주림은 점점 더 심해졌다. 그는 갈증과 열기와 차가움을 느꼈으며, 속으로 깊숙이, 가까이, 그리고 저 멀리, 이제는 위로, 그리고 이제는 저 밑으로, 또다시 위로 자신이 녹아내리고 굳어지는 기분을 느꼈다. 그는 술을 마시고 싶었고, 침대 위로 자신이 온통 흘러내리는 기분을 느끼고 싶었으며, 울고 싶었고, 신음을 하고 싶었으며, 배고픔을 느꼈다. 그녀와 마찬가지로 그는 더 깊이, 더 꼭 눌러야 할 적절한 때와, 팔과 손과 입술을 대야 할 곳들과, 어디에서 그녀의 접촉을 예상해야 하며 어떻게 그것을 받아들일지와, 마지막 감미로운 짤막한 순간에 대해서 알아야 할 모든 것을 알고 있었다.

"사람들은 왜 자꾸 그걸 할까?"

"어떤 문제들에 대해서는 어떻게 얘기를 해야 할지 모르기 때문이겠지."

"남자 쪽은 기분이 어때?"

"무척 자신만만한 기분이 들다가 나중에는 아주 위축이 돼."

"왜 위축이 되는 기분이지?"

"그건 나중에 무슨 얘기를 해야 할지 모르게 되는 때가 가끔 닥치기 때문이야."

"꼭 무슨 얘기를 해야만 하나?"

"어떤 남자들에게는 그게 필요해."

"몇 분 전에 모든 것을 다 얻었을 텐데 남자가 무슨 말을 해?"

"어떤 사람들은 그걸 얻었다고 생각하지 않아."

"그런 남자들도 있어?"

"많지. 하지만 겉으로만 봐서는 분간을 해낼 수가 없어."

외치는 소리

"어째서 어떤 사람들은 그렇게 좋은 상대가 되지 못하고 밤에만 얘기를 나누지?"

"불편한 대상을 선택해놓고는 그 사실을 인정하려고 하지 않기 때문이야."

"그런 사람들은 미쳤나?"

"아냐. 평범한 사람들이지."

"그들을 어떻게 도와줄 수는 없을까?"

"없어."

"그것만으로도 충분할까?"

"아니. 하지만 그들이 밤에 얼마나 누리는지를 봐."

4

에릭 카니는 퀘이커 교도였고, 대의명분을 추구하라는 가르침을 받으며 지금까지 살아왔다. 뉴햄프셔의 소도시에 살던 아버지는 그것을 '목적의식을 지닌' 삶이라고 했으며, 에릭은 이 의식을 줄곧 찾아보았고, 그런 추구를 대학에 가서도 계속했다. 주변 사람들의 갖가지 관념으로부터 물려받은 엄청난 사회적 민감성은 그로 하여금 초기에 무척 많은 상처를 받고 수많은 실수를 범하게 했다. 실험과 실수를 통해서 그는 몽상적인 선을 행하는 자보다는 진지한 사람이 되는 길을 배웠다. 그는 진지한 인간으로서 살아가는 데 익숙해졌으며, 지금까지 사회적 평화주의자였다. 그는 동부에서 상당히 보수적인 명문

대학을 다녔는데, 처음에는 자신의 신분 의식을 실감하고 발휘할 기회와 명분이 별로 없었다. 그러나 그는 지루하고, 비생산적이고, 일상적이라고 느꼈던 위원회 활동에서 스스로 만족감을 찾았다.

그때 남부의 시위가 벌어졌다. 에릭은 캠퍼스를 나서는 첫 번째 차를 타고 나갔다. 그곳은 무척 작고, 무척 고루하고, 무척 심하게 병든, 구태의연한 미시시피 주의 어느 도시였는데, 에릭은 한 학기와 여름 동안에 그곳의 위험한 지역을 돌아다니며 무척 분주하고, 무척 목적이 뚜렷한 사람이 되었다. 자신처럼 도시로 진출하는 경우가 다른 학교 사람들에게는 훈장이나 마찬가지가 된 이후에도, 그리고 감상적인 민감성과 한없이 이해하는 천성을 지닌 자기 같은 수많은 사람들에 대한 시골 흑인들의 불만을 느끼게 된 다음까지도 그는 투표권자 등록과, 사회단체와, 다른 활동들을 계속하려고 변함없이 노력했다. 그는 본격적으로 사람들이 들이닥치기 전에 일찍 도착한 것을 자랑으로 여겼고, 그곳에서 오래 지내면서도 수염을 기르거나 마리화나 이상으로 독한 것은 써본 적이 없어서 특히 기뻤다. 그러나 그는 자기가 아무리 처신을 조심해도 지역 주민들은 순진한 사람들의 대규모 이주라는 희한한 현상과, 탁하고 뜨거운 분위기 속에 떠도는 철저한 선善의 짙은 냄새에 워낙 익숙했던 터여서 정신적이고 아낌없는 베풂의 혜택을 서서히 무의식적으로 거부했으며, 그들의 원시적인 고장에 에릭 같은 사람들이 몰려와서 돌아다니는 걸 전혀 원하지 않는다는 것을 깨달았다. 그의 생각에 그것은 자신이 성실성을 결여해서가 아니라 성실성이 지나치기 때문이었다. 이 사실을 깨닫자 처음에는 화가 났지만, 나중에는 선의 질과 그것에 헌신하는 사람들 사이의 역관계逆關係가 그 도시에 존재하며, 숭고한 순박성을 지닌 토박이들이라면 그런 관계를 쉽게 감지한다는 사실 또한 깨달았다. 그러자 그는 그런 곳에 더 오래 머물러봐야 아무 소용이 없으리라고 생각했다.

그는 어느 정도 흔들리기는 했지만 마찬가지로 강렬한 목적의식을 살려 가을에 학교로 돌아갔다. 그는 아파트먼트에서 어느 흑인과 방을 같이 썼으며, 백인 여자들을 집으로 데리고 가면 각별히 잘 대해주었다. 흑인 동거인은 그런 태도 때문에 그를 미워했지만, 에릭은 이것을 전혀 알지 못했고 이해도 하지 못했다.

가을 무렵에는 혁명을 일으키고 참된 민주 사회를 세운다는 자유분방한 대화가 어디에서나 열기를 띠었다. 짙은 담배 연기가 가득한 야간 자유토론회에서 그런 주제가 치열하게 나돌았으며, 모든 사람은 아무리 사소하고 실효가 없는 일이더라도 아직 정의 내리지 못한 목표들을 달성하기 위해 무슨 행동이든 취해야 한다고 너도나도 믿었던 신념의 계절이었다. 모든 사람은 무엇인가 보다 훌륭한 대상을 추구했지만, 그들을 훌륭한 이상으로 이끌어 갈 줄기찬 북소리나 훌륭한 보호막이나 앞장설 풍적수風笛手는 없었다. 실제로 존재하는 것이라고는 말로만 주고받는 대화와, 나누어줘야 할 여러 빛깔의 선전 책자와, 훨씬 더 열기를 띤 또 다른 대화와, 가끔 커피나 성행위나 마리화나를 위한 휴식 시간, 그러고는 다시 대화만 계속될 따름이었다. 적막감과 무척 무거운 소리가 뒤따랐으며, 빠르기는 하지만 또한 미세하면서도 느린 움직임의 인식이 이루어졌고, 맥주잔을 앞에 놓고 밤이 깊도록 열띤 얘기를 나누던 젊은이들은 벌떡 일어나 공중에서 주먹을 휘둘렀고, 여자들은 책상다리를 하고 쪼그려 앉아서 흥분한 표정으로 그들을 구경했다. 무척 선전이 잘된 비밀 장소들에서는 혁명을 일으킬 필요성에 대한 얘기가 오갔으며, 체 게바라의 초기 사상을 요약한 책들이 인쇄가 되었다. 무엇인가를 신속하게 실천하고 참된 개혁을 달성하기 위해서 필요 이상으로 많은 희생자들이 나왔다. 그런 생각에 젖어 학생들은 거의 미쳐버렸고, 광적인 얘기들을 했다. 그러나 아무 일도 일어나지 않았고, 주말만 거듭하여 찾아올 뿐이어서, 그들은 휴식을 취하고, 대화와 책을 버리고, 멀리 시골에서 더 조용한 곳들을 찾았다.

5

에릭과 마고는 한 주일의 대화로부터 잠시 휴식을 취하는 사람들이 참석한 어느 자그마한 파티에서 만났다. 처음에 에릭은 그녀가 지극히 평범하다고 생각했는데, 그 까닭은 사회적 의식을 지닌 많은 친구들과 달리 그의 사회적 목적의식은 미학적 의식이나 감수성을 뒤틀어놓지 않았기 때문이다. 어떤 특정한 기준만을 신봉하도록 평생 훈련받아온 그는 아름다움에 대한 감각을 하나밖에는 알지 못했다. 그는 뚱뚱한 여자들과 몸매가 훌륭한 여자들을 놓고 남자가 차별해야 할 정당한 이유가 존재함을 알았고, 또한 피부 빛깔이 이런 차별을 조금도 감소시키지를 않는다는 것도 알았다. 그녀는 사실 아름다운 여자가 아니었다. 그녀는 무척 매끄럽고 거의 까만 피부에, 짧은 머리카락은 부자연스럽게 물을 들였고, 큼직한 안경으로 가린 커다랗고 교만한 눈으로 시끄러운 방 안의 사람들과 그를 분주하게 둘러보았는데, 그렇게 노려보는 시선을 에릭은 몸을 도사리는 습성이라고 이해했다. 그녀는 어깨가 어쩐지 좀 구부정해 보였지만, 그렇다고 해서 매력을 감소하지는 않았다. 에릭은 무엇보다도 그녀의 눈 뒤에 숨은 힘찬 지성을 의식하고 불안감을 느꼈으며, 입고 있는 하얀 블라우스 속 젖가슴의 모양에 시선이 끌렸다. 한참 시간이 지난 다음 침대에서, 혼자, 그날 밤을 머릿속에 되새겨보던 그는 처음 그녀에게서 매력을 느낀 것이 사실은 그녀의 눈 때문이 아니었다고 자신에게 고백했다. 그것은 그 밑의 단호한 입술이었다.

"저 사람한테 날 소개해주지 않겠어요?" 그녀는 대담한 눈으로 제리를 가리키며 에릭에게 직접 말했다. 그와 방을 같이 쓰던 제리는 체격이 아주 훌륭하고, 상당한 미남에 자신만만한 혼혈아였다. 조금 아까까지만 해도 에릭과 얘기를 나누던 그는 방금 에릭의 옆에 있는 작은 무리와 어울려 어떤 사람이 한 우스운 얘기에 잘 가꾼 하얀 이를 드러내고 웃었다.

"저 친구 이름은 제리죠." 에릭이 말했다.

"소개해주시겠어요?" 그녀가 말했다.

"당신 이름은요?"

"마고예요."

그는 친구에게로 돌아섰다. "제리." 그가 말했다. "제리, 내 친구 한 사람 소개하지."

제리는 모인 사람들로부터 마고에게로 돌아섰다. "안녕하세요." 그가 말했다.

"이름이 마고야." 에릭이 말했다.

"안녕하세요, 마고." 제리가 말했다. "알게 되어 반갑군요." 그녀가 아무 말도 하지 않고 그를 노려보기만 하자 제리는 방금 세 백인 여자들과 함께 웃고 있던 터라 거북함을 느끼고는 다시 몸을 돌렸다.

에릭은 그의 무례함에 책임을 느끼고, 어쩔 수 없는 노릇 아니겠느냐는 투로 어깨를 추스렸다.

"어쨌든 사실 상관은 없어요." 그가 무슨 말을 하기 전에 그녀가 먼저 얘기를 했다. "보아하니 사귀어도 좋은 사람이 못 되겠더군요."

이 말을 듣자 그녀의 감수성에 대한 에릭의 첫인상이 더욱 부연되었고, 그는 갑자기 제리는 누구라도 사귀기에 좋은 사람이 정말로 아니라는 사실을 깨달았다. 그러나 그는 여지껏 그런 사실을 마음속으로 받아들이지를 않아왔다. 그는 그녀에게 술을 가져다주었고, 그들은 얘기를 나누었고, 에릭은 그녀의 훌륭한 언어 구사력에 강한 인상을 받았다. 그가 아는 수많은 흑인들과는 달리 그녀는 말끝을 흐리거나 노래를 부르듯이 얘기하지 않았으며, 구사력을 과시하기 위해 빠른 속도로 말을 하거나 지나치게 장식적인 발음을 의식적으로 상냥하게 하지도 않았고, 연습을 거치지 않은 자연스럽고 침착한 정밀함을 드러내며 모든 어휘를 발음했다. 그녀는 현대문학을 상당히 많이 읽었고, 그녀의 말을 따르자면 아주 훌륭하지만 부패의 악취를 풍긴다는, 여학생만 다니는 학교에서 과학을 전공했다. 그녀는 자기 나름대로 훌륭한 사상을 많이 갖추어서, 저녁 내내 인종이나 혁명에 대한 판에 박힌 대화에 의존할 필요가 전혀 없었다. 에릭은 남의 얘기를 잘 듣는 편이었고 특히 흑인들과 같이 있을 때면 더욱 그랬기 때문에, 대화를 계속하기 위해 아무런 기름을 치지 않고도 저녁 시간이 잘 흘러갔다. 그러다가 그는 자기도 모르게 응답을 하고 자기 자신과, 학교와, 가족과, 남부 사람으로서의 사명과, 그의 삶을 이루는 요소들과, 정말로 그가 관심을 느끼는 대상들에 대한 생각을 털어놓았다. 그는 얘기를 들을 때 그녀가 취하는 독특한 태도를 눈치챘는데, 그녀는 옳다고 머리를 끄덕이거나 그렇지 않다고 고개를 젓는 적이 없었고, 오가는 온갖 얘기를 모두 머릿속에서 순간적으로 평가하여 그를 어떤 특정한 범주에 포함하려는 듯이 냉정해 보였다. 에릭은 거북하고, 수세에 몰리고, 약간 불안한 기분을 느꼈다. 마치 과거에는 흑인들과 접촉하면 자신감을 지닌 쪽은 항상 자기였고, 상대방을 편안하게 하는 데 필요한 이해를 침묵 속에서 전달하던 사람도 자신이라고 믿었던 그였기 때문에 무엇인가 결여된 기분을 느꼈다. 이제는 여태까지의 입장이 바뀌었다. 그는 그녀가 미소를 짓기를 바랐고, 그러면서도 그녀가 미소를 짓지 않기를 바랐다. 그는 그녀가 그토록 빤히 자기를 쳐다보는 시선이 싫었지만, 나중에는 그런 시선을 원했다. 그녀의 표정에서는 우월감과 철저한 소속감과 무언가 착한 겸손함 같은 분위기가 드러났으며, 초저녁에 에릭은 그녀를 무척 좋아했다가 무척 두려워하기를 반복했다. 아마도 그것은 그녀가 자기를 정말로 동등한 상대로 여겼기 때문이리라고 그는 생각했다. 아마도 그녀는 그를 자기보다 열등하다고 생각했는지도 모를 일이다. 이것은 에릭에게는 새로운 느낌이었다. 그는 그것이 좋았다. 그들은 석 잔째 술을 마셨고, 그녀는 학교의 기숙사 보모들과 그들이 매달 〈플레이보이〉 잡지로 무엇을 하는지에 대해서 무슨 재미있는 얘기를 그에게 해준 다음에 마침내 미소를 지었고, 얼굴에 보조개가 두 개 패었고, 턱을 내밀었고, 그녀의 두 입술이 벌어졌고, 에릭은 더 이상 두렵지가 않았다. 그러자 그녀가 처음부터 무척 아름다웠지만, 약을 올리려고 아직까지 그런 사실을 그에게 알려주지 않고 기다려왔다는 생각이 그의 머리에 떠올랐다.

6

에릭은 대학에서 보낸 3년 반 동안에 성적인 경험은 누구

못지않게 많이 했지만 오래 사귄 여자는 하나도 없었다. 이제 그는 지속적인 무엇을, 확실한 무엇을, 시대의 불안정을 상쇄할 무엇을 그리워하는 안타까움을 강하게 느꼈다. 그는 한 주일 동안 마고 생각을 많이 했다. 그는 그녀를 머릿속에서 몰아내고 다시 대화의 장으로 돌아갔다. 그러나 목요일 밤에 그녀가 전화를 걸어왔고, 나중에 그가 자신이 내린 판단이라고 믿었던 어떤 결정이 이루어졌다.

그들은 주말마다 만나기 시작했다. 처음에 그는 학교로 찾아가서 금요일 밤마다 그녀를 시내로 데리고 나갔다. 그는 모처럼의 특수한 관계를 필연적으로 모호하게 할 만한 앞일들을 분명히 그녀가 의식하고 있듯이 자신도 의식하고 있었으므로 무척 몸가짐을 조심했다. 그는 그들의 관계가 남다르기를 무척 바랐다. 처음 세 주말 동안에 그는 친구들의 도움을 받으며 그녀를 위해 방을 구해주었고, 그동안 그녀에게 겨우 세 번 키스를 했을 따름이다. 그러나 네 번째 주말이 시작되자 그는 무척 조심스럽고 태연하게, 자기 아파트먼트에서 같이 시간을 보내자고 그녀에게 청했다. 그녀는 무척 솔직하게 받아들였다. 그는 깜짝 놀랐고, 약간 겁이 나기도 했다. 초저녁에는 같은 집에서 지내는 제리와 함께 얘기를 나누며 시간을 보냈는데, 에릭이 쳐다보지 않을 때마다 제리는 마고를 교활한 눈으로 노려보고는 했다. 제리는 그럴 만한 자격도 없으면서 세상의 모든 것을 탐내는 그런 종류의 불행한 남자였다. 그는 성행위에 대한 재치 없는 농담을 몇 마디 하고는 혼자 잔뜩 웃어댄 다음에 그들을 집에 남겨두고 여자를 만나러 나갔다. 에릭은 무척 거북하고 초조하게 느꼈다. 그는 그녀에게서 멀리 떨어져 마룻바닥에 자리를 잡고 앉았다.

"꼭 여기 머물러야 한다고 생각할 필요는 없어." 그가 말했다. "가고 싶다면, 이해를 하겠어."

"난 있고 싶어." 그녀가 말했다.

"제리는 사실 마음이 좋은 사람이야."

"그 사람 때문에 나한테 사과할 필요는 없어. 난 그런 유형의 사람들을 잘 아니까."

에릭은 오래전부터, 그들이 처음 만났을 때 지극히 간단한 암시를 받은 이후로는 항상 그녀가 사람들을 파악하고 분류하는 뛰어난 능력을 지녔다고 의식했다. 지금 이를 다시 확인한 그는 상당히 거북해졌고 할 말이 거의 없었다.

"처음에 난 제리가 마음에 들었지만, 이제 보니 그렇지가 않아." 마고가 얘기를 계속했다. "난 그를 존경할 수가 없어."

"어째서?"

"그 사람은 목적의식이나 관심을 가지는 일이 하나도 없는 것 같아."

에릭은 마룻바닥에서 그녀 쪽으로 몸을 수그렸다. "마고는 무엇에 관심이 있는데?" 그가 물었다.

"에릭." 그녀는 상당히 솔직하게 말했다. 그녀는 그의 앞에서라면 정직하게 행동해야 가장 편했다.

"왜?"

"날 사랑하니까."

에릭은 퍽 조심스럽게 생각을 해보고는 자기도 역시 솔직해야 좋겠다고 깨달았다. "그래." 그가 말했다. "마고, 난 정말 마고를 사랑해."

그러자 그녀는 그에게로 가까이 왔고, 마룻바닥에서 그들은 키스를 했다.

그날 밤 훨씬 더 시간이 흘러간 다음에, 아늑하고 따스한 어둠 속에서 그들은 침대에 누워 얘기를 계속했다. 그들은 어릴 적 얘기를 거짓 없이 주고받았다. 마고는 그녀가 누군가를 사랑하거나 타인에 대해서 어떤 감정을 느끼는 걸 두려워하게끔 만든 레이와 행크와 모든 사람에 대해서 얘기했다. 에릭은 그의 사회의식과 맡은 일, 올바름과 너무 지나친 그릇됨, 인생에서 그가 성취하려고 했던 사명과 아직도 앞날에 그를 기다리는 것들에 대한 얘기를 했다. 그는 인종과 지성의 불평등, 혁명을 일으키는 과업, 그의 세대가 맡은 의무, 그들이 이루어야 할 변화에 대해서 얘기했다. 마고는 대의명분에는 관심이 없었다. 그녀는 인생 전체에서 뜻한 바가 단 하나일 뿐이었고 그것이 무엇인지를 알았지만, 이제는 비좁은 침대에서 젖가슴을 에릭의 몸에 꼭 누르며 그의 몸에 무척 가깝게 자신의 몸을 붙이고, 그가 한없이 얘기를 계속하는 동안에 그의 숨결을 자기 몸속에서 느끼며, 에릭이 평생에 걸쳐 달성할지도 모를 모든 목적을 자신은 지난 다섯 시간 동안 더 많이 달성했음을 의식했다. 그녀는 행복했다. 그녀는 옆에서 에릭의 목소리가 들려오는 동안에도 대의명분에 대한 얘기에는 더 이상 관심이 없었다. 대화에서 보다 밀착된 기분을 느끼기 위해 그녀는 자기가 학교를 얼마나 싫어하는지를 이야기했고, 그의 등장이 자기가 학구적인 동물이 되려는 걸 막아주었노라고 말했다. 에릭은 공감했다. 그는 독백을 끝내고 그녀가 얘기를 하도록 내버려두었다. 그는 그녀가 얘기하는 내용과 대화를 이끌어 나가는 방법이 자신을 불안하게 함을 깨달았고, 그들에게 인종 문제가 영향을 주지 않도록 무척 애를 많이 써야 한다는 걸 알았다. 그러자 그는 그녀를 어둠 속에서, 어느 때보다도 부드럽게, 중립적인 부분을 손으로 만졌고, 그녀가 손으로 그의 손을 감싸주자 그녀도 똑같은 생각을 하고 있다는 걸 알았다.

이튿날 아침 늦게 화장실로 가려던 마고는 틀림없이 이런 기회가 오기만을 기다렸음 직한 제리가 앉아서 기다리는 거실을 지나가게 되었다. 그는 다 안다는 표정으로 미소를 지었고, 그녀는 에릭의 푸른 욕의를 목까지 바싹 끌어올렸다.
"잘 잤어요?" 제리가 말했다. 그는 미소를 지었다.
"그래요."
"어땠죠?"
그녀는 그가 한 말과 그의 존재를 아예 무시해버릴까 하고 생각했다. 그러나 갑자기 지금이야말로 제리를 당분간 쫓아버리기에 적절한 시기라는 판단이 들어서 그러지 않기로 했다.
"아주 좋았죠." 그녀는 그에게 말했다.

제리는 자신 있게 미소를 지었다. 그는 미남이었고, 항상 그 사실을 의식했다. "난 더 잘해요." 그가 말했다. 그는 까만 콧수염 밑에서 반짝이는 아주 하얀 이를 그녀에게 보여주려고 미소를 그치지 않았다.

"그 얘기 내가 에릭에게 할까요?" 그녀가 말했다. "아니면 직접 하시겠어요?"

"멋대로 해요." 제리가 말했다. "그 친구도 아니까요." 그는 조금 더 미소를 지었다. 그러더니 무슨 생각이 떠올라서 고의적으로 그러는 듯 말을 덧붙였다. "이번 주일에 언제쯤 내가 전화하죠."

이제는 그녀가 그를 쳐다보고는 기분이 좋아서가 아니라 우습다는 뜻을 눈으로 나다내며 미소를 지었다. "그럴 필요 없어요."

"저 친구하고 심각한 관계야 아니겠죠? 미치광이 자유주의자하고 말예요. 아직은 제대로 철도 들지 않았고요."

마고는 방 건너편의 제리를 처음 보고는 기막힌 미남이라고 생각했던 그날 밤이 머리에 떠올랐다. 그녀는 그가 자기를 얼마나 무시했으며, 그녀가 미남 장난감을 절대로 빼앗아 가지 못하리라는 자신감에 그와 얘기를 나누던 세 명의 백인 여자들이 재미있다는 듯 미소를 짓던 장면이 생각났다. 그녀는 그들이 자기를 그런 식으로 비웃도록 그냥 내버려두었던 제리가 싫었다. 이제 그녀는 그의 기분을 상하게 하고 싶었다.

"어젯밤 만난 앵글로 색슨 여자는 어땠어요?" 그녀가 물었다.

“아주 좋았죠.” 미소를 짓자 제리의 이가 다시금 새하얗게 반짝였다.

“그 여자가 다음 주말에 당신한테 전화를 걸까요, 아니면 다른 남자를 만날까요?”

“도대체 그게 무슨 소리죠? 그 여잔 내 거라고요.”

“그럼 당신이 부르기만 하면 그 여자가 오나요?”

“그래요.”

“왜요?”

“내 여자니까요!” 제리가 말했다. 그는 미소를 짓지 않았다. 그는 무척 초조해했다.

마고는 자기가 이기고 있다는 걸 알았다. “다음번에 그 여자가 전화를 걸면, 허둥지둥 달려가기 전에 그녀가 혹시 당신 얼굴을 기억하고나 있는지 한번 물어보세요.”

“그건 도대체 무슨 뜻으로 하는 소리죠?” 제리가 말했다.

그러나 그녀는 이미 화장실로 들어가서 문을 잠가버렸다. 제리는 거실 의자에 앉아서 자기가 당한 꼴인지 아닌지 궁금한 생각이 들었다. 그러자 그는 화장실에서 물을 틀어놓은 소리보다 훨씬 잘 들릴 만큼 미리 계산한 큰 소리로 부자연스럽게 호탕한 웃음을 터뜨렸다. 그는 자신이 당했다고는 생각하지 않았다. 그런 생각을 하다니 한심한 노릇이었다. 그가 사귀던 여자는 동부에서 가장 유서 깊고 부유한 가문들 가운데 한 집안의 자유분방한 딸이었으며, 그녀의 가문이 세 세대에 걸쳐 축적한 돈이 그의 차와 호주머니 속에 잔뜩 든든하게 투

자되어 있었다.

"바보 같은 년." 제리가 소리쳤다. "정말 한심한 년이로구나."

7

그 주일에 마고는 맑은 정신으로 공부를 할 상태가 전혀 아
니었다. 그녀는 아무것도 하기가 싫어졌다. 그녀는 한 주일 내
내 주말을 생각할 때만 기분이 좋았다. 그녀는 낮이면 침대에
누워서, 지난 주말로부터 조심스럽게 건져내어 간직한 자신과
그의 사상들을 뒤적이면서 즐거워했다. 그녀는 틀에 끼워 화
장대에 올려놓은 그의 사진을 올려다보면서 그의 얼굴을 보는
새로운 각도를 찾아낼 때마다 기분이 좋아졌다. 그녀는 다른
여자들을 방으로 들어오게 해서, 사진을 보고 그들이 불안해
하는 기미가 보이면 기분이 좋았다. 그녀는 특히 그의 용모에
대해서, 코의 날카로움과 그 코가 예민한 얼굴과 얼마나 잘 어
울리는지에 대해서, 우뚝 튀어나온 턱의 단호하고 민감한 인
상에 대해서, 따스한 눈초리라든가 미소를 지을 듯 구슬퍼 보
이는 입에 대해서 그들이 무슨 듣기 좋은 얘기를 하지 않고는
배길 수가 없게 되면 특히 기분이 좋았다. 그녀는 혹시 그들
두 사람이 결혼할 마음인지를 예외 없이 묻거나, 아주 진지하
게 그럴 가능성을 고려하는 중이라는 그녀의 말을 듣고 나서
거의 사과에 가까운 말투로 어떤 여자들이 즉흥적으로 사교
적인 평가를 할 때면 기분이 좋았다. 그리고 그들 가운데 몇

사람이 남몰래 미소를 짓고는 다 빤한 얘기라는 듯 다른 여자
들에게 눈짓하는 꼴은 보지 않으려고 애썼다.

그녀는 주말을 기다릴 뿐 다른 일은 아무것도 하지 않았다.
주말이 오면 아주 아름다운 시간을 보냈고, 새로운 사상을 마
음속에 담아 캠퍼스와 그녀의 방으로 돌아와서는, 다음 주말
까지 자신의 사상에 비춰 그의 사상을 검토하고 선택해가며
따져보았다. 그녀는 학기말 시험에서 두 과목이 낙제를 했지
만, 통과하고 싶었던 생각이 애초부터 없었던 터라 신경을 쓰
지 않았다. 7월이 되어 이제는 주말을 기다릴 필요가 없어지
자 그들은 여름을 보내기 위해 캘리포니아의 해변에서 무척
가깝고, 아주 작고, 아름다운 마을로 함께 떠났다. 그들은 낮
이면 에릭이 관계된 사회사업을 했고, 밤이면 따스한 모래가
깔린 바닷가를 거닐었다. 에릭은 축축하고 하얀 모래밭에다
그녀에게 바치는 짤막한 시를 썼고, 달빛 속에서 그녀는 바다
에서 밀려 올라온 하얀 거품이 씻어가기 전에 그 시를 빨리
외우는 버릇을 익혔다. 가끔 그들은 따스한 밤의 고요함 속에
누웠고, 파도가 그들의 맨발까지 올라오는 동안 얘기를 나누
고, 키스를 하고, 별들과 저 멀리 수평선을 쳐다보았다. 또다시
그들은 그의 사회적인 의무를 얘기했고, 그녀는 다시금 내용
을 분석해가면서 그의 얘기에 귀를 기울였다. 그녀는 밤이면
어둡고 따스하고 축축한 모래밭에서 사회나 공동체 따위는 생
각하고 싶지 않았다. 그녀 자신이나 그녀에게 행복을 주는 그
의 한 부분 이외에는 아무 생각도 하고 싶지가 않았다.

"우린 결혼해야겠어." 어느 날 밤 그는 그녀의 귓전에다 대고 말했다. "여름이 가기 전에 어서 그렇게 해야겠어."

그녀는 여자 친구들과 그들이 했던 사교적인 평가들을 생각해보고 말했다. "모두 우리의 앞날이 한심할 거라고 생각해."

"난 개의치 않아." 에릭이 말했다. "나도 뜻하는 바가 있으니까."

"난 나중에 마음에 상처를 받아 자기가 나를 미워하게 되기를 바라지 않아."

"미워할 리가 없어." 그가 말했다. "난 그런 사람이 아냐."

"하지만 사람들이 자기를 그런 사람으로 만들어놓겠지."

그는 그녀의 귀에다 입을 맞추었다. "세상이 이제는 많이 달라지고 있어. 몇 년만 지나면 아무도 그런 문제는 따지지 않게 될 거야."

"그렇게만 된다면 얼마나 좋겠어."

"하지만 그건 사실이야." 그가 말했다. "두고 보라고. 서른다섯이 넘은 사람들이 다 죽고 나면 새로운 사회가 마련될 테니까."

"난 어떤 사상으로 자기를 몰아넣고 싶지는 않아, 에릭. 자기 생각이 틀렸을지도 모르고, 그러면 날 미워하게 되겠지."

에릭은 자기가 틀렸다고는 생각해본 적이 없었다. 사명이라는 그의 개념은 그가 틀렸다고 믿는 것과의 투쟁만을 뜻했다. "두고 보라고." 그는 그녀를 안심시켰다. "서른다섯이 넘은 사람들만이 그런 생각을 해. 우리 힘으로 그들의 사고방식을 바꿔놓을 수가 없다면, 그들이 물러설 때까지 기다리면 그만이야."

"있잖아," 마고가 말했다. "날 제발 개혁 운동의 대상으로 삼지는 마. 난 그렇게 되고 싶지는 않으니까."

"어떻게 그런 소리를 해? 난 당신을 사랑해."

"그러지 마."

그는 그녀에게 다시 키스를 했고, 그러고는 꼼짝도 않고 조용히 어둠 속에 누워서 더 커다란 파도가 밀려와 그들이 바닷가로 다시 쫓겨 올라가게 될 때를 기다렸다.

8

그해 가을에 그녀는 부모에게 학교의 고립된 분위기를 이제는 더 이상 견뎌내기가 힘겹기도 하거니와 차라리 혼자 책을 읽고, 지성적인 사람들을 만나고, 도시에서 얼마 동안 일을 하면 배우는 바가 훨씬 더 많으리라 설명하고는 학업을 아주 중단했다. 그녀는 에릭이 사는 집에서 아주 가까운 곳에 사무원으로 일자리를 얻었다. 그들은 주택 구매자들을 위한 목록을 가지고 함께 그녀가 살 작은 아파트먼트를 구했다. 처음에 그들은 같이 살 생각을 해보았지만 그녀의 부모가 신분 계층에 지극히 민감하고, 안 그래도 학교를 그만두어 부모에게 걱정을 끼친 터라 그 제안을 마고가 반대했다. 그들은 얼마 동안 서로 떨어져 사는 편이 더 좋을 듯하고, 갈라져 살기가 너무 불편하면 언제라도 그녀의 아파트먼트로 이사를 들어가면 된다는 데 의견을 같이했다.

살림이 시작되었다. 에릭은 학교로 가고 그녀는 직장으로 나갔으며, 그들은 날마다 만나서 점심을 같이 들었다. 그러고는 에릭은 다시 공부를 하러 가고 그녀는 일을 하러 돌아갔다. 저녁에는 그녀의 아파트먼트에서 다시 만났는데, 그러면 저녁 식사와 그 후의 일이 뒤따르게 마련이었다. 그녀는 혼자 요리를 배워, 그를 놀라게 해주려는 마음으로 부엌에서 새로운 요리를 만들어내는 방법을 익혔다. 그는 그녀가 만든 새로운 요리를 보면 언제나 무척 기뻐했다. 때때로 그들은 행복감에 젖어 너무 오래 서로 부둥켜안고 시간을 보내느라 밤이 깊은 다음에야 식사를 했다.

어느 주말에 그는 그녀를 부모에게 인사를 시키러 뉴햄프셔로 차를 몰고 갔다. 그들은 퀘이커 교도였고, 아들이 소중하게 생각하는 여자를 집으로 데리고 온다는 사실을 알기는 했지만 그들이 도착했을 때 아버지는 숲으로 사냥을 나가고 집에 없었고, 날씬하며 몸가짐이 정중하고 에릭처럼 머리카락이 갈색인 쉰 살의 어머니는 차를 내놓더니 방의 반대쪽에 놓인 의자에 1인용 방석을 깔고 앉아서 얌전하게, 하지만 눈물이 글썽글썽한 눈으로 마고를 쳐다보았다.

"우린 오늘 밤으로 결혼을 해야겠어." 집으로 차를 몰고 돌아오는 길에 에릭이 그녀에게 말했다. "이왕 나중에라도 결혼을 해야 할 처지라면 지금 당장 해야 해."

"아냐. 지금은 안 돼." 그녀가 말했다. 그녀는 그의 집을 방문하면서 괴리감을 확인했고, 어느 만큼이나 자신의 존엄성을 지켜냈는지는 모르겠지만, 어쨌든 난처해진 에릭의 입장을 이용하고 싶지는 않았다. "기다리기로 해."

"나이가 서른다섯이 넘은 사람들이라서 그래." 그가 말했다. "이해를 못하시겠지."

그녀는 지금 아주 신속하게 판단을 내렸다. "세상 사람들의 절반은 나이가 서른다섯이 넘어." 그녀가 말했다. "우리가 무엇을 증명하려고 이러는 거지?"

"증명할 건 없어. 그저 우리도 살 권리가 있다 그것뿐이야."

유료도로를 따라 그가 속도를 내는 동안 그녀는 침묵을 지켰다. 그녀는 그가 훨씬 더 빨리 차를 몰아주기를 바랐다. 그녀는 차에서 내려 차보다 훨씬, 훨씬, 더 빨리 달려가고 싶었다. 그녀는 울고 싶었다. "얼마 동안 우리 문제는 덮어두기로 해." 그녀가 불쑥 말했다. "우리 두 사람 다 다른 친구들을 사귀는 게 좋을지도 몰라."

"왜?"

"그저 그러는 게 좋을지도 모르니까 말이야."

"난 마고가 다른 사람을 만나는 걸 원하지 않아."

"이래 봤자 소용없겠으니까 그래."

"그렇다면 그냥 결혼을 해버리자니까."

"싫어."

"날 사랑하지 않는구나."

"그게 아냐." 그녀가 말했다. "난 그저 자기의 사상이 무서울 뿐이야."

외치는 소리

그는 창 옆에 앉은 그녀를 넘겨다보았다. 그녀는 길가 숲 속의 시커멓거나 짙푸른 나무의 뭉개진 형태를 내다보았다.

"내 사상이 어때서?" 그가 말했다.

"모르겠어. 난 내가 자기에게 인간으로서 존재하는지 아니면 개념으로서 존재하는지를 알 수가 없어. 조금 아까만 하더라도 거기에서 내가 무슨 꼴같잖은 대의명분이 되었다는 생각이 들었어."

"한심한 소리 하지 마." 그가 말했다. 그러나 그는 아주 천천히 말을 했다. "그건 말도 안 되는 소리라는 걸 마고도 알잖아."

마고는 대답하지 않았다. 그들은 거의 입을 열지 않은 채 시내로 차를 몰고 들어갔다. 아파트먼트 문간에서 그녀와 헤어지며 에릭은 머리를 떨구고 그녀의 팔을 잡았다.

"기다리기로 하지." 그는 그녀에게 말했다. 그러나 그는 그녀가 자신의 눈을 보지 못하게 고개를 숙였다.

9

전혀 아무런 이유도 없이 어디에서인가^{베트남} 전쟁이 벌어지고 있던 터라 학생들은 새로운 대화를 나누게 되었다. 이제는 요약을 하지 않은 체 게바라의 책들이 상점에 나돌았고, 여러 빛깔로 반대하는 포스터들을 인쇄해서 수많은 사람들이 밥벌이를 했다. 평생 동안 배고픔이라고는 알지도 못한 사람들이 이제는 단식을 했는데, 그들은 이름을 알리기 위해서 배지를 착용하고 단체로 그런 일을 했다. 이것은 포용력이 강하고 거창한 대화였으며, 수많은 사람들의 말을 받아들일 여지가 넉넉했다. 모든 사람이 기고를 해야 했고, 모든 사람이 기고를 해도 되었고, 어휘들이 강력한 전선을 형성했다. 몇 년 전 남부에서는 아주 훌륭했지만, 대규모 이동과 흑인 의식의 도래로 빛을 잃었던 바로 그 사람들이 이제는 더욱 화려하고, 더욱 단호하고, 새로운 목표에 대해서 더욱 공격적인 자세를 앞세우고 돌아왔다. 동해안의 모든 지역 대학 사회에서는 대화가 없는 파티를 사람들이 꺼릴 지경이 되었다. 경제적이 아닌 어떤 심한 공황 때문에 밀려난 이런 사람들이 대규모로 전국을 횡단해서 건너왔는데, 뿌리 없이 무엇인가를 추구하던 이들은 밤거리를 배회하고 지하실에서 잠을 잤으며, 무리를 지어 공원에서 책상다리를 하고 앉아 머리카락을 길게 기르고 얘기를 나누었고, 비밀스러운 무엇인가를 붕괴시키자고 공개적으로 항상 얘기를 하고 음모를 꾸몄다. 모든 사람은 마치 그렇게 하면 자아를 주장하는 무슨 선언이 되거나 전통으로부터의 긍정적인 탈피라도 되는 듯 머리를 길게 길렀다. 그러나 모든 사람이 결국 똑같은 모습이 되어 어떤 사람들에게는 그런 현상과 대화가 쓸모없어졌다.

에릭은 머리를 길게 기르지 않았다. 에릭은 그러기에는 너무 앞서 가는 사상가였다. 그는 군중에게서 목적에 대한 불성실함과 태만함을 보았고, 그런 요소들로부터는 분명하게 거리를 유지했다. 행동은 인간의 정확한 표현이어야 한다는 게 그의 변함없는 철학이었다. 그래서 그는 머리카락을 갈색으로 그대로 두고 짧게 깎았으며, 면도를 말끔하게 하고, 말을 거의 하지 않았다. 그는 또한 불가능한 대상들을 옹호하는 어떤 사람들이나 단체에 대해서 까다로운 태도를 취했다. 그러나 다른 것들을, 기억해봤자 조금도 좋을 바가 없는 것들을 망각하는 데 도움이 되었기 때문에 대화를 사랑했고, 대화를 가까이했다. 그는 기다렸다. 그러나 자신이 무엇을 기다리는지를 알지 못했고, 이해를 하려고 애를 쓰지도 않았다. 때때로 그는 그것이 마고라고 생각했으며, 때로는 그렇지가 않다는 걸 알았다. 가끔 그는 그것이 서른다섯 살이 넘은 모든 사람에 맞서도록 스스로 자신에게 부여한 불침번이요 감시라고 생각했다. 그리고 나중에는 가끔 그것이 나이가 서른다섯이 넘은 사람들뿐이 아니라 그의 주변에 존재하는 모든 사람과 모든 현상이 끝장나기를 기다리는 행위일지도 모른다는 생각이 들었다.

그러나 무엇인가를 기다린다는 것, 모든 것이 끝장나기를 기다린다는 것은 특히 밤에는 무척 힘든 일이었다. 그런데 아무 일도 일어나지 않았다. 반전 모임에 참석하러 간다는 것, 항상 모임에 간다는 것만으로는 충분하지가 않았으며, 아직도 무엇인가 허전했다. 그는 혼자서 밤에 잠자리에 들어 머릿속으로 자신과 진실한 얘기를 나누기 시작했다. 마고를 사랑하고 필요로 한다는 사실을 에릭이 깨닫게 된 까닭은 그녀가 흑인이고한때 그에게 무척 가까웠던 어떤 목적의식과 본질적으로 일치하기 때문이 아니었다. 지금까지는 그가 의식하지 못했던 어떤 느리고 은밀한 과정을 통해서 자신의 내면에 그녀를 위해 1년 이상에 걸쳐 자리를 마련해왔기 때문이었고, 이제는 그 자리가 빈 채로 기다리고 있지만 그것을 대신 채워줄 대상이 전혀 없기 때문이었다. 혁명과 전쟁에 대한 대화만으로는 충분하지가 않았으니, 밤이 되어 단체들이 사라지고 얘기를 나누던 사람들이 여자 남자 짝을 지어 가버리고, 그들 두 사람만 남은 다음에도 남자와 여자가 짝을 지어 아까부터 그들을 흥분시킨 사상들에 관한 대화를 계속하며 어디론가 다 가버리고 나면 그런 어휘들은 실체를 상실하기 때문이었다. 에릭의 마음속에는 공허함이, 침대에는 텅 빈 공간이, 특히 밤이면 그가 특별히 마련해놓았고 이제는 그를 괴롭히게 된 마음속의 공터에는 허무만이 남았다. 그에게는 수용할 공간이 있었지만, 그의 마음속 모든 공간을 채울 만한 여자는 어디에도 없었다. 그러려면 적어도 두 명, 어쩌면 세 명의 여자가 필요했을지도 모른다. 그러나 그는 오직 한 여자만을 원했고, 그의 목전에 닥쳤다고 생각하는 심오한 갈등 때문에 그녀를 부를 수가 없었다. 갈등의 양쪽 끝은 다 결혼에 닿았다. 만일 그녀에게 그가 다시 청혼을 한다면 그것은 그가 섬기는 명분이나, 조금쯤은 아버지 같은 태도나, 가족에 대한 반발과 서른다섯 살이 넘은 사람들에 대항하는 투쟁 따위의 이유들, 그러니까 그녀가 두려워하던 똑같은 이유들 때문에 취하는 행동이라고 그녀가 생각하리라는 사실을 그는 빤히 알고 있었다. 그녀는 거절할 터이고 그는 자신의 참된 동기가 무엇인지를 스스로 알지 못했으므로, 그렇지 않다고 그녀를 납득시킬 가능성이 절대로 없으리라는 것을 알았다. 그런가 하면 다시는 청혼을 하지 않으면서 그녀를 만나자고 한다면, 그것은 그녀의 생각이 처음부터 옳았으며 그는 그녀를 다만 명분이요 개념이요 목적으로만 여겼을 뿐이었음을 그녀에게 암시하는 결과를 가져올 노릇이었다. 그러다가 그의 동기를 인정하게 된다면 그의 침묵은 그녀가 그의 동기 자체에 대해서 품었던 바로 그 의혹을 인정하는 죄의식으로 풀이가 되리라. 그는 그녀에게 전화를 걸 수가 없었지만, 그렇다고 해서 그녀를 마음속에서 지워 버리기도 불가능했다.

그러던 어느 날 밤, 그러기 전에는 더 이상 잠을 이룰 길이 없음을 깨닫고 한 주일이나 머릿속에서 따져본 다음에 그는 그녀에게 전화를 걸었다. 그리고 나중에, 잠자리에서 그녀는 그의 아기를 원했고, 그는 갈등이 두렵고 결과가 너무나 복잡해질까 봐 두려워서 그녀의 소원을 들어주지 못했다. 그는 이튿날 아침 아주 일찍, 그녀가 잠을 깨기 전에 빠져나왔다. 그러나 방을 나서기 전에 그는 침대가에 멈춰 서서 신비한 아름다움을 간직한 채로 잠이 든 그녀를 내려다보았다. 그는 그녀를 만져주거나 무엇인가 자취를 남기고 싶었다. 때때로 아주 멀어지기는 했지만 과거에 존재했고 아직도 존재하는 모든 아름다운 추억을 그가 그대로 간직하고 있다는 걸, 그리고 그에게는 아직도 기다릴 능력이 있다는 걸 그녀가 잠이 깨면 알 수 있도록 방에다, 침대에다 무엇인가를 남겨놓고 싶었다. 그

러나 만일 그가 쓰다듬어주면 그녀가 잠을 깨고, 얘기를 하게
되고, 그가 남겨줄 만한 것이라고는 장래를 복잡하게 만들 그
무엇 하나뿐임을 알았으므로, 그냥 그녀를 한참 내려다본 다
음 떠날 수밖에 없었다.

10

"에릭, 어디 갔어? 에릭."

아침이었고, 그는 가버렸다. 마고는 침대에서 움직이지 않았
다. 그녀는 그가 가버렸다는 걸 알고는 부엌이나 화장실을 들
여다보며 마음의 상처를 더 받고 싶지는 않았다. 또한 그가 다
시는 돌아오지 않으리라고 생각했으며, 언제가 될지는 모르지
만 만일 그가 다시 돌아오더라도 다섯 시간 전에, 동이 트기
직전에, 밤중에 찾아왔을 때와는 상황이 전혀 다르리라고 판
단했다.

시간이 무척 늦었지만 그녀는 출근을 하고 싶지 않아서 침
대에서 나오지 않았다. 그녀는 공허감을 느꼈고, 텅 빈 마음을
견디기가 어려웠다. 허전한 마음을 옷으로 가리고 자기보다
마음이 충만한 사람들이 떼를 지어 몰려다니는 길거리로 나
가고 싶지 않았으니, 거리를 오가는 사람들에게는 가야 할 중
요한 목적지가 따로 존재했으며, 그들은 그런 곳에서 필수적인
무슨 일인가를 하고는 날마다 거리를 오가면서 하루의 일이
끝나기를 기다리다가, 훨씬 나중에 저녁이 되면 그렇게 열심히

일한 보람을 느끼게 해주는 소중한 사람들을 만나려고 더 좋은 곳으로 찾아간다. 그녀에게는 이런 즐거움이 하나도 없었으며, 자신의 마음속에 존재한다고 그녀가 느꼈던 허무함이 아니라 보람을 느끼는 사람들에게는 그녀는 가까이 가고 싶지 않았다.

그녀는 잠이 들었다. 다시 눈을 떴을 때는 늦은 오후라 침실 창문 밖에서 집으로 돌아가는 차량들의 소리가 들려왔다. 그녀는 침대에 누운 채로 점점 어두워지는 하얀 천장을 지켜보았다. 다시 잠이 들 무렵에는 천정의 변화에서 자신의 상황과 연관된 어떤 철학적인 교훈을 얻어내려고 머릿속이 복잡해졌다. 다시 잠이 깨어서 보니 이번에는 방 안이 상당히 어두웠고 바깥은 밤이 깊었다. 목소리들이 다른 목소리들을 부르고 있었으며 어떤 사람이, 한 젊은 여자가 저 멀리 길거리 아래쪽에서 웃었다. 그러자 그녀는 울기 시작했다. 어둠 속이었기 때문에 더욱 심하게 흐느꼈다. 얼마 후 자신의 몸을 가눌 수가 없게 되자 그녀는 서서히 무의식적으로 침대에서 마룻바닥으로 내려갔고, 계속해서 흐느껴 울었다. 완전히 캄캄한 방에서 우는 목소리가 어찌나 컸던지 그녀는 문이 쾅 닫히고 그 뒤에서 들려오는 목소리를 들을 수 없을 지경이었다.

"이 여잔 언제까지 울려고 저러는 걸까?"
"다른 감정은 아무것도 느끼지 못하게 될 때까지는 저러겠지."
"누구 때문에 우는데?"

"자기 자신과 보다 훌륭한 선택을 한 다른 모든 사람 때문에."

"하지만 저 꼬락서니를 봐. 저게 보다 좋은 선택일까?"

"적어도 저 여잔 괴로워할 줄은 알아. 비겁한 사람들은 절대로 괴로워하지 않거든."

"현실적인 게 어째서 비겁해?"

"그건 성장을 목 졸라 죽이니까."

"저 여자가 성장하는 중이라고 말해도 될까?"

"그럼. 저 여자는 무엇인가를 이룩하는 중이야."

"무엇을?"

"내면의 그 무엇인가를."

"하지만 그것이 그녀에게 도움이 될까?"

"그것이 무엇을 몰아내는지 와서 봐. 그리고 그것이 무엇을 간직하는지를, 어떻게 그녀가 성장하는지를 와서 보라고."

11

마고 페인은 한 주일에 사흘 밤 그리고 토요일 온종일 빈민가 주택 관리소에서 하는 사회봉사를 시작했다. 담당했던 가난한 사람들을 그녀는 무척 능률적으로 다루었지만, 그녀가 웃는 얼굴을 보았다고 말하는 사람은 아무도 없었다. 혁명에 대한 논쟁은 한때 무척이나 많았던 자원봉사자들을 빈민가에서 끌어냈다. 비능률적으로 운영되던 주택 관리소로 왔다는 사실은 그녀에게 두 가지로 보탬이 되었으니, 우선 그녀는 원

하는 만큼의 시간을 소모하기가 어렵지 않았으며, 그곳은 원
하는 만큼 많은 일감을 그녀에게 제공했고, 최대한 감당할 만
큼 많은 물질적이고 실질적인 목적을 달성하려는 그녀의 욕망
은 관리소 측에도 도움이 되었다. 두 번째로, 그런 활동은 그
녀가 타고난 흑인 신분으로 되돌아가게 해주었다.

그녀는 이지적이고, 민첩하고, 봉급을 받는 대부분의 직원
들보다 훨씬 유능했다. 그러나 개인적인 신상에 관한 얘기는
전혀 하지 않고 사무실의 어느 남자에게도 미소를 짓지 않는
그녀를 고등학교만 졸업한 여직원들이 시기해야 할 이유는 없
었다. 그런 까닭에 그곳에서 일하던 많은 남자들에게는 그녀
가 퍽 신비하고 지극히 흥미로운 존재로 여겨졌다. 대부분의
사람들이 그저 일하는 시늉만 내면서 빠져나갈 핑게를 찾는
사무실에서 그토록 오래 열심히 일하는 이유와 그녀에 대해
무척 흥미를 느낀 사람들 가운데 한 사람이 찰스 라이트였다.

라이트는 지능은 평범하고 이해력은 더욱 모자라지만, 끈기
가 많은 사람이었다. 그는 남부 어느 곳의 아주 작고, 아주 시
시한 대학을 다니며 역사와 정치학에서 상당히 애매한 학위
를 받았으므로 전혀, 아무 일도 맡을 자격이 없었다. 그러나
이런 하찮은 명예에다가 흑인인 덕택에 연방에서 후원하는 수
많은 빈민가 정책에서 일자리를 얻고도 남을 만한 자격을 얻
었다. 그곳에서 그는 약속들을 조종하고 가난한 사람들의 삶
을 좌절시키며 상당히 많은 보수를 받았다. 그는 이것이 자기
가 주도한 일은 아니며, 실수를 일삼는 냉소적인 자들과 수많

은 무능력자들과 사회개혁론자들 때문에 개선이 불가능한 체제에서 다른 사람들이 이득을 보기 전에 자신이 먼저 챙길 것을 챙겼을 따름이라고 생각했다. 그에게는 그것이 제대로 일이 이루어지도록 진지하게 애쓰는 모든 사람에게 보복을 하려는 조직 속에서 자신의 삶을 최선의 방법으로 꾸려 나가려는 노력이었다.

끈기를 보이며 천천히 집요하게 일하는 사람이었던 탓에 그에게 친절하게 대해주는 여자는 극히 드물었고, 그래서 그런 직장을 얻은 그의 가장 큰 목적은 자동차와 고급 위스키와 훌륭한 아파트먼트와 재단이 잘된 양복을 사는 데 필요한 돈을 넉넉하게 벌고는, 그것을 아내를 얻기 위한 미끼로 모두 쓰려는 것이었다. 그의 계획은 성공을 거두지 못해서 지금 그는 학교를 나온 지 7년이나 되었는데도 아내가 없었다. 비록 수염을 잔뜩 기르고, 멋진 옷을 걸치고, 상당히 알찬 기분파로서의 명색을 유지하려고 열심히 노력했지만 내적으로 그는 절망적이었고, 무엇인가를 계속 추구했고, 여전히 열심히 일만 했다. 그는 나이가 스물여덟이 다 되었다. 그가 잘 대해주었으며 자기에게도 마찬가지로 잘 대해주기를 참을성 있게 기대했던 여자들은 그가 일이나 열심히 하는 나이 많은 말단 직원이며 친절하게 대해줄 필요가 없는 남자라고 생각했다. 그는 마지못해 일을 할 때도 변함없이 착했으며, 사회적으로 훨씬 보잘것없는 여자들에게까지도 끊임없이 이용을 당했다. 그의 아파트먼트에서 저녁을 같이 보낸 여자들은 대부분 일부러 비위를 맞추려고 열심인 그의 성품을 보고는 그가 첫 번째나 두 번째, 기껏해야 세 번째 만남에서 딱지를 놓아도 별로 개의치 않고 저녁 시간을 같이 보내자고 다시 한 번 전화를 걸어올 위인으로, 요구가 심하지 않은 그런 종류의 사내임을 쉽게 눈치챘으므로 그는 섹스를 별로 맛보지 못했다.

마고는 처음 몇 번은 그의 초청을 거절했다. 그러나 주말이면, 밤에 외로움이 자신을 사로잡을 때면 그녀는 무언가 아쉽다는 현실을 인식하게 되었다. 사무소에서 지낸 처음 몇 주일 동안에 그녀는 찰스 라이트에 대해서 알 만큼은 모두 파악을 했고, 거리감을 유지할 수 있도록 미리 손을 쓰며 친절하게 대해주면 그가 쓸 만하리라는 사실을 깨달았다. 그녀는 비참한 상태에서 자신이 내적으로 무엇인가 견실한 근거를 재창조하기 위해서는 자기에게 무척 흥미를 느끼는 어떤 사람이, 항상 근처에 머물며 그녀가 어느 정도 조종할 수 있는 어떤 사람이 필요함을 깨달았다. 그녀는 그의 아파트먼트에서 저녁 식사를 같이하자는 초청을 뒤로 미룬 다음 여섯 주일쯤 지나고 나서 처음으로 찰스 라이트에게 전화를 걸었다. 그는 마지막으로 그들이 얘기를 나누었을 때와 똑같은 상태였고, 그녀를 위해 저녁 요리를 해주고 싶어 하는 눈치가 역력했다.

그런 식으로 시작이 되었다. 그들은 무척 자주 만나 시간을 같이 보내기 시작했고, 그녀는 찰스에게 친절히 대해주면서도 남자로서의 그에 대한 흥미보다는 자비심에서 그에게 말동무가 되어준다는 사실을 의식하며 조금씩 기분이 좋아졌다. 그녀는 아직도 남아 있는 과거의 자아를 그와의 만남을 통해 없애보려고 무척 열심히 노력했다. 남자는 그녀와 자리를 같이 한다는 것, 오직 그것만으로도 고마움을 느꼈다. 물론 때때로 그는 그녀를 유혹하려고 했지만, 별로 횟수가 많지 않았던 그런 시도는 번번이 그녀가 주지 않겠다고 생각한 무엇을 갈구하는 처량한 애원으로 끝이 났다. 그녀는 그를 불쌍하게 생각했지만 그를 사랑하지 않았고, 그의 애원을 가엾게 여기기는 했지만 그에게 무엇이라도 줄 마음이 들지 않았다. 그들은 함께 외출했고, 같이 앉아 얘기를 나누었고, 키스를 했고, 미소를 짓고 떨어져 앉았다가는 키스를 좀 더 했다. 그러나 이런 모든 행위에서 그녀는 아무것도 느끼지를 못했다.

"난 당신을 내 멋대로 다루고 싶지는 않아." 또다시 거절을 당한 다음에 침실에서 찰스가 그녀에게 말했다. "난 당신을 내 멋대로 다루고 싶지는 않아요."

"나도 그건 알아요."

"난 정말 당신을 무척 좋아해요. 그건 알겠죠?"

그녀는 잠잠했다.

"사실은 말이죠," 찰스가 말했다. "난 당신을 사랑해요."

"그러면 안 돼요." 그녀가 말했다. "당신은 아무도 사랑해서는 안 돼요."

"내가 바라는 건 결혼뿐이에요." 찰스가 말했다. "솔직히 얘기하면, 내가 바라는 건 그게 전부죠."

또다시 그녀는 아무 말도 하지 않았다.

외치는 소리

“나하고 결혼하지 않겠어요?”

그녀는 여러 해 동안 함께 살며 그의 얼굴만 보고도 그가 스스로 깨닫기도 전에 그의 마음을 먼저 알게 되는 그런 지경에 이르면 어떻게 될지를 잠깐 생각해보았다. “난 누구하고도 결혼할 수가 없어요.” 그녀가 마침내 말했다.

“에릭 때문에 그래요?” 물론 그녀는 에릭에 대한 얘기를 그에게 했다.

“아뇨. 그건 정말 이제는 끝난 일이죠.” 그녀는 딱딱한 표정을 지었다. “지금 난 그를 미워하는 것 같아요.”

“당신은 결혼을 하거나 뭐 그래야 해요. 학교로 돌아가도록 해요. 그러지 않으면 당신은 다른 녀석들에게 이용이나 당하고 말 테니까요.”

“그렇게는 안 될 거예요.”

“내가 당신을 이용하지 않으리라는 건 알죠?”

“알아요.” 그녀는 그의 무릎에 손을 얹고는 에릭과 그와 함께 보낸 마지막 밤과 그 이후의 끝없는 날을 생각했다. 어둠 속에서 울던 일과, 울음을 멈추게 만든 아파트먼트 문 저쪽의 목소리와, 문을 요란하게 두드리던 소리를 생각했다. 그녀는 홑이불로 몸을 감싸고는 문으로 갔다. 그는 술이 취해서 시끄럽게 떠들며 에릭과 그녀의 관계는 이제 다 끝났으니 자기하고 같이 자자고 고집을 부리던 에릭의 친구 젤리였다. 젤리는 친구를 한 사람 데리고 왔다. 두 사람 다 모두 끝난 일임을 알고 있었다. 두 사람 다 그녀에게 같이 자자고 고집을 부렸다.

그녀는 문을 쾅 닫아버리고 거실 마룻바닥의 양탄자 위에 쓰러졌다. 그리고 실컷 울었다.

"난 누구하고도 결혼할 수가 없어요." 그녀는 찰스에게 말했다. "나는 누구도 사랑할 수가 없어요."

그는 그녀가 자신의 마음을 오해하지 않도록 무척 부드럽고 아주 조심스럽게 이마에다 키스를 해주었다.

"정말로 난 당신을 좋아해요." 그녀가 말했다. 그러더니 그녀는 그에게 마주 키스를 해주면서, 그에 대해서 자신이 느끼는 아주 작은 애정이나마 드러낼 수 있는 유일한 방법으로 그에게 친절히 대해줘야겠다고 마음속으로 결심했다.

찰스 라이트를 좋아하기는 별로 어려운 일이 아니었다. 그는 그에게 전혀 친절하지 않았던 다른 모든 여자에게 드러내지 않고 아껴두었던 부드러움과 애정을 그녀에게 쏟았다. 그는 마치 그녀가 여태껏 차지하지 못했고 세상에서 앞으로도 절대로 차지하지 못할 모든 여자를 상징하기라도 하는 듯 아주 격렬한 성행위로 그녀를 만족시켰다. 그는 만족감을 주었고 상냥하기도 했다.

때때로 밤에 신경이 예민해져 그녀의 몸이 경련을 일으켜 잠에서 깨어나 눈을 뜨면, 어둠 속에서 진심으로 걱정스러운 표정을 지으며 하얀 눈으로 그녀를 내려다보는 남자가 눈에 띄었다. 그는 손으로 그녀의 몸을 관능적이 아니라 아버지처럼 위로하듯 어루만져주고는 했다.

"왜 그래?" 그가 묻고는 했다.

외치는 소리

"아무것도 아냐."

"약이라도 갖다 줄까?"

"아니."

"악몽을 꾸었어?"

"꿈 때문이 아냐. 난 그냥 가끔 이래."

"정말로 날 사랑해?" 그가 묻고는 했다.

이제 그녀는 그가 늘 곁에 있어주었고, 아주 자그마한 애정이나마 어떤 확실한 응답을 찾으려는 절망적인 빛이 그의 눈에서 보였기 때문에 그를 좋아하게 되었다. "난 정말 당신을 사랑해." 그녀가 말하고는 했다. 그러면 그들은 가끔 짤막한 사랑을 하거나, 그의 침대에서 그냥 서로 가까이 몸을 대고 누워 있기만 했다. 그는 단 하룻밤이라도 그녀가 그의 침대에서 벗어나기를 원하지 않았다.

"난 정말로 당신을 사랑해." 그녀는 다시 한 번 말하고는 잠이 들 때까지 아무 얘기도 하지 않았다. 그리고 잠이 오면, 밤새도록 머릿속에서 그녀는 행복의 땅 언저리가 가까워졌다고 믿었다.

12

찰스 라이트에게 친절하게 대해준 여자는 거의 없었다. 그것은 용모나 신분 때문이 아니었으니, 그는 그 두 가지를 다 갖추었다. 그의 인생에서 전성기에 해당하는 학창 시절, 그리고 대학을 다니기 이전과 졸업한 이후에 그가 수많은 실패를 겪었던 까닭은, 많은 다른 평범한 사람들이나 마찬가지로 그에게는 자극적인 면이 거의 없었기 때문이다. 그는 가장 나쁜 의미의 안정성을 상징했다. 이 조건은 나이가 더 많은 여자들 앞에서는 그에게 유리한 쪽으로 훌륭히 작용했겠지만, 그의 욕구가 쏠리던, 자기보다 나이가 훨씬 어린 여자들에게는 거의 쓸모가 없었다. 그는 인생의 탄탄한 기반을 다지기 위해 놓쳤던 젊은 시절의 모든 쾌락을 뒤늦게나마 되찾아 붙잡으려는 일종의 무시무시한 불장난에 대한 슬픈 집념에 마음이 사로잡혔다. 젊은 나이와 그들의 시대와 환경이 주는 자극의 지배를 받아 안정된 남자 따위는 거의 소용이 없다고 생각하던 여자들에게 그는 헛된 감정을 마구 쏟았다. 원하는 바가 그것뿐이었다면 그는 어린 여자들을 수없이 많이 거칠 기회를 얻었을지도 모른다. 그러나 그가 탐하던 바는 훨씬 더 커서, 그는 그들 가운데 하나와 결혼을 해서 그녀를 군중으로부터 끌어내고 싶었다. 그런데 그에게 가장 자극적으로 보이는 여자들에게 결혼이란 몇 년 후나 아니면 어쩔 수 없는 처지가 될 때까지 뒤로 미루고 싶은 문제였다. 찰스는 털이 날 만한 곳은 다 수북하게 덮여 있었고 수염도 가꾸었지만, 이제는 춤을 추거나 새로운 경험은 하고 싶지가 않았다. 그는 나이를 더 먹었고 습성도 거의 다 틀이 잡혔으며, 전적으로 불쾌하다고까지는 할 수 없겠지만 지극히 형식화한 어떤 생활 형태를 창조해냈다. 그리고 그것을 조금이라도 변형시키는 것이 매우 어려운 일이라는 걸 깨달았다. 그는 출근한 다음 일정한 시간에 식사를 했고, 새벽 1시 이전에 잠자리에 들었고, 주말에만 여자를 만나려고 했다. 비교적 신품인 무개차를 구하기는 했어도, 뚜껑을 내리고 시내에서 차를 몰고 다니는 일은 거의 없었다. 그는 텔레비전에서 별로 인기가 없는 특정한 프로그램들을 구경했고, 재즈나 포크록보다는 고전음악을 더 좋아했고, 여러 사람이 모인 자리에서 시대에 알맞은 대화를 하기보다는 자신의 개인적인 문제들을 얘기하는 걸 더 좋아했다. 20대 후반에 들어선 여자들에게는 그가 남편감으로 훌륭했겠지만, 이제 스물을 갓 넘긴 여자들의 동반자로서는 가치가 거의 없었다.

그러다가 상당히 빠른 속도로 그는 주로 마고와의 관계를 통해 일종의 변신을 거치기 시작했다. 그녀는 그가 몇 달 전까지만 해도 상당히 어색하게 느끼던 곳들을 드나들게 만들었다. 그들은 디스코텍이라든가 마리화나와 더 독한 마약들이 파이프째로 나돌아다니는 비밀 파티들을 빈번하게 드나들었고, 주말이면 숲 속을 거닐며 사람들과 어울려 폭동과 혁명을 일으키는 얘기에 열을 올렸다. 과거를 잊고 새로운 삶을 충만하게 살려는 마고의 필사적인 여러 나들이에 따라 나서면서 찰스 라이트는 생활 방식을 바꾸기 시작했고, 그의 가치는 엄청나게 뛰어올랐다. 그는 수염을 더 길게 길러서 나이가 훨씬 젊어 보였다. 옷차림도 덜 보수적이 되었고, 이제 자신을 쫓아낸 세대의 문제들에 대해서 더 많은 얘기를 하고 자신에 대해서는 덜 얘기하게 되었다.

과거와는 달리 언제부터인가 그는 더 이상 멍청이가 아니었다. 몸값이 올라갔고, 그도 그 사실을 알았다. 현재까지의 계획들은 대충 그대로 간직했지만, 항상 마음속으로 결혼만을 염두에 두기보다는 순간을 더 열심히 즐기려는 생각을 하기에 이르렀다.

더욱 기분 좋은 일은 마고와의 관계에서 황홀한 상태에 빠진 그를 보고는 나이가 훨씬 젊은 여자들이 그에게 흥미를 보이기 시작했다는 사실이었다. 얼마 안 있다가 그는 항상 원하던 더 젊고, 말을 잘 듣고, 자극적인 여자들과 사귈 수가 있게 되었으니, 단순하고 우발적인 기회에 고맙게도 그는 별로 적극적이지 않은 다른 젊은 여자들만이 누리는 바를 원하게 된 불안하고 적극적인 젊은 여자들의 묘한 욕망에 제물이 된 셈이었다. 찰스 라이트는 이제 석 달 전만 해도 그를 한 번도 거들떠보지 않던 여자들의 애교와 초대를 받게 되었다. 그리고 항상 자신이 원하는 대상이라고 믿었던 모든 것으로부터 거부를 당했다가 과거의 꿈과 유사한 무엇이 수중에 들어온 다음에 수많은 사람들이 흔히 그러하듯, 차지하기가 쉬워진 수많은 대상들을 마구 즐기기 시작했다. 새로이 부풀어 오른 인기의 거품에 마음이 들뜬 그는 생활을 급격히 바꾸기 시작했다. 항상 주말에만 여자를 만나고, 마고와의 외출까지도 주말에만 국한시키던 그는 이제 평일에도 일이 끝나면 몰래 빠져나가기 시작했다. 그는 커피집들을 왜 어둑어둑하게 해놓았는지를 갑자기 깨달았으며, 커피를 마시거나 점심을 먹으며 함께 어울려 여기저기 찾아 돌아다니는 사람들과 어울렸고, 여자들이 자극적이고 즐겁고 재미있다고 여기는 어떤 형태의 재치가 자기에게도 있다는 것 또한 알게 되었다. 이제 그는 아주 세심하게 머리를 써서 마고가 그녀의 집에서 자도록 해놓고는 밤이면 다른 여자들을 자기 침대로 끌어들이기 시작했다.

정말로 도덕적인 남자여서 거짓말로 핑계를 둘러대는 짓이 서툴렀던 그는 처음에는 이런 행동을 불안해했다. 첫 번째 대상은 이름이 마샤였는데, 흑인은 아니지만 검정이라면 사족을 못 쓰는 여자였다. 그녀는 무척 부유한 집안 출신이었고, 그럴 만도 했지만, 돈과 지위와 전통에 반항했다. 그녀는 자기가 살아가던 시대의 애매모호한 사상들에 사로잡힌 수많은 여자들이나 마찬가지로 정신과에서 치료를 받는 중이었고, 그에게 그녀가 한 말에 따르면 무조건 아름답기 때문에 흑인 남자들만 골라서 쫓아다녔다.

그의 아파트먼트에서 함께 보낸 첫 여름날 밤에, 그는 자신이 어렸을 때 무명의 재즈 피아니스트였던 흑인이 취입한 레코드를 그녀에게 틀어주었다. 무척 낡아서 여기저기 긁힌 소리가 나는 음반의 표지에 실린 사진은 무척 늙고, 이가 빠지고, 방탕한 노인의 모습을 보여주었다.

"이 사람 기차게 멋있어." 마샤가 말했다. "이 피부 빛깔을 봐. 다른 각도에서 볼 때마다 얼굴의 빛깔도 달라져."

"그래, 그렇구먼." 찰스가 맞장구를 쳤다.

"당신도 아름다워." 그녀가 말했다.

"고마워." 별로 자신이 없는 목소리로 찰스가 말했다.

"흑인종은 누구나 다 아름다워. 나만 빼놓고는 누구나 다. 난 전혀 예쁘지가 않아."

"하지만 내가 보기엔 예쁜데." 그가 반박했다.

"아냐, 난 안 그래." 그녀가 구슬프게 말했다. "난 햇볕에 살이 멋있게 타지를 않아."

"하지만 당신은 햇볕에 살을 태울 필요가 없어. 있는 그대로가 아름다워."

"난 하얗고 못생겼어. 우리^{백인을 뜻함}는 모두 너무 하얗다고. 세상 사람들은 누구나 검거나 적어도 갈색이어야 해."

이런 생각은 찰스의 머리에 떠오른 적이 없었던 터라 그는 곰곰이 그녀가 한 말을 따져보았다. "난 모르겠어." 마침내 그가 말했다. "난 갈색이라고 해서 전혀 득을 본 적이 없는걸."

"알아." 마샤가 말했다. "더럽게 창피한 세상이지. 그런데도 당신은 우릴 미워하지 않아?"

"아니."

"이런, 거지같이! 당신은 미워해야 해."

갑자기 찰스는 깨닫는 바가 있었고, 오늘 밤 일이 잘되려면 무슨 얘기를 해야 좋을지를 알았다.

"미워하는지도 모르지." 그는 천천히 진지하게 말했다.

"당신의 심정은 나도 잘 알고, 그래서 당신이 가엾어. 정말 그래."

"그건 상관없어."

외치는 소리

“날 미워해?”

찰스는 그녀를 쳐다보았다. 머리카락은 길고 갈색이며, 눈은 무척 푸르고, 멋진 입술은 가장자리가 구슬프게 처진 그녀는 그의 대답을 기다리고 있었다.

“그러지 않도록 정말 열심히 노력하겠어.” 그가 말했다.

그녀는 무척 고마워했다. 그래선지 그녀는 그날 밤 침대에서 그에게 아주 잘해주었다.

“병病을 빙자해서 먹고 산다면, 그건 나쁜 짓일까?”

“만일 그렇게 해서 모든 것이 성장한다고 하면, 살기 위해서는 먹는 것이 필요하지.”

“그러면 기분이 나빠질까?”

“따지느라고 시간만 보내지 않는다면야 괜찮겠지.”

“우리는 모두 스스로 생각하는 만큼 병이 심할까?”

“아냐. 하지만 그런 척하는 게 속이 훨씬 편해.”

“어째서?”

“욕정을 합리화하기 위해서.”

“욕정이 인생의 전부일까?”

“거의.”

“그렇다면 성실성에서는 뭐가 남아?”

“무척 많이 남지. 하지만 편리할 때만 그래.”

“그렇다면 그는 도덕적인 인간이 타락하게 된 첫 번째 사례가 아닐까?”

"아니지. 하지만 그는 그렇게 착각하며 혼자 좋아할 거야."

"그는 정말로 좋은 사람일까?"

"오래전에는 그렇지 않았어. 하지만 이제는 그렇게 될 거야. 그는 도덕성을 터득할 테니까."

이쯤 되자 다른 여자들이 찰스에게 친근하게 접근하기는 별로 어렵지가 않았다. 그들에게 기회를 주기가 찰스로서는 상당히 즐거워졌기 때문이다. 그는 마고에게 거짓말을 하는 데 익숙해지는 과정도 즐기기 시작했다. 그는 저녁에 근무가 끝나고 그녀를 만날 때, 그가 약속 시간에 늦거나 무관심하게 대하면 그녀가 걱정하는 반응이 즐거워졌다. 그리고 몰래 사귀는 여자들이 끼어 있는 친구들의 패거리나 파티에 그녀와 함께 참석하면, 누구에게 왜 그러는지를 그녀가 모르게 어떤 사람들과 은근한 눈짓을 주고받기가 즐거워지기 시작했다.

어느 날 밤 마고는 그의 침대에서 불쾌한 물건을 발견하고는 얼마 동안 가만히 앉아서 생각에 잠겼다. 그녀는 방금 샤워를 하고 나와서 수건으로 몸을 감싸고 거울에 자신의 모습을 비춰 보는 그를 쳐다보았다. 그는 머리를 빗고 무성한 수염을 뽑아 다듬으며 거울 앞에 서서 시간을 많이 보냈다. 그는 자신의 모습을 그냥 지켜보기만 하는 데도 많은 시간을 보냈다. 그러자 그녀는 문제의 물건을 침대에서 집어 들고 자세히 살펴본 다음에, 거울을 보고 그가 자신의 매력을 다시금 관찰하듯이, 찰스와 알고 지내면서 자신이 얻는 이득이 무엇인지를 불현듯 따져보기 시작했다. 그녀는 베개와 침대 뒤에서 다른 갈색 머리카락들을 찾아 쓸어버렸다.

"우리 결혼을 해야겠어." 그녀가 말했다. "생각해봤는데, 당신 말이 옳아. 나도 이제는 그럴 각오가 된 것 같아."

찰스는 거울에서 돌아섰지만, 그녀가 기대했듯이 침대로 달려와서 고마운 마음으로 그녀를 껴안지는 않았다. 그는 그녀를 쳐다보기만 했다. 그녀는 그가 입을 열기를 기다렸다. 그는 아무 말도 하지 않았다.

"나하고 결혼하고 싶지 않아?"

"물론 하고 싶지." 그가 말했다. "물론 그러고 싶어. 그리고 우린 결혼할 거야. 몇 년 있다가."

"하지만 두 달 전만 해도 자기는 결혼해달라고 나한테 애원했잖아."

"아직도 마찬가지야. 하지만 그 문제를 좀 생각해봤지. 우린 아직 서로 잘 몰라."

"벌써 열 달이나 되었어. 그럼 확실히 알려면 얼마나 걸린다는 얘기야?"

찰스는 화장대에서 침대로 오더니 그녀 곁에 앉았다. 그는 그녀의 얼굴을 만졌다. "이것 봐." 그가 말했다. "사실대로 얘기하지. 난 우리가 결혼하기 전에 더 좋은 직장을 구해야겠어. 결혼할 때쯤이면 난 당신한테 무엇이나 다 해주고 싶어."

"그건 진짜 이유가 아니고, 당신도 그걸 알잖아." 그녀가 말했다.

"다른 이유가 뭐가 있겠어?"

그녀는 갈색 머리카락에 대해서, 그리고 학교에 다니는 여자들과 에릭에 대해서 생각해보다가 화가 치밀어올랐다. 그러나 그녀는 너무나 많은 고통을 겪으며 지금까지 마음속에 단단한 무엇을 키워왔고, 감정이 폭발하기 전에 그것이 그녀를 철저하게 통제했다. 통제력은 그녀가 잠자코 앉아서 그가 한없이 늘어놓는 얘기를 듣기만 하도록 이끌어주기는 했지만, 찰스는 자신이 직장에서 하는 일에 대한 죄의식과, 그들이 멋지게 살기를 얼마나 원하는지와, 만년 노총각이나 마찬가지인 사람이 갑자기 습관을 바꾸기가 얼마나 어려운지와, 여름철 폭동들과 흑인들을 위한 집단 수용소가 설립될 가능성, 그리고 해외로 나갈 생각을 날마다 곰곰이 해본다는 푸념만 쏟아놓았다. 그러나 그는 갈색 머리카락에 대해서는 한 마디도 하지를 않았다.

"그래서 우리는 어떻게 된다는 얘기야?" 찰스가 변명에 상당히 군색해진 다음에 그녀가 말했다.

"얼마 후에는 꼭 결혼을 해야지." 그가 말했다. "모든 일이 안정된 다음에 말이야."

"아마 그때쯤에는 내가 어디로 가버렸을지도 몰라." 그녀는 단호하게 말했다.

찰스는 새로이 얻은 자신감을 반짝이는 이로 내보이며 미소를 지었다. "가버리지 않을 거야." 그가 말했다.

그 후에도 그녀는 항상 그의 주변에 머물렀다. 마고는 항상 그의 주변에서 맴돌았으며, 그가 생각하기에 그녀가 집으로 갔을 만한 시간에, 퇴근 후나 늦은 시간에 예기치 않게 불쑥 나타나고는 했다. 그녀는 두 사람이 아는 모든 친구에게 그들이 결혼할 계획이라는 얘기를 빠짐없이 해주었으며, 찰스와 같이 있을 때 집으로 그녀에게 전화를 건 남자에게는 더욱 분명하게, 그녀가 이제는 약혼을 한 몸이고, 한 달이나 기껏해야 두 달 후에는 결혼을 하리라고 못 박아 알려주었다. 그녀의 식탁에 앉아서 그녀가 만들어준 음식을 음울하게 먹고 있던 찰스는 무척 초조한 표정이었고, 그녀가 전화를 끊은 다음에는 아무 말도 하지 않았다. 그날 밤 그는 일찍 집으로 돌아갔고, 나중에 새벽 1시 반이 되어 그녀가 전화를 걸었을 때는 말을 조심하던 목소리와 숨소리로 미루어 보아 술을 마시던 중이었으며, 혼자가 아니었다.

찰스와 같이 있는 자리에서 에릭을 만나는 경우가 그녀에게는 가장 가슴이 아픈 일이었다. 그는 항상 혼자였고, 항상 슬퍼 보였다. 그녀의 마음속에서 자라던 단단하고 조심스러운 감정만 아니었다면, 파티나 강연회나 길거리에서 수없이 여러 번 그를 만날 때마다 자신이 그를 무시하거나 미소를 짓지 않으려고 하지는 않았으리라는 사실을 그녀는 알고 있었다. 그는 찰스와 자주 얘기를 나누었고, 서로 지극히 정중했으며, 그들이 그토록 태연하고 경쟁의 기미를 전혀 보이지 않는다는 사실이 그녀에게는 옳지 않게 여겨졌다. 하지만 그들은 언제나 서로 친근했고, 비록 얘기는 거의 주고받지 않아도 서로 겸손하게 대한다는 것을 그녀는 알았는데, 그 겸손함은 그녀를 염두에 두었기 때문에 거북하게나마 억지로 갖춘 감정이라고 믿고 싶었다. 그것이 그녀는 짜증스러웠다. 그러나 그녀가 가장 초조했던 일은 그들이 결혼하리라는 사실을 아예 모르는 듯 에릭이 그들에게 한 번도 축하를 해주지 않았다는 점이었다. 그녀는 그가 무슨 말이라도 하고, 그녀를 따로 불러 그러지 말라고 애원하고, 결혼에 반대하고, 찰스를 헐뜯기라도 해주었으면 하고 바랐다. 그러나 그들 세 사람이 만났던 길거리나 파티나 어디에서나 그는 손을 흔들거나 하찮은 얘기나 점잖게 할 뿐이었고, 그의 눈은 그녀가 알고, 기대하고, 그가 얘기하기를 바라던 진심을 간접적으로 암시하기만 했다.

이제 그녀는 결혼을 해야 한다는 집념에 사로잡혔다. 그녀는 잠자리에 들어 찰스와 얘기를 나눌 때면 그것을 강요했고, 그의 친구들과 그녀의 친구들과 그가 존경하는 모든 사람에게 식은 곧 올릴 터이며 몇 달밖에 남지 않았다는 발표를 부지런히 되풀이했다. 세 차례나 그녀는 클리블랜드에 있는 집으로 그를 데리고 가서 가족들과 만나게 했는데, 그들은 그를 좋아했다. 그들은 찾아갈 때마다 그를 점점 더 좋아하는 듯싶었다. 그녀는 끊임없이, 고집스럽게 이 사실을 그에게 상기시켰고, 될 수 있는 대로 빨리 결혼식 날짜를 잡으라고 재촉을 거듭했다. 그녀는 확실하고 안정되어 있으며, 그녀가 만나주기를 기다리고 그녀를 만나려고 기다려주며, 단단하고 냉정하고 고독한 무엇으로부터, 말로는 형언할 수 없는 그녀 주변의 무엇으로부터 자신을 구원해줄 대상을 구해야만 하는 자신의 절박한 입장을 깨닫게 되었다. 그것은 이제 사랑을 초월한, 아니면 그에 이르지 못하는, 아니면 사랑과는 전혀 관계가 없는 무엇이었다. 그녀는 알 길이 없었다.

"당신이 다른 여자들과 그러는 건 난 개의치 않아." 8월의 어느 무더운 날 밤에 그의 침실에서 그녀가 말했다. "우리가 결혼할 때까지 당신이 필요로 하는 여자들을 얼마든지 사귄다고 해도 나하고는 정말 아무 상관도 없는 일이야. 난 정말 조금도 개의치 않겠어. 언제까지냐 하는 것만 얘기해."

"언젠가는 하게 되겠지." 그녀에게 말은 이렇게 하면서도 그는 새로 만난 여자이자 마고의 친구인, 기회만 준다면 그에게 아주 잘해주리라는 암시를 했던 여자를 생각했다. "언젠가 머지않아서 말이야."

"9월? 10월? 언제?"

찰스는 생각해보았다. 모든 일에 대해서. "아마 내가 우선 더 좋은 직장부터 구해야겠지. 주택 사무소에서는 수입이 충분하지가 못해."

"바보 같은 소리 마." 그녀가 말했다. "당신은 주택 사무소에서 일이라고는 아무것도 하지 않아. 당신은 일은 하나도 하지 않으면서 1년에 1만 2천 달러나 받아." 그녀는 그의 눈을 들여다보았다. 컴컴한 방 안이었지만 그는 그녀의 시선을 피했다. "그만하면 두 사람이 살기에는 넉넉해."

"뭘 안다고 그래?" 그가 말했다. "내 일은 내가 알아서 하는

데. 왜 이러는 거야? 내 생활을 자기 마음대로 해보려고?" 그는 침대에서 일어나 앉아 탁자로 손을 뻗어 담배를 더듬어 찾았다.

그녀는 자신의 말을 트집 잡아서 그가 싸움을 벌이려고 한다는 걸 알았다. 그리고 그가 왜 그러는지도 알았다. "아냐." 그녀는 자포자기하며 말했다. "미안해."

"섣불리 내 생활에 간섭해서 멋대로 굴 생각은 하지 마. 우리가 만나기 전에 난 잘 지냈으니까. 아직도 난 그럴 수 있어."

"미안해." 그녀가 다시 말했다.

"세상에서 결혼하기를 바라는 여자는 자기 혼자뿐이 아니야."

그녀는 대답을 하지 않았다.

"당신한테는 나보다 더 좋은 대상이라곤 아무도 없었어. 난 그걸 알아."

이제 그녀는 하얀 천장을 덮은 어둠을 올려다보았다. 그것은 회색과 검정이 이룬 무늬였고, 회색은 검정과 분간하기가 어려웠다. 찰스는 담배를 뻐끔뻐끔 빨았다. 그는 화가 나지 않았으며, 그런 사실을 스스로 알고 있었다. 그는 안전하기만 했다.

"찰스?" 그대로 누워서 천정의 무늬를 올려다보며 그녀가 말했다.

"그래."

"제발 나하고 결혼해줘."

찰스는 화가 치밀어오르는 걸 느꼈다. 그는 그러고 싶지 않았지만 애를 써도 소용이 없을 듯싶었다. 그는 어둠 속에서 방금 토끼나 다람쥐나 새를 차로 쳤지만 살아 있는지를 보려고 당장 차를 멈출 수가 없는 그런 입장이었기 때문에 화가 났다. 그는 기분이 언짢았다.

"그럼 우리 그 얘기를 해보지." 그가 말했다.

　새 여자의 이름은 캐런이었다. 그녀는 토실토실하고 적극적이었지만, 찰스보다는 머리와 웃음소리가 상당히 날카로웠다. 그녀가 살이 쪘고 마고의 친구였기 때문에 남들이 있는 자리에는 같이 나타나기를 꺼리면서도 그는 그녀에게 무척 깊은 관심을 보였다. 처음 집으로 불러 같이 시간을 보낸 다음에 그녀는 같이 살자고 그에게 제안했다. 그녀는 벌써부터 그에게 상당히 잘해주었는데, 동거를 하자는 제안은 더욱 잘해주겠다는 약속이나 마찬가지였다. 아침에 그의 침대에서 보는 얼굴은 마고 이외에는 누구도 받아들일 수 없었으므로 찰스는 그녀의 제안이 처음에는 두려웠다. 마고가 집 열쇠를 가지고 있었고, 출근하는 길에 그의 아파트먼트에 커피를 마시러 들르는 일이 가끔 있었기 때문에 다른 여자들은 누구도 자고 간 적이 없었다. 그가 출근하기 전이나 나가버린 다음에 마고가 찾아오는 경우를 생각해서 그는 항상 지난밤의 손님이 남긴 흔적을 말끔하게 없애고 아침에는 옆에 아무도 없도록 하려고 조심했다. 그러나 결혼의 속박이나 그런 위험성 없이 아침에 어떤 여자를, 그것도 토실토실한 여자를 영구히 품을 수 있다는 축복은 찰스에게는 새로운 경험이어서 고려해볼 만한 문제였다.

"한번 생각해봐." 캐런이 말했다. "너무 오래 궁리하지는 말고. 난 당장이라도 다른 상대를 구할 수 있으니까."

"생각하는 중이야." 그는 그녀에게 말했다.

캐런은 소파에서 그에게로 더 가까이 몸을 내밀었다. "물론 내가 다른 사내들을 만날 수 있듯이 당신도 다른 여자들과 사귀어도 좋아. 하지만 우리 두 사람 다 정식으로 사귀는 상대는 따로 없어야 해."

"왜 동거를 하자고 그러지?" 찰스가 물었다.

"난 당신이 좋아." 그녀가 말했다. "난 뭐가 뭔지를 아는 남자들을 좋아해. 어린애들이 너무 많아서 말이야. 가르쳐줘가면서 할 수는 없잖아."

"하지만 나하고 결혼할 생각은 없겠지?" 찰스가 말했다. 그는 아주 빨리, 그의 추리력보다도 더 빨리 생각을 했다.

그녀는 그의 얼굴을 자세히 살펴보더니 입가에 구슬픈 빛을 잔뜩 띠었다. "지금은 안 돼." 그녀가 말했다. "요즘 세상이 어떤지 알잖아. 부모들이 잔소리가 심하겠지. 그들은 나쁜 사람들은 아니지만, 아직 그런 각오는 서 있지 않아. 난 정말 그러고 싶기는 해. 언젠가는 정말 그럴지도 모르지만, 지금 시대를 생각해보고 내가 어떤 골칫거리를 자청하는 셈인가 따져보라고."

"그냥 해본 생각이야." 찰스가 말했다.

외치는 소리

여자는 안심했다. 그녀는 손으로 그의 무릎을 짚고는 애틋한 정열의 암시가 담긴 눈으로 그의 눈을 빤히 들여다보았다. "언젠가는 달라질 때가 오겠지." 그녀는 말했다. "그녀는 위로를 하듯 그의 무릎을 쓰다듬었다.

"그래." 찰스가 말했다. "그냥 한번 해본 생각이었어."

"하지만 그래도 우리 동거는 할 수 있잖아."

"캐런에게도 말뚝 애인은 없고, 나에게도 말뚝이 없어야겠지."

이제는 그런 생각을 따져보기가 너무 힘들었다. 그는 자동차로 치었지만 속력 때문에 확인할 수가 없는 토끼들과 새들을 그만 생각하고 싶었다. 그는 새들의 몸에서 피가 많이 나는지 궁금했다.

그는 새기 치에 깔려 죽으면 피를 많이 흘릴지 궁금했다. 그는 캐런이 남들을 염두에 두는지, 또는 어쩌다가 무엇을 깔아 뭉개서 죽이고 나면 차를 세울지 궁금했다. 그리고 그녀와 함께 살면 앞으로도 자기가 여전히 이런 걱정을 하게 될지 궁금했다. 그는 생각하기에 지쳤다.

"나중에 그 얘기 다시 하기로 하지." 그는 그녀에게 말했다.

캐런은 그에게 미소를 짓고는 소파에서 그에게로 가까이 다가왔다.

마고 페인은 밤에 제대로 잠을 이루지 못했다. 그녀는 천장을 올려다보기가 싫어서 반듯이 눕고 싶지가 않았다. 그래서 엎드리면 얼굴이 베개에 파묻히고, 자기도 모르는 사이에 베개에 축축한 얼룩이 생겼다. 그녀는 자신의 울음에 대한 통제력을 잃었다. 침대에 혼자 눕거나 인간이 아닌 무엇이 젖가슴과 목에 밀착해올 때마다 울음이 나오는 듯싶었다. 이제 그녀는 눈물이 침대 탓임을 알았고, 그렇게 나오는 눈물을 주체할 어떤 방법도 알 수가 없었다. 찰스가 변심하기 전에는 서슴지 않고 눈물의 이유를 에릭에게 돌리고는 했다. 그러나 이제 찰스에게 그런 일이 일어나고 그에게 그녀가 점점 더 의지하게 되자 울음의 이유를 다른 곳에서도 찾게 되었다. 그것은 찰스의 탓이기도 했고, 그녀의 여러 친구들 탓이기도 했다. 주변의 여자들은 얼마 동안이나마 그를 차지하는 순간을 자극적인 일처럼 생각했으며, 한순간이나마 차지하고 싶을 만큼 그를 자극적인 존재라고 여겨 그들의 젖가슴에 품고는 그런 행동이 그녀에게 끼칠 영향쯤은 염두에 두지도 않았다. 그런 현실을 이해하고 그들이 어떤 인간인지도 이해하기는 했지만, 그녀에게 그런 이유란 알아도 별로 위안이 되지 않았고, 잠을 이루는 데 조금도 도움이 되지 않았다. 그녀는 잠을 청하기가 무척 어려움을 깨달았다.

그녀는 이제 찰스 라이트 생각만 줄곧 했다. 그녀는 스스로 자신을 도울 힘이 없었다. 찰스는 에릭을 별로 닮지 않았지만, 에릭이나 마찬가지로 그녀의 손아귀에서 빠져나가고 있음을 그녀는 의식했다. 그리고 에릭이나 마찬가지로 그녀에게는 그를 붙잡을 힘이 없었다. 그녀는 남자보다 자신이 훨씬 똑똑하니 그를 붙잡아두는 데 아무런 어려움이 없어야 당연하다고 생각했으므로 이런 상황을 이해하기가 특히 어려웠다. 그러나 그녀는 이해를 했다. 결혼은 그녀의 마음에도 걸리는 문제였다. 그녀는 자신이 결혼 자체를 정말로 원하는지, 아니면 그저 날짜와 시점이라는 단순한 개념에서 끌어낼 수 있으리라 예상하는 안도감과, 마음을 정착시킬 무엇과, 자신이 느끼던 불안감을 끝내는 동시에 훗날을 약속해줄 무엇인가를 바라는지 알지 못했다. 그녀는 자기가 원하는 바가 무엇인지를 알지 못했지만 그래도 그것을 원했다.

때때로 밤에 잠을 이룰 수가 없을 때면 그녀는 심야 텔레비전을 보거나 라디오를 듣거나 2년 전에 읽었어야 할 교과서를 읽었다. 때로는 방향도 없이, 정처 없이, 마음이 발을 이끄는 대로 길거리를 거닐고는 했다. 그녀는 길거리의 청년들이나 지나가는 차의 남자들로부터 유혹을 받기 위해서 서성거리지는 않았다. 그녀는 자신이 성실한 여자라고 스스로 다짐했으며, 곧 결혼을 하거나 언제 결혼할지를 머지않아 알게 될 여자라고 스스로를 납득시켰다. 그녀는 그냥 잠을 이룰 수가 없었기 때문에 산책을 했다.

어느 날 밤 산책을 하던 그녀는 9월까지 기다렸다가 결혼을 하겠다고 주저하는 사람들을 위해 어느 항공 회사에서 주선하는 버뮤다행 특별 신혼여행이 갑자기 머리에 떠올랐다. 아직 8월 말이니까 결혼식을 올리고 9월 신혼여행자들을 위한 특별 할인 요금 혜택을 받을 시간은 넉넉했다. 그녀는 긴장이 풀린 내일 아침에 이 소식을 가지고 커피를 마시러 들를 일이 아니라, 기분이 산뜻하고, 흥분했고, 영감에 가득 찬 지금 당장 찰스를 찾아가야겠다고 생각했다. 12시가 넘기는 했어도 그를 찾아가 깨울 이유가 충분하다고 만족스럽게 생각하며, 그곳에 가면 어떤 상황을 마주칠지 조금쯤은 걱정을 하면서 그의 아파트먼트로 찾아갔다. 찰스는 세 번이나 문을 두드린 다음 적어도 5분쯤 지나서, 한참 걸려서야 문으로 왔다. 그녀는 구태여 열쇠를 사용하고 싶지는 않았다.

"무슨 일이야?" 그는 문을 조금만 열었고, 욕의를 걸치고 문 뒤에 서서 그녀를 내다보았다. 얼굴을 보니 전혀 잠을 자던 눈 치가 아니었다. "무슨 일이야?" 그가 다시 말했다.

"커피 한잔 같이 해. 기쁜 얘기를 해줄 테니까."

찰스는 얼굴이 보일 만큼만 연 문을 꼭 붙잡고는 손잡이를 놓지 않았다. 그것만으로도 그녀는 모든 사태를 파악하기에 충분했다.

"나더러 들어오라고 하지 않을 거야?"

"늦었어. 커피를 마시면 난 잠을 못 잘 텐데, 난 내일 출근을 해야 해."

"그렇다면 얘기만 해. 들어가도 되겠지?"

그러자 찰스는 아주 분명하게 얘기를 했다. 머릿속을 스쳐 지나가는 여러 가지 감정에 대해서 하고 싶은 수많은 말을 입 속에 머금고 있었기 때문에 그는 굉장한 자제력이 필요했다. "그러지 않았으면 좋겠어." 그는 조심해서 말했다. "당신은 그냥 집으로 갔다가 내일 아침에 다시 와서 커피를 마시면 좋겠어."

그녀는 복도에 서서 기다리며 집 안에 무엇이 있으며, 왜 그가 문의 가장자리에 머리를 대고 있는지를 알았다. 그녀는 또한 왜 자기가 지금 찾아왔는지도 이제는 알았다. 신혼부부를 위한 특별 할인은 그녀에게 새삼스러운 생각이 아니었고, 그녀의 머리가 그것을 편리하게 동원했을 따름이었다.

"안에 누구 있어?"

"아냐. 물론 없어. 아냐."

"나 여기서 자고 갈 수 없어?"

그러자 침실에서 누가 하품을 하는 소리가 났는데, 마고에게는 그것이 고의적이고, 가정적이고, 소유욕에서 나온 주장처럼 여겨졌다. 그것은 짜증을 내는 소리였고, 약삭빠르게 그가 잠깐 그녀의 얼굴에서 소리가 난 쪽으로 시선을 돌리자 마고는 잔뜩 긴장이 되었다.

그러자 무엇인가가 그곳에 서 있던 그녀를 유령처럼 지나쳐 멀리 떠나갔다. 그러나 찰스는 그것을 보지 못했고, 순간적으로 그녀는 자기 못지않게 그를 불쌍하게 생각했다.

"난 그저 한마디 하고 싶어서 들렀을 뿐이야." 그녀가 말을 시작했다. 그녀는 목소리를 더 크게 높였다. "난 그냥 당신 말이 옳았다는 얘기를 하려고 왔을 뿐이야. 결혼을 놓고 장난을 칠 필요는 없겠어. 결혼을 하지 않을 바에야 같이 사는 장난도 그만두는 편이 좋겠고."

찰스는 그녀를 멀거니 쳐다보기만 했다.

"나에게는 남은 것이 별로 없다는 말만 해주고 싶었을 뿐이야." 그녀는 얘기를 계속했다. "하지만 그나마 조금 남은 것이라도 당신은 얻을 수가 있었겠지."

"무슨 소리를 하려고 그러는 거야?" 찰스는 이제 그의 새로운 자아를 지탱해주던 유일한 지팡이를 잃기가 두려웠다. 그는 방금 깔려 죽은 으스러진 새를 보기가 두려웠다. 그리고 침실에서 캐런이 그의 목소리에 담긴 두려움을 감지하고는 아무것도 배울 바가 없는 남자라고 자기를 깔볼까 봐 두려웠다.

"무슨 소리를 하려고 그러는 거야?"

"아무 뜻도 없는 소리야."

"왜 그냥 집으로 가지를 않아? 내일 얘기하자고."

"그만둬."

"아침 식사 같이해. 난 마음이 내키지 않으면 출근 안 해도 돼."

"그만두라니까."

"아무튼 나중에 얘기하자고." 그는 무척 빨리 말했다.

"좋을 대로."

그는 문을 닫아도 된다고 확인할 수 있게끔 그녀가 돌아서거나 눈길을 돌리기를 기다리며 당황한 채로 서서 기다렸다. 그녀는 거의 1분 동안이나 연민에 상당히 가까운 눈초리로 그를 쳐다보았고, 그는 그녀의 눈에서 무언가 무척 소중한 부분이 사라졌다는 걸 깨달았다. 그것이 그를 불안하게 했다.

그녀는 몸을 돌려 몇 발자국 걸었다. 뒤에서 문이 닫히고, 자물쇠를 채우고, 쇠사슬을 제자리에 거는 소리가 들렸다. 그녀는 문밖 통로에 서서, 당연히 뒤따라 들려올 목소리들이 대화를 주고받게끔 그에게 충분한 시간을 주면서 기다렸다. 드디어 들려온 목소리는 그녀가 상상했던 그대로였다. 그의 목소리는 처음에는 나지막하고 초조했으며, 나중에는 무척 빠른 말투로 위로를 하는 듯, 아마도 사과를 하는 듯싶었다. 두 번째 목소리는 별로 얘기를 많이 하지 않았지만 서둘러 응답을 했고, 말끝마다 언성을 높였지만 복도에서 기다리던 그녀는 무슨 소리인지 알아들을 수가 없었다. 마고는 흐트러진 마음이나마 가다듬고는 마룻바닥에서 끈질기게 북소리처럼 울리는 구두 소리를 내며 무거운 마음으로 복도를 걸어 내려가 밤의 어둠 속으로 나갔다.

제리 하워드는 사실은 전혀 그렇지가 못하면서도 자신이 꽤나 인기가 많은 남자라고 상상했다. 제리는 그가 자신만만하고 돈도 많은 무척 부유한 사람들 가운데 하나라고 스스로 생각했으며, 한밤중 어느 시간에 찾아가더라도 아는 사람들이 사는 어느 집에서나 환영을 받으리라고 믿었다. 그날 밤 그는 술이 취한 상태였다. 그는 여자 친구가 유럽에서 휴가를 끝내고 돌아올 때까지 달리 할 일이 별로 없어서 한 주일 내내 술만 마셔댔다. 초저녁에 그는 여자가 필요하지 않다고 생각했는데, 여자들이란 대부분 그를 따분하게 만들기만 한다는 무척 언짢은 사실을 요즈음에 와서 깨달았기 때문이다. 그는 겨우 스물두 살이었고, 나이가 더 먹은 다음에도 역시 여자들이 따분하다고 생각되면 어떻게 해야 좋을지 가끔 걱정했다. 남

모르게 그는 나중에 자신이 동성애자가 되리라는 확실한 두려움을 느꼈고, 그렇기 때문에 가끔 밤늦도록 술을 마시다가 갑자기 여자를 가지고 싶은 순간적인 욕구를 느끼면 혼자 슬그머니 빠져나가고는 했다. 그는 욕구를 완전히 상실한 다음에는 어떤 일이 벌어질지 무척 두려웠기 때문에 아직 사라지기 전에 욕구를 실습해보고 싶었다. 그런 욕구가 다시금 그를 새벽 3시에 마고 페인의 집 앞으로 이끌어 갔다. 그것이 그로 하여금 문을 두드리고, 그녀의 이름을 부르고는 자기가 하는 짓을 큰 소리로 비웃어대고, 그녀가 안에 없기를 바라게 했다. 마고가 문을 열었다.

"왜 그래요?"

"나 들어가고 싶어요." 제리는 전처럼 새하얀 이를 드러내며 미소를 지었다.

그녀는 문을 열어주었고, 그는 믿어지지 않는다는 듯 잠깐 그대로 서 있다가 안으로 들어갔다. 그녀는 문을 닫고 돌아서서 제리를 쳐다보았다. 그녀의 얼굴은 딱딱하게 굳어 있었고, 눈은 조금도 변함없이 그를 노려보았다. 그녀는 뒷짐을 지고 문에 몸을 기대었다.

"왜 이래요?"

"날 보면 반가워할 줄 알았는데요."

"그렇지 않아요." 마고가 말했다.

"전에 방을 같이 쓰던 에릭이 안부를 전하더군요." 그는 좀더 미소를 지었다.

그녀는 대답하지 않았다.

제리는 좁다란 거실에서 서성거렸다. 그의 눈 밑에서 무척 초조한 경련이 일어났다. 그는 자꾸만 그녀의 시선을 피하려고 했다. "왜 잠자리에 들지 않았죠?" 탁자 위를 손가락으로 가볍게 스치면서 그가 물었다.

"산책을 하고 왔어요." 그녀가 말했다.

"사내 생각이 나서요?"

"아뇨."

"잠이 안 온다, 이거죠?"

"그래요."

"아마 지금은 자고 싶겠죠?"

"그래요." 마고가 말했다.

제리는 그녀가 아직도 몸을 기대고 있는 문으로 갔다.

"나하고 같이요?"

그녀는 그의 얼굴을 빤히 쳐다보았고, 그는 그러고 싶어서가 아니라 스물두 살이 넘은 다음에 그를 기다리고 있음 직한 어떤 것에 대한 공포를 그의 얼굴에서 그녀가 읽어낼까 봐 두려웠기 때문에 그녀의 젖가슴으로 시선을 떨구었다. "나하고 같이 자겠어요?"

"안 될 것도 없죠." 마고가 말했다.

제리는 잠깐 동안 그녀에게서 떨어져 물러서서 그녀의 눈 아래쪽, 얼굴의 완충 지역을 쳐다보았다. 그녀의 얼굴에는 아무 표정도 없었다. 입술은 전혀 움직이지 않았고, 코는 전혀 호흡을 하지 않는 듯싶었고, 턱도 전혀 움직이지를 않았다. 제리는 정열이 존재하지 않는 이런 상황에 익숙하지 않아서 두려운 마음이 들었다. 그는 그녀를 생각해보았고, 그녀의 얼굴에서 사라진 정열을 생각해보았다. 그는 또한 스물두 살이 넘으면 무엇이 그를 기다리고 있을지를 생각해보았다. 그러더니 그는 아직도 불안하지만 무언가 얻었다는 확신을 느끼며 미소를 지었다. "당신은 정말 한심한 여자예요." 그가 말했다. "정말 한심한 여자란 말예요."

그러더니 그는 그녀를 만졌고, 그녀는 저항을 하지 않았다.

"내 눈에는 세 사람이 보이는데, 그들은 모두 불행해. 왜 그렇지?"

"아마 그들이 살아 있기 때문일 거야. 아마 그들이 한때 살아 있었기 때문이겠지. 아마 그들은 그래야 하기 때문일 거야. 난 모르겠어."

"하지만 그들 주변에는 온통 무엇이 죽은 냄새만 가득한데, 그러면서도 그들은 저마다 누군가와 같이 있어. 그렇다면 왜 그들이 불행하지?"

"아마 그들은 더 좋은 존재 방법을 알아낸 모양이야."

"하지만 이게 더 좋은 건가?"

"난 모르겠어."

"그렇다면 이런 모든 것을 알아서 우리는 무엇을 얻었지?"

"아무것도 얻지 못했어."

“그러면 이런 걸 모두 해서 그들이 얻은 건 뭐야?”

“아무것도 얻지 못했어.”

“그렇다면 그들은 내일, 그리고 그다음 날 무엇을 느낄까?”

“아무것도 안 느끼지.”

“하지만 만일 그게 전부라면 인생에서 남는 것은 무엇이며, 우리는 무엇 때문에 살지?”

외로운 사람들의 삭막한 이야기

사람들이 흔히 '사랑'이라고 정의하는 현상을 조금 깊이 들여다보면 세 가지 다른 차원이 존재한다. 가장 자주 문학작품의 주제가 되는 낭만적인 사랑은 그리움과 슬픔과 미움과 기쁨이 뒤엉키는 정서적인 현상이다. 하지만 그런 애틋하고, 감미롭고, 황홀한 사랑의 이야기는 여기 없다. 활자들을 뒤집어 가면서까지 읽어봐도, 왕성한 성적인 배설 행위가 사방에 호르몬을 쏟아놓기는 해도 눈물겨운 사랑은 좀처럼 보이지를 않는다.

사랑의 두 번째 차원은 종족의 번식을 위한 두뇌의 전기 작용이 발생시키는 가치관의 착각이다. 『외치는 소리』에서는 이런 환각이 외치는 절박한 소리가 가끔 들려오기는 한다. 하지만 우리는 멀쩡한 정신으로 관찰할 때는 그런 것을 사랑이라고 하지를 않는다. 단순한 욕정이 아닌 사랑은 정서적인 여유를 필요로 하기 때문이다. 그리하여 여기에서는 동물적인 단순한 욕정을 배설하려는 육체적인 행위를 수반하는 세 번째 차원의 정신적인 반작용이 아주 중요한 주제들 가운데 하나가 된다.

그리고 『외치는 소리』에서 그보다 훨씬 더 독자들을 울적하게 만드는 주제가 소외된 고독감이다.

흑인으로서의 독특한 시각과 첨예한 통찰력이 담긴 『외치는 소리』에서는 다른 어느 소설에서도 접하기 힘든 색다른 경험의 세계가 나타난다. 여기에 등장하는 인물들은 대부분 사회의 하부구조를 구성하는 부도덕한 사람들이어서, 이지적이고도 비참한 도시형 인간이지만 구제가 불가능할 정도로 슬픈 약자의 운명을 타고났으며, 인종차별을 당하고 인생이 결코 아름답지 않은 지하 세계의 주민들이다. 이곳에서 사회적인 궤도를 이탈한 젊은 지식인들은 전혀 영웅적이거나 낭만적이지를 못하고, 비탈진 밑바닥에서 끈질기게 버티는 소수파 약자들이다.

삭막한 도시 지역에 군거하는 사람들이 누리는 자그마한 최후의 즐거움까지도 철저하게 파괴되어가는 과정이 여기에서는 여러 주인공들의 관찰을 통해 전율을 느낄 만큼 생생하게 그려진다.

표제작 「외치는 소리」의 마고 페인이라는 한 젊은 여자가 환상과 이상의 폐허에 쓰러져 몰락의 구렁텅이로 휘말려 들어가는 과정에서 우리는 불행의 의미를 터득하게 되는지도 모른다. 에릭과 모래밭에 시로 적었던 꿈이 현실의 파도에 휩쓸려 지워지고 난 자리에는 고뇌와, 밤거리의 한없는 방황과, 무의미한 삶의 공허한 되울림 소리만이 남는다. 마고가 세 남자를 거치면서 배운 사랑의 여러 의미는 '절망에 쫓겨 숨어야 하는 마지막 피신처'라는 결론을 빚어내지만, 인간의 감정이 불타고 남은 잿더미 속에는 따스한 불씨마저 없다.

그것은 사랑이 이제는 사랑이 아니기 때문이다.

사랑의 황폐와 불모를 더욱 통렬하게 파헤친 작품이 「얼간이들과 임금님들」이리라. 이상李霜의 단편소설을 연상시키는 이 작품의 주인공 '나'가 관찰하는 젊은이 클로드 쉬츠는 방향 없는 욕구를 만족시키기 위한 추구를 부단히 계속한다. 동기 없는 행동에 쫓기는 현대인인 클로드에게 사랑이란 오르가즘의 탐닉에 지나지 않아서, 상대하는 여자의 질에 따라 대접하는 술의 종류도 달라진다. 클로드에게는 여자가, 그리고 사랑이 그 이상의 의미를 지니지 못하기 때문이다. 이런 끝없는 리비도 배설 활동을 지켜보던 '나'는 절규한다. 여자야, 섹스가 아니라 사랑을, 어디엔가 조금이나마 남아 있을지도 모르는 사랑을 클로드에게 베풀어다오, 라고.

이렇듯 영혼이 고갈된 꺼풀 인간들이 벌이는 사막의 무도회는 우리 자신의 얘기다. 그래서 그들의 얘기가 더욱 슬프고 아름다운지도 모른다. 그러나 아무리 도시의 구석구석을 뒤져도

이 책의 주인공들은 소탈하면서도 아늑한 사랑의 터전을 찾
지 못한다. 그래서 「모두가 외로운 사람들」의 데니스는 쫓는
자와 쫓기는 자들이 벌이는 숨 가쁜 추적 속에서, 사랑을 찾
다가 실패하고는 '대용품'이나마 구하려는 도착된 인간을 만
난다. 글로리아에게서는 사랑도, 심지어는 성적인 욕구조차도
느끼지 못하던 데니스는 오히려 동성애를 원하는 남자에게서
절망적인 손길의 의미를 깨닫는다. 그리고 새벽 3시에 카페에
서, 그는 자기를 찾는 조용한 시간에 허무를 마음에 심는다.

새벽 3시, 밤, 마약, 원시적인 욕정, 이런 현대 도시의 소도
구들이 맥퍼슨 세계의 주요 배경을 이룬다. 그리고 그런 배경
을 드리운 무대에 인간이 선다. 고독한 인간이. 그 전형적인 외
로운 인간이 「황금 해안」의 설리번이리라. 가난한 사람들이
사는 아파트먼트의 청소부를 주인공으로 내세운 이 작품에는
생명과 희망이 넘치는 젊은 대학생들과 인생의 석양에 시드는
초라한 노인이 강렬한 명암을 이룬다.

새벽 3시까지 지하실에서 술을 마시며 '대화'를 나누고 싶
어 절망하는 설리번이 아내를 부축해서 광장의 군중 속을 비
척거리며 걸어가는 참담한 장면은 키리코의 그림처럼 그 의미
가 선명하다. 동정과 냉정의 갈등에 시달리면서도 결국은 인
간이면서 인간을 버리는 주인공을 통해 우리는 현대 도시인
의 초상화를 본다. 그 도시 풍경은 아마도 〈미드나잇 카우보
이〉가 본 길거리의 삭막함일는지도 모른다.

「닥터를 위한 독백」에서도 우리는 늙어가는 인간이 서서히

세월의 침식을 당해 무너지는 과정을 본다. 기차에서 웨이터 노릇을 하며 평생을 보낸 하찮은 한 인간을 집요하게 추적하여 파멸시키는 검열관이 상징하는 바는 아마도 인간을 파먹고 비대하게 살찌는 괴이한 존재의 사회적 횡포일는지도 모른다. 그러나 '닥터'는 저항을 하지 않고 자신의 정신적인 죽음을, 그리고 신체적인 죽음을 맞는다. 도시의 하찮은 한 영웅이 몰락한 것이다.

「매음 행위」의 필로메나 브라운이 법정에서 웃음거리가 됨으로써 어떤 이용 가치를 부여받는다는 암시는 몰락한 만물의 영장을 그린 처량한 허화虛畵라고 하겠다. 과연 정의는 무엇이며, 진리는 무엇일까?

물론 여기에서는 그런 해답이 밝혀지지를 않는다. 그러나 혼란과, 회의와, 증오를 거쳐 성숙해가는 인간의 깨우침은 있다. 그것은 어떤 소름 끼치는 암시라고 하겠다.

문학작품은 여러 측면에서 시대상을 반영한다. 중편소설 「외치는 소리」의 남녀 두 주인공 마고와 에릭은 시사적이고 역사적인 한 단면을 제시하는 표본 노릇을 한다. 그들은 미국 사회가 청교도적인 가치관을 타파하고 극복하던 시대, 그러니까 히피와 비트닉의 탈문화 시대를 대변하는 청춘 남녀로서, 체 게바라와 반항과 혁명과 집회와 시위와 토론으로 밤을 지새워가며 열광하던 세대에 속한다.

1968년에 맥퍼슨이 발표한 이 작품에서는 감성이 아니라 결국 이성이 인간 사회를 지배한다는 현실을 깨우치고 이미 각성기로 진입한 반항 세대의 초상화를 보여준다. 허무주의적이고 파괴적인 또는 낭만적이고 온건한 이들의 풍토는 우리나라에도 한때 왕성하게 전파되어 군사독재와 싸우는 반정부 투쟁의 밑거름이 되기도 했다. 용공 조작을 탄압과 통치의 수단으로 동원하던 군사독재보다는 '민주화'를 부르짖는 좌파가 좋다는 대중적인 호응과 묵인의 의식이 팽배했던 시절에 말이다.

하지만 성숙하지 못한 낭만적인 착각이라고 20세기 말에 밝혀진 이념적 독선은 아직 우리나라에서는 각성기를 맞지 못했다. 한국전쟁과 남북한이 대치한 지정학적 배경으로 인한 결과이겠지만, 독선적이고 편향된 의식과 이념은 최근까지도 '과거를 심판한다'는 식의 정치적 구호와 선동적 표어로 명맥을 유지해나간다. 젊어서 한때 도취하는 시대착오적인 환상을 평생 간직하고 살아가는 정신적 미숙아는 좌도 아니요 우도 아닌 제3의 현실 이데올로기를 자연스럽게 형성하는 첨단과학의 시대에 적응하지 못한다.

도시인의 영혼과 사랑 그리고 무기력한 권태에 대한 이토록 삭막한 고백이 어디 또 있으랴 싶다. 『외치는 소리』는 저마다 구석구석 파고 들어가 숨어서 외롭게 살아가는 사람들이 행복을 추구하고, 패배하여 좌절하고, 영혼이 분말로 사라지는 과정을 담담하면서도 강렬하게 그린 작품이다. 애써 감동을 강요하지 않으면서도 인간의 마음 깊숙하게 호소하는 제임스 앨런 맥퍼슨의 잔혹할 만큼 섬세한 필치는 도시의 기하학적 율동에 맞춰 허수아비 춤을 추어야 하는 꺼풀 인간의 허화를 벗긴다.

「은밀한 공간」의 로드니는 젊음의 모든 헛된 환상을 떨쳐버리고 정말로 시시하기 짝이 없는 현실을 직시함으로써 어른으로 성장하고, 「새로운 터전」의 잭은 끝내 세상과 단절되어 사라진다.

물론 저자인 맥퍼슨이 흑인 작가이기 때문에 이 모든 작품의 밑에는 인종 문제가 끈끈할 만큼 짙게 깔려 있기는 하지만, 인간은 인종이기 이전에 인간이기에 우리는 보다 절박하고 뼈아픈 얘기를, 감정의 결핍이 자아내는 짙은 감정을, 사랑을 찾으려고 하기 때문에 사랑을 상실하는 사람들의 얘기를 정성껏 읽는다.

아마도 이 작품에서 주인공들이 집단으로 외치는 소리, 그 절규는 「어휘의 문제」에서 술만 취하면 밤에 장의사로 찾아가 존스 선생님을 사랑한다고 울부짖는 여자의 고해만큼이나 처절한지도 모른다.

그렇기 때문에 누추한 현실의 세밀화細密畵를 차곡차곡 담은 이 작품집은 인간이 인간을 찾으려는 필사적인 노력의 기록이라고 해도 되겠다. 막말과 욕설을 웅변이라고 착각하는 우리나라의 몰상식한 여러 집단과는 달리, 맥퍼슨은 분노와 불만을 아주 작고 나지막한 목소리로 얘기한다. 그래서 그의 감동적인 서술은 흔히 아주 작은 하나의 사건을 지적이고도 우아한 필치로 집요하게 파고들어 가슴을 먹먹하게 만들고, 아무리 밟아도 깨지지 않을 만큼 단단한 호소력을 지닌다.

"이 단편소설집에서 내가 바라는 바가 무엇이냐 하면 늙었거나 젊었거나, 고독하거나 동성애를 하거나 혼란에 휘말리거나, 타인들에게 이용을 당하거나, 버림을 받거나 짓밟히는 온갖 종류의 사람들에 대한 얘기를 독자들이 있는 그대로 읽었으면 하는 것이다."

1978년도 퓰리처상을 수상한 제임스 앨런 맥퍼슨은 『외치는 소리』에 대해서 이렇게 썼다.

"사실 어떤 사람들은 흑인이기도 하고 어떤 사람들은 백인이기도 하지만, 나는 그들의 피부 빛깔에 관련된 문제는, 당연히 그래야 되겠지만, 멀리 뒤로 젖혀두고 싶었다. 나는 여기 실린 작품들에서 내가 인간성에 대해 보아온 것들을 말하려고 노력했으며, 선과 악 그리고 예상이 가능한 것들과 예상이나 이해가 불가능한 것들에 대한 얘기를 했다. 나는 나 자신을 위해서라도 나의 세대가 직면한 보다 심각한 문제들을 파악하려고 애썼다. 나는 어떤 얘기들은 부정적인 시각을 담았다고 느끼지만, 그것은 불가피한 일이었다. 나는 어떤 얘기들이 신성모독을 범하고 있음을 알지만, 그것 또한 어쩔 수 없는 일이었다. 나는 무척 자그마하고 지극히 제한된 경험의 한계 속에서 사물의 실재를 보여주기 위해서는 그 모든 것이 필요하다고 생각했다. 나는 내가 느꼈고 관찰한 대로 사물을 기록하려고 노력했다.

중편인 「외치는 소리」에서 마고는 흑인이 아니라 백인일 수도 있었으며, 고의적이건 무의식적이건 간에 어떤 사람들은 다른 사람의 필수적인 기능을 죽여버린다는 주제가 적어도 나에게는 마찬가지로 진실하고 슬펐을 것이다. 「외치는 소리」는 바로 그런 얘기다. 그리고 창녀에 대한 얘기에서 내가 전하려던 주제는 자아의 충족이나 다른 동기를 위해 다른 사람의 몸을 이용한다는 이슬람 교리를 암시한다. 이슬람 설화에서는 한 흑인 남자가 많은 백인의 몸을 사용한다. 그런데 갈보에 대한 얘기에서는 여러 백인 남자들이 단 하나의 백인 육체를 사용한다. 그러나 그 모든 사용의 목적은 서로 무척 비슷하다.

이 얘기들이 조금이나마 의미를 지닌다면, 그것은 흑인이거나 백인이거나 간에 모두가 인간을 객관적인 시각으로 통찰하려는 시도 때문이라고 하겠다."

제임스 앨런 맥퍼슨은 미국 조지아 주의 사바나에서 1943년에 출생하여, 「어휘의 문제」 같은 작품에서 볼 수가 있듯이, 온갖 고생을 해가면서 어린 시절을 보냈고 신문팔이, 대형 매점의 배달원, 식당차 웨이터, 수위 등의 일자리를 전전하며 다양한 경험을 쌓았다.

볼티모어의 모건주립대학은 학비를 낼 수 없어서 그만두었지만, 1965년 애틀랜타의 모리스브라운대학을 졸업하고 1968년에는 하버드를 졸업했다. 법률을 전공했던 그는 졸업 후에 매사추세츠 락스베리의 흑인 신문 〈베이 스테이트 배너〉에서 기자로 일했다.

모리스브라운에 4학년으로 재학 중일 때 그는 〈리더스 다이제스트〉에서 단편으로 상을 탔으며, 그때 받은 1천 달러의 상금으로 하버드 입학금을 마련했다. 훗날 맥퍼슨은 버지니아 주 샬러츠빌에서 버지니아대학교의 영어 부교수로도 재직했으며, 작가를 배출하기로 이름난 아이오와대학교에서 미국의 흑인 문학과 영어를 가르친다.

미국의 저명한 문학평론가 랠프 엘리슨은 그를 가리켜 '통찰력과 공감과 유머'의 작가이며, 윌리 메이스나 듀크 엘링턴, 그리고 그보다 앞선 스티븐 크레인이나 F. 스콧 피츠제럴드에 비견할 젊은 작가라고 평했다.

2013년 북한산 기슭에서
안정효